广东省作家协会东莞"中国作家第一村"创作工程扶持项目

东莞文学艺术院重点签约创作项目

『制造』

新东莞

Building
A New
Dongguan
Through Manufacturing

有一种制造美学
叫东莞

吴诗娴
王千马　著

莞席
莞香
鳞鱼洲
松山湖
太平手袋厂
龙眼发具厂
迪信家具
明海
华为
华勤
步步高
OPPO
太阳神
马可波罗
三生制药
慕思
vivo
生益科技
诺基亚
东数
裕元
迪宝
宏远
以纯
徐福记
新能源科技
XbotPark
华坚
收智通
华美
东特饮
东鹏
易事特
东阳光
玖龙
都市丽人
富港
东实
先进激光
阿秒设施
中贝能源
大族粤铭熵科技
宁德时代
东莞滨海湾新区
散裂中子源
开发者村
大湾区大学
东莞理工学院
松山湖材料实验室

SPM
南方传媒
｜广东人民出版社

·广州·

图书在版编目（CIP）数据

　　"制造"新东莞 / 吴诗娴, 王千马著. -- 广州：
广东人民出版社, 2025. 6. -- ISBN 978-7-218-18614-6

　Ⅰ. I25

　　中国国家版本馆 CIP 数据核字第 2025TA2394 号

"ZHIZAO" XIN DONGGUAN

"制造" 新东莞

吴诗娴　　王千马　著

出 版 人：肖风华

策划编辑：梁　茵
责任编辑：廖志芬
封面设计：严　杰
责任技编：吴彦斌

出版发行　广东人民出版社
地　　址：广州市越秀区大沙头四马路 10 号（邮政编码：510199）
电　　话：（020）85716809（总编室）
传　　真：（020）83289585
网　　址：https://www.gdpph.com
印　　刷：珠海市豪迈实业有限公司
开　　本：787 毫米 ×1092 毫米　1/16
印　　张：23.5　　字　　数：379 千
版　　次：2025 年 6 月第 1 版
印　　次：2025 年 6 月第 1 次印刷
定　　价：88.00 元

如发现印装质量问题，影响阅读，请与出版社（020-85716849）联系调换。
售书热线：（020）87716172

目 录 contents

没想到，你居然是这样的『东莞』

归根结底，我们相信东莞，是相信东莞在制造上的力量，是相信东莞在产业上的作为。

《"制造"新东莞》的书名，也很鲜明而清晰地透出创作者对东莞的认知，那就是"无制造不东莞"，东莞的空白是"制造"出来的，但改变这份空白的，还是"制造"。换句话说，是制造，制造了东莞。同样，还是制造，制造了今天和未来的新东莞。

我们相信《"制造"新东莞》一书的出版，一方面为东莞追根溯源，让人看到东莞过去的荣光，那就是岭南文明重要起源地、发展地，岭南非物质文化遗产交汇地、岭南人文荟萃地……同样它还是中国近代史开篇地，华南抗日根据地以及改革开放先行地。随着改革开放四十余年的历程，它还是无数人的造梦地和造富地，广东重要的交通枢纽和外贸口岸，中国工业史上不可缺失的一笔。今天的东莞，还是"双万"城市、新一线城市、中国潮玩之都，更是国家创新型城市、全国双拥模范城、国家卫生城市、全国文明城市、中国优秀旅游城市、全国篮球城市、中国最具竞争力会展城市，还入选全国首批中小企业数字化转型试点城市，多次夺得世界智慧城市大奖（WSCA）……

另一方面，让我们意识到产业在人类进化和城市发展中的重要意义，从"手艺求生"到"工业立市"再到"实体强国"，一个城市，或者整个国家，不发展新质生产力，没有先进产业的支撑，或者老被人在核心产业上"卡脖子"，永远只能仰人鼻息，很难真正自信、自强地立足于世界民族之林。

某种意义上，东莞的制造业发展，浓缩了这个民族图存图强的风云，而它的向"新"而行，增"智"提效，更是凸显了这个国家向上向善的毅力和决心。

——题记

毋庸置疑，东莞是被"制造"出来的。一位研究遥感技术的外国科学家曾似真似假地发出这样的惊叹："10多年前从卫星地图上看，广州和深圳之间还是一片空白，几年间在这片空白处冒出了一座城市。"

不过，这片空白也不是空白。在相当长一段时间内，这里的空白，就如一篇优美的散文，在这两千多平方千米的土地（水面）上舒缓地铺开。那一江一湖一山一海，是其如春丝般的题眼，而那如蛛网暗结的河涌水道，则是其奔涌的永不停息的语言。而我们的主人公，广府、客家、疍家等世代子民，则用自己的每个辛勤的日夜，编织着热爱生活的细节。而掰开这些细节，你还会看到，是岭南文明的丰富细腻的性格肌理，也是不舍昼夜海纳百川的宽广容颜。

制造这片空白，说起来也不是很容易的事情。上溯的话，还得回到加里东—燕山期岩浆的大规模上侵，它造就了罗浮山与莲花山余脉之间的博罗大断裂。大断裂的地方，自然有往上上升形成高大山系的褶皱带，也有被撕裂后的断凹盆地。东莞正位于这东南高西北低的盆地之中。

东南高，正因这一方位多山，尤以东部为最。其山体庞大，分割强烈，而且集中成片，起伏较大，海拔在200～600米，坡度约30度，其中银瓶嘴山主峰高898.2米，正是由一块沉积岩巨石组成，为东莞市最高峰。此地山高林密、绝崖怪石、飞瀑溪流，流传有苏东坡被银瓶陶醉的诗句："银瓶山水天下流，风景美丽醉东坡，东坡攀登银瓶山，赞叹风景胜罗浮。"连绵银瓶钟灵毓秀，带来了碧透清溪源远流长。

万历四十七年（1619年），明朝礼部尚书李伯襄巡视此地，见峰峦叠嶂，群山环抱，溪水南流，不禁诗兴大发，赋诗一首，诗中有"瞩目河湛清溪水，源头出处隐山中"一句。日后，这个位于今东莞市东南部，毗邻港澳，与深圳市、惠州市接壤的山脚古镇，因而被命名为"清溪"。尽管此地在宋代前期长期处于一种无人开发的原始状态，但清溪水自北向南流经杨梅坑，在今企太阳村与铁矢岭河汇合，后折向西，出角岭，经镇区，最后在清溪镇长山头新围汇入石马河，让清溪不仅成为东江流域的宝地，而且成为了深莞惠地理中心——今天，这条因河道中有大石似马的大河，源于广东省深圳市宝安区龙华镇大脑壳山，北流经龙华、观澜进入东莞市塘厦、樟木头，再于今桥头镇新开河口注入东江。它也因此成了从江西寻乌县而来的东江，自东北角惠州市惠城区、博罗县之间入莞境后所纳的第一条主要支流。

也正因为东江的存在，让东莞的东北部尽管近山，但因为滨水，所以坡度小，地势起伏和缓，多为易于积水的埔田区。而随着东江一路向西，并于今石龙分为南北二流（其北主流于石滩接广州增城来水，经石碣镇、高埗镇、中堂镇、麻涌镇的大盛村注入狮子洋；其南支流斜向西南，在峡口社区接纳来自市境中部的寒溪水，又接牛山水、蛤地水和小沙河，经石碣镇、莞城街道、道滘镇、厚街镇、沙田镇于泗盛注入狮子洋），让东莞的西部成了海拔较低且水网密织之地。其西北部是东江冲积而成的三角洲平原，多为地势低平、水网纵横的围田区，而西南部更因濒临珠江口，为江河冲积平原，地势平坦而低陷，是受潮汐影响较大的沙咸田地区。今天的虎门以及长安正位于这一方位。这也让这片空白成为一个总体以丘陵台地、冲积平原为主的地方（截至2023年，丘陵台地占全市陆地面积的44.5%，冲积平原占43.3%，山地占6.2%）。

文明遂在这片空白中茁壮成长。尽管处于博罗大断裂区域，让东莞在今日"拥有"石龙—厚街、南坑—虎门这两条穿越辖区多个镇街的大断裂，存在发生破坏性地震的背景。但幸运的是，虽然至今有记载2.8级以下地震10多次，但没有5级以上破坏性地震记载，震级最大的一次为1973年发生的2.8级地震。更幸运的是，因为境内河流交错，水织如网，而传统文化中常有：若得乱流如织锦，不关元运也亨通。盖水来自四面八方，总有生旺之方来水，故经济财运亨通。

所以，只要努力，东莞的生活一定不会空白。事实证明，早在5000多年前，东莞就已经顺势开启了属于自己的"蚝"门生活。

中华文明的南方曙光

蚝岗，顾名思义，就是蚝壳堆积的山岗，它在被发掘之前，只是一个东莞胜和村的普通小山丘（1962年，蚝岗从莞城划归胜和生产大队）。但是，来自东莞业余考古爱好者的一次意外发现，以及考古学家在1990年组织的考古发掘，让蚝岗新石器时代贝丘遗址的原始面目重见天日。也就是这次考古发掘，在此地发现了大量的蚬、河蚌、螺、蚝、蛤、蚶等贝壳堆积，还发现了石锛、陶片、陶釜、圈足盘以及大量的彩陶片。

最重要的是，考古学家发现了一具男性遗骸。这是一具较为完整的人体骨骼，颅骨保存完好，牙齿齐全，无脱落，四肢骨干保存较好。据鉴定，这是一具较为粗壮的男性个体，年龄在40～50岁，生前身高1.66～1.67米，属于蒙古人种南亚类型。这副遗骸被称为"蚝岗人"，也被称为"珠三角之父"。冯孟钦在考古调查报告《蚝岗遗址发掘的主要收获》中写道："堪称珠江三角洲之祖。"

虽然考古报告还没有对遗骸的骨骼进行营养学等分析，但从其年岁看，是原始时代的长寿人。而且蚝岗人身材高大、粗壮，与宋代文献中岭南土人男性身材矮小且弱、容易得病、早夭的记载大相径庭。

这大概跟蚝岗人的食谱有关。从蚝岗堆积如山的贝壳可以发现，他们惯以贝类为食，除了蚬、河蚌、螺和乌蜊等淡水贝类，还有蚝、蛤、蚶等咸水贝类，他们先把贝类煮熟了，再将贝肉挑出来吃。为此，他们还将一种石器制作成名为"蚝砺琢"的尖状物，利用其给生蚝开壳而取出蚝肉，这无疑为蚝岗人提供了大量的蛋白质。

当然，也有不好的方面，那就是这类食物缺乏热能，而且贝类的生长是有季节性的，这也意味着蚝岗人需要开拓自己的食谱，比如说捕鱼以及猎兽。在万福庵遗址与东莞龙江村贝丘遗址中，都曾出土牛、鹿的遗骨。当然，处于母系氏族社会的蚝岗人，平时也依赖女性的采集工作，水里有海藻类水生物以及野生菱角、荸荠等水生植物，岗地上则有野生芭蕉、甘蔗、荔枝、龙眼、橄榄等果实，都可以充饥。

尽管目前还没有考古证据显示距今5000年的东莞人吃稻米或栽培稻，但是他们可以通过野生块茎类薯蓣——古文献称为"甜薯"、"甘薯"（不是旋花科的番薯），还有芋头、葛根等获取淀粉，当然还包括广东人称为"黄狗头"的蕨类。只是，在长期的实践中，这些女性发现长期食用"黄狗头"的蕨类会危害人体，但薯蓣、芋头、葛根则不会。也许正是在采集块茎时，她们发现有些植物的根部能萌发嫩芽，进而能长成另一块茎，如此一来，她们就会尝试用工具将嫩芽从植物母体上割下来，再在开荒的土地上挖坑种上块茎嫩芽，然后等待收获。这就是农业的萌芽。

直到目前，东莞的遗址以及岭南的所有考古遗存尚未发现考古时代块茎植物的直接证据，但华南原始农业中块茎植物的栽培先于谷类的栽培，是学术界公认的。某种意义上，东莞的古人创造了本地最早的渔猎业与原始农业结合的文化，加上在虎门发掘的夏商时期的遗址——村头遗址中出现了石牙璋、石戈之类的礼器、兵器，无疑说明了先秦时代的东莞已经出现了早期农业文明的迹象。[①]

今天的蚝岗，属于东莞南城，为东莞中心城区。从蚝岗的食谱中我们可以轻松地推断出，当年的南城与海的距离可谓是触手可及。而蚝岗所在的胜和，也应该就在东江南支流汇入狮子洋的入口附近。所以蚝岗人的美食既有河鲜也有海鲜。然而，随着泥沙的淤积，并向外扩张，胜和也成了今日东莞的内陆地区。

陆域面积的扩大，可耕种的土壤越来越多，加上热带和亚热带气候，适合热带和亚热带植物生长，农业便成了蚝岗乃至整个东莞的重要推手。今天，我们在蚝岗贝丘遗址中，可以发现灰坑、墓葬、排水沟、房址等一应俱全的人类定居要素留存，怪不得会被考古学家麦英豪誉为"珠三角第一村"。更为关键的是，新石器时期的蚝岗人，就已能用石斧、石锛等工具制作水上交通工具，它也可以理解为独木舟的雏形。

在相当长时间内，我们提及早期的农耕文明，言必指黄河流域。事实也是如此，我们的祖先炎黄二帝，而后期建立的一系列王朝——夏商周直到北宋，基本上都在黄河流域打圈圈。毕竟，从青藏高原一路呼啸而来的黄河，因为穿越了黄土高原，给下游带来了松散的泥沙，在生产力比较低下的古代，适合种植和社会发展。等到长江走上历史的舞台，还是在数次衣冠南渡之后。

换句话说，中原乱得不可开交时，长江才闷声不吭地站了起来，成了这个国家的中流砥柱。按照中国传统农耕文明发展进程的传统说法，是黄河流域早于长江流域早于珠江流域，但显然，这种印象在长江流域和珠江流域不断发掘的史前遗址面前，变得有些不靠谱。长江流域不仅被证明有良渚文明，有石家河文明，有宝墩文明，当然还有今天让人有些摸不着头脑却激动异常的三星堆文明，它们和黄河流域相比，不相上下。而珠江流域，则因蚝岗人，以及广东高要区广利镇蚬壳洲贝丘遗址、广西邕宁区的顶蛳山遗址、广西桂林甑皮岩遗址，以及已有发展程度较高的稻作农业和墓葬有了等级分化、大墓会陪葬成批石器及琮、瑗、璧等贵重玉器的粤北曲江的石峡文化等一起，印证了中华文明的南方曙光其实也早早地出现在了天际之中。

即使只是一个东莞，除了蚝岗遗址、村头遗址之外，还留有万福庵遗

---

① 吴建新：《先秦东莞的采捕业与原始农业起源》，《耕读》，2017年夏季卷。

址、圆洲遗址和龙眼岗遗址等丰富的新石器时期贝丘遗址。经过考古学者的整理、研究与划分，万福庵遗址早期部分、龙眼岗遗址晚期部分、圆洲遗址归类为台地型贝丘遗址，而蚝岗遗址的早期部分、村头遗址晚期部分属于海岸型贝丘遗址。贝丘遗址地形特征传递的信息，证明三角洲地区的文化发展，主要通过先民对天然食物资源的开发深度推进。日后在东城柏洲边还发现了属于周朝遗址的猪牯岭、峡口和石角头遗址，还清理出了东周时期水井三口。它是迄今为止广东省发现的年代最早的水井，广东省文物考古所第一研究室主任邱立诚在当时称其为"广东第一井"。

中国现代考古学家苏秉琦曾提出中华文明的起源"不似一支蜡烛，而像满天星斗"，意为新石器时代的中国，直至夏商时期，同时存在着风格各异的众多文明，散布在四面八方，犹如"满天星斗"，包括广东珠江三角洲新石器遗址，以仰韶文化为代表的中原文化，以泰山地区大汶口文化为代表的山东、苏北、豫东地区文化，以巴蜀文化和楚文化为代表的湖北及其相邻地区文化等。最终，众多文明交流、碰撞、融合，相互促进、取长补短、兼收并蓄，形成"多元一体"的中华文明。

当然，也有这样一个问题，那就是长江流域与珠江流域的史前文明都曾放射过璀璨光芒，但日后的发展，显然珠江流域更落后。在中国社会科学院考古研究所研究员李新伟看来，根据目前的考古证据，与长江流域相比，华南的史前文化到距今4000年前后，就没有明确的社会高度发展的迹象。当黄河流域、长江流域的各种文化频繁交流、逐鹿中原的时候，"华南似乎不是重要的参与者，而只是黄河和长江流域风云激荡社会演变的余波所及的地区"。换句话说，就是珠江流域的文明起了个大早，却赶了个晚集，这无疑让它在今天的历史评价体系中受到冷落。

背后的原因，大概和其自然条件相对优越有关。当渔猎采集足以衣食无忧之时，人们自然就不需要花力气去驯化野兽、培育稻谷；当唾手可得的竹子就能当成容器、武器之际，人们自然就不用花费心思去改进制造各种生产生活工具。①

换句话说，由于自然气候原因，珠江流域常年花繁叶茂果实众多，让人

---

① 李韵：《中华文明的南方曙光——南国史前考古寻踪》，《光明日报》，2017年2月21日。

不用太费功夫就能维持生活，所以就犯不着去冒险，和创新。这样说来，当年中原朝廷喜欢将官员流放到岭南，以为是惩罚，其实也是犯了自以为是的毛病。

但不管怎样，老天追着赏饭吃，还是一度成就了东莞。

莞草说？移民说？东莞得名的几种说法

今天，我们在探讨东莞之名的由来时，曾有几种说法。

一种说法自然来自"莞草"，只是，"莞草"中的莞读guān，很多地方释义为水葱（学名）或席子草（俗名）。我国第一部辞书、秦汉时期的《尔雅》，其《释草》篇则载："莞，苻蓠。楚谓之莞蒲。"沂蒙山区的沂沭河流域盛产蒲草，其用来编席，亦称"莞席"。在今天山东省临沂市与日照市交界处的沂水、莒县一带，亦即华夏民族较早活动的区域之一，汉武帝曾封城阳共王之弟刘吉于此，为"东莞侯"。这是中国历史上首次以"东莞"命名的行政建制。汉承秦制，有人猜测，可能秦代已有东莞县。西汉的东莞县治在今沂源县东里镇一带（原属沂水县）。到了东汉建安三年（198年），曹操攻破吕布后从北海郡和琅琊郡分划出一部分而设东莞郡，以尹礼为东莞太守。东莞县归东莞郡管辖，出现东莞郡与东莞县同时并存的局面。东莞郡一度辖十二县，范围包括今青州、临朐、安丘、沂水、沂源、莒县、诸城等广大地区，疆域空前扩大，实为山东第一大郡。南北朝北齐时期，东莞郡取消，重新恢复了该地区琅琊郡的名称，前后历时约360年。而东莞县从西汉初至唐初撤并，则历时约800年。古东莞最辉煌的史迹，无疑是孕育出东晋开国皇帝司马睿。尽管如此，比起琅琊郡，东莞郡名声并不显，最后也被逐渐淡忘。但清代学者顾祖禹在其著作《读史方舆纪要》中就曾经谈及了山东的"东莞故城"。而在今天的日照莒县，其最北一镇，便是"东莞"，应是历史遗留下的残迹，可以证明山东也曾经存在过一个"东莞"。

但显然，今天我们所称的东莞莞草，和以前山东的莞草，以及遍及全国各地的水葱，都不尽相同。和山东的莞草也就是蒲相比，前者细长，后者则较为低矮，扬之水的《诗经名物新证》便指出，"莞茎中空，蒲叶扁平，莞席，取莞之茎；蒲席，取蒲之叶"。和水葱相比，前者别名咸水草、三角草、短叶莛茎，莎草科莎草属。喜温好湿，耐碱性较强，产于珠江三角洲沿海。而后者则与前者同科不同属，应为莎草科藨草属。只不过，它们都能用以编织草席，加上是近亲，所以在历史上常被混为一谈。

之所以我们今天将生长在东莞的咸水草称之为莞草，有可能是它的品质更好。由于东江及其众多的大小支流（淡水），与来自南海的海水在东莞及其周边交汇，给了莞草尽情生长的空间，并让这种短叶壮茎的莞草，纤维含量高，在编织草片、草席、帽子、坐垫、草袋等特色制品时，比以前当成莞的席子草更具柔韧之特性。所以，日后随着广东被开发，让这种莎草科莎草属的咸水草被发现，便如新王登基，或者说鸠占鹊巢，独享了"莞"这个名字。

最终，城市因此草而得名，反过来，此草又因城市之名的加持，更加坐实了正宗地位。至于东莞之东，大概是因为此地在广州的东面。所以，方位加特产，便制造出这座城市的初始面目。

在这种解释背后，是农耕文化浸润下的美感。正如《诗经·小雅》的《斯干》篇云："下莞上簟，乃安斯寝"，不管这莞是传统的席子草，还是日后的咸水草，它所体现的是原始初民的安居乐业，他们所建的房子要高大巍峨、遮风挡雨，而所在的卧室，要下铺莞草编的席子、上铺竹席（簟），然后就可以休息、工作、生儿育女，于是"君子攸宁"了——这何尝不是海德格尔所梦想的"人，诗意地栖居在大地上"？在一些人看来，他们喜欢东莞，也正是喜欢"莞"的这种诗意。东莞文史界泰斗杨宝霖就主张"莞草说"。事实上，在这本书当中，笔者对东莞的释义，从感情上也选择了这一种解释。

得益于农业生产的发展，即使今天的清溪及土桥一带尚处于混沌未开、没有人烟的原始状态，东莞北部、东部、西部及中部等地农耕文明也发展到了一定程度。自秦始皇三十三年（前214年）开始，东莞分别做过南海郡番禺县地、南越国地。到了西汉时期，汉武帝平定岭南，实行盐铁专卖政策，在广东地区设立番禺、高要两个盐官。番禺盐官驻地位于今深圳南头古城一带。明代张二果编的《东莞县志》称：吴甘露间始置司盐都尉于东官场，并注"场名'东官'，谓东方盐官"。由于番禺在高要之东，为有别于高要盐官，就称番禺盐官为"东官"了。这也是东官郡之由来。入晋，废东官郡，其地分属番禺、增城。这是历史记载的对岭南地区进行的较早开发。所以，又有一种说法，那就是东莞之名源自"东官"。而在盐业生产中，还有一种工具就叫"筦"。

还有一种说法，说是当年的东莞由于地势较低，容易成为潮涌之地。潮退之后，那些被海浪带过来的盐分便留了下来。这些海盐产量不算太高，但质量上乘。这也让海盐自然成了东莞发展的"第一桶金"。问题是，盐的腐蚀性较强，又成颗粒状，所以莞人寻觅各种材质来作为容器，最后意外发现一种生性耐盐的单子叶植物，也就是莞草，用来编织箩筐，十分便利。此外，在农业社会中，晒盐和经营盐业的商民身上都散发着浓浓的酸臭味。为消除这种味道，莞商们发现当地一种具有香味的常绿乔木，这种植物便是沉香。让莞商始料未及的是，以后香木的交易竟远比莞盐、莞草要兴盛。于是，沉香有了新的名字——"莞香"。[1]这倒是很好地形成了一个叙述的闭环。

东莞理工学院老师黎诚则有另外一种意见，他认为这东莞——广东东莞，是源自彼东莞——山东东莞。在他看来，东汉末年，北方战争频仍，基于躲避战乱等原因，山东等人口密集的中原地区出现了人口迁移现象。三国时期，他们就在今天东莞附近地区开发盐业。

到了两晋更迭之际，"中原乱离，遗黎南渡"。中原地区的民众为了躲避战乱大规模向南迁移，为安置外来人口，当时的统治者对北方大族实行优惠政策，满足其以旧壤之名建立原籍政府的要求，颁布了"侨郡"措施。这些原籍政府设在南方原有的州郡中，没有自己的行政区域，但有自己的行政机构，故称"侨置"。尽管因为各种原因，导致这种措施虎头蛇尾，但随着时间的迁移，原来北方地区的一些郡县名字被保留了下来，成了南方地区的新地名。因此，今天的东莞，有可能是南下士族在新开发地区所设"北方东莞郡"的一个侨郡。

题外话一句，在东莞博物馆的"莞·藏——100件文物里的东莞故事"（第二季）中，我们从虎门丫纱帽山、东城柏洲边、篁村牛草岭等地的东汉时期墓葬出土的器物组合中可以看到，东汉时期的东莞，在社会文化方面主

---

[1] 朱晋、黄少宏：《敢为人先商通四海，务实达观兼济天下》，《南方日报》，2014年6月26日。

体上已经实现汉化。

这也让东晋咸和六年（331年）成了东莞一个重要的年份。这一年，东官郡再次由南海郡划珠江以东地区而成立，管辖今天的潮汕、梅州、惠州、河源、深莞港、汕尾，以及福建云霄、诏安等广大地区，同时成立了宝安县，管辖今天的东莞、深圳（不含龙岗东部、大鹏和坪山）、香港以及中山珠海一带的岛屿，这是深莞港一带的第一个行政单位。东官郡郡治和宝安县县治都设在芜城，即今深圳南头古城，所以这一年也被许多学者认为是东莞建县元年。到南梁时期，梁武帝萧衍改东官郡为东莞郡，并迁郡治至增城。谁也摸不清楚萧衍为何要改名，但出生于南兰陵郡武进县东城里（即今天江苏省丹阳市访仙镇）的萧衍，祖籍为东海郡兰陵县（即今天山东省临沂市兰陵县），与古东莞多有交集。况且，他的老熟人——山东刘勰家族的刘整及其弟刘祥，均死于广州。也许出于乡情，加上东莞和东官读音相近，所以改东官郡为东莞郡了。

无疑，这种移民说比较彻底地否定了莞草说，让很多人感情一时接受不了。但不得不说，从散落着250多间古民居、30座祠堂的"东莞第一古村"——南社古村，我们就可以看到这种移民的影子。据《南社谢氏族谱》记载，其始祖东晋谢尚仁（谢安的后人）从韶关南雄珠玑古巷迁徙至此，便繁衍生息至今。而柏洲边的钟姓，则发源于今安徽省东北部，大约在汉晋之际，以河南省为繁衍中心，尤以迁入颍川的钟氏著称于世，后来成为全国各地钟氏的主要来源。因此，钟氏又以颍川为其堂号。

到了唐张九龄开凿大庾岭道后，东莞接受了越来越多的移民。宋朝以后，南迁渐多，以南雄珠玑巷氏族的南迁为代表，自北宋末年至元朝初年的二百年间，大规模的氏族南迁有三次，其中以绍兴元年（1131年）罗贵为首的九十七家三十三姓大规模南迁最为著名。

同样，今天的东莞清溪镇，其最初的村民，应该就是从江西入广东南雄珠玑巷移居东莞的。他们自宋真宗咸平元年（998年）开始，到清溪地域从事狩猎、采药、采果、捕鱼、稼穑等活动。随着客家人聚居繁衍，宋徽宗宣和元年（1119年），清溪开始立村。明洪武元年（1368年），也有部分客家人由梅县、长乐（今五华）陆续移居清溪。

到了靖康之难，东莞獭埗（今长安涌头村）李氏一世祖李卓，由中原避地南迁，至南雄县珠玑巷柯子里，后继续南渡至宝安沙井，因爱慕此地山水秀美，乃卜居东莞獭埗村（今长安涌头村），被称为东莞陇西李氏始祖。

在今天的东莞南城白马村，便建有一座李氏大宗祠。该宗祠是东莞少有的宋代宗祠之一，距今已有730多年历史。它祭祀的便是白马李氏先祖李用。作为东莞一代理学名儒，李用也是程朱理学著名代表人物之一。

而位于东江与狮子洋交汇处，在清代以前还是一片汪洋大海的沙田片区，随着广州府中堂司的麻涌人在立沙洲，厚街军铺人在杨公洲，厚街桥头人在西太隆、义沙等地，虎门人在稔洲等地筑围造田，在清朝后期初步形成了一些原始村落。此后，又逐步吸引了一些疍家人，[①]所以形成了一些有别于陆上社会的习俗。对于疍家人的来历，学界主流观点认为他们是闽越族的后裔。

这些疍民沿江漂流，漂到了沙田，加上番禺、中山、顺德等地的农民亦到沙田定居立村，因居住地位于沿海沙田地区，而得名"沙田"，因此，今天的沙田比较注重龙舟以及莞草等文化的传承与发展。

长安镇就在沙田的东南，隔虎门相望。很多人提起长安，总不由得想起西安。说起来，它和西安的前身还真有一定的渊源。据说，民国三十年（1941年），锦厦乡绅李学斌等人在沙浦头筹建新圩，以其祖先为唐宗室之后且发端于长安，故名"长安"。

这些移民的到来，让东莞形成了官府移民和客家移民、疍家移民的"大总汇"。在东莞，还有一个比较特殊的姓氏，芏姓。有人查阅姓氏文化，得知有芏姓主要分布在广东、福建、台湾等南部沿海地区。芏音杜，是古人对茳芏的称谓，茳芏即是莞草一种。而芏姓系因职业而得姓，就是以编席为业的人。芏姓的郡望只有一个，就是汉魏时期的古东莞。[②]如果这是事实的话，笔者也许更能接受"移民说+莞草说"。那就是古东莞人陆续南迁之后，需寻找能生长大量莞蒲茳芏的地方以利重操旧业，而南部沿海多这种水草，于是纷纷落居南部沿海，其中一部分进入广东东莞。尽管东莞的咸水草并不等同于古东莞的蒲草，但因为古东莞人的关系，它遂取莞草而名之，而其所生长的城市，也被称为了"东莞"。不知道这样的解释，是否也行得通。

---

① 疍家人：水上居民，由于没有田地，长年累月如蛋壳般漂泊于海面、江上，以船为家，以捕鱼或运输为生，又被称为"渔民"或"船民"。
② 刘世松：《南北东莞趣话》，沂蒙文化网，2020年7月4日。

但不管如何,南北的东莞郡存世都不久。隋平陈后郡废,县属广州,大业初仍属南海郡。唐复属广州。不过,到唐至德二年(757年),随着县治从芜(南头古城)迁往到涌,宝安改名东莞(1384年,到涌始称东莞城,新中国成立前称莞城镇,2002年改为莞城街道)。这也大概是因为北方的东莞县在唐初被取消。但随着宝安改名东莞,东莞最终还是以县的面目,被继承了下来。

只是,和东莞郡是大郡相比,东莞县的范围自然没那么大,尤其是随着城市增长和经济发展,这个国家府州县的建制也越设越多,自然也不断侵蚀东莞县的地盘。此前的东莞包括珠江西岸一些区域,如今天的珠海、中山、澳门的前身香山。为了便于管理,宋代元丰五年(1082年),广东通判徐九思采用香山进士、前鄂州军通判梁杞的建议,请求朝廷改香山为县未被获准,但许其置香山寨,专管巡捕盗贼,安靖地方。到了绍兴二十二年(1152年),在其地乡绅的努力下,香山由镇改县终获诏准。从此香山从东莞析出,东莞的区域只剩珠江东岸即现在的东莞、深圳和香港了。

就连深圳和香港,东莞最终也没有保住。明万历元年(1573年),为加强海防,分东莞县南境设立了新安县,地域包括现在的深圳和香港。众所周知,在第一次鸦片战争中,香港被英国人割占,从此一别就是155年。而新安县则在辛亥革命后,为避免与河南洛阳市的新安县混淆,于1914年复称为宝安县,县治仍在南头城。和当年的宝安县治从芜迁往到涌那样,这次的宝安,也于1954年同样选择了迁址,只不过是从南头迁往了当时的深圳镇——该镇正位于今日罗湖。随着改革开放的到来,深圳先人一步做大做强。宝安县再次"为人作嫁",于1979年1月改为深圳市。次年,其所管辖区域设立深圳经济特区。从这些历史变迁可以看出,宝安可谓是这个国家曾经最强的县域,催生了港、深、莞等大城市。换句话说,今天的香港特区、深圳市、东莞市、番禺县南部、中山市、珠海市及澳门等地区,也都与东莞郡、东莞县紧密相关。

缩水后的东莞,在1949年10月17日全境解放后,先属东江行政区管辖,再属珠江专区,继属粤中行政区,又于1956年被划给惠阳专区。到1988年升格为地级市之前,它大部分时间归属惠阳,只不过中间还断断续续归属过广州市和佛山专区……可谓是命运波折,四处"流浪",也难怪会成为位于广州和深圳之间的那份空白。

只是,我们千万不能小觑了这份空白!它那在农耕文明中千年如一日的叙事，给我们带来了散文般的美感，而在这美感背后，也有无数力量的积蓄。

就像，我们有时误解它身边的珠江显得很平静，却不知道水面下，正藏着怒的波！

水与火的交融

虎门炮台位于珠江口，炮口虎视眈眈地正对着江面。

那江上，曾行进着一队队商船的身影——它们带来了燕窝、槟榔、乌木、大米、海参、鹿脯、牛皮、玳瑁、火艾棉等物品，带走了棉布、瓷器、桂皮、生丝、茶叶，以及药材等。只不过，随着货里多了鸦片之后，迎接它们的，便多了"猎枪"。常常想，如果没有鸦片的入侵，虎门这个收束珠江粤海边的关卡，一定是个好客之门。不知道当年这个地方，是不是也曾摇曳着那一丛迷人的莞草？比起鸦片，它应该更招人热爱。只是有幸或者不幸的是，中国的近代史选择了这里作为自己的开篇地。

虎门的由来，和蚝岗所在的南城大抵相同，都是东江造陆而成。经唐、宋两代人工围垦，陆地面积逐渐扩大。由于其位于珠江口附近的伶仃洋，往内是通往广州以及东江流域的水道，往外则是广阔的南海，所以逐渐成为这个国家海防的重点。在清《东莞县图》中，我们可以看到东莞西边的珠江口，有小虎头、大虎头山两山并峙，如关隘当立，立于中流。因此这里也被称作虎头门。据《广州府图经志》记载："东莞县西南大海中，有大虎、小虎二山相次，若虎踞之状，故名虎头门。"

它的得名据说有美丽的传说，但在笔者看来，用"虎"来命名，一方面源于江心那两座岛屿形如虎伏，状若昂啸，但另一方面也寄托着当地乃至整个国家对这块区域的重视——作为珠江水系的主入海口，它就像中国南大门，得由"虎"来严加看管。也正因有虎盘踞，虎门旁边的小镇，遂得名"太平"。

根据史实，虎头门以明初军防建寨而名世，先由大、小虎山起名，专控珠江口主水道，后随海防形势变化，寨城防务又向东南一隅伸延，实指的地名也相应地随军防扩展而为域名。至清嘉庆十五年（1810年），虎门防务再度升格——广东水师提督在裁撤百余年后再次设立，且驻扎点由顺德改为虎门。虎门寨遂成了广东海防最高指挥署所。

在《东莞县图》中，我们还可以看到大、小虎山的右下，便有"虎门寨"。今天保存尚好，临水贴浪。正控珠江主航道的威远炮台，则是道光十五年（1835年）由广东水师提督关天培为加强中路海防力量所建，是虎门海口防务的主要阵地。位于前滩岩石正中的南山炮台，和镇远、靖远两炮台形成一"品"字，并与横档、永安、巩固等炮台构成鸦片战争时期虎门海防的第二重门户，对一切来敌形成了巨大的心理压力。

由于位置上佳，在一切还没有被来自工业文明的炮火揭开外衣之前，虎门乃至整个东莞成了这个农业中国的安全防线以及对外交流的前沿。秦汉时期，东莞对外商品流通贸易就开始发展起来。在东城区柏洲边村，还发现了东汉年间的蓝色琉璃耳珰，更是可以推断，两汉时期东莞便已产生对外商贸往来。到唐玄宗开元十四年（726年），曾在东莞屯门设镇，建立舰队，驻兵两千名，由岭南节度使直接统领。这个屯门，在今天以香港屯门区而知名。不过，在明代，屯门指的是北起今深圳南山区，南至香港九龙半岛沿海大部分地区，包括前海湾、后海湾、伶仃洋等区域，属明代广东东莞县。从这也可以看出，今天的深圳和香港，和东莞本是一家。也正因为"外国商船来广州贸易，必先集于屯门，再经南头、虎门，取道珠江，然后才能进入广州；而从广州出发的中国商船，也必须经过东莞，由屯门进入南海，再驶往东南亚、南亚和波斯湾等地"[①]，让香港在被英国人割占之前，就成了中西方贸易的最佳中转站。葡萄牙人曾对香港周边区域亦多有染指。在葡萄牙历史文献中便有"屯门岛"的身影。

也就在东莞开始风生水起之时，位于珠江西岸的顺德、中山、新会一带，由于地形地貌的变化，大部分区域都是浅滩，在海洋航行上没有太大意义。这不仅影响了它们的"发育"，也促成了珠江东岸成为重要的海洋航行通道。对东莞的另一个幸运在于，县治由南头迁到莞城，既给日后深圳的发展预留出了巨大空间，同时，也如谭其骧先生所言，也为自身后来的发展奠定了基础。莞城位于东江三角洲与东莞丘陵之间，正当丘陵边缘平地，背水

---

① 参考王鲁湘：《记忆东莞：王鲁湘走读东莞》，江苏凤凰文艺出版社，2019年版。

面山，地势略高，城南有著名的黄旗峰，可谓是广深之间的腹心地带。更重要的是，由于县治从临海的南头，缩入珠江口内，意味着在接下来千年未有大变局面前，最起码还有虎门的捍卫。很长时间内，外国商舶来广州贸易，必先集屯门，再往南头、虎门取道珠江进入广州。

今天，当我们回顾历史，试图给东莞在农耕时代做一个阶段性小结时，你会发现，随着大量移民的到来，东莞得到了进一步开发。

首先就表现在以农业为主，以莞草编织等手工业为辅的产业的崛起。其中，水稻产量最为耀眼。东莞曾在新中国成立后的一段时期中，每年稳定向国家上交粮食4亿多千克，排在全国县级单位前三位。在水稻、莞草、盐业之外，东莞还有更多诱人的特产，比如荔枝，便以优良质量后来居上，其中明代莞城、茶山、石龙等地已出现"千树荔"的大规模荔枝园，而其培育的荔枝品种有黑叶、小华山、公领孙、万里碧等17种之多。在日常生活上，以广府文化、客家文化和水乡文化融合而成的莞城文化，又滋养了无数东莞人的舌尖，让人更为珍惜这来之不易的幸福：艾糍、糖不甩、道滘裹蒸粽、眉豆糕、三禾宴、白沙油鸭、厚街腊肠、塘厦碌鹅等。此外，让这个世界记住的还有莞香。作为时间孕育的高雅清香，莞香自唐代开始就属于进贡朝廷的佳品，是东莞具有代表性的物质、文化和精神源泉。它也是中国唯一以地方命名的沉香珍品。它的存在，让人可以闻香识东莞。有观点认为，宋元时期，因鸡栖、屯门等泊口转运莞香，故称之为"香港"或"香港村"。这也是"东方之珠"得名的由来。

在东莞向世界输出的产品中，还有棉布。明清时期的东莞，当时中国最重要的棉纺织业基地，其产的棉布远销海内外，富可敌国。

在这些产品之中，鞭炮是最让人意外的。明嘉靖四十二年（1563年），开始兴起炮竹业。陈伯陶在《东莞县志》中记载："炮竹出邑城，大者名茶炮，次名江炮，小者以药线连缀名串炮，大小相间名间子炮，邑中工作凡万余人，制成销售四远及外洋，为工艺出产一大宗。"

它们不仅让"买不尽的东莞"成了那个时代的热词，也让东莞成为中国手工业在工业革命之前的"本钱"。同时，这种内外双循环，让东莞各地到明代已经诞生近200个圩市——也就是古代南方的农村大集。由圩市而乡镇，今天东莞的几十个乡镇，大概也是大浪淘沙而来。其中就包括寮步的香市，它和广州的花市、罗浮的药市以及合浦的珠市，合称"广东四市"。清代岭南大诗人屈大均在《广东新语》中便记载："香市在东莞之寮步，凡香生熟诸品皆聚也。"

不过，和东莞呈现的繁荣、热闹同为硬币一面的是，自古被讥为烟瘴之地、潮湿得令人抓狂、炎热到令人发指的东莞，显然对那些初来乍到的人们也并不友好，与水相关的灾难也频见记载。比如，为了遏制东江水患，1087年，东江两岸修筑了长达54千米的河坝，县令甚至亲自赤膊上阵，这一条坝护住了两岸50万亩良田。

多年后，为了改变夏季时常发生内涝的状况，当地农民只好等到中秋后的枯水季节，才种植晚造水稻，这样不但收获的季节要推迟到春季，而且往往面临十种九不收的窘境。于是，东莞开始筹划松木山水库工程（即现在的松山湖）。为此，500多名村民在1958年前后举家迁至横沥，其中400多人在水边村叫光头庙的地方建设了新宝陂。至今，他们的门牌仍以"水边宝陂"命名编号。而旧的宝陂，则淹没在今天著名的松山湖的湖水之下。

在这个水库工程进行同期，东莞又开启了自身水利建设史上规模最大、最宏伟、全靠人工开凿的一宗水利工程——东引运河（即东莞运河），其起自东江左岸东莞市桥头镇建塘口，下至茅洲河，终于茅洲河右岸东莞市长安镇独墩水闸，流经莞城等十数个镇街，沟通东江、石马河、茅洲河等水系和狮子洋，全长102千米，初期有效解决了东莞常平、横沥、东坑等镇区的母亲河——寒溪洪涝问题，并对下游的灌溉、排涝、引淡拒咸及城镇供水发挥了巨大的效益，后期则成为全市纳废排污的主要通道，为保护东江水质和供水安全，同时也为繁荣莞城作出了巨大贡献，可谓东莞人民开创的伟业、治水智慧和勇气的结晶……

不得不说，这种水与火的交融，既塑造了东莞人坚毅的精神，同时也助推了工商业在东莞的落地生根并壮大——因为在这里生存，远非在中原种几亩地那般容易，自古谋生之道，无非士、农、工、商。东莞偏于一隅，天高皇帝远，做官难成出路，那么，在农、工、商上，东莞人逐一突破，全面发展。除了莞席、莞香、棉纺、鞭炮之外，河上的龙舟还有水牛皮做的新昌鼓……都是东莞人的拿手好戏。

难怪有人感叹，位于珠江口沿海的东莞，在历史上一直是中国外贸的先锋城市，而且还从明清绵延至今，东莞外贸特产从迷人的香料转变成智能手机。

还有一点需要重点提及。也正是在与海外商人的贸易中，1582年，虎门人陈益意外收获了一种高产粮食作物——番薯，成为中国引进番薯第一人①。"一造番薯半年粮"。明清时期人口大爆炸，无疑跟番薯以及玉米这样的作物引进有很大关系。

这也是在前工业化时代，东莞对中国人的口粮作出的最大贡献。

觉醒和开放

在水与火的交融之外，东莞还在南与北的不断对话中，不断改变人口结构的同时，也让自己形成了多元、包容、开放的文化性格。

更由于世家大族的到来，也让教育在这片土地上铺开。和大多数人的印象相反，东莞自古就是崇文重教，人才辈出。据《东莞人物丛书》记载，自唐朝开始，东莞科举文武进士多达265人，举人逾千。仅明代，书院就达31所，有进士81人、举人550人。

这从莞城图书馆以及莞城街道办事处于2023年12月15日至2024年3月31日联合举办的"守正创新　赓续文脉：东莞历代乡邦文献整理成果展"中可窥一斑：作为岭南文明的重要发源地之一，自宋以来，东莞文风兴起，重视教育，尤其明清两代，人文荟萃，英才辈出，有"岭南人才最盛之处"的美誉。得益于崇文重教的风尚、公私藏书的盛行，以及刊刻出版业的发达等，东莞的先贤们为后世留下了丰富的著述文献，同时，透过前人整理的典籍文献，也能看到先贤们在故纸堆里爬梳剔抉的身影。

其中一位大家，便是明代的陈琏。其政声文誉，著述之多，几乎未能有人与其相比。而藏书家明伦还有一个身份，就是康有为的弟子。

石龙镇博物馆则在2024年的展览中提及，在清代乾隆年间，石龙的乡绅倡建当时东莞规模较大的两大书院之一的龙溪书院。"乾隆、嘉庆之后，邑中科举人才多出于此，其后各村也建有书院，如西湖村西湖书院、新维村荣阳书院等，均体现了石龙崇文重教的浓郁氛围和厚重的文化底蕴。"另外

---

① 关于中国引进番薯第一人，还有第二种说法，是福建长乐人陈振龙；第三种说法，则是将这两者并在一起。

一所书院，应是鳌台书院。让人想象不到的是，这个让人联想起独占鳌头的书院，正坐落在日后东莞异常繁华且为展览名镇、家具之都、鞋业名镇的厚街。鳌台书院原址坐落在厚街镇乡贤亭（俗称八角亭）侧，由曾任宝庆府知府王恪创建于明成化十二年（1476年），距今已有约550年历史。后移建于厚街村菊塘坊菊山之侧，于乾隆二十一年（1756年）落成，面积700多平方米。和厚街人文荟萃相映，这个地方历经人口繁衍，一度百业俱兴。据说厚街始建于北宋宣和年间，相传福建莆田王泰宦游至此定居，因选址军铺（随军眷属圩场）后面，故名"后街"。王姓、方姓和陈姓是最早迁徙至此的三大姓氏，三大家族对传统文化推崇备至，这也让厚街在产业之外平添了深厚的人文情怀。

正是这些文化的熏陶和教育的培养，东莞出现了不少能人志士。从拒食元粟的李用，到东城榴花公园前身——铜岭之战的参与者熊飞，到举家理塘隐居的赵必豫……东莞当地知名作家詹谷丰曾用自己生动而厚重的笔触，勾勒出南宋之后这座名为东莞的城池的一百张面孔，让人对东莞不禁肃然起敬。日后，东莞还出现了明代抗清名将袁崇焕、现代抗日名将蒋光鼐，所以此地亦是"英雄之地，忠义之乡"。

其中，蒋光鼐和知名学者容庚、工程院院士何镜堂、新浪网首任总裁王志东，都是来自1902年创建的东莞中学。东莞除了东莞中学，还有一所东莞一中（东莞市第一中学）。后者创办于1957年，原名东莞县建设中学。和今天很多学校如桐城中学被默认为桐城一中，但东莞由于一中的出现，东莞中学只能简称"莞中"。

在进出口商品的同时，东莞还扮演着其他重要角色，那就是一边接纳移民，一边又成为新移民的出发点。当地更有观点认为，在郑和下西洋的历史活动中，东莞扮演重要角色：永乐四年（1406年）明廷第一次在东莞采珠，与永乐五年（1407年）郑和二下西洋从广州出发，时间上颇为吻合，两者或有直接关联。因此，"在郑和下西洋的宏大事业中，东莞地方曾扮演的角色，实在不可忽视"。及至清朝，闽粤之人下南洋已成潮流。据暨南大学历史系刘正刚教授等学者考证，清乾隆五十一年（1786年），就有东莞人前往马来西亚的槟榔屿从事开采锡矿和割橡胶的工作。

海纳百川，有容乃大。正是在这种产业、移民及航海的不断塑造中，东莞成了中国农耕文明中的优秀代表，即使自鸦片战争后一度失落，无可奈何地看着看似雄壮的虎门炮台在西方的铁甲舰面前不堪一击，最终陷落，而那个同样看似固若金汤的帝国，也被轰出了无数裂缝，只好拖着满身伤痕，踉踉跄跄地走上了近代化的进程。但是以林则徐虎门销烟为代表的奋起一击，也昭示着这个被海风吹拂的地方，有着文化的觉醒、精神的觉醒，同样也是中华民族发奋图强谋发展的觉醒。

在我们仔细审视今天东莞的画卷之前，可以从它的边幅、色彩、尺寸看到，这并不是在一张真正"白纸"上的图画。它的每个毛孔中，都渗透着让人惊叹的内涵、特质以及历史，它们在时间的催化下，不断融合并产生化学反应。

东莞因此被人重新发现，并生发出"你竟然是这样的东莞"这一慨叹。不知历史，无以知将来。它在呈现这座城市来路的同时，也让我们由此深悟，制造为何能落地于此，并深刻地改变了它的面目。

首先，是自身的积淀以及不断的移民，让它形成了自身超然于无数区域的格局和视界，也因此多了开放和包容的气质，进而变成了制造新东莞的文化心理——所以，谈今天东莞制造业，不能不谈它的过往和移民。

其次，在"士、农、工、商，商为末业"的传统社会，它在工商业上的造化和追求，让它在未来发展制造业上变得顺理成章、先人一步——所以，谈今天东莞制造业，不能不谈它的工商业，尤其是近代工商业的发展。

再次，东莞和香港自古一体，同文同种，也让它在鸦片战争中尝到了失地之痛，当然也在新时代的牵手中收获红利——所以，谈今天东莞制造业，一定不能不谈香港以及它和香港的关联。事实上，这也是东莞得以发展的"独特资源"。

更重要的是，还在于东莞的觉醒和开放。是觉醒和开放让它得以拥抱新的变化和新的机遇。同样还是觉醒和开放，让它在未来向"新"而行。

最终，当新的世界开始展现在东莞面前时，它终于一跃而起，在人生归零后，[1]再次选择出发。

---

[1]　东莞在1978年还只是一个生产总值仅为6.11亿元的农业小县，人均仅553元。

1

第一部分
南渡北归
CHAPTER

第一章

蔡殷宝：莞商的第一张清晰面目

　　17岁那年，从小读书聪颖，有"神童"之称的樟木头官仓蔡殷宝，做出了一个改变自己人生命运的决定，那就是弃学经商。他在老家附近的石马圩购买了50担谷，租船由石马河经东江运到石龙销售，从而走上了商途，成就了一段人生的成"龙"传奇。

　　这个经商的念头，来源于宗亲蔡大程对石龙日复一日的描述。蔡大程常往石龙做生意，对石龙的繁华了如指掌。想必在他的叙述中，一定会提到石龙的航运，大船小船汇聚于此，东来西往的人群川流不息，而人们沿着岸边摆摊买卖，各行各业，相对集中。最初有棉花街、鞋街、果盒街、豆豉街，后逐渐扩展到面街、竹园街、竹丝街、卖鸡街、果栏街等——可以看出，这些街都是按照其集中销售的商品来命名，土俗却一目了然。整个圩则划分为粤隆、凤液、东庆、永寿、平乐等十四个坊，纺织、染布、竹织等手工业工场也渐次出现。

　　清康熙《东莞县志》黄佐《序》云："迩者邑俗之美不殊于昔。商贾货利，东往栢林，西通山越。"尤以工商业比较发达的茶山、石龙等市镇为最。

　　这样的石龙，让人总不由自主地想起它就是一条石变的龙。但事实上，它的名字并没那么大的诗意，"石龙"是从"石隆"而来，而它的历史，甚至都不如对岸的西湖村。秦汉前，石龙还只是东江中的一片小沙洲。随着大片陆地露出水面，到宋时才有人在这块陆地上居住，经过历代人工围垦，它才不断扩大，东江也因此从这里分流而过，这里形成了一河三埠的天然宝地。到了明嘉靖十五年（1536年），其正式开圩。因沙洲北建起一座称为"石隆塍"的堤围，故名为"石隆圩"。清乾隆年间，始有吏治，改称石龙镇。这也让它成为东莞地区最早的建制镇。某种意义上，说石龙是东莞第一镇也理所应当。

尽管镇子很小，但它的地位却很重要。

因为条件不一，很多在珠江上行驶的船很难越过石龙再向东江上游挺进。相反，很多在东江上行驶的船也不敢越过石龙进入珠江。这让石龙坐享其成，成为东江与西江、北江流域之间的重要中转站。很长时间内，石龙内河航运的线路主要有这四条：一是北上惠州、河源、紫金，二是西上广州，三是西南到佛山、容奇，四是东南出香山（中山）、澳门和香港。东江上游惠州、河源、老隆一带的货物，都以石龙为集散地；广州和西江的各项商品，也须经石龙转运东江上游。

这也让石龙在开圩后，的确像是一条"盘踞的龙"，在商业和航运上一日千里，最终化作了蔡大程的骄傲以及蔡殷宝的向往。

莞邑银王

蔡殷宝，号恕轩，字器之，生于清雍正十一年（1733年）。父亲庭才，是在乡间行走做杂货生意的，家境寒微。但又有一说，是以卖猪肉为业。据资料，其祖是在明崇祯五年（1632年），由闽入粤居于揭阳，再由揭阳迁居官仓立村。后子孙繁衍，散迁石马、柏地、丰门、金河等地，俗称"蔡屋洞"。如果再往上溯源的话，其先祖最初应该来自河南上蔡，所以他也应是来自中原的客家人。客家人善于做生意，传统的粤商主要包括广府商人、潮汕商人以及客家商人三大分支，或者说是三个子商帮的统称。蔡殷宝也不例外，甚至，他将自己本应表现在科举上的才能，转移到了经商之上。

贩卖稻谷无疑是蔡殷宝的商业实习。这段经历，首先让他在看到东江水运优越条件的同时，也广泛接触产销两地经营的客户，从中摸索市场规律。这也帮助他制定出了"以销定购"、平买贵卖等策略，以增收利润。其次，为了避免在以广府话为主的人群中受到排挤，他采取与本地人合作，挂钩联营，搞好人事关系，避免竞争冲突。再次，他还千方百计扩大经营，大胆投资收购地铺、地皮，修建店铺、仓库。"蔡殷宝经营谷米、油麸、铁锅、陶瓷、建材、烟草等，分设22间店铺经营。由于经营规模大，货源全靠水上运进，当时蔡殷宝自用码头不够用，为了扩宽泊位，他请石匠打石牌，加凿'蔡殷宝码头界石'字样，涂上苔藓，夜间抛入河中。不久，发生了争舶事件，引起官司，蔡殷宝诉于衙门，举证述理，官差到现场取证，见有界石，就依此判蔡殷宝胜诉，从此，蔡殷宝经营的配套设施更完备，业务更通畅，钱就越来越多。"[1]不过，和这略显一些"阳谋"的手段相比，蔡殷宝在经商上更重信誉。收购的船货一到来，他就通知对口店铺收货、付款，同时下达出售单价，一开始是货到付款，后来变成日后付款。慢慢地，蔡殷宝腾出资金周转，生意越做越大，声誉越隆。最终，蔡殷宝发迹于乾隆年间，与茶园刘孔武、石步封绍仪、河凹陈三明同为莞邑四大财主，而他更有"莞邑银王"之称。

"莞邑银王"的由来，则跟另一个故事相关。乾隆四十八年（1783年），此时已回到老家含饴弄孙的蔡殷宝听说东莞募捐，也准备应捐。捐募地点设在政府大院内，登记处分三进：一进属低档，捐铜钱即可；二进属中档，捐铜圆；三进属高档，捐白银。蔡殷宝穿着简陋，带着孙子允升向三进走去，却被登记人员误以为他进错了门，要他赶紧退到一进去。蔡殷宝说："我就是要来这里捐募的。"轮到他报捐时，他叫允升去写，允升先是写上一两，他说再加直一笔，于是一两变十两，这已经是当时的最高捐额，周围的长袍马褂们哗然一片，但他还没有停止，让允升在十的上方加撇，这就变成了千了。大家由惊愕变成了狐疑，以为他在戏弄作怪，便问："你捐千两是真是假？"他说："怎么假？跟我去拿就是啦！"主办人指派两人跟蔡殷宝去了石龙。到了一家店铺，说"给他十两"，再行到另一家店铺又给十两。收钱的人见各店主都唯唯听命，幡然大悟：此人是"暗湿"财主。但问题是，几个十两好拿，但一千两又怎拿得动！只得改日再取款。"下次来取白银，由主办人带队，还带了舞狮队来辞谢，众人都说，蔡殷宝何止是财主，其实是莞邑银王。"[2]还有一说，蔡殷宝在捐银之时，将每根银条（十两）上打上"蔡殷宝"三字，然后发出，以提高自己的声誉。

从这里可以看出，蔡殷宝尽管从商，但也商而近儒，有着一颗爱乡爱民

①　蔡石军资料，陈剑锋整理：《讲述蔡氏名人蔡殷宝的故事》，《樟木头报》，2010年4月12日。

②　蔡石军资料，陈剑锋整理：《讲述蔡氏名人蔡殷宝的故事》，《樟木头报》，2010年4月12日。

之心。尽管在慈善上，他的"动作"搞得有些大，有"宣传"之嫌，但是从他有钱而不为人知来看，他其实低调得很。据传，为避免树大招风，蔡殷宝平常不洗鞋不梳头，出外时穿一身布衣，从不声张自己的身份。甚至出现有贼子当他面打听蔡殷宝下落的事情，让人闻之颇觉有趣。今天的莞商大多很低调，蔡殷宝更是被称为低调莞商的"鼻祖"。

这大概也和客家人在世事维艰当中四海为家的流浪记忆有很大关联。出门在外，财不露白是古训。也正是因为怕盗贼"标参"（劫人），他在五十余岁时，索性放弃在石龙发展的工商业，回乡过田园生活，终年62岁。但这一低调做人、务实做事的作风，也成为莞商文化的积淀并被后来者所继承。

关于蔡殷宝，也许还有两点值得一说。其中一个便是在自己43岁前后，历时四五年，在老家官仓为其三个儿子置地建房，留下了至今仍是客家建筑中的典范——三家巷。三家巷中的房舍都采用一家三宅的布局，外围两侧及背后围绕较低的成排房舍，形成围屋。其统共140间房舍，占地面积20亩。一色的都是水磨青砖、重重叠瓦、屋脊云鳌、墙头塑龙、曲径回廊。其间巷道迂回，宽约2米，均采用0.8～1.2米的长条麻石铺砌，石面光洁、干爽通风，虽窄却是阴凉避晒。根据《樟木头镇志》载，三家巷是因蔡殷宝给三个儿子分别建了三家同一巷的房舍，每家住屋三间，九间屋组成一条巷而得。但也有其后人认为，三家巷是因所有建筑群按三个儿子分成三家而得名。但不管如何，岁月流逝，财富消逝在社会的变动之中，这些房屋却成为历史不朽的财富和见证。

在"以末致之，以本守之"之外，蔡殷宝做得还很好的一点就是对子女的教育。客家人一直有一句祖训——"忠厚传家久，读书继世长"，蔡殷宝和中国历史上知名的传统徽商一样，"商而近儒"。在清朝中期就提出了男女平等的看法，到晚年，他更是从财产中抽取大量资金作为开办教育和祭祖资金，在家族中鼓励后裔读书，由家族公费助学。根据统计，在清代蔡殷宝后裔中有贡生9人，千总2人，监生3人等。在他大量的资助对象名单中，有今东莞凤岗镇的纂香书室——其当年由凤德岭上村富商张拔萃和其孙张应中花费万两白银建造，更留下三峰（今清溪镇三中）田租用于办学。其后，张应中聘请了岭南第一才子宋湘前来任教。这也让其时还是偏远小山村的凤岗，俨然成为周边村落的潜学圣地。

这倒是和整个东莞的文风相合。在今天石龙镇博物馆中，有文字描述亲水而居的石龙人，说他们有"举步登舟"之说。它还指出，由石龙头到石龙尾，主要的过江渡口有七处，最著名的是黄家山渡口，岸边的沙边街逢开墟之时人头涌动，摩肩接踵。年可收渡口租金500余元，作为乡办仙溪小学经费——从中可以看出石龙人一手抓工商，也同样一手抓教育。他们重视教育且善于办学的特点，由此可见一斑。

"虽有坐拥中国南大门的地理优势，且有发展海外贸易的开放心态，但东莞商帮的发展壮大并非一路坦途。到了明清时期，这些海外交易随着禁海、闭关政策的出台而消失。"①但蔡殷宝的出现，还是让古代莞商第一次以清晰的面孔出现在记载上，并让我们日后在探索莞商以及企业家的性格和精神时，有了一个重要的源头。

铁路改变石龙

尽管蔡殷宝逐渐淡出石龙的舞台，但石龙依旧有不断的传说。随着无数人、财以及货物纷至沓来，石龙逐渐成为"惠、潮、嘉三府商贾总汇，货财云集之地"，且因控制着大米和木材等主要农产品的流通，对整个广东的粮食流通价格起着决定性的作用。可以说，它的商业为东莞全邑之冠，有"省佛陈龙"之誉——亦即和广州、佛山、陈村并称"广东四大镇"。这也为石龙在日后商贸物流上的突出表现，刻下了浓厚的基因。光绪三十二年（1906年），石龙在东莞率先成立石龙商务分会。

关于石龙，今天还有一个荣誉，那就是"中国举重之乡"。石龙曾哺育出新中国第一个打破举重世界纪录的陈镜开、四破举重世界纪录的叶浩波、三破举重世界纪录的陈满林、中国首枚举重奥运金牌获得者曾国强等人。当地媒体在解读举重活动为何在石龙兴起时，曾提及石龙当地流传的一个说法——明末清初，在以水路为主要运输渠道的年代，石龙是东江运输的交通枢纽、咽喉之地。由于石龙码头众多，航运繁盛，商业发达，不少人以搬运

---

① 朱晋、黄少宏：《敢为人先商通四海，务实达观兼济天下》，《南方日报》，2014年6月26日。

为生。茶余饭后，搬运工常常进行举石担、石锁等训练，来增强自身的肌肉力量。此外，还有人在劳动间隙"拗锄头""拗条凳"来练手劲。从这里可以看出，石龙的商业之盛，航运之盛。

为石龙的发展进一步加持的，还有铁路的到来。1876年，英国人修建了中国的第一条铁路——吴淞铁路，从上海到吴淞，全长14.5千米。但在时人的认知局限、安全稳定的考量、清廷守旧顽固派的压力以及违章建筑等对清政府国家权力的侵蚀之下，铁路运行没多久，就被清政府花费28.5万两白银买断，然后拆毁了事。对这样的现代化工具，国人一度相当抗拒，但它仍然不以人的意志为转移径直闯进了这个以农耕文明立足的古国。笔者曾在《城市战争：国运、时代及世界三重奏下的中国区域沉浮》一书中描述过那些被列车改变过命运的城市，像运河城市扬州和镇江，因为对铁路的"阻击"，导致津镇铁路改为津浦铁路，最终落寞如斯，而位居津浦铁路和沪宁铁路之间的南京却是坐稳了自己的位置。相应的，蚌埠也因缘际会，因津浦铁路的到来，而成为淮河沿岸的新兴城市。

在沪宁铁路全线通车前一年（1907年），广九铁路华段（广州—深圳）开建，和津浦铁路一样，它也属于英国殖民者于1898年向清政府强索的五条铁路筑路权中的铁路之一。这是中国境内第一条连接内地与香港的铁路，由广州站向东，在石龙越东江及其支流，经樟木头，抵深圳市，过深圳桥到香港九龙，全长179千米。

这无疑开创了莞邑铁路之先河，结束了石龙只有水运的历史。1911年，石龙火车站随广九铁路通车而启用，随即就成为广九铁路的中途大站，每天不但上落客人多，货物运输也繁忙。据《石龙镇志》记载，广九铁路通车之后，石龙于1912年开始办理客货业务，一下改变了以东江流域客货运输为主的局面。铁路的到来，对石龙的影响无疑是巨大的。洋货蜂拥而至，与此同时，旧时代不可避免的战乱也沿着铁路线急速扩展开来。这也让石龙在1916—1929年遭遇极大冲击，但是新的世界也在石龙面前逐渐展开。

今天中山公园的一角，有一座演讲台，台上竖立着一尊雕像——周恩来总理，其时他正任黄埔军校政治部主任。1925年，为讨伐广东省内的军阀势力陈炯明，广东革命政府先后发起两次东征。而东征军也选择了将交通四通八达的石龙作为自己的大本营。第一次东征，周恩来以黄埔军校政治部主任身份随军校校军参加，第二次东征，其任东征军总政治部主任，均发挥了重要作用。也就在这两次东征中，孙中山、周恩来、蒋介石等人多次抵达石龙。其中，周恩来三次到过石龙，两次在此发表演说。看着面前的周总理，左手叉腰，右手握拳，慷慨之气溢于眉宇，恍惚之间，便穿越回了百年前的石龙人民之中，听着周总理的号召，工农兵学商各界联合起来，打倒反动军阀，不由热血沸腾，一起奔赴革命前线。中山公园本为石龙公园，后来为了纪念中山先生，改成今名。

同样，为了纪念孙中山先生，石龙人民将从东至西连接沙边街、东禄元、西禄元等9条小街扩建而成的街道，命名为中山路。这条路建于1929年左右，全长1435米，至今一直保持着15米左右的宽度。它是东莞最早建成的马路之一，也是东莞有名的商业街。两边的骑楼参照广州上下九设计。有个说法是，配合石龙撤镇设市、振兴商业。民国17年（1928年），石龙设市，由省直辖，但没多久又撤市复镇，仍属东莞县管辖。民国27年（1938年）10月，东莞沦陷前后，石龙一度改为市，不久后又复镇。

尽管石龙在设市上有些命运多舛，但短暂的经历，还是印证了它在整个广东省的地位，也幸好没有设市成功，让今天的东莞不曾失却一个重镇。甚至不妨假想一下，如果石龙设市成功，在继续壮大之后，日后取东莞而代之都有可能。

今天，当我们漫步在中山路那典型骑楼风格的建筑群下，满目都是规模宏大、构造精美的建筑叙事，中间常夹杂"山花"与"女儿墙"等骑楼典型细节。有些楼宇还雕刻着精细的西洋纹饰，挂着亮丽的西洋风灯，颇有清末民初与欧式风格融合的特色。这让人看到西风东来之后，大家对西方文明亦多有接纳，并非一概排斥。就在与中山路相连的太平路56号，有一处一眼可能不会留意的楼房，但它却是今天东莞市第一批历史建筑之一，石龙当地著名的当铺之一——锟生大押。无疑，商贸业的繁荣，也催生了石龙民间金融业的发达，拥有颇具规模的典当、汇票、银号以及金银买卖和兑换业。1926年10月，中央银行在石龙设立经理处，办理兑换、存款、汇款业务，成为东莞第一家银行。相对之下，当铺更符合劳动阶层的需要。据说石龙故衣街卖的故衣，便主要来源于这些当铺。而作为当铺中做得相对出色的锟生大押，尽管铺面貌不惊人，但还是透着气派。其坐东朝西，面阔4.5米，进深17.7米，高约9.7米，为前铺后宅布局。直到今天，锟生大押的二楼窗口，依然清晰可见"锟""押"两个大字。三楼则有三个瞭望口，既可以用来采光，又可以用来观察远处情况，是乱世抵御劫匪的重要保护设施。而在店铺内，押柜很高，当押人看不到柜面，这容易给人造成心理压力，而不敢多讨价还价。人们在当、押物后，当铺会发一张当票，作为取赎凭据。当票字的写法特殊，叫"当体"，是篆书、草书混合，笔画有规则地加减，连笔直写，以记叙物名、规格、银码，防止假冒。

金融业繁荣的同时，近代工业也在石龙如星火燎原一样，开始蔓延开来。

在中山路上，就有商人莫德明在1929年集资创办的民一布厂，这是一家拥有近百台织布机的近代企业，它和1923年由多名商人集资在石龙头开办的电灯局（自此石龙开始使用110V照明用电）一起，成了石龙近代工业之始。当然，也是东莞近代工业之始。

和它相近的还有裕荣米机——广东当时最为先进、规模较大的电力碾米和粮食加工企业，主供香港和广州的大米需求。它们的出现，自然和石龙的商贸有很大关系，当资源集中于此时，不仅方便周转，也方便就地制造。

更多的机构出现在了中山路上。在锟生大押之外，这里相继开办了东莞第一家邮局、第一家电话局，还出现了惠来书局、南方印务局，当然少不了茂华烟铺、王珍金铺，再加上石龙德和兴醒狮头、李全和麦芽糖，让中山路即使是商贸重镇，但依旧掩盖不住老街内浓厚的市井气息。其聚拢的是烟火，摊开的是人间。

对很多人来说，他们更想去一个地方打卡，那就是楼顶至今还能隐隐看到雕刻着"郭忠成"三个大字的建筑。郭忠成是当年的商业大咖，他打造的金铺一度是石龙商业的领头羊——在中山路建筑群成形后，金铺从面街迁至而来，和茂华烟铺、王珍金铺成为中山路上最新式、最具标志性的三座建筑。郭忠成还是香港娱乐圈明星郭富城的祖父。换句话说，郭富城其实是东莞人，郭忠成金铺其实是他在内地的祖屋。不过除了这片祖屋之外，郭忠成据说仅在石龙镇上就有100多处房产，而且人丁兴旺，这也让他的家族成为石龙一大望族。如果岁月静好，这样的家族一定会在石龙繁衍壮大。所以，也有人很好奇郭氏家族为什么要迁居香港，或许，我们可以从曾居住在猪糠街56号"周氏民居"的胜叔，和慕名探访的来客的一番话中多少猜到答案。

胜叔说这个民居是他爷爷在抗日战争前买地自己修建的，但1938年由于日本侵占石龙，迫使乡亲们四处逃亡，他爷爷为了保家人而南下避难，而那段日子，这间曾经靓丽堂皇的屋子被伤害得千疮百孔，后来即使翻修，也再回不到以前了。

　　美好的事物常常被人盯上，尤其是在乱世当中。这就像自己四海为家的祖先，也就像当年的蔡殷宝，用低调以及提前退休来寻求保全自己，很多人不得不抛弃自己建设的一切而背井离乡，这是无可言喻的莞殇。但这也让优秀的东莞人，散播到世界各地。

　　包括正逐渐成为东方之珠的香港。

第二章

东方之珠，我的爱人

为了谋生而出走他乡，这种场景早在康乾盛世时期就开始上演。马戛尔尼出使中国时，清朝虽自号天朝上国，但在对方的眼中，从皇帝到大臣都是愚昧无知，而人民也非安居乐业，更像水深火热。他们所行经的地方，看到大部分人民都过着非常贫困的生活。当海禁政策稍微有些松动，大家就想着到远方去看一看。

据凤德岭的狮石厦黄氏族谱记载，在清乾隆年间，黄氏先祖黄振鹏外出南洋谋生，开了凤岗地区向外移民的先例。随后，其他家族如曾氏族人也陆续出洋，形成了近200年的华侨历史。但是，更多的凤岗人，出去也未必那么心甘情愿，他们有的人是在战乱、饥荒和贫困中，被迫成为"契约华工"，被贩卖到东南亚和南美洲等地从事艰苦的劳动。

此去经年，白首相离。

相比而言，新兴的香港更吸引着莞人的投奔。

推动香港发展的东莞力量

如果说，石龙连接的是广州，是通过珠江水系而串联的广泛内陆，那么，香港面向的则是海洋，是外部的更大世界。这个在1840年之后，被英国先后通过《南京条约》《北京条约》《展拓香港界址专条》等三个不平等条约逐步强占的岛屿，刚开始只是作为鸦片贸易总部，而非长远的自由贸易港和军事基地，但是有着独特的地理位置，加上英国人很早就宣布香港为自由贸易港，对进口货物一概不征收关税，再加上太平天国运动时期，因为连年在东南地区与清政府展开鏖战，导致了内地的大量人口不是躲进了有租界保护的上海，就是移居香港……所以不仅有了大量的廉价劳动力，而且还因为有不少豪商大户的涌入带来了重要的财力资本——最终，香港在奠定了自身腾飞的物质基础的同时，也从从事经营鸦片贸易这种黑产，实现自身的转型，开始逐渐显现成为国际金融、贸易、航运和信息中心的样子。与此同时，华人也逐渐成为香港的主体人群。到了19世纪末期，香港的财政收入已经变成有十分之九是靠华人出钱的局面。这里自然就少不了来自东莞的人力和资金。甚至，"清末民国时期，东莞籍商人在香港具有举足轻重的地位"①。

在港的东莞籍商人中，曾担任定例局（香港立法局前身）议员的周少岐所在的周氏家族无疑是当时的佼佼者。不过，周氏家族在香港的活动和影响，时人及后人关注皆不够，陈伯陶所纂民国《东莞县志》亦无记载，只有一段大概的描述：东莞周氏的先辈，与同是东莞人的林氏等共凑集资金六百银两，前往香港开设大成金铺，经营金饰玉器，并转兑侨汇，成为香港金饰行业的老字号。后来有人翻出周氏家谱，才知道周少岐的父亲周永泰原是东莞常平人，1830年出生于常平屋夏（即今天的桥梓村），后经商迁徙到石龙。

和很多被迫赴港的老乡不同，他主要是因为有着养家重担，主动想出去闯一闯。所以，在与新婚妻子李氏商讨后，一同于19世纪60年代初移居香港，这也让他成为石龙商人中最早到港的一批人。刚到香港，周永泰发现经营商务很棘手，好在他眼光不错，随即发现丧礼上用到的器物和装饰品是一块还没有被占领的市场。凭此迅速发家后，他又将生意扩大到了珠宝以及黄金产业，这也奠定了周氏家族在香港立足的基础，甚至与何东、利希慎、李佩材家族一起并称香港早期的"四大家族"。

不过，周氏家族发迹的关键除周永泰打拼多年奠定良好的根基外，还与周永泰夫妇对教育的重视密不可分。周永泰妻子李氏，16岁时嫁入周家，17岁随夫移居香港，在一个全然陌生的地方讨生活，除了做到和丈夫一起胼手胝足、节俭维生，更重要的是，她十分重视教育，并懂得审时度势。当时香

① 张晓辉：《东莞籍港商周少岐父子事略》，《广东史志》，2008年第4期。

港在英国殖民统治之下，社会急需精通英文的人才，而内地仍开科取士，李氏认为子女的教育应有周详规划与部署，最终，"让诸子各有专攻，学贯中西，修读不同语言与学科，以达到互助互补的目的，促进族人多元发展，让家族得以持续发展壮大"。"在周氏家族中，周少岐、周卓凡、周峻年、周锡年等在香港的地位崇高，影响巨大，一举将家族推向发展高峰。尤其周少岐求仕经商并举的发展模式，更是其家族发展的一个标榜。"[①]1893年，周少岐与施鹊臣、何子贞等创设"东义堂"，以联络乡谊、办理公益。其于1931年改名为香港东莞工商总会，是香港历史悠久的工商团体之一。

如果说周永泰的创业有些因地制宜的意思，那么，更多的东莞人则靠着"东莞"发财。大家都知道，东莞除了莞席、莞香，本土产的炮竹、烟花同样畅销海内外。东莞市档案馆记载，东莞烟花炮竹生产兴起于明朝嘉靖年间（约1563年）。而东莞的万江洲、金鳌洲、脉沥洲，则是东莞烟花炮竹的发祥地。据说起源于一位东莞医生在配药时，错把人中白和硫磺粉混在一起研磨，结果引起爆炸。人中白是从尿缸刮下来的污渍，又称尿壶垢，可以入药，但含有土硝成分，与硫磺混合，变成了土火药，燃烧时闪烁发光。东莞人从中得到启发，慢慢试验、摸索，制造出最简单的早期烟花。在清初海禁期间，莞商已把少量炮竹、烟花，夹杂在头菜、莞草、凉粉草、土纸等物品中，偷偷运往印尼、新加坡、婆罗洲、越南、泰国、缅甸等地销售。后来康熙朝开放海禁，莞商开始大张旗鼓地出海经商，炮竹、烟花成为抢手货，越洋过海，销往欧洲、美洲、大洋洲和非洲等地。据不完全统计，清光绪十三年（1887年），烟花炮竹出口金额为当时币值100余万两白银。1887年至1915年，东莞有罗常泰、谦隆、黄佑记、陈泰记等炮竹庄。"爆竹声中一岁除，春风送暖入屠苏。"多年来，这炮竹声声伴随着中国人民过了一年又一年，再加上红白喜事，让其已经深入进民族情感的集体记忆。

尤其是出门在外，听着炮竹，看着烟火，不免多了思乡之情，甚至把异乡作故乡了。所以，有华人的地方，就会有这炮竹和烟火。香港也不例外。1908年，鹤山人叶兰泉在香港九龙开设"广万隆炮竹庄"，是为香港炮竹业之始。

真正的"炮竹大王"也很快在香港闪亮登场，他就是东莞万江水角坊

---

① 赵水平：《那些年，一群熠熠生辉的在京东莞学人》，《潇湘文化》，第82期。

的陈兰芳。事实上，他年轻时便曾赴港谋生，略有积蓄后回莞城创业，陈泰记便是他的"创业项目"。此前的炮竹生产大多很原始，全靠小作坊用简陋的工具进行卷条（炮壳）、切条、配料、入药等工作。大部分的原料加工，都由家庭妇女承接，自备生产工具，在家里完成。民初东莞画家邓尔雅《绿绮园诗集》中的东莞竹枝词，便有"万家妇孺作荆鞭，火树银花不夜天"之句，可见当时妇女手工制作炮竹烟花人数之众。这种落后的生产方式，维持了几百年。但到陈兰芳之手，则采用先进的科技，并改造工序，用硝酸钾、硫磺和碳粉混合，制成黑火药，并用苏木染纸制炮壳，生产炮竹，从而得以大量出口。其生产的炮竹，由莞城人胡蓉斋、篁村人张记尚在香港接单，东莞提货。后来，他选择和叶兰泉联手经营炮竹生意，并在叶兰泉因年事已高，且炮竹行业危险性大等原因而萌生退意时，于1916年全盘接受了广万隆，并经港英当局批准更名为广万隆公司。《东莞烟花炮竹志》记载：东莞万江人陈兰芳把他在莞城的烟花炮竹产业延伸到香港，在九龙马头角北帝街70号设立了一个千人工厂，几乎垄断了整个香港的炮竹行业。

事业蒸蒸日上之时，陈兰芳并未忘记故乡东莞。他派长子陈均回乡，在万江开办广怡昌炮竹庄，广接外商订单，次子陈明则去了澳门，开设广兴泰、广兴隆、祯祥公司三家工厂。鼎盛时期，广万隆旗下一家炮竹厂的男女雇工总数就达4000多人，依附该公司业务的上下游从业人员，更是数以万计。

1929年中秋之夜，经港英政府许可，陈兰芳在香港太白酒家广场举行了盛大的烟火表演，观者如潮，轰动全港，"炮竹大王"的名号就此确立。以至于英女王伊丽莎白二世（1926年4月21日—2022年9月8日）于1953年6月举行加冕大典时，都重金聘请陈兰芳旗下公司前往伦敦燃放烟花，并现场演出"貂蝉拜月""三英战吕布"等烟花戏，博得各国观礼者热烈喝彩。①

就在陈兰芳炮竹业风生水起之时，1907年出生的王仲铭开始将同珍酱油在香港发扬光大——这个今天已经成为香港食品老字号，与李锦记、淘大和八珍并称香港四大酱园家族之一的同珍酱油，其实是1876年创于东莞石排镇。

祖籍东莞厚街河田乡、1899年生于商人家庭的方树泉，继14岁辍学从

---

① 王小明：《百年莞商嬗变记》，《中国经营报》，2012年9月29日。

商，集资做五金、木材生意后，亦于1927年南下香港，先在筲箕湾南安坊开设义德芝麻厂。1935年，打开美国市场，业务因此急剧增长，美驻港领事到芝麻厂参观，他将两袋芝麻奉赠。领事带回美国食用之后，认为芝麻营养丰富，有益健康，遂撰文在美报刊发表，这等同于给他打了一个有信誉保证的广告，各洋行纷纷向义德芝麻厂订货。方树泉遂更上一层楼，1938年购入青山道永康街34000余英尺地皮建成新厂……

相对很多莞商在香港靠着老本行发财，陈兰芳在20世纪二三十年代倒是更进一步。他瞅准水网密布的珠江三角洲，内河轮船运输业日渐发达，遂斥巨资购置汽轮，经营往来于澳门、中山石岐等地的客货运业务。

陈还热心公益事业，在香港九龙以个人名义创办义学，专收东莞籍失学儿童。他曾担任香港东华三院社团总理、保良局绅董、乐善堂董事、华商总会经理等诸多社会职务。

香港成"图存"之地

除了谋生、创业，香港还是很多东莞人可以"图存"之地。

1911年，在参加黄花岗起义，并随起义队伍攻打两广总督府遭到失利后，殷仲铭退隐到罗浮山当了一段时间的假道士，后转赴香港，继续从事反清活动。因为是租界，清政府的统治手腕很难触及到香港，这也让香港成了很多革命党人藏匿以及活动之地。

殷仲铭，1890年出生于茶山殷屋围的商人家庭。因少年时受业于东莞宿儒袁居敦（字厚常，光绪秀才，陈独秀建党时期助手袁振英之父）门下，所以受革命思潮影响，后来参加中国同盟会，成了孙中山的追随者。1912年元旦，随着孙中山在南京就任临时大总统，殷仲铭从香港归来，成了东征的一分子。1924年在黄埔军校受训，1926年7月随军北伐，他这段经历可谓"道士下山"，一如王宝强所演绎的那部电影：红尘中诱惑多多，足以坏人心志，但何安在这个小道士在下山后，最终还是选择出淤泥而不染，并且想通了师父的话——不择手段非豪杰，不改初衷真英雄。而在险恶之中不改初衷的殷仲铭，更是英雄。只是，兵至阳江时其母去世，只好返乡奔丧。因其父遗下的石龙大兴纸行无人管理，经亲友劝留，弃军从商。这对革命来说，无疑是个巨大的损失，但东莞又添了一个商业奇才。他走遍东江地区，鼓励和指导农民生产松脂，开创了广东乃至中国松香工业，系松节油创始人，并于20世纪30年代后期，引进外国的蒸馏设备，改进生产技术，在东江沿岸地区先后办起十余间松香厂。发家之余，他还频频捐资助学，兴建医院。

松香是应用极其广泛的工业原料，肥皂、造纸、油漆、橡胶、墨烟、印染、交电器材、水泥、冶金、塑料等行业离不开，还是重要的军工原料和药材。其主要产出地区是广东、湖南、四川等地，但以广东东江中上游的河源、紫金、龙川等地出产最多。这里的人习惯在聚居地附近的山头大规模种植松树，每年收集松香出售获利。优质河源松香，借助便捷的东江水运系统，源源不断地被输送到惠州、东莞等地，再转运至香港并出口外洋。欧美列强为制造弹药以及他项工业之需求，争先采办，松香价格与日俱增。和东莞的炮竹业相似，河源的采香采脂业大多处于落后的传统模式，但后来渐渐出现了相关工厂。2000年出版的《河源县志》记载，1926年，东莞人殷超明在黄田圩创办大明松香厂，这是河源县第一家松脂加工厂。当时只有8个工人，一个锅生产，年产量在100吨至200吨。而殷超明正是殷仲铭。

日本人的到来，将这些美好毁于一旦。1938年9月7日，日军大本营御前会议正式作出攻占广州的决定。如前所述，作为广九铁路要塞和东江水运要冲，石龙成了日军进犯广州途中必然占领的一个战略要地，也是东莞首先沦陷的城镇。"日军占领石龙后，把市区的中山路设为军事禁区，并封锁石龙一带的东江航道。同日，日军攻占增城。20日傍晚，日军进至广州城郊。21日凌晨4时，中国守军第四路军总司令余汉谋命令部队撤出广州。21日下午3时，日军轻而易举地占领了广州。广州的失陷，使中国失去了重要的国际物资输入线，给持久抗战造成了新的困难。"[1]同时，日军还在广东大肆搜刮资源，除了在当地设置商会，统一管理商品买卖、进出口贸易、价格制定等，还封锁山林，将山林占为己有，中国人未经许可不得进入侨民圈占的林区。

殷仲铭再次走上了反抗之路。在广州沦陷之后，他临危受命，出任东莞县民众抗日统率委员会委员兼大队长。11月中旬，其与东莞其他抗日力量一

① 陈立平：《东莞沦陷史》，中共东莞市委党史研究室，内部资料，2022年6月30日。

起，合力阻击从茶山、峡口、石碣三路向莞城进犯的800多日军。其间，共毙伤日军铃木少佐官兵100余人，成功掩护当地群众安全转移。这也证明，东莞人低调、务实，但数千年的移民史以及文化的熏陶，让他们在危急时刻也能爆发出巨大的能量，团结一心，抵抗外辱。

此时的香港，继太平天国运动之后，又源源不断地接纳了很多从内地逃亡的人群。其中有东莞篁村人、日后的电子通讯工程专家张遐龄一家。根据他的回忆，当年他父亲跟着亲戚在黄埔军校做事，在校期间与母亲结了婚。广州沦陷前，省政府撤到韶关，父亲原本要去韶关，就打算把他交给外祖父，但因为当时局势紧张，世事难料，外祖父不敢承担，怕把女婿唯一的一个儿子给折了。最后没办法，父亲就带着一家去了香港。

比张遐龄稍大的王华生，这一年的他才14岁。一开始，他是在九龙船坞当学徒，但仅过了三年，他就自己开办了中华风电焊铁工厂，主要经营船舶的修造和铁器焊接工程。尽管肩膀稚嫩，但他却扛起了一片创业的天空，三年的学徒生涯，让他苦练本领成为焊接能手。更重要的是，作为世界著名的港口，香港的航运业在飞速发展当中——1940年初，日后成为香港船王的董浩云，成立了中国航运信托公司，并在美国注册了金山轮船公司。一年后，又在香港注册了中国航运信托公司，经营中国东南沿海及东南亚一带航运业务。这种无数人涌入航运业的态势，也让王华生受益匪浅。只是，此时距离王华生转型航运，把一个承接船舶焊接业务的包工队，发展成业务拓展欧美的大型造船厂，尚需时日。因为，日寇的铁蹄，已经变得更肆无忌惮。随着太平洋战争的爆发，向英美宣战的日本，再也毫不顾忌地攻占了他们早已垂涎三尺的香港。

终究还是这片土地的外人，尽管很早就面对着日本的磨刀霍霍，英国人并没有什么有效的应对措施，前后仅仅坚持了18天，就让香港成为了英美等西方阵营在远东地区丢失的第一块殖民地。

随后日本选派矶谷廉介出任香港总督——这个在台儿庄战役中受到重创的日本甲级战犯，于1942年2月20日正式上任。其任总督占领香港期间，日军从香港夺取各种物资，包括强迫市民换取无保证的日本军票。又实行强制日化教育，禁止使用英语，把香港街道及地名改为日本名。此外，推行疏散政策，迫使香港居民迁回中国内地，其中就包括张遐龄一家。据资料记载：到1945年日本投降时，香港的居民人数降至70万，只及战前的一半。这对香港的伤害不言而喻。像董浩云的公司就因轮船被日军接管征用，被迫停业破产。

幸运的是，正是整个中华民族不屈的怒吼和奋勇的抗争，不仅改变了这个国家的走向，也改变了香港的命运。

在港莞商低调的背后

就在香港被占的三年零八个月时间内，由中国共产党领导的活动在广东一带的抗日游击队——东江纵队，此时也进入香港抵抗日军。1942年2月，东江纵队在香港成立港九独立大队，并吸纳香港居民加入其中。此后，港九独立大队成为香港抗日的中坚力量，在打击和牵制日军、营救盟军飞行员和为盟军提供情报等方面贡献良多。

正是无数同胞的战斗和牺牲，换来了今日的和平，也让香港和内地重新建立起了亲密联系。抗战胜利后，董浩云在香港又很快创办了复兴航业公司与中国航运公司，开展沿海及远洋运输。也就在20世纪40年代末，内地无数航运人也因为解放战争纷纷迁移香港。这让王华生终上一层楼，把一个承接船舶焊接业务的包工队，发展成业务拓展欧美的大型造船厂——20世纪60年代中期，王华生在油塘湾创办了中华造船厂和中华建筑公司，从此事业蒸蒸日上。20世纪七八十年代，他更是将造船业务扩展到了马来西亚、新加坡等地，先后建立起沙巴造船厂、欧亚造船厂，成为名副其实的"造船大王"，与董浩云及其宁波帮同乡包玉刚齐名。

与此同时，他也不断拓展自己的业务范围，相继涉足到工业、机电工程、钢结构工程、巴士服务、运输业、酒店业、零售业与机械业等其他领域，创办了王氏投资（控股）有限公司、雅高巴士服务（中国）有限公司等香港知名企业。

和日后香港的资金和人才纷纷涌向内地不同的是，香港得感谢像周永泰、叶兰泉、陈兰芳、王仲铭、方树泉、王华生等人或主动或为形势所迫的到来，正是来自内地的资金和精英，让香港虽然被称作弹丸之地，却也藏龙卧虎。在这片热土上，他们擅长经营，敢于拼搏，最终在各自领域闯出了一片天地，全面进入香港政治、经济、慈善等领域，奠定了莞商在港的基础。也正因为有着他们的奋起，才有了后来香港的繁荣，才有了香江传奇。无疑，是他们给予了香港成为香港的巨大动能。与此同时，背靠内地，面向海洋，给了香港日新月异的机会，让它成长为无可替代的"东方之珠"。

同样，也正因为大量华人的涌入，让这个命运多舛、被无能的统治者一度放弃的香港，依旧脱离不了与内地的血脉相连。拂过香江的海风，催熟了内地的庄稼。来自内地的呼吸，也曾凝结成云，漫过了狮子山头。

今天，当我们回顾香港的发展，一方面惊异于莞人在其中的作用，但另一方面也感叹，很少人了解莞人在其中的作用。

原因其实也很简单，那就是东莞区域范围多年来一直变动不居，从当年的大片土地，缩到了后来以莞城为中心的内陆；亦如石龙镇在镇、市之间不断横跳，造成了它的整体性有所欠缺。另外，东莞的移民来源成分比较复杂，除了广府之外，还有客家和疍家，而且移民来源路线也不尽相同。像凤岗作为客家人的主要集中地，素有"客家第一珠玑巷"之称，但移民主要的路线，如殷氏家族那样，多数是从福建、江西经韩江、东江或海岸南迁岭南。相反，位于粤北南雄珠玑巷则位于古代粤赣交通要道——梅岭古道要冲。相比较前者，它自古为中原南下移民的必经地和中转地。但根据历史记载，经珠玑巷南下移民后裔，多数属广府民系。也正因为移民来源多样，导致莞商的来源也多样，面目也就多样化，而难有一致性。更重要的是，莞商的低调务实，也让他们不如南粤诸多商业流派，如同属广府帮的佛山、南海、顺德和新会商人表现那么抢眼，更遑论与自成一家的潮州帮、客家帮分庭抗礼了。

但不管如何，他们和众多粤商一起，把香港视作进出口的中介和更广阔的天地，更是心连心的一分子。1991年，祖籍中国广东省梅州市梅县区的歌手罗大佑发行了《东方之珠》。他深情地将"东方之珠"称作为"我的爱人"，并在歌曲结尾处唱出"请别忘记我永远不变黄色的脸"。

正是为了这份心心相印，东莞为香港奉献了自己的人、自己的物，甚至，还有那在香港困急之时源源不断的"奶水"。

第三章

要高山低头，令河水倒流

1963年的香港，很渴。位于香港岛和九龙半岛之间的维多利亚港，依旧蔚蓝，在阳光下闪烁着晶莹的波光，但是它却没办法浇灭香港人胸口那涌起的一团又一团的热火。自从1962年底，香港出现了自1884年有气象记录以来最严重的干旱，连续9个月滴雨未降。

谁能想象，这个沿海的城市，地处亚热带，降水量充沛，但也曾经连水都吃不起。19世纪的香港居民都用双肩挑水，孩子洗澡也只能用半盆水。在最困难的时候，香港的医院都会在开具收费单的时候写明"水费自理"。

周星驰电影《功夫》中的猪笼城寨，水资源的发放更是成为包租婆控制租客的最佳工具，如果不按时缴费，理个发、刮个胡子，动不动就停水。也就在电影里，飞速从楼上冲下的包租婆，就说出了那句名台词："从明天开始，逢一、三、五停水，二、四、六间歇性供水。"

都说靠山吃山靠水吃水，靠着大海的香港，却没有水喝？

靠海的香港，为什么没水喝

原因也很简单，海水不能直接喝，而香港作为海岛，地下水资源又很贫瘠。加上内部缺少湖泊与河流，即使有点降雨，也很难储存。尤其是随着香港逐渐繁荣，人口增多，到1963年前后已有350万人左右，饮水困难问题更是被逐渐放大，甚至成为香港难以承受之重。这期间，香港水务机构也在不断斥巨资修建蓄水塘，比如他们发现，可以新建堤坝，将三面环山的船湾海和外海分开，再将坝内海水抽干后，便可成为一个大型储水库——这也让1960年开建并于1968年建成的船湾淡水湖，成为全球第一个在海中兴建的水塘。

船湾淡水湖主坝长约2.1千米，另有两条长200米的副坝，以沙和碎石分层堆砌而成，其储水量则达到1.7亿立方米。由于船湾淡水湖比水平线高出很多，位于船湾沿岸的六个村庄（小滘、大滘、金竹排、横岭头、涌尾及涌背）因此淹没在水中，这也是香港同胞为储水而提前付出的代价。此外，尽管海水被抽排干净，但是海底的泥土仍带有盐分，这也导致初期由淡水湖供的水带有咸味。但是在巨大的饮水需求面前，港人只能两害相权取其轻。但天不遂人愿，没等到水库修建成功，一场大旱就彻底地将香港的伤痛清晰地展现出来。

根据资料，从1963年5月至1964年5月，降雨量仅1041毫米，不及平均降雨量2235毫米的一半。在大旱的不断挤压之下，香港所有水塘的存水只够香港人饮用43天。当时一份叉烧饭5分钱，一桶水却要5块钱。最严重时，每4天供水1次，每次4小时，市民每两周洗一次头，啃苹果代替刷牙，还停掉让学生出汗的体育课……为了争水，邻里之间经常大打出手。曾有这样一首歌谣："月光光，照香港，山塘无水地无粮。阿姐担水去，阿妈上佛堂，唔知几时没水荒……"可谓是香港同胞遭遇缺水之苦的真实写照。但这还算小事，更要命的还在后头，那就是缺水导致商店关门、企业停工，香港的经济遭受巨大打击。据1963年6月香港《文汇报》报道："由于缺水，织造业及漂染业减产3—5成；饮食业也大受打击，农业损失达1000万港元，13个行业停工减产损失则达6000万港元……"而这对用水量大的建筑业更为摧残，有些楼盘不得不用海水来混凝沙石，这也造成了20世纪60年代香港地区独有的"咸水楼"，其危害居民生存安全，影响至今。

尽管港英当局为了摆脱对内地的依赖，而想自己拼命维持，甚至曾经尝试过派船到日本、新加坡等地去买水，但这不仅要缴纳大笔水费，在长途运输中还要花掉大笔油钱，运费高昂，导致"水比油贵"。自第一次鸦片战争以来，香港处在复杂的地缘政治之中。港英当局既想借助来自内地的供水以解燃眉之急，又想通过香港自身的资源来解决愈演愈烈的水危机，建立起香港本地独立的、自给自足的供水系统。一些香港学者把港英当局的这一心态称之为"香港供水的迷思"。①绝境之中，香港中华总商会和港九工会联合会代表香港向内地发出了求救信息。面对身边同胞的苦难，广东省政府行动迅速，采取船舶取水、行车运水等方式，帮助香港解决燃眉之急，但这显然不是长久之计。

正是在这一年底，日理万机的周总理来到广州，在听取广东省领导的汇报之后，他当即指示："要不惜一切代价，保证香港同胞渡过难关！"并拍板建设东深供水工程。

开建东深供水工程

东深供水工程全称叫东江—深圳供水灌溉工程，简单地说，就是将东江的水引到南边的深圳水库（在如今的深圳市罗湖区东北隅，深圳第一高峰梧桐山脚下），再从深圳水库输送到香港。

事实上，早在1959年9月5日，采纳中共广东省委第一书记陶铸的建议，广东省就正式作出决定：在深圳兴建水库，以解决严重影响香港人民生活和社会经济发展的水荒问题。这同样得到了周总理的支持和亲切关怀。11月5日，深圳水库修建工程正式动工。1960年3月4日，长近1000米、高达30米的深圳水库主坝建成。

当时水库在修建到关键时刻，遇到了一个难以解决的问题——工程要铺设一条通往香港的输水管道，三千多米长的输水管需要800吨钢材，这该如何解决？情况汇报到周总理处，周总理立即批准从鞍钢调运800吨钢材到深圳水库工地，确保工程顺利完工。此外，"深圳水库开建之前，库区内坐落着黎围村、草塘围村、香园仔村、大埔围村、菠萝山村、大径村等6个自然村，共计321户人家、1388人。黎围村是其中最大的自然村，立村已有400年，其他的自然村也各有200至300年的历史，村民基本上都是客家人。根据政府安排，他们将从库区搬离，集中迁居到用地范围2平方千米的深圳水库新村内"。"为解决香港同胞的用水需求，'新村人'毫无怨言地将自己祖祖辈

① 参考陈启文：《血脉：东深供水工程建设实录》，广东人民出版社，2022年版。

辈赖以生存的土地，贡献给了政府建水库。"①无疑，深圳水库可以说是东深供水工程的肇端，现在需要考虑的，是如何将东江的水引到深圳水库。

这也让从蔡殷宝家乡官仓西侧流过的石马河，再次成为时代的主角。全长88千米的石马河，在河道纵横的珠江东岸，算不上太显眼的存在，但它却很重要。它是东莞的"一江两河"之一。江是东江，河是石马河和寒溪水。不过，寒溪水近乎东西走向，源出深圳的石马河却是南北走向，它一头连着今天深圳宝安区龙华镇的大脑壳山，向北经深圳观澜进入东莞塘厦（该段称观澜河），在塘厦崖山汇合发源于深莞分水岭处的雁田水后，始称石马河，向北流经樟木头、常平，沿途接纳凤岗、清溪、谢岗、惠州潢湖等地的支流，最终在桥头镇汇入东江。在清代，石马河被称之为九江水，因在樟木头河段中有一巨石似马，故有今名。

可以说，石马河串联起了东莞和深圳，它是离大海很近的一条河流，也是广东省内离香港最近的一条河流。更重要的是，其以一己之力润泽了东莞东部的大片土地，助推东莞成为传统的农业大县。蔡殷宝走上巨商之路，无疑多得益于此。蔡氏祖先之所以看上官仓，并于此立村，也多半因为此地依山傍水。官仓背靠国家级观音山森林公园，前侧有一条官仓水，自箩竹排水库及上南水库而来，由东而西，经今金河、官仓、石新、柏地等三个社区，汇入石马河。除了官仓之外，前名为古坑的金河也是移民宝地。据《樟木头镇志》记载，过去这里境域更大，大细锅（现属清溪镇管辖）上九栋、下九栋、阴坑、急水坑、观音肚、牛牯石等地也属这里。明朝时期，危害东莞、惠阳、宝安、博罗、增城等县的大贼头李万荣，就藏身大细锅这个地方。古坑之所以叫古坑，也是因为住民大多姓古。查阅"中华古氏网"，得知他们应是首倡岭南文化，也是宋朝以来广东第一位中进士者的"岭南首第"古成之的后裔。不过，大约是因为有贼人活动，他们又相继迁走了。但有人走就有人来。今天的金河，姓氏最多的，大概是黄姓、连姓，当然少不了开枝散叶的蔡姓。

也正是在20世纪60年代，邓展辉出生在增城，后来随着父母落户到了樟木头。如果追根溯源，他的老祖先应该是来自河南的邓县，在今天的南雄还有"邓氏宗祠"。笔者是在位于金河的岭南荔园见到他，问他，当年初来

---

① 胡忠阳、李健辉：《水向高处流》，深圳出版社，2022年版，第8页。

樟木头有什么印象。他的回复让笔者感觉他像是掉进了一个儿童的天堂，他的印象中漫山遍野都是荔枝树，盛产桂味、妃子笑、糯米糍，无数的野生动物，下河摸鱼、上山砍柴都不用钱。你要对这里的农民好一点，他就会送你只鸭子，或者摘一筐荔枝。邓展辉又说，自己做过研究，发现北纬22度东经114度左右的地方种出来的荔枝最好吃，而东莞、深圳、惠州正位于这个范围，所以才有苏轼"日啖荔枝三百颗，不辞长作岭南人"的句子。对他而言，更深刻的印象，还是来自官仓河和它的干流石马河，当时的水那叫一个清澈。想来，没有这些水的滋润，也不会有那么甜美的荔枝。那个时候，他大概还不清楚石马河的流向已经改变，但他清晰地记得，这条河上出现了"八级排灌站"。

这个八级排灌站直指东深供水工程的建设核心。首先，由于是连接深圳的最短水路路线，还可以结合农田灌溉，群众有积极性，东深供水工程走的正是石马河一线，通过充分利用石马河的天然河道，将东江的水先输送到深圳。

其次，东莞形成于博罗大断裂，今天其主要境域，都位于东南高西北低的盆地之中，这也导致石马河的流向从南而北。如今要想将东江水通过石马河输送到深圳，无疑是让水倒流。问题还在于，倒流的同时，它还得一步步地向上爬升，从海拔2米，一级级提升到46米，这自然违背规律。所以要想彻底落实这一方案，只能另想办法，那就是逐段地拦水建水泵，一级一级地往上提水。这也就是周总理最终拍板敲定的石马河分级提水方案。

具体的操作模式是，在东江河口开挖河道，把水引到桥头。因为石马河水道也有不少弯道，不利于沿途水泵的设置，所以先得截弯取直，接着通过沿途兴建桥头、司马、马滩、塘厦、竹塘、沙岭、上埔、雁田等八级电力提水站，将东江水提升46米注入雁田水库，然后在库尾开挖3千米人工渠道越过分水岭，利用自然重力，让东江水下流到深圳水库。再在深圳水库坝后敷设3.5千米长、1.4米直径的压力钢管输水至深圳河北岸，过深圳河由港方接水入木湖抽水站。整个工程全长83千米，由50.5千米石马河道、13千米沙湾河道、3千米新开河、16千米人工渠道、8个梯级抽水站、6个拦河坝、2个调节水库、3.5千米输水管道组成。

就在当年周总理对这一工程做出的明确指示中，还有这样醒目的几点：一是向香港供水问题，与政治谈判要分开，不要连在一起。供水谈判，可以单独进行。二是供水工程，由我们国家举办，应当列入国家计划。因为香港百分之九十五以上是自己的同胞。工程自己办比较主动，不用英国插手。

毋庸置疑，自从中英《南京条约》签订之后，此时的香港还处在英殖民当局的统治之下。供水，还是不供，无疑是个巨大的政治问题，而且还横跨着意识形态的阻隔。但是，为了千千万万个香港同胞，即使当时国家百废待兴，中苏关系也在恶化，国家还是毅然决然地选择了迎难而上。在将供水工程列入国家计划的同时，周总理还指示国家计委分拨3800万元用作工程费用。要知道，1964年工程开建时，全国GDP为1454亿元，财政收入为399.54亿元，中央拨付的3800万元在今天看上去似乎很少，但在当时接近财政收入的千分之一。

与此同时，"东深工程初建的年份里，受旱灾所困的除了港岛和九龙，还有整个南粤大地"。多年后，还有公众号文章提醒大家注意，当年广东供水给香港之际，其实自己也很缺水。当时"宝安（深圳前身）全县无雨，造成水田龟裂，河流干涸，减产73万担。同样闹水荒，水先供给香港"。笔者在查阅石龙的历史时，也留意到在1963年，当地出现20世纪以来最严重的旱情，从冬季到立夏，250天无大雨，石龙出动大批干部职工支援农村抗旱工作长达三个月之久。这难免让人感慨，不顾自己，而心牵香港，这是来自这个国家怎样的爱和格局。而且，工程建好后，采取收水费的办法，逐步收回工程建设投资费用。水资应该实行经济核算，每一吨收一角钱（人民币），可定下来，不要讨价还价。换句话说，我们的国家只向香港象征性收取水费，这个一毛钱，持续13年没涨价，直到1978年改革开放后，水费微调至0.23元，这才改善水费过低的现象。

具体方案敲定后，所有的压力都传递给了施工方。

君头我尾，共饮一江水

这个工程，不仅任务重（项目多，地点分散，施工机械不足），而且时间紧，只有短短的一年时间。没有人相信中国人能在这么短的时间内完成这么庞大的工程。英国水利专家曾到沿线勘探，撂下狠话：工程完工至少要三年。但是，考虑水深火热的同胞，自古就有夸父追日、愚公移山等精神血脉流传的中国人民，从来就不怕困难，甚至不畏牺牲，在这项建设时间极短的东深供水工程中，亦拿出了属于自己的浪漫及豪迈：要高山低头，令河水倒流！

为此，全国各地的技术人员汇聚于东莞大地，广东省调派了2万多名民工，每天24小时不间断施工。没有机器，就肩挑手扛。这让人不由得想起多年后"莞漂"流行的盛景。而上海、西安、沈阳、广州等地的50多个工厂也一起赶制机电设备。可以说，尽管当时我们国家还很穷，材料各方面也都比较困难，但这个工程所需百分之百都满足。

我们还不能忽略的是，这项工程主要是在1964年的春夏建设，而此时正是南方的汛期，往年的广东沿海更是降雨量高、汛期长，时有台风袭击。偏偏这一年的台风格外厉害，从5月到10月一共有6次台风，最大最强的达到了12级。特别是10月13日，随着超强台风突然来袭，石马河出现了50年一遇的大洪水，这导致建设者在建的竹塘电力提水站，其围堰被冲垮。2020年8月10日，CCTV4《国家记忆》开播的五集纪录片《香港生命线》曾采访过当年亲身经历了这次台风的工作人员，还原了当时的危急场景：台风把整个工棚都吹翻了，他们所住那个地方就像汪洋大海一样，因为到处都是水，根本没办法住人。七万名工人为此抢修围堰、坚守坝基，鏖战一天一夜，水势才逐渐平息。

但不管如何，在"广东省内外和工程所在县、人民公社人力物力的大力支援下，中共中央中南局和广东省领导以及水利、机电专家多次到工地检查和指导施工，最终克服重重困难按期完成"。"值得一提的是，即便施工难度大，对于香港同胞增加供水的需求，广东省政府依然尽力解决。1964年9月，广东省水利电力厅就对港供水问题表示：'深圳水库对香港多供了10亿加仑水，存水减少了。如果香港用水有困难，广东方面还可以争取东江—深圳供水工程提前一个月中下旬开始供水。'"①

让那些所谓的专家大吃一惊的是，仅用了11个月，东深供水工程这条供港生命线就彻底地搭建起来。正是一万年太久，只争朝夕。次年3月1日，

---

① 程强强、夏泉：《东深供水工程与粤港关系的发展演变》，《当代中国史研究》，2022年第4期。

东深供水工程正式启用。内地向香港供应的淡水，占当时香港全年用水量的2/3——这也让香港大大缓解了水荒。在东江水供港的同一天，纪录片《东江之水越山来》在港上映，播放结束，观众站立鼓掌。这部民心所向的纪录片，成为20世纪60年代香港票房最好的电影之一。

这还只是开始。随着香港的继续发展和繁荣，它对水资源的需求日益增加。为此，东深工程在1974年至2003年期间，先后进行了三次扩建和一次改造。其中，为了保证供水质量，2000年8月开始的改造工程，将东深供水工程系统与石马河分离，改用专用管道输水，实现清污分流，使对港供水从"量"的保障走向"量"和"质"的双重保障。此外，为了保证东江上流水质不受侵染，2005年，在国家的协调下，江西和广东率先在全国探索起上下游生态补偿机制，由广东每年安排1.5亿元资金用于东江源区生态环境保护。

在东江源头的江西省寻乌县，稀土、钨矿相当丰富，20世纪90年代，这里一度矿山林立。但在全国一盘棋下，数十年如一日，坚守封山禁令，柑橘改种阔叶林。相应的，河源有丰富的铁矿资源，如果建成年产100万吨的钢铁厂，矿石可保证供应160年，但为了保护东江水，河源没有上这个项目。

牺牲亦不曾被"牺牲"。当东江水带着广东人民的情谊、带着祖国母亲的关爱，犹如奶水一样滋润着香港的心田，在保证了香港持续繁荣的同时，也密切了香港与内地的血脉亲情，促进了香港同胞中华民族共同体意识的提升。还有一个很明显的好处，那就是它和无数东莞人与香港的融合，也密切了粤港关系，促进了其与内地尤其是广东地区的经济交往。当改革开放的大门一旦打开，来自香港乃至更广大世界的华人华侨们，在感念乡土，以及实业报国的精神下反哺故园，东莞乃至整个内地都受益匪浅。

正所谓，君头我尾，共饮一江水。

第四章

"鱼"跃龙门

和蔡殷宝相似，王金城这个日后的东莞首富，也在自己的人生早期就做出了一个重要的决定，那就是不再贩卖咸鱼，而是改行贩卖蔬菜。

经济作物：提升土地价值的另一种方式

王金城同样出生在水路的交通要道边涌口村，从名字就也可以看出，此地是河汊之地。其位于厚街镇的西南面，总面积约3.98平方千米。有濂泉河自东向西横贯村子。濂泉河原先叫"涌"，是一条大涌，不敢称河。而在大涌的北岸，人们称为水北，现仍然保留水北村名。大涌的南岸，人们称为水南，水南包括东、南、西、北四社。东社和西社的两条小涌与大涌相通，船艇运输比较方便。至于涌口的得名，有一说法，正在于这两个小涌口于此流入大涌。有意思的是，东社小涌与大涌的出入口上有一座石桥，是用红色砂页岩石砌成的，叫"红桥"，人们美其名曰"金桥"。西社小涌与大涌的出入口上也有一座石桥，是用麻石（花岗岩）砌成的，叫"庆升桥"，人们也美其名曰"银桥"。

不得不说，尽管当年厚街的陆路交通不算便利，但在他出生前后，濂泉河的宽度大约是现在的三倍以上，可以直通狮子洋，加上河床又深，因此有通往江门、广州等城市的客轮都在这里设立了上落站。涌口也因此兴盛一时，有草圩、席圩等。厚街当地盛产莞草，也因此衍生了许多与水草有关的生意。当年有歌谣如"三、六、九，双岗同涌口，二、五、八，厚街和北栅

（今属虎门镇）"。描述了涌口人来人往，熙熙攘攘，非常兴旺。甚至连银行、茶楼也应运而生。当时的银行，其实是储蓄所，在厚街一带，只有涌口一间，那可真是凤毛麟角了。所以，像他以及众多"60后""70后"对家乡的第一印象，肯定是咸水草、编草席、出口草席，当然还有划龙船。

王金城1957年出生在农民家庭，有弟妹七人，他是长子。家中兄妹多，意味着家庭负担重，而长子如父，他也要和父亲一起撑起这个家。15岁初中毕业时，他就和父亲一起卖咸鱼。两人兵分两路，王父主攻镇上的集市，王金城则挑着咸鱼走街串巷吆喝。涌口那些来来往往的人群中，应会不时闪现王金城当年那张青春而又稚嫩的脸。尽管很辛苦，但也的确能磨炼人，王金城嘴皮子很利索，也非常机灵，不管遇到什么样的客人，都能应对自如。更重要的是，几年走街串巷的生活，让他认识社会的同时，也发现更多的商机。

此时的东莞，受香港繁荣的影响，近水楼台先得月，成为蔬菜、荔枝等鲜活商品出口的口岸。1960年3月，为加强对外贸工作的领导，东莞成立了对外贸易局，同年4月，东莞食品进出口公司也开始对香港直供食品。在隶属关系上，东莞食品进出口公司接受外贸部、中国粮食食品进出口总公司、广东省食品进出口分公司直管，全称为"中国粮食食品进出口总公司广东省食品进出口分公司东莞支公司"。

不得不说，相比种植粮食，发展经济作物正越发地成为东莞提升土地价值的一种方式。尤其是漫山遍野的荔枝，成了东莞的另一个经济增长点。

多年后，厚街附近的长安镇就试验过这样的方式：全镇4万亩稻田拿出一半种水稻，四分之一改为鱼塘养鱼，另外1万亩中7000亩种香蕉、3000亩种水草。其中，养鱼和种香蕉都不分闲忙，水草在水稻收割之前收，时间错开了，劳动力也就利用起来了。更重要的是，这并没有影响到粮食种植和征购。此后，东莞依地势由低至高，养鱼（低洼地）、水稻、花生、蔬菜、柑橘、荔枝一层一层往上种。

问题是，尽管厚街盛产莞草，却不盛产蔬菜，虽然这里的蔬菜价格比广州、深圳低，但利润空间太小，几乎没有操作空间，王金城需要寻找一个蔬菜产量稳定且价格低的地方，他选择了海南——这里属于热带季风气候，年平均气温在20度左右，一年四季可以种植不同种类的蔬菜，他计划联合朋友一起从海南批发蔬菜，拉到广州来卖。

　　但是在海南，他们人生地不熟，为了能够寻找到性价比最高的蔬菜，王金城一家一家调查对比，最终谈下了好几家长期合作的蔬菜供应商。

　　新的问题出现了，在长途运输中如何保证蔬菜的新鲜度？这个问题不要说让王金城，就是让整个东莞，都有些发愁。

先知先觉鳒鱼洲

　　作为蔬菜、荔枝等鲜活商品出口的口岸，东莞需要延长这些农产品的鲜活时间，保证其不会在运往太平口岸供港码头的途中出现损耗。冷冻当然是其中的一种主要方式。但当时的东莞，并没有制冰的条件，所需之冰均要费尽周折从广州黄埔、西村或惠阳等冷冻厂运来。尽管路途不远，但交通条件不佳，简易的大篷车往往途中便开始融化。

　　想来想去，东莞决定自己建一座外贸制冰厂，从源头解决问题。这也让距离涌口不远、厚街水道上游与东江南支流交汇之处的鳒鱼洲，率先"醒"来——1974年，正是17岁的王金城贩卖咸鱼的第二年，也正逢内地第三次"逃港潮"的高峰（前两次分别是"1957年大放河口"和"六二大逃港"），东莞食品进出口公司率先选址鳒鱼洲筹建制冰厂和肉类加工厂，以加入到香港商贸、生产的大循环中。

　　鳒鱼洲的名字和它的地形有关，该地三面环水，从空中俯瞰，身形椭圆，形似一条平铺在东江河道上的鳒鱼，倒和安徽省桐城鲟鱼镇的得名有异曲同工之妙。但现在这两种鱼对大多数人来说都很陌生，有文甚至戏谑说，对于第一次来鳒鱼洲的年轻一辈来说，遇到第一个难题可能便是正确拼出"鳒鱼洲"的"鳒"字，在输入法中往往要翻上好几页才能找到这个"鳒"字。事实上，它对很多老一辈的东莞人也不友好，新中国成立前，该地基本上处于蛮荒状态，出入必须靠船过渡，岛内以水田为主，但由于经常受到洪水威胁，有劳无获。"鳒鱼洲，鳒鱼洲，十年九不收"的歌谣，也是当年经济惨淡的反映。每逢灾年，岛上穷苦人家卖儿卖女，逃荒要饭，故又名"卖仔园"。不过，它也有自己的区位优势，那就是乘船顺流而下可直抵香港，加上大片荒地，正是建厂的好地方。

东莞纪录片导演穆肃和朋友廖泳瑜合作写过一本书，就叫《鳡鱼洲》。在提及鳡鱼洲的发展史时，曾提到制冰厂开建之前，洲头位置其实还有一家东莞县日用杂品公司下属的小型牛皮加工作坊，默默地存在了许多年。可以看出，当年东莞的工业在新中国成立后也日渐复苏，但还非常薄弱。也正因为规模不够，在岁月的流逝中，牛皮加工场渐渐消失，只存在于许多人的模糊印象里，难以搜寻到更翔实的信息。

还有一个有趣的细节，当时为了建设制冰厂而征地，岛上寥寥几户居民对土地的赔偿金额并不看重——因为像鳡鱼洲这样的土地并不值钱，相反，他们对自己精心种下的果树的赔偿更加看重。"杜锡坤是冰场前期招工的知青之一，他也参与了征地赔偿工作，据他回忆，虽然当时一棵果树的赔偿只有几元而已，但拥有成片果园的人家最终能拿到数百元的拆迁款，在当时而言，已经算是一笔巨款。"[①]

冰厂的开建无疑也见证了东莞人的热血和干劲。1930年出生于鳡鱼洲万江河对岸金泰村的周世珍，因参军离乡，后放弃了在省城的发展机会，回到东莞，充当"先锋"率队来到鳡鱼洲勘探搞基建。因为鳡鱼洲地基较软，经测定，地下水位距离地面仅有1.5米左右，为了坚固建筑物，在打桩施工中，大家不厌其烦，每一根桩平均要打百十下，一直穿透泥沙，打到地下的红岩石为止。此外，由于鳡鱼洲地势低，为了避免北河水淹没，地基部分需要填垫大量沙子。好在当时东江两岸遍是沙子，以致鳡鱼洲的洲头位置，被泥沙拥堆得与对岸的金鳌塔平齐。

开建制冰厂期间，正逢知青回城务工，因此工厂的员工除了第一批10名为城镇青年，第二批40人中有一半是从东莞各知青农场和林场招收的知青，再加上20名社会青年，组成了鳡鱼洲早期的"拓荒牛"。那时，他们每天早上从家里踩着自行车来到码头边，将车放上船，摇桨渡河到岛上工厂上班，台风天也不曾间断。他们不畏艰难，不仅全程建设了制冰厂，而且还参与了食品进出口东莞支公司所属企业在岛上建设的全过程，其中包括肉类加工厂、水产加工厂、水产冷库和码头、仓库等工程——1977年9月，东莞食品进出口公司向莞城建设委员会提出，征用鳡鱼洲3000平方米的荒地用于建设出口腊味加工厂（后来叫肉类加工厂）的申请。无疑，在东莞面向港澳以及世

---

① 穆肃、廖泳瑜：《鳡鱼洲》，线装书局，2020年版，第12页。

界出口的产品中，除了莞席、莞香、烟花炮竹，还有就是这腊味深受喜爱。"秋风起，食腊味"是东南沿海地区延传千年的风俗。尽管东莞人何时制作腊味现已无从确认，但莞腊味形成自己的地方特色（色、香、味、形）当在20世纪30年代。

根据资料，1954年8月，当时的东莞县食品公司（站）在万江坝头开设了一家腊味加工厂，主要产品有油鸭、烧鹅、烧鸭、腊肠、腊肉，到现在许多莞城的老居民都亲切地称其为"油鸭站"——它也就是今天东莞腊味行业中历史最为悠久的旗峰腊味厂的前身。日后开遍东莞的美宜佳掌门张国衡曾于1993—1995年间，任旗峰腊味厂厂长。与此同时，以厚街腊肠、厚街蛋卷等久负盛名的厚街，也诞生了像明华食品、鑫源食品、迎华食品、永益食品这样的行业大咖。其中，明华食品的前身厚街食品厂是东莞第一家专做食品的企业，也是当年东莞唯一的乡镇腊味出口基地、年产腊味100吨以上的著名企业。

可以说，鳒鱼洲也抓住了机会，向"胃"看齐。但过程有点一波三折。虽然鳒鱼洲很快被列入建设规划当中，但直到1978年才正式开建，又等到次年夏季，才开始投入生产。不过，随着鳒鱼洲新厂的建成，位于太平的一家开办于20世纪60年代的老牌肉类加工厂也移址到了莞城。它对原来的人员配备和设备都进行了升级。"生产设备先进，使用封闭式红外线烘干设备，从选料、混料、灌肠、打针眼、绑节、吊晾、烘干等整个生产过程，将传统的制作原理同现代的技术结合起来，实现了烘干无灰尘、无火烟及杀菌的要求，严格按照出口标准生产腊味，成为当年东莞腊味行业的标杆。"曾任过肉类加工厂副厂长的叶满元说，其出口产品名为金皇腊肠，统选粗细均匀、长短一致、色泽明亮、外形美观的精品出口，在港澳市场上深受欢迎，其销量在香港常年稳居第一，售价也仅次于广州的一家老牌腊味制品"皇上皇"，位列第二。①

也正是在腊味加工厂开办同年，制冰厂亦于11月正式投产。为了从源头保证冰质（夏季暴雨时节，东江因江水猛涨，泥沙俱下，水质不佳），制冰厂开通自来水，并为积蓄自来水，而于厂内建了水塔。此后，外贸局在鳒鱼洲也建了一座水塔，用以解决全岛各外贸公司消防用水问题。东莞食品进出

---

① 参考穆肃、廖泳瑜：《鳒鱼洲》，线装书局，2020年版。

口公司也没闲着，为了方便制冰厂和肉类加工厂的用水，它又于岛上建了一座水塔，至今，这座水塔还在鳡鱼洲高高耸立。这些配套设施，也推动了制冰厂的业务发展。赶上旺季的时候，往往冰还没成块做好，就被抢着要了，连碎冰都是抢手货。不但食品进出口公司下属的收购站前来购冰，卖海鲜的档口，甚至医院也都纷纷前来购冰。这些冰块如果以一块冰重达200斤来算，高峰期的时候，冰厂一天的出冰量就达30吨以上。

　　不得不说，这些工业的出现，恰如其时。一方面，赶上了正在蓬勃发展的香港，有巨大的市场需求。另一方面，内地也在发生着翻天覆地的改变。

　　1978年，《光明日报》发表了特约评论员文章《实践是检验真理的唯一标准》，而《人民日报》同样刊登了一篇如何养牛的文章。尽管这两篇文章是如此的"不搭"，但它们给每个人带来的兴奋感都是巨大的。要知道，此前十年，报纸内容全是斗争与社论，养鸡、种菜这些"资本主义尾巴"，全都要割掉。也就在1978年12月，中共十一届三中全会召开，在拨乱反正的同时，作出了实行改革开放的新决策，启动了农村改革的新进程。而在此之前，国务院于1978年7月6日对广东、福建两省颁发了《对外加工装配和中小企业补偿办法试行条例》（7月15日更名为《开展对外加工装配业务试行办法》，亦即"22号文件"）——这个在今天被简称为"三来一补"（来料加工、来样加工、来件装配和补偿贸易）的加工模式，更是透出了进一步发展对外贸易的信息。虽然对这个文件，广东省当时规定珠三角中只在东莞、南海、顺德、番禺、中山5个县先行试点，但这就像在春风的吹拂下，那被寒冰冻住的航道，已然开始破冰。而对东莞来说，破冰之声更是隆隆入耳。这也让"鱼"跃龙门，有了巨大的可能。

　　这也难怪穆肃在《鳡鱼洲》中感叹："站在历史的宏观角度往前回溯，才发现鳡鱼洲先知先觉，踏上了与中国改革开放同频共振的不凡征程。"

咸鱼翻身

　　好时代带来的好运气，也不只是给了鳡鱼洲，还给了无数个大时代下生存的个体，其中就包括王金城。如果说它让"鳡鱼"这个海洋洄游鱼类摆脱了内地的困扰，重新走向海洋，那么，它也让王金城"咸鱼翻身"。如果说鳒鱼洲的成功是先知先觉，那么王金城走上发家之路则是应运而生。

笔者不知道他在贩卖蔬菜的过程中有没有跟制冰厂打过交道，有没有曾成为抢购客户其中的一员，但从资料中能知道的是，为了保证蔬菜的新鲜度，他光对运输路线就修改了好几遍。换句话说，就是尽量缩短距离，赢得送货时间。后来，他把自己的销售端放在了深圳，形势瞬间扭转。

此外，他还有一个从小就有的优点，那就是做生意很实诚，绝不会缺斤少两。而且，在出现了质量问题，导致退单，而朋友也因亏损纷纷撤资时，他也一直认准了自己的目标，绝不退缩。

最终，靠着提供的蔬菜物美价廉，王金城终于打响了招牌。除了各大市场哄抢之外，有人还希望能够和他长期合作。王金城凭借着倒卖蔬菜，赚到了人生中的第一桶金。但显然，靠着农产品的差价发财，终究还是吃力和辛苦。

相反，摆脱农业走上了外贸和工业之道的鳒鱼洲，却已经在不断地挖掘自己的第二桶金、第三桶金。1981年，鳒鱼洲还被广东省政府批准为莞城出口货物起运点。也正是在这一年，东莞县粮食局就向广东省粮食厅提交《关于我县基建面粉厂、面制品厂、饮料厂和小麦仓库的规划报告》，拟选址于此建工业片区。获批准后，1982年，粮食局属下企业东莞面粉饲料厂有两个车间——面粉车间和饲料车间先行在鳒鱼洲筹建。这个面粉车间在1986年被更名为东莞市面粉厂，继而再次更名注册为东莞市面粉公司，标志着走上了一条独立发展之路，只不过群众还是习惯称它为面粉厂（相应的，饲料车间被时人称之为东莞饲料厂）。

今天，这个消息看上去有些波澜不惊，但是在当时，无疑埋了"坑"。毕竟，改革开放还没多久，"以粮为纲"的弦曾绷得很久，不是那么容易就放松下来。关键还在于，东莞位于岭南，尽管是农业大县，每年稳定地向国家上交4亿多千克粮食、40多万头生猪，但并非小麦产地，所以，办面粉厂就要进原料，或者从江苏或湖北等地找货源，从美国、加拿大进口。麻烦不说，这个面粉厂的投资额在当时是个天文数字，是1224.5万元。这压在很多人尤其是某些领导的心上，沉甸甸的，就怕万一出了问题，谁也吃不了兜着走。但是，改革开放不就是要打破禁区嘛，所以，看着准还是得办。

而且，还要办得好。除了投资巨大，在设备的引进上，也是大手笔。面粉厂从瑞士布勒公司进口来的面粉生产线,在国内只有两条,另一条落户北京实验面粉厂。让人颇为感慨的是,由于当时国家底子薄,没有什么外汇,这些设备是靠中国向瑞士出口猪肉换来的。

结果证明,决定有先见之明。从瑞士进口的高端生产线,平均日处理小麦能达到100吨。刚开始日产量70吨,随着市场需求量不断增加,客户要求也不断提高,几乎满负荷运转。最后工厂又增加一条生产线。从美国、加拿大进口小麦的渠道也日趋稳定,面粉产量从日产70吨,增加到日产150吨。除了能够生产普通标准的面粉之外,还产出较为高端的香蕉牌高级精面粉。其中包括高筋、中筋、低筋、特低筋4个品种,面条专用粉、面包专用粉等种类应有尽有,副产品有麦胚、麦胚芽、黄粉,改变了整个广东地区只有广州南方面粉厂才能生产专用粉的局面,也改变了东莞市精制面粉长期靠调入的局面。

背后的原因现在看来也很简单,那就是东莞人尽管在日常生活中很少吃面食,但是旁边的香港人喜吃面包。热腾腾的港式面包,是不少香港人早餐的不二之选。建设面粉厂也同样可以加入到香港商贸、生产的大循环中。而且,现在的环境和以前不一样,改革开放后,无数企业纷涌而至,其中就包括许多世界食品制造巨头来东莞开办饼干厂、方便面厂,比如广州联合饼干厂、广东康师傅方便面厂、东莞思朗饼干厂等,它们都是面粉厂的客户。远在深圳、汕头的一些食品生产厂家,也纷至沓来。

1986年,东莞市粮食局决定将旗下的商办企业合并改制,撤销东莞县面粉饲料厂,成立东莞市粮油食品工业公司,向集团化经营转型,领导、统筹、帮扶旗下各厂完善制度,提供技术、资金支持。面粉厂和饲料厂成为粮油食品工业公司两大骨干企业,公司旗下还增设饮料厂、花生厂、米粉厂等几间中型工厂。

和热气腾腾的面粉厂相比,饲料厂也不甘示弱。为了尽快驶入产业快车道,起先就购买了匈牙利先进生产线的饲料厂,决定走出一条合资经营的创新之路。最终,在和香港的一家饲料公司合作之后,更名为东泰饲料发展有限公司,总投资人民币900万元,于1985年12月调机试产,1986年元旦投产,引进职工人数83人,日产饲料144吨,主营业务包括生产农友牌、农富牌颗粒、粉状配合饲料及禽畜药物和药械。

这一波工厂兴建或创新的潮流,让鳒鱼洲变得更兴旺发达。鳒鱼洲逐渐成为东莞市粮食局的粮油食品工业区，这也是它当时在全省粮食系统中重要地位的反映。

与此同时，兴建码头也成了重中之重——几乎每家企业入驻此地，都会将仓库与码头作为重要配套设施，一并提上建设日程。它们包括东莞食品进出口公司、土产进出口公司、畜产进出口公司等，以及外贸局属下食品进出口公司的两家工厂。粮油食品工业公司旗下公司则后来居上，仓库与码头越建越多，规模也越来越大，其中大型码头三处，分别位于广东浓缩预混饲料厂、东泰饲料厂和东莞面粉公司内。

这也让地理坐标为东经113°44′、北纬23°23′的鳒鱼洲码头片区，经广东省人民政府口岸办公室批准，于1989年7月1日升格为莞城进出口货物装卸点。

今天，我们对鳒鱼洲的工业发展历史大书特书，一方面，让我们看到工业是如何一步步改造一块区域，乃至一个城市的；另一方面，东莞的发展在很大程度上也是"摸着石头过河"——同样正如穆肃在《鳒鱼洲》中感叹，"说得夸张一点，最初的城镇发展，乃至工业崛起，从某种意义上更像是一种探险"。

但幸运的是，因为紧临香港，介于广深，让它的探险多了"方向感"，换句话说，不至于闷着脑袋瞎蹿，只不过时代的浪头会不时地拍打过来。

这也让日后的鳒鱼洲，随着东江之水起起落落，但是我们得铭记的是，当年的它和"三来一补"一起，把经济变革的酵母引入到了东莞，更让东莞的工业走向了现代化，同时也让东莞敞开怀抱，有了"农村工业化"的巨大底气。

第五章

"粤字001"是把金钥匙

这个世界有很多东西是相互的，比如善良与爱或冒险。和日后无数港资涌入内地办厂不一样，时为香港信孚手袋制品有限公司董事长的张子弥刚流露出自己到内地办厂的念头时，被朋友当成疯子。但他依旧坚定信心，相信时代在进步，政府也是会进步的。"我不成功，我回来还有一家厂，我成功了，你就也进来。"事实证明他当年的坚持是对的，"现在，全香港人都发疯了，全进来了"①。

这既是张子弥在外待久了，"西方老外总是看我们低一等"，所以希望自己能帮助这个国家，让这里的青年更强大，同时也是张子弥迫不得已的"探险"之旅。

东莞成产业转移最前沿

这一时期的香港经济，一般描述都将其定义为"从工业化走向多元化阶段"（1971—1981年）。从20世纪60年代后期起，采取出口导向型策略的新兴工业经济地区逐渐增多，竞争日趋加剧。中国台湾地区、韩国的出口额在20世纪70年代前期先后赶上中国香港地区。与此同时，发达工业国家有经济衰退迹象，保护主义抬头。

---

① 蔡嘉莉：《"三来一补"开山鼻祖张子弥18年来首度回东莞》，《东莞时报》，2011年4月28日。

《城市战争：国运、时代以及世界三重奏下的中国区域沉浮》一书便关注过20世纪七八十年代的香港，除了是国际金融中心之外，还从转口港转变为富裕的工业经济体，繁华的背后也凸显出巨大问题，那就是人多地狭，让生存成本急剧抬升。它需要依靠广阔的内地，来作为自己的资源和经济战略腹地。张子弥对此无疑也深有体会。当时的他在香港有两个工厂，但是随着香港的劳动力成本走高，经营变得很困难。相反，中国台湾地区和韩国的价格就比中国香港便宜，所以大生意都被它们给拉走了。

同样，这也就是为什么到1974年，香港边境对内地"大逃港"的人员，由过去来者不拒，转变为实施"抵垒"政策的原因——非法入境者如果能躲过香港边界拦截，进入九龙市区就可以在香港定居，否则会被遣返内地。"大批的逃港人潮涌进了香港，也给香港社会带来困扰。由于香港的基础工业的建设，基本告一个段落，对大量的廉价劳动力需求也进入了饱和的状态。所谓的偷渡客也给香港的社会治安带来了一些困扰。"因此，"当时的港英政府即刻取消了'抵垒'政策，组织了军警联合指挥部，在加强边防的巡逻和搜捕，采取了'递补递解'这个政策，某种程度再加上中国大陆内部采取的一些紧急的措施，逃港潮在1980年代之后逐渐的进入了平静，进入了尾声"①。

1979年，12岁的长安人陈灿球就是其中的遣返者，甚至被接连遣返了两次。第一次，在香港才藏了两三天，就很快被香港警方发现。两个月后，他又再次坐上偷渡船，但这一次，一上岸就被抓了个正着。从此，他再也没有了偷渡的兴趣，转而安心读书，进而因祸得福，在内地的改革开放中如鱼得水。

正是逃港潮催生了今天的改革开放，它从根本上扭转了大逃港的势头。同时，也向日益为发展而焦虑的香港，送上了橄榄枝。"22号文件"的颁发，既是给东莞等地一个巨大的红利，同时也向港商释放了友善的信息。尽管很多人半信半疑，但也阻止不了张子弥的脚步。

在东莞、南海、顺德、番禺、中山5个县中，张子弥为什么会选择东莞？

很简单，那就是随着香港成为珠三角的绝对中心，土地价值开始由香

---

① 杨锦麟主持：《70年代逃港潮为内地改革开放提供辛酸的铺排》，《走读大中华》，2010年8月21日。

港—珠江东部台地（深圳）—珠江东部河网（东莞）—中部平原（广州）—珠江西部河网（佛山、珠中江）逐步递减，东莞自然而然成为了承接香港产业转移的最前沿。

很多时候，笔者一直认为东莞是占了地利——相比较南海、顺德、番禺、中山等，东莞距离香港（指陆路）相对更近。但后来又看到了这样的信息：说的是张子弥无意之中听闻内地出台了"22号文件"，规定广东可以试点搞"三来一补"，此前一直想把厂办到内地却始终不得其门而入的他，意识到自己的机会来了。于是乎，他在听说"22号文件"的第二天便匆匆跑到广东打探情况，从而得知，广东省委、省政府已快速作出反应，将东莞等5个县定为试点。这让他心花怒放，立即通过广东的华润公司找到广东省轻工局进一步了解相关情况。"也巧，广东省轻工局接待他的工作人员正好是个东莞人，便引荐他来东莞发展。"[1]

这让我们不禁深悟"偶然中的必然，必然中的偶然"这样的辩证关系。

敢于迈出第一步

1978年7月29日上午，一位中年人在经过了一道道严格的检查之后，跨过罗湖桥，踏上了深圳的土地。还没等喘口气，他便开始找人打听长途汽车站的位置。一桥之隔的两个地方当时虽然有着极大的制度、文化差异，但毕竟语言相通。在许多好奇而警惕的目光注视下，这中年人来到了汽车站，买下了一张到东莞太平镇的长途汽车票。

这是一个仅有一平方千米的小镇，田野交错，但幸有一条"宝太公路"[2]通往深圳，连接罗湖海关去往香港。在这个到处是农田的地方，他一路打听下来，终于在当天下午四点多，找到了一个叫太平服装厂的小作坊。当时他还专门带来了一个流行欧美的女装手提袋和一套只够生产一个手提袋的材料

---

① 何建明、朱子峡：《东方光芒》，作家出版社，2009年版，第10页。
② 宝太公路1929年由宝安县行车公司修建，当时这条路仅3米宽，道路坑坑洼洼，汽车行驶在其上，只能跑20千米/小时左右。1950年，其和宝深公路一起编入了107国道。深圳市成立后，政府在原宝太公路的基础上，建造了有名的广深公路。

配件，交给当时太平服装厂的副厂长，让厂里的技术骨干用他带来的材料生产一个同样款式的手提袋。显然，他要看看这个小作坊有没有能力承接他的业务。但让他意外的是，这个小作坊只用了一个通宵，就用缝纫机把它做出来了。除了做得一模一样，让他欣喜的是，速度还那么快。手袋这种快消品，他要的就是速度。此前，他对内地最大的担心，就是投了资，结果不能及时交货，要赔钱。现在看对方这种速度，一拍即合，很快就和太平服装厂合作成立了中国早期"三来一补"企业之一——太平手袋厂。他就是张子弥。

太平，这个和虎门炮台有咫尺之遥的地方，在1985年和虎门合并为虎门镇。

和东江沿线的石龙相比，虎门在珠江口，和香港咫尺之遥。只是，散去硝烟后的虎门，在很长时间内，都追不上香港发展的速度。今天虎门镇的河仔村的老人们应该还记得，20世纪70年代时，这里不仅劳作强度很大，而且村民经济收入低，而同处珠江口的香港正值经济高速发展阶段，这也让他们对香港社会的繁荣和美好生活产生了向往——在当年的逃港潮中，虎门和附近83平方千米的土地上没有一寸水泥路、同样是滩涂纵横交错的长安镇（当年叫长安公社），都是其中的"狂热者"。

这不是个一蹴而就的故事。此时，党的十一届三中全会还没召开，安徽小岗村18位农民还没开始冒险"大包干"，四川向阳镇还在酝酿乡村政权的变革……而东莞，还是以粮为纲。一般而言，县里是第三把手管农业，但东莞将整个农业分为山区、丘陵、沿海、水乡、埔田，县里主要领导各抓一块，都抓农业。也正是在1978年，东莞主要领导到北京人民大会堂参加全国"双学大会"（工业学大庆、农业学大寨），因为当时东莞每年稳定向国家上交粮食4.3亿～4.5亿千克，排在全国前三位，所以被安排在大会上专题发言，介绍经验，这当然很光荣。所以，面对这样的变革，任谁都拿不定主意，何况一个小小的太平服装厂。当时他们就纠结许久：跟外商一起合作，有没有资本主义成分？有没有资产阶级思想？搞"三来一补"会不会犯错误？日后的风波更是证明了他们没有多虑：有人认为它不登大雅之堂，尤其在东莞农业的发展成了全国的典型，备受赞誉之时却掉头搞"三来一补"，是不守本分，有人更视它的出现为"资本主义又复辟了"，是成心想搞垮社会主义集体经济……

　　好在太平服装厂还是顶住了压力。在张子弥离开后，时任该厂厂长的刘
艮和唐志平还是拍板决定：做！他们相信，中央文件下发到广东，就是鼓励
大家要敢于迈出第一步。正是这样，张子弥才能担心而来，乘兴而归。

　　1978年8月30日，张子弥与东莞二轻局签订一份为期五年的合同，那张标
注"粤字001号"的"三来一补"协议在东莞诞生。9月15日，东莞太平手袋
厂在太平竹器厂的厂房中挂牌成立。随后工商批复的"粤字001号"批文号显
示，它是全国第一家引进的"三来一补"企业。

　　直到多年之后，张子弥还记得自己很快拿到了"粤字001"时的事情。
一天，他到广东省轻工进出口公司办事，一名科员见了他，笑着迎上来，喊
道："001来了，001来了。"当时，张子弥并不晓得"001"是什么意思，那
位科员告诉他，他的太平手袋厂出口编号是001，并在他申请的业务单上填写
了"001"字样。张子弥日后回忆："这个'001'，好像说是省外资进来的
编号，第几个进来就是第几。他说我是第一个。"尽管多年之后，关于谁是
进入内地的第一个"三来一补"企业，依旧存在着争议，有人说是生产了国
内第一条牛仔裤的"容奇大进制衣厂"（即"顺德大进制衣厂"），但张子
弥对此看得很淡，"第一怎样，第二又如何？"

　　但是，"粤字001"的颁发，却给了很多外商定心丸，它就像一把金钥
匙，打开了很多人的心结。有了一，便会有二，有三，有四……

　　日后任太平手袋厂第三任厂长的唐志平在回忆与张子弥合作时的场景，
依旧感慨万分。尽管两者当时是谈判对手，不过大家有共同利益，他赚大
头，我们赚小头，很快就谈下来。"当时服装厂的厂房张子弥看不上，他看
中了太平竹器厂的厂房。"之所以选择在这里，"因为竹器厂是个两层的九
楼，旁边有个大鱼塘，将来可以填平。张子弥就在服装厂挑了三十几个年轻
人，在竹器厂挑了三个年轻人，我们就用了太平竹器厂的厂房。那时很复
杂，同一个门进去，一边是竹器厂，一边是手袋厂"。从这里可以看出，当
初张子弥是有眼光的，是看好日后的发展，提前为未来布局。

　　事实也证明，他的选择是对的，这个厂建成之后，就不断赚钱，把旁边
鱼塘填了，还合并了竹器厂和综合修配厂，从200多平方米扩大到1万多平方
米的生产面积。和"三来一补"的规定一样，在这次合作中，手袋厂一分钱
不投资，就是出厂房、人力，工厂的主权是手袋厂自己的，而原材料、所有
设备都是张子弥的——一开始，是小部分设备，很多还是旧的，但随着半年

后，张子弥关闭了香港工厂，把设备全部搬到了这里，工厂里15瓦的小灯泡变成了一排排日光灯管，家庭式缝纫机也变成了一台台进口的电动缝纫机。

在这次合作中，"我们赚加工费，每个月加工费的20%偿还给他做设备补偿款。当时平均一打手袋是20元左右，我们收12元的加工费。发到工人手上，一打大概就是几毛钱"。即使赚得也很微薄，但是比起在服装厂，"我们工资很低，分等级，一个月18元、28元、38元这样，很高级的工程师也就是几十元"，这里却已经在天上。因为张子弥带到这里来的，不仅是香港的设备，而且还有香港的管理方式，那就是实行计件工资，多劳多得。"一计件，就超过100元的工资。"身为1981年的厂里生产冠军的谭月娥日后也很清晰地记得："厂里打破大锅饭，按件计酬、多劳多得，大家干劲特别足，有时忙起来三天三夜地赶工。""以前我每个月挣20多元钱，1983年工资已经涨到了300多元。"

当时的手袋厂，用的厂房是太平竹器厂的，两家工厂的员工都是同一个门进出，但工资差别却很大，让竹器厂的员工很羡慕。这大概也是竹器厂心甘情愿被吞并的原因。

张子弥也清楚地记得，手袋厂之所以发展迅速，除了管理之外，还在于产品的创新。那时，国内生产的手袋都是帆布的。太平手袋厂生产的手袋，有人造革，也有尼龙布，什么颜色都有，款式也非常时髦，通过香港销售到美国。他记得那时有工人一个月领了70元，不敢花。说领导干部一个月才60元，有的才38元，我比领导拿得还多，哪一天，你们把这钱要回去，我花光了怎么办？——这在今天看来自然是个笑话，但当时大家心存顾虑，谁也不知道改革开放的春风能吹多久。

某种意义上，张子弥能否在内地找到合作对象，又能待多久，都将起到一个重要的示范效应。

"三不怕"下的"三堂"经济

显然在东莞，张子弥感受到的是友好。甚至，为了抓住"三来一补"这个重要机遇，东莞上下甚至达成了这样一个共识：所有的来料加工，东莞一律来者不拒，敞开大门，不设任何门槛。更重要的是，他们明白抓住这个机遇，依托香港是关键。这是个稀缺资源，必须越早抓住越好。"1978年12月21日，北京正在召开的党的十一届三中全会尚未结束，东莞县委便发出了本县的27号文件，从县委和县政府各部室抽调出48名精兵强将，组成东莞对外来料加工装配业务小组，主管全县的'三来一补'工作和合资洽谈业务。"这是全国第一个加工贸易装配办公室，小组设有办公室，办公室下面又由10个小组组成："4个小组专门负责与外商谈判，3个小组分到农村去，帮助乡镇建厂，处理各种关系，1个小组负责运输工作，1个小组驻广州负责联系报批工作，1个小组驻深圳负责海关边检等工作……"①可谓是面面俱到。

据说在当时，这个加工贸易装配办公室的各有关部门负责人都要带公章来上班，一旦谈判小组与外商谈好，就拿到办公室审批。时至今日，不少老领导仍然不无自豪地说：我们一个章，海关边防都认。

这也意外地帮助东莞创造了全国的又一示范，那就是在全国率先推出了行政审批一条龙的措施。港商在这里签个合同，往往只需要个把钟头，谈判好了"咔嚓"一盖章就定了，所以他们很高兴，积极性也就来了。

此外，为了招商，东莞所有行政单位都参与进来，甚至把服务送到了招商的第一线，在码头的人群中，都有东莞工商管理部门的人员，而银行、邮电局等部门紧随其后，根据需要紧急修改制度，延长工作时间……

但东莞的手段还不止于此。也就在党的十一届三中全会后，广东省开始将大部分吸引外资的审查政策下放，宣布各地市可以因地制宜进行招商引资。显而易见，广州作为广东省省会，深圳又被定位成了特区，资金、人才、设备都顺理成章地流向了广深二市。夹在广州和深圳中间的东莞，基础设施条件差，基本的用电、通讯、运输等设施都急缺，打电话需要跑到邮电局，并且邮电局只有两条线，还时常有十几个人排队。为了能在广深的夹缝中求一线生机，东莞只能兵行险招，再度将外资审查的资格下放到镇，充分发挥镇街的主观能动性。这无疑进一步促进东莞各个镇街的积极性，把能想到的办法都用上一遍，进而将招商牌打得花样频出。多年之后，信奉区域竞争造就中国经济奇迹的经济学家张五常，将招商员视为地区经济竞赛中的重要角色。

---

① 何建明、朱子峡：《东方光芒》，作家出版社，2009年版，第14页。

有文章对东莞石碣镇和长安镇的招商手段进行了细致的描绘，前者采用人海战术，从镇到村，从村民小组到个人，全部鼓励去招商，无论是个人还是集体，凡是能招来企业的，就奖励一到两个月的厂房房租。要知道20世纪80年代，代工厂的面积一般是2000～3000平方米，每平方米的月租金是10～12元，因此普通农民招商的奖励就能达到上万块。扔下锄头跑生意，在当时成为石碣镇农民发家致富的捷径。

长安镇采用守株待兔战术。派人在火车站、机场等处守候。深圳罗湖火车站是他们经常蹲点的地方。只要看到老板模样的人从香港那边过来，就主动套近乎，招引对方到长安镇投资发展。而当时的镇领导也给每人搞了个"船员证"，坐着一条采砂船去香港招商，甚至在港口漂流了两天两夜。这也让笔者想起了苏州的做法，派人到上海虹桥机场，看到外商模样的人，就不惜一切努力去"挖墙脚"，劝他们到苏州去看一看。这无疑加速了城市的腾飞。

这些乡镇、村社用自己的表现，证明东莞是真心求发展的。凭借着不怕吃苦，不怕挨骂，不怕丢人的"三不怕"精神，感动了不少港商。虽然一开始没钱盖厂房，但各村镇纷纷腾出厂里的食堂、村里的会堂，甚至家族祠堂开办工厂。"部分镇街甚至利用影剧院、旧教学楼、旧厂房等场所作为企业的厂房或者办公用地。"

《南方工报》于2021年回顾东莞改革开放史时就指出："1979年1月，虎门南栅藤厂创办于翠蹊王公祠和秋月公祠，1980年1月，该厂正式开工，第一年就获利12万元。1984年，洪梅镇首家'三来一补'企业洪梅电器厂在洪梅区公所会堂创办。""'三堂经济'的发展，为东莞迅速完成了农业工业化资本的'原始积累'，通过港商、台商等'大船'的资金、技术和营销渠道，与自身的劳动力、能源及土地成本等要素相结合，东莞制造'借船出海'，涌向全球每个角落。"

在这样的格局下，到东莞寻求合作的港商变得络绎不绝。唐志平记得，当年隔三岔五见到张子弥带着香港老板到厂里参观。过了没多久，跟太平手袋厂配套的刀帽厂、印花厂、模具厂、五金电镀厂等相继落户虎门。

值得庆幸的是，1979年1月3日，张子弥还无偿赠送一辆免税丰田面包车给太平手袋厂，车内有空调，比当年东莞县委书记坐的无空调吉普车还先进。随着到访港商增多，那辆面包车派上了更大用场。唐志平经常跟工友们开着它接送港商，"我当时最怕的就是下雨天"。那时，宝太公路全是泥路，遇到雨天泥泞不堪，面包车陷入泥潭，动弹不了，唐志平只能光着脚帮忙推车。①

"叛逃者"变"财神爷"

对东莞来说，它还有一个无比宝贵的资源，那就是在香港的乡贤。

他们包括很早就出去的莞商，比如王华生等人，以及像周凤岐这样的莞二代、莞三代们，还包括在几次"大逃港"中，打拼出了一片天下的东莞人。"现家住长安镇乌沙社区的戴小虎的父亲老戴就是1979年逃去香港'讨生活'的。1981年，老戴第一次从香港回家，引起了轰动。因为他竟然买回了一台彩色电视机，还带着一家四口去深圳看了一回大世界。"②所以，东莞在招商过程中，就动员全东莞的干部群众全民出动，去联系香港的亲朋好友，说服他们回来投资。这也让香港的街头一度活跃着农民模样的"老表"，他们都是过来"找人"的。

虎门龙眼村就把自己的视线锁定在了村民张细身上。时任龙眼生产大队党支部书记的张旭森从他口中得知，他有两个在香港的弟弟张铭和张超也打算回内地投资。这个小村距离太平只有几千米，村民平时靠种水稻、玉米、花生、木薯为生，大队自办了一家木薯加工厂和一个榨糖厂，加起来也才50多名工人，所以有强烈变革的诉求。加上太平手袋厂的示范在前，所以他们迫切地想要找到属于自己的"001"。

只是，镇里可以搞"三来一补"，但村里是不是也可以呢？虎门公社一名领导得知情况后，提出反对意见。张旭森与他唇枪舌剑到最后也没有结果，于是连夜起草了一个报告，前往广州找到当时正在学习的东莞县虎门公社党委书记黎桂康。黎桂康返回虎门召开紧急党委会议，经过两天激烈讨

---

① 莫晓东采写，赵勇统筹：《虎门："三来一补"点燃中国制造星星之火》，《南方都市报》，2018年8月13日。

② 严茂胜、邹锡兰、陈婧、蒋泓：《农村城镇化：身份、土地、组织一起变》，《中国经济周刊》，2005年11月27日。

论，大部分人最终同意龙眼与港商合作办厂。

虎门公社迅速把报告往上递。没想到，办厂的申请报告很快就得到广东省政府批复，批文是"粤三来一补企业003号"。1979年4月，张氏兄弟在龙眼投资的龙眼发具厂在村内破旧的张氏宗祠开业了。若干年后，广东省整理改革开放的诸多线索时，确认龙眼发具厂是全省第一家落户农村的"三来一补"企业，同时也是中国农村第一家"三来一补"企业。

有学者认为，从"全国农村引进的第一家外资企业"的意义上来说，它也是001号。"洗脚上田的农民，在时代的洪流中开始迸发出惊人的能量。龙眼发具厂起初只有30多个工人，但来料加工量大，厂内的工人无法完成，只能外发加工，整个龙眼村的村民都参与进来。一个月后，每户都有数百元进账。张氏兄弟的投资也得到丰厚回报，见到原材料的进口和出口比较畅顺，他们索性把在香港与发具厂配套的发芯厂、烫金厂、洗发水厂等都搬了回来。不到三个月，龙眼村内多了十来间工厂。"[①]

同为虎门人的梁少禧是被自己姐夫喊回来的，其姐夫当时就在东莞做招商工作。1979年梁少禧逃港后，因为不懂英文，进不了大公司，还好在内地时跟着本地师傅学过木匠，所以靠着这点手艺，他硬是白手起家，6年后已是迪信家具厂的小老板。尽管被姐夫喊回来，但当时东莞阡陌纵横、鸡犬相闻的农村景象，尤其是周围除了国营的木器厂、一些私人的小木工店，就找不到家具生产的气息，还是让他很快就打了退堂鼓。但姐夫却耍起"无赖"：你已经签过字，不回来不行了。没有办法，他只好引进一些机械，找一些以前的同学、朋友，甚至把自己以前的师傅拉过来做了厂长，才开始了自己的创业。但很快他就发现了一个优势：那就是在香港聘请人工，大概是120港元一天，而在这里，厂长也只要1200元一个月。普通工人给600元，就足够让他们开心了。而且，3个月后，邮电局还给厂里优先安装了电话，随时可以给香港打长途。这种东莞做、香港卖的模式，让梁少禧尝到了甜头，工厂规模也迅速扩大。日后，他的工厂，也被很多行业人士认为是东莞家具业引进来的第一家。它改变了当年木匠师傅刀砍斧削的手工模式，通过引入板式家具（用刨花板等人工压制的木材组合、用五金件连接而成的家具），实现批量

① 莫晓东采写，赵勇统筹：《虎门："三来一补"点燃中国制造星星之火》，《南方都市报》，2018年8月13日。

生产，进而也让东莞家具业得以迅速发展。

也有另外一种说法，那就是约在1983年，就有港商在厚街双岗上环村开设了双岗家私厂。据当地村民郭应畴回忆："当时一名双岗籍村民跑去香港打工，回乡后看到厚街的经济正在起步，税收、人工等成本低，于是游说他的香港老板来到双岗创业。"当时的郭应畴就在双岗家私厂担任报关工作。他说，港商把喷漆技术、手钻、排钻等先进生产工具、工艺带到厚街，不少在厂里打工的双岗人一边打工一边学习先进的技术。学会后，头脑聪明的双岗人一个个走出去开厂自己做老板……尽管和迪信比起来，谁前谁后存疑，但是双岗的确是厚街第一家现代意义上的家具厂。厚街的家具业的历史也正式开始，就连日后，梁少禧也把工厂迁到厚街。

被喊回来的还有徐玉成的父亲，他是在1961年偷渡到香港的，起先跟随兄妹做生意，后来跟人合作生产皮包。童年和青少期间都在厚街"地主屋"——"百忍草庐"（土地改革中所分）度过的徐玉成记得，由于当时的香港被"大封锁"，所以父亲很少回乡，即使回来，也是偷偷摸摸地回到广州，和家人见上几面，就又匆匆返港。即使如此，父亲还是给他打开了一扇窗——当时在中心小学当老师的他，在教英语时，把父亲从香港带回来的录音机用来录英语课本，再放给学生听。这种教学模式因为新颖，一度还引起镇有关领导的注意。后来，为响应改革开放，引进企业，盘活厚街经济，镇里到处摸查原籍厚街的商人在外经商情况，在了解到他父亲在香港从事皮具制造业后，极力游说返乡发展。不过，徐父担忧一回乡就会被抓而不能返港，一直未应承。为了让徐父安心，当时的政府工作人员一再向他保证"一回到厚街，立刻帮忙报户口"（当时，港籍回乡，要凭回乡证到派出所报户口登记）。最后，徐父选择相信国家是真心改革开放的，回乡是可行的。徐玉成记得，1978年10月，当父亲到达东莞石龙火车站时，他亲自踩单车去火车站接父亲回来。

徐父一到厚街，镇政府的工作人员马上接上，替他办理了户口，细谈了置办企业的事情，并与东莞市工艺进出口公司签订了厚街第一份"三来一补"合同。徐父日后置办的企业叫香港业诚贸易行（即厚街皮具厂），主营皮具业，工厂位于东风路的厚街工艺厂内，即现在的厚街中心小学一带。工厂在香港设有贸易公司总部，从香港运回原料后给这边的工厂加工成皮包，再出口到美国、加拿大、澳大利亚、新西兰、意大利、马来西亚、菲律宾、墨西哥、巴西等国家。

和太平手袋厂相似，该厂的工资相对较高，在1980年左右，普通员工一个月的工资就有150～300元，而当时大多村民一个月的收入约25元。所以，最初只有20人左右的皮具厂，逐渐扩大，到1978—1984年期间，必须得要有镇政府写的批条才能进厂工作。

随着厚街皮具厂的出现，毛织、制衣、鞋类等企业也纷纷进入厚街。1979年，一位东莞籍的香港商人在厚街珊美村开办行乐鞋厂，成为东莞第一家外资鞋厂；当年，厚街广进制品厂、珊美艾美皮艺厂、寮厦金鼎塑胶皮类制品厂等鞋业相关企业随之开张；1980年，厚街镇政府自筹资金建设厂房开办了厚街利通鞋厂，并带动了当地农民纷纷开办制鞋小作坊……这无疑为它日后在制鞋业上的集群效应，打下了基础。

谁也想象不到，正是这些让当地人深恶痛绝的"叛逃者"，却在日后，以大老板的身份，回到了家乡，成为家乡的投资者，甚至是"财神爷"。

东莞成为"世界工厂"的"第一块砖"

同样是在1979年，大朗也迎来了属于自己的"三来一补"企业，即大朗毛织一厂。

这个今日位于东莞松山湖畔的小镇，盛产荔枝、莞草，就是如东莞不产小麦一样，这里也不产羊毛。据《大朗镇志》记载，此地古时盛产莞草，故名"大莞"。后来为了便于书写，将"莞"字改为"朗"。大朗人素有使用莞草编织草席、草帽、坐垫等的传统。之所以能在今天改弦更张，成为中国毛织第一镇，也是得益于一位来自香港的老板。

老板姓娄，其实也是广东人，在香港搞毛织业很有成就，于是便通过在港的一位大朗人的介绍，来到了这里的大井头村，从而给大朗种下了一颗毛织的种子。这家毛织厂当时采用的还是传统手摇机，但大朗人却像见到了西洋镜似的感到新鲜。它的创办忙坏了大朗所有人，大家纷纷想进厂跳出农门。与此同时，他们在学到技术后一拖二、二拖三，甚至很多家庭也购买普通的设备加入毛织大军，大朗的毛织业开始有了成形的迹象。

　　附近的长安镇也没有枉费一片苦心，在1981年办了第一个"三来一补"毛织工厂后，很快就建立起第一工业区，引进开达玩具厂。到了1987年年底，全长安镇共有来料加工企业108家，厂房面积20多万平方米，年加工费收入达到4307万元。

　　不得不提的还有石龙。它曾在战争中备受摧残，但在新中国成立之后很快复苏——1954年，裕荣米机被改为国营粮食加工厂，这是石龙镇第一间国营工厂；1961年，石龙变电站建成投产，开始使用国家电网供电，结束了小火力发电照明的历史；1967年，石龙麦芽糖成功应用蒸汽发酵和循环蒸煮的生产新工艺，结束了100多年靠铜锅明火煮糖手工操作的历史；1978年，从石龙酒厂划出生产麦芽精水车间，办起石龙制药厂。它也就是著名的众生药业的前身。在办厂前期，它曾经推出过爆款产品：众生丸。"喉痛热气，食众生丸。"这句耳熟能详的粤语广告词，说的就是不少广东人家里常备的这款清热解毒单品。

　　有着丰厚的工业的底蕴，再加上水路及铁路交通，即使位于东莞北端，对"三来一补"仍然具有无比诱人的吸引力。在20世纪70年代末，石龙就开始引进相关企业。根据资料，1979年，石龙便签订"三来一补"对外加工装配业务协议13宗，有6宗为当年投产，职工1402人，全年加工费净收入992800元。但让人颇为意外的是，石龙引进的"三来一补"企业中，有不少是服装厂。想想也对，改革开放打开了国人的眼界，也让他们的审美变得更多元，在服装方面也从单一刻板的款式中解放出来，开始追求符合自身特点的服装色彩和样式。20世纪七八十年代就流行一款"的确良"，这种涤纶面料做的衣服体感其实并不如棉织品，但因为时尚，成为年轻男女炫耀的资本。而作为当年的码头，也是世界的窗口，石龙怎么可能不因时而变？到20世纪80年代中后期，石龙制衣厂多达100多间，石龙生产的服装逐渐闻名广东乃至全国——龙城服装厂的加士拿牌西服、石龙服装一厂的山茶花恤衫、森泽制衣厂的T恤、通达制衣厂的运动衣均成为国内抢手货，广州、深圳等珠三角城市的大小商店都摆有石龙生产的服装，由石龙厂家生产的环球牌衬衫更被国家外经贸委推荐参加国家级产品展览会。

　　今天，当我们回过头再看当年的"三来一补"，你会发现它和鱼洲一起构成了东莞改革开放早期最为重要的经济叙事。

　　和相对由政府主导、有些大刀阔斧的鱼洲建设相比，"三来一补"的落地则要面对陈旧体制的束缚以及重重旧思想的围剿。但幸运的是，东莞最终还是认识到，自己要想发展，死守农业是没有前途的，另外，要想发展工业，又没基础，缺技术少人才，做别的没有优势，相对来说，在当时很多地方一下子拿不出更多钱搞独资、搞合资的情况下，"三来一补"易于操作，适合当年刚刚洗脚上田农民的经营水平。更重要的是，农民切切实实得到了巨大的收益。所以，尽管顶着巨大的非议，但在领导的坚持和动员下，在老百姓的一片叫好声中，从广东到东莞都顶住了压力。当时的东莞领导说："别人说'三来一补'不好，我不怕，好不好我心中有数，你说不好，我们机会就更多。"

这不仅"成全"了虎门，让它在改革开放的序曲里奏响春天的节拍的同时，也让见证了中国人民开放史、屈辱史以及奋斗史的虎门，冥冥之中又成就了东莞乃至整个中国的一次冒险和突破。它用自己的方式，重新定义了开放。随着中国加工贸易的"源"由此开拓，其"流"随后遍布珠三角。日后的虎门，甚至以一镇之力开办"中国（虎门）国际服装交易会"。2018年，虎门会展中心已经跃居东莞四大会展中心之列，并成为虎门对外展示的窗口、服务提升产业的载体和招商引资的平台。与此同时，面向世界，也让整个东莞唤醒了自己的开放基因和制造基因，从此迈出了奔往"世界工厂"的最为重要的一步。

有人甚至说，太平手袋厂是全国第一个"三来一补"，也是东莞今后成为"世界工厂"的"第一块砖"。某种意义上，正是在深圳起步初期，东莞抓住历史机遇，成为香港加工制造业最大的基地，给了东莞改变命运的巨大机遇。根据资料，1978年，东莞县创汇总额3938万美元，这是中国其他内地的县所不具有的一个优势。到了20世纪80年代末，由香港转移内地的6万家企业中，更是有4万家落位东莞。东莞通过"三来一补"方式完成原始资本积累，吸收境外的技术、管理和销售经验，大力发展商品农业的同时，还推动了东莞乃至整个中国发展外向型经济，从而切入到全球分工，加入到世界的经济发展大格局。特别需要指出的是，与改革开放早期苏商、浙商主要关注内需市场不同，广东经济主要以外向型为主，相对起点高，"两头在外"，与外部接轨，追赶世界潮流。

这也让东莞在1984年——财经作家吴晓波眼中的"中国现代公司的元年"（海尔、联想、万科、四通、科龙、健力宝均创建于1984年）——趁热打铁，于这一年9月，在第五次党代会上，东莞县委在题为《改革、开放，向农村工业化进军，促进经济建设全面高涨》的报告中，审时度势提出了实现农村工业化的目标——这无疑是正式的"官宣"。它的意义也不言而喻，既正式吹响了向农村工业化进军的号角，开启了东莞从农业县走向新兴工业城市的征程，同时也呼应了邓小平在这一年的南方谈话，进一步稳定了人心——邓小平先后视察了深圳、珠海、厦门三个特区，对特区的建设成就表示满意，作出了"建立经济特区的政策是正确的"的判断，这为我国进一步改革开放吹响了时代的最强音，为建设中国特色社会主义指明了道路。这对距离深圳、珠海尤其之近的东莞，无疑也是一个巨大的激励。

这一年，东莞县工农业产值（按1980年不变价）17.74亿元，比1978年增长1.6倍。工业总产值10.1亿元，占全县工农业总产值的57%，比1978年增长1.9倍。从事第二产业、第三产业劳动力占全县总劳动力的70%，为国家创汇1.34亿美元，比1978年增长71.3%。这也让东莞在次年2月，被党中央和国务院列为沿海经济开放区。再接再厉，这一年，东莞的工业产值首次超过农业，城市化率达到21%。尽管"三来一补"主要是由外商提供设备（包括由外商投资建厂房）、原材料、来样，并负责全部产品的外销，由中国企业提供土地、厂房、劳力，但是，就像和张子弥的合作，让太平手袋厂在大家还使用脚踏缝纫机之时，就引进了当时最先进、全电动的生产设备，极大提高了生产效率和产品质量，也在潜移默化中提升了东莞制造业的素养，培训了更高素质的产业工人。

这些都无疑增添了东莞走农村工业化、农村城市化道路的信心和决心。但正如"三来一补"的磕磕绊绊，农村工业化对东莞来说，不仅是目的，是承诺，更是沉甸甸的责任。

第六章

东莞"变身"

《（85）国函字137号公告》的电子扫描件静静地躺在档案馆里，但依旧光芒万丈。打量着上面的内容，就像打量着东莞近千年的首次"变身"。那每一个还像沾染着油墨的文字，就像一声声紧促的呼喊、擂鼓般的心跳，而那逐渐变得老古董、透着晕黄的页面，正饱含那压抑已久正蓬勃而出的激情。

《（85）国函字137号公告》实为国务院向广东省人民政府于1985年9月5日发出的《关于广东省惠阳、肇庆、梅县三地区行政体制问题的批复》函，全文可见于《中华人民共和国国务院公报》1985年第30期，公告中清晰地标明：同意撤销东莞县，设立东莞市（县级）。以原东莞县的行政区域为东莞市的行政区域。

欢乐的氛围像东江水一样澎湃并向四周荡漾。1986年2月5日，各界人士4万多人在莞城人民公园集会，庆祝东莞市成立。

东莞渴望改变身份已经很久了。当年的东莞郡曾给了它万分的荣耀。日后，它以县而立。千年来不仅没有任何变化，而且区域也在不断的调整当中被压缩，甚至，过去身为其一部分的香港、深圳，都反客为主，把自己都比了下去。多年来，它只是惠阳专区（地区）的一个农业县，夹在特区和省会之间，一片空白，何曾有人关注过——根据《东莞市志》记载，1959年将城郊的博厦、罗沙、细村3个农业大队划归莞城管辖。即便这样，建成区面积也仅有4.98平方千米——这种埋藏在东莞心间多年的憋屈，也许亦是东莞之所以顶着巨大压力也要搞"三来一补"的原因。幸运的是，"三来一补"没有让大家失望，的确让这片土地焕发出了无限生机。但问题是，一方面，东莞县的建制很难解决在城市建设的统一规划、交通和工商企业的管理、文教卫生事业的发展等方面碰到的许多矛盾。这意味着要在以城市为中心的经济体制改革中，把县改为市建制并扩大事权、管理权才能适应对外开放和经济大发展的需要。另一方面，在对外经济交往中，县的建制成为外商投资和国外城市友好往来的阻碍。国外一些城市想和东莞缔结友好城市，但因为东莞是县建制，地位不对等而没有结成。解决这些问题，迫切需要新的城市体制。

在东莞市档案馆官网"档案揭秘"中，有这样一篇题为《改变东莞城市发展历史的（85）国函字137号》的文章，让人为之一振：

1985年3月，东莞县人民政府在向惠阳地区行署、广东省人民政府提交《关于东莞县改为东莞市建制的请示报告》。在请示中，东莞明确提出，东莞建市的客观条件已经具备。"东莞处于省港经济特区经济走廊中间，是对外开放的窗口和桥梁""水陆交通发达""程控电话通讯网"即将开建，"文化、教育、卫生、体育等"社会事业建设取得新的成就，一个新兴的工业城市初步形成。

在经过广东省向国务院提交《关于惠阳地区实行市领导县体制和市辖区设置问题的请示》之后，东莞终于迎接到了这份让自己喜出望外的批复。

这样的变身，也意味着东莞迎来了全新的面貌。如果说以前的变化是因为政治和治理的原因，那么，这次的改变，实实在在是"经济基础决定了上层建筑"。

这个过程也很有戏剧性。当时东莞在申报时，由于没有经验，是以县政府的名义上报的，没想到这不符合程序，报告被退了回来。正确的程序是以东莞民政局的名义上报给广东省民政厅，省民政厅再上报给民政部。后来，东莞又重新打报告，过了不久，中央民政部的人来调查，很快批了，撤销东莞县，改为县级的东莞市。

相对这种戏剧性，让东莞更为难的还在于，系统升级了，配置却没有跟上。这就容易导致系统出BUG，结果就是启动之后会不断卡顿。

如果不想被卡顿，只有换配置，或者不断打补丁。

东莞的"自我改造"

对早期的东莞来说，首当其冲就是场地和人都不够用了。

前者就像龙眼发具厂使用祠堂，长安镇使用会堂，也因此诞生了东莞经济发展史上特有的"三堂经济"，但它是简陋的，也是不长久的。当然，危机是危险，也是机遇。祖籍北栅，1941年出生在东莞篁村一户普通农家、1957年考入莞中但因家贫便很快辍学务农的陈林，此时已是生产队长。根据当地媒体报道，早年的他，"胆子很大，什么事都敢想，也愿意去尝试"。除了种过田，还做过泥水建筑工，学过人家卖小家电、小型发电机，初次创业即因缺乏市场经验血本无归。好在他并没有放弃——在知名媒体人谭军波眼里，"最开始的挫折反而令其更加坚定，从商的经验一点一滴开始积累"。等到第六届全运会举办之际，他破釜沉舟做起柴油和化肥生意，因为选准项目，三年间，他就还清所有债务。正是在这期间，他敏锐地感觉到东莞正在成为世界产业转移的又一个承接地，肯定需要大规模工业区和厂房。于是，他决定拿出东莞南城篁村380亩荒地，和东莞外经委合作，到香港融资1400万美元，建立了东莞最早的工业区。

多年后，笔者在采访他身边的朋友杨光强先生时了解到，不能说陈林当时对未来的发展很清楚，很有把握，某种意义上，他搞工业也是受很多朋友的影响，但是他能一口气拿出几百亩地来做这个事情，还是证明他的眼光很独到、思想上也没有瞻前顾后。1987年12月，广东宏远集团成立。成立伊始，陈林就率先开发宏远工业区，修水厂、建电站，完善基础设施，筑巢引凤。随着一座座厂房在工业区拔地而起，许多国际大型企业联翩而至。如日本TDK集团属下的新科电子厂、美国史丹夫集团属下的添迪制品厂等一批国际著名加工企业相继在宏远工业区落户。多年之后，曾毓群也加入了新科电子厂，成为宏远工业区的一枚新鲜面孔。

企业多了，人从哪里来。好在此时的中国，最不缺的就是劳动力。改革开放也让禁锢在土地上的剩余劳动力，有了流动的可能。这也让东莞在东深供水工程之后，又一次开启了"全国支援东莞"的步伐。

1981年，唐志平在将镇上的人都找遍了但还不够后，前往江西的一个县，找当地劳动部门寻求合作。该县培训了近200名当地农民工，用几辆大巴车千里迢迢送到虎门。这批被视为中国最早一批的外来务工人员，让唐志平印象深刻。

"手袋厂给他们发工资，工作量跟虎门人一样，工资也一样。江西那边还专门派管理人员过来，管理工人的生活和工作。"

相比而言，东莞的人力资源服务起步较晚，但是随着这些"三来一补"企业的进驻，慢慢地有了人力资源服务业这一概念。劳务派遣公司也开始逐渐出现。东莞市信鸿人力资源管理有限公司日后成了拥有东莞"00001号"劳务派遣许可证的公司。他们的努力，加上东莞先行者们的"传帮带"，让东莞日益成为很多人投奔的打工天堂、发财热土。

只是，有了场地，有了人手，但其他的配套缺失，同样制约了东莞发展的激情。比如说，电力。一方面，村村点火户户冒烟，电力需求越来越大，几乎每十年就上一个新台阶；但另一方面，当时只有一条线路（文东线）输电到东莞，如果停电，整个东莞就没电了。所以东莞必须要发展电力，建设网络。随着东莞的第一座变电站于20世纪60年代投运，珠江电网延伸到了东莞，到20世纪80年代，东莞的电网建设就以110千伏为主了，特别是随着1983年板桥输变电工程的竣工，220千伏电压等级的电网为东莞"三来一补"加工业的发展奠定了基础。

曾是东莞供电局输电部高压输电带电班第二任班长的黄振强回忆起当年的用电窘迫，不禁感慨万千。那时为了让客户少停电，必须得进行高压输电线路带电作业。"带电班于1966年开始筹建，1967年11月23日正式开始第一次带电作业——将文东线杆塔的木头横担更换为角铁横担。由于一天只能换一两只，33千米线路上的169基杆，带电班差不多用了一年时间才更换完整条文东线上的木头横担。"在黄振强的印象中，"刚开始是通过各种工具间接操作，后来就是直接操作也就是等电位作业"。等电位作业时，工作人员必须穿上特制的均压服、头罩、手套、袜子等全副服装。因为衣服密不透风，即使是在冬天，一次作业下来，作业人员的前胸后背也被洇得湿淋淋的，在夏天均压服里更是倒得出水。

相比较这种作业的危险，为了在环境多样，既有平原、滩涂，又有山丘的东莞搭建线网，同样也需要付出巨大心血。今天位于樟木头，也是蔡殷宝家族当年所依赖的观音山已是著名的旅游景区，但在当时还叫樟木头林场，非常荒芜，就连上山的路都没有。在20世纪80年代，东莞电力局在观音山上每新建一基杆塔，均需用"土法"把主材、辅材搬上海拔约300米的山上，再一截截地组装、架线。需要提醒的是，当时一条九米长的水泥杆重达一吨多，靠十几个人人力搬运，搬一根上去就得两三天时间。但正如东深供水工程"要高山低头"一样，他们最终也成功"登顶"。这条建设的110千伏樟谢线，在日后相继叫过大塘谢线、古樟甲线、古清线，如今又被叫做110千伏古布甲线。①

此外，笔者还注意到，当年为了解决深圳特区乃至整个广东省的用电问题，广东决定在广州和深圳周边兴建电厂，并积极吸纳外资建设。经过论证和招商后，最终决定由广东省和深圳市政府分别出资，各自在虎门附近的沙角海滩边兴建一座电厂，同时形成两套系统，即A、B电厂。后来，广东又与香港合资兴建沙角C电厂。整个沙角电厂总装机容量达388万千瓦。由于沙角正处于今天广东用电负荷最集中的三座特大城市广州市、深圳市和东莞市之间，因此沙角电厂是一座具有电网支撑作用的发电厂，更是中国电力企业的一面旗帜。

因为三个电厂全部是燃煤发电厂，而运营所需的煤炭全部从中国山西和内蒙古购买获得，之所以选择沙角，也是为了原料装卸方便。不过，也正因为火电对生态的影响，加上日后大湾区的发展，让沙角日益成为城市新中心、新门户，电厂的命运也就不言而喻。但不得不说，它对东莞的飞速发展曾给予了莫大支持。

还比如说，交通。也就在《关于东莞县改为东莞市建制的请示报告》中，便提到了"水陆交通发达"这样的字眼。你不能说它提得有问题，在水路和铁路交通上，东莞的确一度引领珠三角。但在陆路交通上，东莞亦曾是落后的。

清末民初，东莞只有一些古道、驿道，交通工具基本上是靠肩挑背负，有一辆木制独轮车（俗称"鸡公车"）已属于"机械化运输"了。即使到了20世纪80年代初，东莞虽然已经有了800多千米的简易公路，里程看上去还可以，但标准相当低。路窄，只有三四米宽，刚够一部小车通过。沙土路面承

① 戴双城、林韵：《老电力口述电网建设30年：为东莞经济发展提供有力支撑》，《南方日报》，2018年2月6日。

载力差，超过4吨的车开过，就能把一整条路压坏。恰恰，港商的货柜车，大多4吨一辆。即使像唐志平他们一样，哪怕有一辆难得的小面包车，可是路不好走，车子多半也白搭。出生在常平、自小便跟随父亲赴港的梁麟和梁钟铭兄弟，以港商的身份回到家乡投资创业，可是发现设备运不进来。通往厂房的只有一条泥泞小路，路两边则是民房。但设备则足足有20米宽。没办法，最后挨家挨户登门拜访，说服村民先把房子拆了，承诺等机器运过去，马上帮他们把房子原地盖回来。就这样，东莞第一家玩具厂——龙昌玩具才得以顺利开办。"唔怕东莞佬，最怕东莞路"一度成为了港商的心头阴影。

当然，路不好走，何止是东莞，整个广东都面临着同样的状况。有这样一件逸事：1980年，知名港商霍英东和何贤投资兴建的番禺宾馆开张，两百多位港澳客人去参加典礼，被一个渡口拦住，苦等了几个小时也过不了江。现场那边已是锣鼓喧天，舞起了"刘关张"（醒狮）恭候宾客，但这边的宾客却还在江边喝西北风。为了改变这样的局面，也同样为了物流运输，让生产出来的产品能尽快运出去，对公路的升级改造，已刻不容缓。

但钱又在哪里？

"要想富，先修路"

查阅资料，笔者发现今天在GDP上已是多年"全国老大哥"的广东，1979年的财政收入仅为36.25亿元。到1990年，才达到131.02亿元。不过，在1980年至1987年，省财政用于支持各项改革资金达200多亿元，相当于同期全省财政收入的一半。从这里也可以看出，当年的广东也是比较手头窘迫的。

正如改革是用脚一步步蹚出来，路也是可以靠脚蹚出来。为了建设公路，广东想出了几个办法。一是集资，也就是政府出一部分，向社会和私有车辆集资一部分，由受益事业单位投资一部分，申请上级公路、交通主管部门补助一部分，再争取银行贷款和海外华侨华人、港澳同胞捐助一部分——在前期找寻在港乡贤为东莞的投资资料时，笔者就发现王仲铭亦曾多次回乡致力家乡建设，除了1983年于东莞道滘投资合办水泥厂、投资多项地产项目及于常平兴建同珍附属厂房、发起捐资建立东莞理工学院，还开办了石排

"王仲铭小学"等好几间学校，在1981年捐修了东莞石排至横沥的"王仲铭大道"，1983年兴建市政协会堂。二是提高养路费，国家规定的养路费标准，是按专业运输车辆营运收入的13%征收，但广东提到15%。三是实行过桥收费，以收费偿还本息。关于这一做法的发明权，至今还存在争议，有人认为，这是霍英东在兴建广珠高速公路上三洪奇、容奇、细滘、沙口四座大桥时发明的——1983年11月，广东省政府批准同意广珠公路四桥和广深公路上的中堂、江南两座大桥征收机动车过桥费。这是全省也是全国第一个由省政府正式批准过桥收费的政策性文件，从此拉开了"过桥收费"的序幕，所以在官方眼中，1983年6月竣工通车的107国道广深线东莞中堂大桥收费站，是全国首个路桥收费站。但也有人认为，这个发明权应该属于高埗人。

高埗正是东莞下属的一个街道，位于东江下游。明末时原为一片沙滩，因渔民常在此晒罟步得名，清末该村秀才鲁秀认为"罟"字不雅，改名高埗。当年它亦是东江纵队的水乡根据地。尽管离莞城只有10千米的距离，但因为隔了一条江，去莞城就只能绕道石龙。也因为交通不便，高埗成为当时东莞因穷而出名的"三岗（江）一埗"（还有一种说法叫"三岗一岭"）中的"一埗"。那时候，东莞各地统一到深圳去招商，但高埗从来就没有招到过。

尽管在1979年，高埗就引进第一家港资企业——高埗稍潭毛织厂，随后毛织二厂、三厂、织造厂、洗沙毛织厂等企业先后落户，但它们大多都是旅港的高埗人投资的。

为了改变这一现状，高埗除了搞水上运输（东莞甚至以高埗水上运输队为基础，成立了县水上运输联社，后改为水上运输总公司），还于1981年集资修建大桥。然而，刚建了两个桥墩，钱就用完了，设施又被洪水给冲坏了。这也导致高埗多年来没有什么发展。

到1983年后，当地终于下定决心，要将桥在1984年春节前给建起来。前前后后，投资了250万元。除了此前零零散散赚的一些钱，公路局给了80万元，又贷款了44万元，再加上向群众集资，每人10元，共收上来了26万元。"当时高埗大概有27000人，大家都掏了钱，就是每个人10块钱，整座大桥的修建，也都是靠各村各户的人来帮忙的。一个村一个村轮着来，男的搬大石，女的就做些力所能及的事情，用现在的词来形容，就是热火朝天。"说这些话的叫袁仲庆，其1977年1月到高埗任职公社党委书记。也正是他，成了这座大桥的发起人。总而言之，当时凡是16岁以上有劳动力的高埗人，都要到大桥工地义务劳动3天，运砂石、挑石块、拌水泥。每人劳动一天工钱算10元，按当时8000劳动力来算，就节约了24万元。[1]

在建桥墩时，为了防止水涌过来，他们想了一个绝妙的方法，那就是从当地粮厂弄来围谷的栅栏，用作围水。后来又调来了挖沙船挖土定桩，由干部、群众浇灌水泥石沙……这很危险，但在当地人民的努力下，桥墩终于浮上水面。这不禁让人想起当年东莞县令赤膊上阵在东江两岸修筑了长达54千米的河堤以护良田，想起了东深供水工程中克服困难也要赶早完工只为香港人民……这本来就是一块英雄的土地，一块克服苦难也要勇于向前的土地。

不负众望，该桥于1984年1月27日竣工通车，修好之后，当地开始收过桥费，大客车收1～3元，摩托车和手扶拖拉机收0.5元，这样一年就收了50万元。可谓是出乎意外，又在意料之中。后来，交通部曾派了一位叫潘奇的副部长来视察。在1983年10月刚被任命为党委书记的刘国平怕挨批评，赶紧保证，还清债后就不收过桥费了。没想到潘奇说："你收是对的，不收是错的。"这无疑鼓舞了当地。于是又开始修路，把集资却没有用完的那笔钱和收上来的过桥费，修了一条15千米长、4米宽的主干道，又搞了一个自来水厂，而且还是请上海人来设计——让刘国平很骄傲的是，高埗人在1986年就喝上了自来水。

更利好的还在后头，随着这些配套相继落地，原先高埗只有几个小工厂，后来逐渐就多了，甚至，附近石碣的一些工厂——如香港投资的理文集团也将自己的手袋厂、录音带厂、纸箱厂等转到了高埗。更著名的，当然是台资的裕元鞋厂。不过这是后话。

正是在高埗向潘部长的汇报中，提及这样一句口号"要想富，先修路"，被潘部长带回到了中央，最后全国闻名。1984年5月7日，《人民日报》对高埗集资建桥一事，以《农民集资建桥，试行过桥收费》为题报道此事。

今天，当高埗人提及自己在改革开放中的创新，无不骄傲自己的这"三个最"。一是创建全国第一座农民集资建桥、过桥收费还贷模式的高埗大桥，并率先将"想致富，先修路"的口号在全国喊响——用今天的话来讲，这是中国第一座"众筹"大桥。二是创办全国第一座镇办自来水厂——高埗

---

[1] 谭军波、彭争武主编：《见证春天》，光明日报出版社，2019年版，第22页。

镇自来水厂，该水厂是当时全国第一个城镇农村统一供水的自来水厂。三是创立东莞第一家由民营企业投资的博物馆——唯美陶瓷博物馆，后来得到国家相关部门的批准，成为东莞第一家"国"字号博物馆——中国建筑陶瓷博物馆。当然，这个博物馆依旧是后话。

这里不得不提的是建于1911年的广九铁路。作为联系粤港两地的生命线，在很长一段时间，它都是供港物资的主要运输通道。这也让广深铁路石龙南桥在抗战时期屡遭日军的轰炸。1949年，直通粤港两地的客运列车停止运行，原广九铁路华段改名为广深铁路。1979年4月4日，中断了30年的广九客运直通车恢复通车。但随着经济特区的建立和对外开放的进一步拓展，原有的广深单线难以满足运输需要。因此，改造原线、建设复线迫在眉睫。

1983年12月，国务院批准成立广深铁路公司，负责对全线进行经营管理和建设复线的工作。建设复线须解决资金和征地两大问题。在资金方面，向外商贷款，等铁路建成后提高运价还贷。征地方面，情况复杂难办。大家扯来扯去，拖延时日。最后，为保证广深复线的顺利建成，所有用地先征后购，即先征用了再讲价钱……为了全局，最终还是解决了沿线征地的问题。

在营运过程中，广深铁路公司打破传统的管理体制，在全国铁路范围内，首先实行"自主经营、自负盈亏、自我改造、自我发展"的承包责任制，实施"以路养路、以路建路"的政策。利用国家给予"按现行运价提高一半和只按照固定比例递增上缴利润"的优惠政策，投入复线建设。到1987年，用不到3年时间投入了6.7亿元，完成了单线变为复线的改造。石龙南桥亦在1985年下半年，由广深铁路公司进行超级超限的扩宽工程。此外，广深铁路公司还引进和改建了65辆客车，基本实现空调化。广深复线建设成功，为我国利用外资和地方修筑铁路提供了经验。

高埗大桥、江南大桥、广深铁路都在20世纪80年代初期的第一次修路高潮里，热火朝天地完成建设和改造，尤其是1987年12月竣工的中（堂）麻（涌）公路，结束了东莞水乡不通公路的历史，同时，也标志着全县34个镇街全部通公路——这不仅改变了高埗，推动了石龙在多个产业尤其是服装业上的发展，同时也让位于广九沿线且为蔡殷宝老家的樟木头在日后成了厌烦闹市生活的香港人的"世外桃源"。

1991年，港商邓兆华在这里开发了第一个楼盘——翡翠花园，虽然是试水之作，但受到了港人的追捧。此后，樟木头更是瞄准了香港人苦于房价高的痛点，"走房地产为龙头，工业化、城市化并进之路"。雅翠花园、翠怡花园、怡乐花园、展基广场、荔景山庄、维多利亚花园、豪苑花园、大富豪广场等一大批楼盘纷纷拔地而起，以莞樟路、樟深路为骨架布局在镇中心区。港人更是蜂拥而至，来此投资置业。

更重要的是，整个东莞也在这紧锣密鼓的步伐当中，变得更加左右逢源。而很多企业也得以沿线布局，像1985年由纺织大王唐翔千创办的生益科技，以及另一家中兴覆铜板，便位于107国道由广州到东莞的出口方向，因为一左一右排列，很像是东莞工业的门户，给了很多人对东莞工业的初次印象。

用电话通联世界

在东莞变身的过程中，还有一个变化值得一说，那就是请示报告中所提到的即将开建的"程控电话通讯网"。

说起来，它也是一个很有趣的故事。

一位侨商于1984年初到东莞投资，同行的有他的美国朋友及其女儿。故事就出在这位小姐身上。晚上在华侨大厦住下后，这位小姐想给自己在美国的男朋友打电话，尽管东莞当地的领导觉得这位小姐胆量不一般，这么高的要求也敢提，但来的都是客，为了让对方感受东莞的美好投资环境，连夜就把整个东莞邮电系统都紧急动员起来，最后想尽一切办法让她和男友通上话。本以为这位小姐能满意了，不料次日晚，她又提出了同样的要求……

这也让东莞彻底意识到，不发展通信行业，会影响东莞的发展。没有通信业的支撑，农村工业化也将是一句空话。但改变东莞通信业，需要设备，最重要的是需要钱。但此时，整个广东省的通信事业还比较落后，作为省会，广州也在这一年5月用150MHz频段开通了中国第一个数字寻呼系统（BP机）。时任广州市市长的叶选平在布置第六届全国运动会筹备任务时，明确要求广州市邮电部门必须在全运会召开前开通移动电话业务，并作为市政府的一项重要工作来对待。这些都需要广州乃至全省的支持，哪里轮到东莞。

为了解决问题，东莞最后选择了一个方式，那就是不要钱要政策，而这个政策便是：先向群众收取电话初装费，用初装费收来的钱发展通信事业——这个在1979年，就由邮电部参照国外通行的做法，正式向国务院提出以收取初装费用于市内电话建设的政策，就在当年6月28日由国务院以（79）165号文件予以批转，成为收取初装费的最初依据，也给了东莞发展通信业的最初动力。但让人对东莞感到担忧的是，它一开始就想一步到位，发展程控电话，而不是那种人工转接、转盘脉冲式电话。搞后一种电话，香港有旧设备，省里就可以帮忙解决，不用东莞再掏一分钱，相反，搞前一种电话，就显得有些超前——在当时，广州、北京、上海等大城市都没有搞。而东莞县电话业务量年收入只有390万元，既没有钱，又没有经验。

到底用哪种国家设备，从哪里开始施工，都是问题，搞不好，造成全县通信瘫痪，麻烦就大了。但是，正如在"三来一补"上的坚决，东莞在建设"程控电话通讯网"上也没有选择放弃。1985年2月，由东莞县政府、县邮电局、县经委、县计委、县建行、县中行和广东省农话局领导的"东莞县程控电话领导小组"正式成立——这给了东莞在当时升格为县级市的底气。尽管过程中依旧充满着坎坷，比如邮电局并不愿意为这一建设提供贷款担保，东莞当地不得已又于1987年成立了通信发展公司（今南信公司前身），专门为程控工程提供服务，同时创办邮电企业，弥补程控工程资金不足……终于，在1987年5月，全国第一家长话、市话、农话合一模式的程控交换网正式开通，东莞市成为全国第一个实现城乡程控化的城市。有那么几年，靠近东莞的惠州人甚至坐公交车来樟木头、谢岗镇等地打电话。①

来自中共东莞市委党史研究室的资料指出：从1985年开始，东莞通过多种形式筹集资金，引进日本、英国等一批具有20世纪80年代国际先进水平的通信设备。1987年5月27日，东莞市首批开通包括莞城和17个镇（区）12个交换点的程控电话2万门；1989年6月完成其余17个镇（区）扩容3.3万门，率先建成全国第一个城乡一体化的数字程控电话交换网，长途电话可直拨国内250多个大中城市和海外150多个国家和地区。

这无疑让东莞跟世界联系更便捷，也更紧密，给了东莞发展外来经济一个更大的助力。也正是在1987年，任正非于深圳创办了华为，最初专注于通信设备的生产和销售。之所以如此，除了能就近代理香港公司的产品，来自

---

① 参见何建明、朱子峡：《东方光芒》，作家出版社，2009年版，第72页。

东莞在程控电话通讯网上的建设，也一定会让他感受通信产业所蕴藏的巨大能量。多年之后，华为将自己的研发重心转移到了松山湖，这不是出走，而是回归。

东莞依旧不敢骄傲。我们不妨将视线再拉回到1984年4月6日，这一天，东莞迎来了一位国家领导人——国务院副总理李鹏。这是它在改革开放之前不曾赢得的荣光，说明东莞终于开始被人关注了。李鹏副总理一行先是参观了正在建设中的东莞沙角电厂，又在虎门、长安、常平、大朗等镇，兴致勃勃地看了一个又一个毛织厂、玩具厂等来料加工厂……他在东莞之行的态度，尤其是离开东莞前充分肯定了东莞改革开放取得的发展成就，显然给了深陷争议的东莞一个巨大鼓舞，但他接着又说："你们东莞满天星斗，就是缺乏一轮明月呀！"

这无疑是对东莞的迎头棒喝，也是对小有成就的东莞的一次及时的提醒。多年后，我们还在无数的场合，见到这句话。

它不仅出现在各种外界对东莞的评论中，也出现在东莞企业家的自我解嘲中，曾让一度不知道这句话具体出处的笔者，颇为震撼。

这对东莞无疑是一种幸运。早在1984年，东莞在"三来一补"上早早起步之时，就有人高屋建瓴地指出了它在发展上的痛点。这让我们意识到，东莞之所以成为东莞，并在日后能脱颖而出，正在于它对痛的长期领悟，并在无数次焦虑和反省当中，背负起的不再是简单的农村工业化，而是更深入亦更艰辛的探索。

第七章

二次"革命"

意料之外也是意料之中，1984年国家计委与电子工业部于北京召开的全国彩色显像管招标会议，便给了东莞狠狠的一巴掌。

参与这次招标会的有五个省市：北京、上海、天津（或南京）、广东、安阳。说是五个省市，其实代表广东的只是东莞一个县，东莞很想拿下这个项目。

此前，东莞在和广东省经委、计委、电子局打交道过程中，得知了彩色显像管的存在。今天的电子科技一族，已经很难理解彩色显像管这个名词了——它跟我们父辈追逐的时尚——彩电有关。CRT彩色显像管是其核心部件，没有它，电视就不会将发送端（电视台）摄像机摄取转换的电信号（图像信号）在接收端以亮度变化的形式重现在荧光屏上。早在20世纪50年代，彩色显像管由美国RCA公司开发生产，后来随着彩电的普及获得了更大的发展，在产业的梯度转移中，日本、韩国和中国台湾相继走在了这一产业的前头。日本有日立、松下、夏普，韩国则有三星、LG。中国内地也在1978年建设了自己的第一条彩管生产线，1982年，陕西咸阳4400厂（彩虹集团前身）建成投产。在中国电子信息产业集团有限公司全资子公司彩虹集团有限公司的官网上，有关彩虹新能源的描述："以CRT显像管业务起家，生产了中国第一支彩色显像管及第一片液晶玻璃基板。"此外，在CRT彩色显像管产业上，还有一家公司，曾一度做得风生水起，那就是河南安彩公司，它生产CRT彩色显像管上面的玻璃壳。在20世纪末、21世纪初，河南安彩可以说是如日中天，是中国彩电行业响当当的巨头供应商——很简单，随着中国人民的逐渐富裕，大家对包括影视在内的娱乐有了更进一步的追求。所以，东莞要想主动发展自己的"明月"，来实现自主造血，彩色显像管是个不错的选择。毕竟，投资大，而且有一定技术含量。

但是，能不能竞争到这个机会呢？

争取"明月"的磨难

结果让东莞很失望。

在经过竞标发言、专家打分之后，竞标结果是：北京、上海、安阳合格，天津、广东不合格。东莞当时的得分，应该只有57分。

毕竟，再怎么有志气，东莞的劣势也很明显，别人是以全省财力为依托，而东莞只是一个县。另外，东莞一座县城，哪里有搞这个项目的人才呢？主管领导也曾善意地提醒东莞："这样的项目，以东三省能力，三个省都搞不起来，你们一个县，太难。"

刘备三顾茅庐方得诸葛孔明出山。这一次，东莞也没有放弃。第一顾，是时任领导从北京飞咸阳，向当时咸阳4400厂的厂长王念琴发出邀请。前前后后，用了三个多小时，才将这位业界重量级人物的心扉撬开，同意到东莞来创业。当然，东莞还希望他能为彩管生产的每个重要环节都带来一个工程师，结果王念琴果真带来了28个工程师。"他的加盟，在国家计委这一边，已经挽回了招标会的部分颓势。"

第二顾，到香港寻找资金。"当时东莞计划上两条生产线，一条21英寸，一条25英寸，计算下来，进口设备大约要1.2亿美元，建厂房要6亿元人民币。"幸运的是，结果真从香港中资银行管理处、香港中国银行还有嘉华银行借到了1.15亿美元。这也意味着建厂房不太有问题。

第三顾，向上寻求支持。"电子工业部的一位副部长来考察，觉得不错，这里有市场亦有外汇——而且并不用国家的外汇指标，条件合格。"都说柳暗花明又一村，但东莞却是，眼看就要成了的项目，却碰到了更大的麻烦，因为深圳也想争取这个项目，目的不言而喻，想尽快把特区发展起来。偏偏佛山也来凑热闹。东莞得到了这样的回复，"别人好几个省都没有争取上，你们广东一个省要上三个，不行，只能上一个"。结果，这个项目只能拖下来，一拖就拖到1989年，最后得到了省内主要领导支持，才真正柳暗花明。但问题还没有彻底解决，因为当时的东莞要上25英寸的彩管，这在当时属超前消费，结果在电子工业部又卡了一道。好在变通之处在于东莞之位置，大尺寸彩管"可以出口"。

这个大项目，作为国家在"八五"期间第一个彩管项目，终于在1990年10月与日立公司签署了彩色显像管设备供应及技术转让合同。

这样的磨难对东莞来说并不是唯一。还比如东莞为了解决人才问题，于1986年选址并决定创办东莞理工学院。这里面无疑也顶了很大的压力，首要的自然是经费问题。根据1988年8月17日编印的《东莞理工学院筹建简讯》，东莞理工学院全部工程预算为5493.2万元（包括征地费、设计费、仪器设备费），占1987年东莞市财政收入2.02亿元的27.19%，接近三分之一。为了筹备资金，郑锦滔[①]从香港邀请了几十位著名人士回来，住在东莞宾馆，和他们细说东莞建大学的必要性和难处，希望他们和香港同胞能在资金上给予帮助。

最终，东莞市政府决定由市财政拨款3100万元，分三年拨完。余款发动内地各单位、个人和香港同胞认捐。除市财政拨付专款之外，东莞市还拉下脸皮，采用当时不允许的"土办法"，伸手向下级政府机关"索要"、向企事业单位发动捐款，希望举全市之力共同为东莞理工学院筹措经费。

另外，提出筹办时，东莞还是一个县级市，按照相关规定，县级市是不够资格独立申请创办高等院校的。在北京部委办理相关流程时，收到的反馈便是："你们一个县办大学？怎么可能。"即使东莞已是县级市，但别人还是很干脆：这个市，是县级市，还是县啊。想来，这样的刺激，加上其他一些原因，让东莞随后又开始申请成为地级市。"这回程序很熟悉了，但报告却很快给驳回了：非农人口、市区面积等指标上，东莞没有达标，而且市镇之间缺乏县治结构。"显然，城区面积过小，市和镇之间没有县一级，都让东莞不被看好。

相对东莞理工学院最终还是在五年后就获批准招生，把诺基亚手机引进东莞相对就要复杂得多。当时东莞在申报项目时，"为了迅速获准，按'来料加工'办理，讲明在东莞生产的手机不进入国内市场。但东莞对诺基亚的

---

① 郑锦滔，1975年任东莞县委副书记，分工管经济，后成为东莞第一任地级市市长，东莞政协第七届、八届主席。

承诺却是进入中国市场。在这种矛盾境况下，做不做？"对东莞来说，自然希望自己不仅能做"三来一补"，在好项目上也能搞"合资"。再说像诺基亚这样的全球性公司，他们的技术当然是东莞最需要的。"不过，这个项目更棘手的地方在于，第一期设备投入要6000万元，如果真没法在国内销售，这些设备也将无用。"①

即使这样，东莞还是"先斩后奏"，抱着最坏就是把这6000万元丢在那里的打算，下决心上这个项目……

不得不说，和"天时地利人和"所带来的"三来一补"相比，这种更深入的探索，并没有那么容易。幸运的是，在东莞自主造血面临各种坎坷之际，还是外资凶猛，续力东莞，也给了东莞发展的时间和空间。

但这一次的外资，和过去相似，也不相似。

广东跃起"四小虎"

1985年，唐翔千被东莞的热情给说服，将广东生益科技放在了东莞，不仅开启了自己人生的一次重要转型，也让东莞和以"苏、锡、常"为代表的长三角有了微妙的联系，更重要的是，打开了东莞向上的又一扇门——直到1990年后，生益科技前往美国购买玻璃布时，对方还不知道中国竟然开始了自己的电子工业。在对方的概念里，以为生益购买玻璃布是用来制作衣服的，但事实上，玻璃布是没有这种功能的。

和很多回莞发展的港人不同，唐翔千祖籍无锡，可以算是今天长三角的"核心区"。在上海唐君远教育基金会官网中，我们可以找到唐翔千的相关资料，他是该基金会的终身名誉理事长。资料显示："唐翔千先生，1923年生，2018年逝世，江苏无锡人，香港著名爱国实业家。早年在上海求学，1945年从大同大学毕业，后赴英国、美国大学深造，获美国伊利诺伊州大学经济学硕士，是香港中文大学名誉博士，上海大学名誉博士。第七届'中华慈善奖'获得者。唐翔千历任香港棉纺织业公会主席、香港工业总会主席、

---

① 李鸿谷：《东莞30年巨变》，《三联生活周刊》，2008年12月12日。

香港总商会副主席等职，2008年获香港'杰出工业家奖'。现为美维集团荣誉创办主席。唐翔千历任全国政协第六届委员、七、八、九届常委，受到党和国家领导人的多次接见。"而唐君远，正是唐翔千的父亲，为中国毛纺工业的开拓者。

关注中国近代史的读者知道，无锡是近代中国民族工商业的重要发祥地，以荣、唐、杨、薛四大家族企业为代表的一批民族工商企业成为地方经济的重要支柱，在中国近代经济发展史上具有独特而重要的地位。这四大家族不仅留下了申新纺织、茂新面粉（荣氏企业）、业勤纱厂（杨氏企业，为无锡近代第一家民族资本企业）、永泰丝厂（薛氏企业，为无锡丝厂业之首）、庆丰纱厂、丽新染织厂（唐氏企业）等工业遗产，还留下了无锡地区最重要的标志性景点，其中就包括荣氏家族的梅园、薛氏家族的薛福成故居、杨氏家族的鼋头渚与管社山庄、唐氏家族的严家桥村等。

身为纺织家族的传人，唐翔千一开始的成就也是集中在纺织方面。1968年唐翔千在香港开设了半岛针织厂，1969年成立了南联实业有限公司，成为香港最大的纺织集团，同年11月南联公司上市。到1974年，南联实业就拥有20多家子公司，年销售额9亿多元，唐翔千本人也被推举为香港棉纺同业工会主席。又由于南联实业、半岛针织以及日后开办的亚非纺织诸多企业的极大成功，唐翔千在香港纺织成衣界声誉日隆，被大家称为"纺织大王"。作为一个时刻心念内地发展的中国人，他也是20世纪70年代第一批到深圳开展补偿贸易的商人。他曾建立了一个中型针织厂，对香港的来料进行织、缝两道加工工序。1979年1月，唐翔千赴新疆考察，并投资1000万元人民币在乌鲁木齐市以补偿贸易的方式投资建立天山联合毛纺织厂，一年后转为合资经营，可谓是开合资经营之先河。而在上海，唐翔千亦集资6000万美元，于1981年7月成立上海联合毛纺织有限公司。1990年发展成为中外合资的集团性公司"联合实业"，产品70%外销，继而公司上市。他也因此被邓小平亲切地称为来内地投资001号的香港商人。

根据资料，唐翔千是在1985年开始和东莞合作，但一开始合作的项目也属于他的"专业"，为广东联发毛纺织有限公司。术业有专攻，很快，广东联发就发展成为华南地区最大的毛纺织企业之一。

变化同样藏在了1984年。这一年，唐翔千亲耳聆听邓小平对香港回归和"一国两制"的构思，决定转型投资电子行业，遂于内地创办了主营PCB业务的美维集团和生益科技，其中美维集团包括了上海美维电子、上海美维科技、广州美维、东莞美维、香港OPC、生益电子等。所谓PCB业务，是指从事印制电路板（Printed Circuit Board，简称PCB）的设计、制造和组装业务的产业。在电子产品中，PCB起着至关重要的作用，它为电子元件提供支撑、导电通路以及信号传输的路径。其中，覆铜板是PCB制造过程中的基础材料，而PCB则是通过一系列工艺步骤（如蚀刻、钻孔、电镀等）在覆铜板上加工而成的最终产品。前文提及的玻璃布，就是制作覆铜板。我们常见的印刷电路板材料如玻璃布基的覆铜板，其基材正是玻璃纤维布，覆盖一层铜箔。不过，今天看上去不是太复杂的工艺，在20世纪80年代的中国，还是非常先进的。有关的技术最早还来源于美国。根据1990年受聘进入生益科技任董事、总经理的刘述峰回忆，唐翔千为了引进美国技术，花了非常高的代价。但为了实业报国，在所不惜。

源于郑锦滔的回忆，则让我们了解到当年唐翔千是如何继续布局东莞的。当年，为了引进生益科技项目，郑锦滔积极发动港澳同胞回乡投资。其间，为了谈成合作，他从香港谈到东莞，从东莞谈到广州，最后说服实业家唐翔千回莞投资。"生益科技从当年1800万元的投资、一条生产线，发展成为国内唯一一家覆铜板上市公司，2015年实现营收76亿多元，成为东莞转型升级的一个典范，我感到非常自豪。"[1]

和唐翔千前后到东莞的，还有梁剑文。早些年，他敏锐察觉到了欧美企业向东亚地区转移中低端产业链的产业布局意图，遂因时而动，在香港英皇道仁孚工业大厦附近打造了爱高集团的第一座厂房，开始为欧美无线电企业进行产品代工，并取得巨大的成功。后来，他又意识到，香港也开始从传统制造业向经济金融中心快速转变。与此同时，香港人工与房租、土地等成本连年攀升，所以，他听从了儿子梁伟成的建议：去东莞。1987年，爱高在东莞先后设立两座厂房，用以生产当时最热门的电子产品——音响和DVD。前前后后，爱高运营了36年，鼎盛时期年营收高达59.93亿元。

正因为这种产业的梯度转移，让东莞和港深也进一步捆绑在一起。"店厂分离、前店在深/港、后厂在莞"的新经济形式在日后成了一种常见的产业

---

① 东莞政协：《郑锦滔：发挥政协优势，助推东莞经济腾飞》，东莞政协官网，2017年1月6日。

发展模式，很多在深圳崛起或者壮大的企业，有不少将自己的生产基地放到了东莞。如果说当年香港的"地促人稠"，让制造业选择了"向北望"，深圳同样也如此。就像深圳之于香港，东莞对深圳的意义也很重要。

1987年，广东"小虎队"在新华社题为《广东跃起四小虎》的报道中正式成立。"四小虎"包括东莞、南海、中山和顺德。这一年，根据东莞市统计局所发布的历年人口统计数据显示，东莞外地劳动力首次超过本地，之后，每年以超过10万人的数量新增外来劳动力。也同是这一年，东莞再次申请成为地级市，这一次，终于梦想成真。1988年1月国务院即予批复同意，彻底结束了东莞1000多年县级建制的历史，无疑加速了东莞工业化、城市化进程。

1988年，又一位在香港打拼的人士来到东莞，并创建了东莞中南纸业。和其他外资有些不同的是，它应该属于独资，其创始人，正是出生于韶关一个军人家庭的张茵。她也是最早通过《人民日报》刊登养牛文章感受"气候真的变了"的一批人之一。尽管家庭条件并不如意，她也坚持学业，成为当时难得的女大学生。毕业时，正逢深圳开发，她只身前往，进入一家中外合资企业当了会计。锻炼数年之后，她毅然抛弃业已有所成就的事业，前往香港做起了废纸回收生意。很少有人能理解她当时的选择，就连此前一贯支持她的父亲，也无法接受她这个突如其来的"捡破烂"的决定。日后大家才知道，她是被一位偶然结识的辽宁营口造纸厂的厂长──高万宝所影响。在和他的沟通中，张茵了解到内地造纸用速生林建设滞后，大部分高档造纸原料都依赖进口废纸和木浆的情况。而当时内地废纸收集体系尚不健全，很多再生纸原料都依赖从香港进口。如果有人能在香港做废纸贸易，将高质量废纸销往内地，一定前景可观。多年以后，张茵还记得高万宝当时还告诉自己一句话，"废纸就是森林，将来造纸业肯定要从资源造纸向再生纸发展"。也正是高万宝，给了她在香港创业的莫大支撑──与张茵签订了三年的合作合同。尽管后面的无数波折，让张茵感受到废纸其实并没有那么好捡，但是依赖于内地蓬勃旺盛的需求，还是让她成功赚到了人生的第一桶金。某次，她看到电视上一则新闻，说当年高考报名考生大增，国内印刷厂为了保证高考试卷用纸，不得不暂停《毛选》印刷。这个消息不仅让张茵了解国内造纸业供不应求的情况，还催生了她建造废纸"回收—再造—销售"产业链的设想。这也是东莞中南纸业的由来。

几乎没有相关资料提到张茵为什么会选择东莞，但从她多年后砸下1.3亿美元，在东莞麻涌镇新沙港工业区打下了第一根基础桩，创办了玖龙纸业，并在长三角的太仓、西部城市重庆以及环渤海经济圈的天津分别建立了其几大造纸基地，可以看出张茵在生产基地的选择上，具有相似的共性：基地大多靠近水源，方便运输，能辐射足够远的区域。选择东莞，实是优选。

而且，东莞对她的支持也很给力。玖龙纸业在东莞市麻涌镇的1353亩土地上建筑了35万平方米厂房，土地成本仅为每亩2万元！所征土地全部是香蕉林，没有涉及一户动迁。麻涌镇对外经济发展公司最初还占玖龙纸业13.2%的股份，2002年这些股份又转让给了玖龙纸业有限公司。①这不仅有力地支持了张茵的事业，让她在进入21世纪后成为胡润百富榜的头名，更重要的是，极大地契合了各大企业飞速发展后在高质量包装等方面的诉求，同时也推动了东莞循环经济的发展。

1988年，中共中央办公厅到东莞进行了为期30天的调研，呈现在他们眼前的景象后来变成了这样一纸文字。

1987年与1978年相比：社会总产值增长了5.4倍，达65.8亿元；工农业总产值增长了5.1倍，达51.5亿元；国民收入增长了4.3倍，达29.3亿元；出口创汇增长了5.8倍，达2.67亿美元；财政收入增长了2.1倍，达2.02亿元。更关键的数据在于，9年中，全市工农业总产值以平均每年22.3%的速度发展，高于广东省13.5%的速度。特别是1985年以来，工农业总产值平均每年净增7亿元，平均年增长速度37%。报告还提及，1978年与1987年比较，农村人均收入从193元提高到1039元，大大高于广东省全省的人均645元的水平……据我们了解，东莞市的人均收入，特别是农民的收入远远超过这个数字。如茶山镇对塘村1987年统计人均分配收入为1372元，而仅水果一项人均收入就达1185元，其他各业的收入肯定不止187元。其他地方大体上也是这个情况。

1988年8月14日《人民日报》刊发《东莞十年——对我国沿海农村社会主义建设一个成功典型的考察》一文中，称改革十年，"东莞的面貌发生了深刻而巨大的变化，成为广东省经济起飞最快的地区之一"，"东莞作为外向

① 参见何春梅：《中国女首富张茵：从废纸回收到纸业女皇》，中央编译出版社，2009年版。

型经济模式的一个典型,正在引起人们的关注","从根本上说是贯彻执行党的十一届三中全会路线、方针和政策的结果。东莞市委以正确的指导思想领导了这场伟大的变革,他们坚持实事求是,扎根于本地区的实际,解放思想,敢为天下先",认为"东莞的基本经验,很值得重视"。正是这篇报道伊始,将东莞这种外向型经济模式称之为"借船出海"。

这一年,78岁的著名社会学家费孝通到东莞调查,惊喜地发现三年前在香港的突发奇想成了事实:如果自己有孙悟空那样的本领,就把香港马蜂窝一样的小型工厂吹到内地去。他把这种"前店后厂"新经济形式命名为"珠江模式"。

他还总结了"四小虎"的发展特点:东莞是洋枪队,南海是游击队,中山是国家队,顺德是地方部队。意思是:东莞靠外商经营,南海靠村办小企业,中山靠市属企业,顺德靠镇办企业。

此时的东莞,即使存在着各种问题,亦非昔日的"吴下阿蒙"。不过,让东莞突飞猛进的,还在于台资的到来。

东莞和台资的双向奔赴

事实上,东莞很早就做好了迎接台资的准备。

"比如,为更好服务台胞,1985年东莞专门向广东省委对台办公室申请在珠江口的新湾渔业区,成立台湾同胞接待站,直接负责对台湾同胞的宣传、接待、修船、补给和对台贸易业务。"[1]

此际的台湾,在采取大力发展农业,并"以农业培养工业",尤其是决定采取进口替代政策,重点发展消费品工业以替代进口,以节省外汇和增加就业的战略之后,不仅让农业得到发展,更为工业提供了劳动力、农产原料与消费市场,许多新兴工业部门在20世纪50年代相继建立起来,如蘑菇罐头、汽车外胎、塑胶粉、平板玻璃、电动机、电话机、汽车等新工业产

---

[1] 《关于成立东莞县新湾台湾同胞接待站和开展对台贸易的请示报告》(东委〔1985〕4号),东莞市档案馆馆藏资料,档案号:8-A12.003-73-55。

品不断涌现；传统消费工业品产量也大幅上升，如面粉、味精、合成板、电风扇等产量均增加了10倍以上，这也让台湾走向了出口扩张的经济发展新阶段。也就在1969年，蔡其瑞接管了家族的制鞋生意，虽然宝成当时还是个小作坊，但是他先抓住了农村劳动力变得相对廉价的时机，并结合此时开始兴起的塑胶业，设立工厂生产塑料拖鞋，并飞速发展拖鞋外销事业。到20世纪70年代中期，宝成就已成为台湾的"拖鞋大王"。不过，蔡其瑞并不满足于此，他将发展目标放在为世界名牌运动鞋代工上——1978年，宝成拿到Adidas、Converse的订单，1987年，又拿下Nike的订单，"代工"策略让宝成名利双收。就在台湾鞋业代工风起云涌之时，电子工业也悄然兴起，逐渐成为推动经济发展的重要引擎。1973年，新竹科学工业园区横空出世，成为台湾芯片产业的摇篮。1980年，台积电（TSMC）诞生，它改变了芯片企业的IDM模式①，将最难的、门槛最高的生产分离出来。有人比喻说，它就像是电子产业中的特种兵，专攻芯片设计和制造，不管其他的繁琐事。

台积电很快就展现出超强的战斗力，成为全球顶尖的芯片制造商。相对应的；是同年成立的另一位重量级选手——联华电子（UMC），它们选择的正是IDM模式。这两家公司为台湾芯片产业提供了多样化的发展路径，就像双剑合璧，威力无穷。当然，更为大陆人民所熟悉的，还是郭台铭所创办的鸿海。不过，它在1974年成立时是鸿海塑料有限公司，主要业务是制造黑白电视机的旋钮，但在1981年，因为开发出个人电脑连接器产品，由此转型生产个人电脑连接器。

1982年，鸿海塑胶改名鸿海精密工业股份有限公司，自此鸿海跨大步迈向高科技产业。1985年，郭台铭成立美国分公司，生意版图扩展到美国市场。也正是在这一年，郭台铭决定用一个英文品牌把公司推向世界。FOX代表模具（Foxcavaty），CONN代表连接器（Connector），是其创业起家的两个核心产品。两两相加的FOXCONN，寓意像狐狸一样聪明。几经选择，富士康遂成了和这个英文名相搭配的中文名。

对蓬勃发展的大陆市场，台资企业自然也看在眼里热在心里。为此，它们一度通过曲线投资，借道香港来大陆。这在龙眼村的万泰光电身上就体现

———————
① IDM，全称是集成器件制造模式，指一家企业从设计到制造，再到封装和测试，全都一手包办。

得特别明显。万泰光电的母公司正是台湾人张铭烈和大哥于1979年创立的台湾万泰电线，因为赶上了台湾成为亚洲"四小龙"的发展黄金期，所以一路狂飙突进，至1987年，已成为台湾最大的电线生产企业之一。

和张子弥看好内地市场一样，这位台湾人也很看好改革开放的祖国大陆，认为它一定会成为未来非常重要的新兴市场。只是，彼时两岸关系刚刚缓和，还不能直接来大陆投资。张铭烈想到的方法是，先在香港注册成立香港乐豪有限公司，再筹划以港资企业的身份和来料加工的名义投资大陆。为考察大陆设厂的可能性，他转道香港，考察毗邻的深圳和东莞，后来在一位港商的引荐下来到虎门。

他记得自己刚到东莞考察时，东莞还没有台资企业，所以他是悄悄来的。之所以和龙眼村结缘，也是因为当时很多村组管理区都还没建厂房，唯有龙眼管理区例外。正如前文所述，当时的龙眼村在招商引资上已经走在前面。最后，在张旭森的帮助下，张铭烈在龙眼租下3000多平方米厂房，1988年3月正式开厂。不过当时的名字也不叫万泰，叫泰兴电线厂。

对台资来说，如果前期还是悄悄的，但随着大陆和台湾之间的关系从1949年到1987年的完全对立阶段，开始进入了1987年到1994年的开始对话、部分交流阶段，尤其是1987年，台湾当局开始被迫调整"三不"政策，开放台湾居民赴大陆探亲，并在经济、文化交流等方面，逐步采取了一些开放措施。海峡两岸同胞近40年的隔绝状态终于被打破，两岸关系发生了历史性的变化。

1988年，国务院第十次常务会议通过《国务院关于鼓励台湾同胞投资的规定》，越来越多的台湾人像张铭烈一样，从香港、深圳辗转深入东莞考察、投资。而以海外侨胞为宣传对象的《东莞乡情》杂志，也在这一时期不时刊登铜版纸印刷的工业区广告："××工业区依傍广深公路、紧靠太平海港，交通便利""××工业区有大量外地劳工涌入，用电设有专柜，电力充沛……"吸引着诸多人的注意。和高埗同为水乡的石碣，也因此彻底地改变了命运。作为明末民族英雄袁崇焕的故乡，石碣一方面是鱼米之乡，曾于1978年被农业部评为全国农业系统先进单位，另一方面同样受困于交通，在改革开放后发展艰难。尽管当地领导没少往深圳口岸跑，但投资还是迟迟不到。但好事不是不到，时候未到。1989年4月，祖籍广东陆河县、毕业于台湾东吴大学经济系的年轻人叶宏灯在一个香港人的引荐下，来到了石碣。石碣终于等到它梦寐以求的财神爷。当时的叶宏灯所在的母公司应是台湾致伸实业股份有限公司，在来大陆之前，曾到东南亚做投资，当时台湾的很多工厂设在泰国、印尼、马来西亚等地。但是随着台湾地区制造业生存环境自20世纪80年代初起日趋恶化，叶宏灯隐隐感觉，世界经济潮流在变，成本比东南亚还要低的大陆，应该有很多发展机会。

与此同时，多年不见外资的石碣，也给出了自身巨大的诚意。石碣当地坦诚环境的确不是太好，但是也跟叶宏灯讲了很多当地的规划和对未来的设想。为了解决他的担忧，石碣承诺，在负责建厂房并再租给叶宏灯的同时，还出资150万元。至于其他流动资金，则由叶来解决——这也意味着，和过去的三来一补相比，石碣选择的是合资的模式。这也更容易将两者的命运捆绑在一起。一切谈好之后，1989年10月，受台湾母公司致伸科技的委派，叶宏灯带着100万港币，到东莞投资，亲手创办了东莞东聚电子电讯制品有限公司，主要生产扫描仪器、鼠标等消费性电子产品。让他没想到的是，当时他安排的一个月生产量，在这里只需要20天就完成了。大陆的效率以及石碣当地的配合，让他十分受用，立马增加人员和生产资金。总而言之，在叶宏灯担任董事长期间，东聚发展很顺利，一年新设一个厂，就连台湾母公司的业务也跟着发展起来。1993年，致伸在台湾成功上市。多年之后，在谈及与石碣的合作时，叶宏灯坦诚表示，尽管自己来东莞之前对它一无所知，但相信没有港商给这里打下了基础，台商不会来。当然如果没有当地大力招商，也就没有后来的发展。更重要的是，这里的政府已经开始接触到全球经济，观念很先进，又很热情，很好打交道。所以从根子上说，观念融合才是他选择东莞的最关键因素。

对台达亦是如此。1992年，通过租赁石碣发展实业公司的厂房而成立的石碣仲权电子厂（台达的前身）因通联手段缺失，遇到了与台湾总部沟通不畅的问题，整个镇只有五部电话的石碣，第一时间将镇长家的电话拿来给台达使用。从此，"86631008"这个电话号码就为仲权电子所用，一直沿用到台达电子，为后来企业的发展立下了许多汗马功劳。不仅如此，镇政府领导还带动相关人员提着水桶一起清洗厂房。1994年，台达电子（东莞）有限公司正式成立。底气十足的台达电子一口气开办了5家工厂，总投资额2亿多美元，不仅解决了数万人的就业问题，还凝聚了20多家上下游企业到石碣投资。

同样和东聚、台达在这里找到了机遇的还有岳丰电子。1989年，在与他人合伙在南京做了一番投资之后，生于桃园苗栗的叶春荣来到石碣考察，并于翌年创办了岳丰电子科技（东莞）有限公司。做了两年之后，就换了厂房，工人增加到五六百人。第四年，再扩一个厂，工人有一千多人。到第六年，换了个新厂房，总面积六万平方米。

正如太平手袋厂对整个"三来一补"行业的引领作用一样，随着东聚、台达、岳丰的发展，以及叶宏灯等人的不断推介，石碣这个昔日以农业为主的小镇，摇身一变为珠三角电子产业圈的第一重镇。2005年11月，《中国经济周刊》刊登封面报道《石碣转型》，文中写道，石碣镇镇政府所在的政文路，作为一条不到五千米长的老街，却集聚着五六十家台资电子企业，人称"电子一条街"，其中台达、太阳诱电、雅新、华容、致伸、光宝、盛达、田村等8家电子公司，都是已在海外上市的公司。也就在这一年7月，中国电子商会将国内唯一的"电子信息产业名镇"称号授予了东莞的石碣镇。

根据资料，今天石碣全镇的电子企业350多家，其中外资电子企业180多家，有15家是海内外上市公司，电子产品中的电源供应器、电脑键盘、光驱等15类产品的产量居世界第一、二位，形成了以电子工业为主的工业体系。

毋庸置疑，台资涌入并融入大陆，改变了很多城市的生存面貌。1990年10月，随着顺昌纺织有限公司的落地，标志着昆山与台湾的产业合作正式拉开序幕——这个在中国百强县榜单上自2005年首度压倒广东顺德，之后多年都顽强地钉在第一位置上的苏州小县城，曾是苏州地区最差的县，被"亲切"地称呼为"小八子"（1983年实行市管县，江阴县、无锡县从苏州地区划给无锡市后，又被称为"小六子"），但正因为对台资的吸收和利用，一跃成为一个经济强市。东莞的发展也同样如此。在日后相当长的时间内，涌入东莞的台资和港资所投领域也大差不离，比如五金、服装、鞋业、塑胶等，这里就包括1991年踏入东莞的台升国际集团（家具产业）；1992年由来自中国台湾的徐氏四兄弟创立的徐福记（主要生产休闲糖点食品）；1993年成立于清溪的明门（中国）幼童用品有限公司（开发、生产和销售幼童用品）以及早在1989年就落户高埗镇，巅峰时期员工超过12万人、号称"裕元女儿国"的裕元鞋厂——作为宝成旗下裕元鞋业的到来，无疑是台资在东莞投资鞋业的标志，也引领了巨大风潮。等到台湾籍老板杨永安于1999年前后受邀到厚街做外贸公司的时候，厚街鞋业已经如火如荼了！这里有他熟悉的凌明骥创办的炬元、炬熙！

有永字集团的永盛、永美，以及广兴、鼎力、双威！它们都位于三屯！著名的大厂还有绿扬、力凯以及绿洲，它们则在赤岭！作为和西方一支乐队同名的工厂，绿洲高峰期有六万多人！

但是作为台湾发达的电子产业转型发展的第一站，东莞也接受了像东聚、台达这样相对先进的电子产业。尤其是郭台铭的胞弟郭台强所创办的Foxlink（台湾正崴集团），分别于1997与2005年在东坑镇投资成立富港电子（东莞）有限公司与东莞富强电子有限公司，更是让全球电子的链条都通过分包合同的形式集聚到东莞……

全国台湾同胞投资企业联谊会首任会长，东莞台商协会第四、第五届会长张汉文回忆，1991年初到东莞，"整个都是小山头，道路各方面都不方便，唯一的交通工具就是摩托车"。全国台湾同胞投资企业联谊会第四、五届常务副会长、广东片区区长翟所领记得自己1993年从台湾来到大陆投资儿童玩具行业时，因为到处都是稻田和泥路，机器没有办法运到当时在长安镇的厂房，最后，他不得不雇佣几十个人慢慢把机器挪过去……但这无疑是相互奔向的过程。

对台企来说，没有改革开放的春风红利，没有大陆的蓝海市场，没有东莞的海纳百川，它们很难有产业发展的空间，以及进一步拓展的腹地。紧紧依靠祖国大陆，并与祖国同频共振，是香港飞升的重要因素，同样也是台湾发展不可缺失的助推。而且，作为中国最早一批"三来一补"加工贸易企业，东莞台商除了拥有廉价土地和劳动力，还享受"两免三减半"（指生产性外商投资企业，经营期10年以上的，可享受从获利年度起2年免征、3年减半征收企业所得税的待遇）的政策优惠。

随着台商大批进入东莞，东莞外资结构也开始发生变化。"全国台商三分之一在广东，广东台商三分之一在东莞"，这句民间流传的话形象描述了当年东莞台商在全国台商中的占比有多大。这也让东莞台协一度拥有3000多家会员企业，是世界最大的台商协会。中国外交部部长王毅曾说过："东莞台协牛得很，是天下第一台协。"

反过来说，没有台湾企业带来的大量资本和管理技术，东莞的现代化蝶变不能加快走上高速路。正如万泰等一批企业的到来，让龙眼村真的成了"龙眼"，30年飞速发展，村民主要收入来源已从当年比较微薄的农业收入，变成了商业经营、工资收入、集体经济分红、物业出租等。更重要的是，从这里还先后走出200多个线缆行业的老板，这让万泰被誉为国内线缆行业的"黄埔军校"，同时，也为东莞制造增添了"虎门线缆"的名片。而地理位置位于东莞中部、经济也曾一度处于中下游，但森林覆盖率很高，曾达到42.6%的大岭山镇，也随着台升国际、运时通等家具巨头的带动，如愿以偿地当上了"中国家具出口第一镇"。至于徐福记，它的先进生产包装工艺、销售模式，同样给东莞的食品制造业带来深远影响……

除了台资和港资，东莞还在不遗余力地接纳其他各种境外资本。交通越发便捷的石龙成了日资企业的优选之地。1987年，日本京瓷株式会社开设石龙粤龙环球光学制品厂。之后，京瓷创始人、日本"经营四杰"之一的稻盛和夫到石龙考察，开始继续扩大京瓷在石龙的投资。"彼时，恰逢大型跨国企业产业转移，京瓷之后，日本美能达株式会社、电产三协制作所株式会社、TKR株式会社、拓普康光学机械有限公司等一批日资企业纷纷来到石龙建厂生产。投资集中于技术密集型项目和高附加值项目，也带动了石龙产业配套的起步，成为石龙产业发展的基本盘之一。"[1]

相比早期的"三来一补"，很多都集中在鞋子、皮包、家具以及其他生活用品上，相对低端，电子工业的进入，则让东莞更加接近世界科技发展大势。

更重要的是，电子工业涉及多个环节和子板块，具有相对较长的产业链。它的转移和进入，在日后会带来被命名为"集聚效应"的产业转移——它在成为经济学家更为注意的现象的同时，也提供了产业转型与升级的另一种可能性的示范。台资的进入，无疑给这种产业转移的大火，添了柴加了油。

但东莞依旧在探索之中。

---

① 郑康喜：《透视东莞镇域经济 | 石龙：百年商贸名镇如何再振兴？》，《21世纪经济报道》，2023年5月15日。

玫瑰盛开，蝴蝶自来

尽管从惠阳地区"独立"出来，甚至某些方面可以和惠州乃至广州、深圳平起平坐，但东莞市仍是原来东莞的面积范围，也没有设县，只是由原来县管镇变为市管镇，这种行政架构在全国没有先例。尽管按照当时的经济总量，东莞在原先的2465平方千米范围内，分出几个县或者县级区，再由县区去管镇，也不是不可以。但东莞宁愿不升格，也不愿意这么做。

原因在于，不这么做，一方面可以帮助东莞"省了"几个县级的四套班子，从而减轻行政成本和群众负担。而且层次越多，办事就越难，效率就越低。李近维[①]曾在1987年9月在中央党校干部进修班学习期间，如此讲述过东莞的邻县惠阳县："以前东莞和惠阳差不多，但后来，惠阳先是分出一个惠东县，又分出一个县级的惠州市，最后还分出一个大亚湾区。结果在同一块土地上，4个县级的4套班子，而这又是个指挥层，并不是直接生产财富。这好比同一块草地，草再肥，也经不起4群牛来吃啊。我们东莞如果在市与镇之间设几个县或县级区，地还是这块地，按当时的财力就难以经得起那么多'牛'吃了。"相比多了这些牛，还不如让32个镇街直接变成32头牛，放在一起来比拼，你追我赶，一定会给东莞营造出更加积极和活泼的气势。

事实也如此，正是在这种赛牛或者说赛马机制下，东莞镇街在改变了自身形象的同时，也成为术业有专攻的能手。长安成了电子信息与五金模具的制造重镇，虎门则是服装名城与电子制造的聚集地，洪梅则以其食品加工业著称，尤其是糖果和糕点的生产。而拥有许多古建筑和文化景点的莞城，打响的是文化牌……

另一方面，这也给了东莞市委书记比全国很多市委书记更大的权力。"因为设区县的地级市，其辖下的县委书记、县长属省管干部。换句话说就是，在县委书记、县长等人选问题上，不是市里说了算。但'直筒子'的管理体系，市直管镇，镇党委书记、镇长都属市管干部，市里有很强的话语权。这种背景下，直筒子管理体系下的市委书记或党委常委会，其个人意志

---

① 李近维：东莞人，1984年后任东莞（县级市）市委书记，并于1988年调任惠州任市长，六年后重回东莞，担任东莞市委书记兼市长。

或组织意志可以得到最大程度的体现。"①在集权之后，然后通过充分授权，特别是在经济领域上的充分授权，使得全市32个镇街呈现出赛牛式的竞争格局，促进了东莞各镇街的跨越式发展。

当然，这也留下了一定的非议，比如说各行其是，又比如说凝聚力不够、向心力不强，这容易导致东莞不如各个镇街有名。在很长一段时间内，外地人因为虎门销烟而知虎门，但总是很难将它和东莞联系起来。

东莞对此也"留了一手"，那就是通过路网以及电力的建设，将东莞的各个镇街像珠子一样被串联起来。1988年8月，东莞市委、市政府作出扩宽改造东深、莞长、莞惠、莞龙4条主干公路的决策，并专门组建了公路扩建工程指挥部，拉开东莞全市大规模公路建设的序幕。这个扩路指挥部直到1997年，随着其完成了历史使命后被撤销。这时，东莞13条联网公路和4条主干道，加起来差不多470多千米，基本上形成了东莞的路网。这带来的好处就是，东莞的各个镇街之间的联系再也不是一盘散沙了。与此同时，进一步促进了投资。和以前一样，东深公路第一段还没搞好，港商就已经进来了。所以东莞经济发展后来居上的就是凤岗雁田，因为它们正在东深公路第一段。这条公路，也让东莞东六镇桥头、常平、樟木头、塘厦、凤岗、清溪等进一步受益匪浅。

这种"要想富先修路"的指导思想一直持续了很长时间。

在邓小平第二次南方视察的1992年，又一条高速G94的修建，让东莞的未来再次充满着想象：这个起始于深圳的民乐立交，在经过东莞、广州、肇庆、佛山、江山、中山、珠海之后，又收于港珠澳大桥东人工岛（粤港界）的"大圈"，整体形状就像面向珠江口的半开口大圆。可以说，它将珠江两岸最为重要的城市都串联在这条弧线上，并将粤港澳大湾区"9+2"城市群全部连通起来。

该高速于1992年10月开建梅林至观澜段，1997年2月开建莞深高速公路，2009年9月28日，东江大桥建成通车，至此，莞深高速公路全段开通运营，并与梅观高速公路和增莞高速公路衔接，共同组成珠江三角洲地区环线高速公路东环段。这条采用全封闭、全立交、完全控制出入口的标准设计的高速公路，也是全国首条地级市自筹资金、自行建设的高速公路。更重要的是，它

① 燎原：《被小瞧的东莞，被误解的太多》，澎湃新闻，2022年4月16日。

使东莞各镇区之间的行车时间缩短为半小时以内，而且使东莞至深圳皇岗口岸比广深高速公路缩短16千米，将塘厦至莞城原本90分钟的行车时间缩短为25分钟。

不过，直到2018年1月，广州北三环高速公路二期工程通车，G94才算是全线贯通——这个贯穿增城、从化、白云、花都四区，将莞深高速与肇花高速相连通的二期工程，整整修了五年左右。但不管如何，G94的出现，在广深高速后开辟了华北、华中、西南、西北经广州、东莞通往深圳、香港的第二通道，从"独步单方"转变为"双管齐下"。更让人想不到的是，它还成为今天大湾区建设最为重要一条科创走廊。

这里还特别要提及的是，1997年，虎门大桥建成通车。"虎门大桥的建成使东莞、深圳以及粤东地区到珠海、中山、江门及粤西地区的交通无须绕道，行车里程大大缩短，对广东省的经济发展和珠江三角洲的腾飞有着十分重要的意义。""至2000年底，全市公路通车里程达到2517.9千米，其中高速公路88.5千米，一级公路761.6千米。"

和修路几乎是同期进行的，还有机构体制改革。如果说当年成立对外加工装配办公小组，推行"局办变成公司"，是东莞敢为天下先的代表作，那么升格为地级市的东莞，则开始将行政性公司推向市场，实现政企分开，改变了政府既当运动员，又当裁判员的尴尬身份。"根据当年12月22日省编委印发的《关于东莞市市级党政机构改革方案的通知》，市政府由42个部门组成，其中2个二级单位。改革的最大变化是将过去的商业、外贸、物资、畜牧、建材、重化、电子、轻纺、纺织、机械工业、水果发展等11个行政性公司改为经济实体。其行政管理职能分别划转有关主管委、办、局。医药总公司、粮食总公司、水产总公司3家行政性公司则分别组建为医药管理局、粮食储备局和海洋与水产局。上述改革到1997年全面完成。《东莞人事志》评价说，改革后，市党政机关行政职能基本上从以微观管理为主转变为以宏观管理为主，从以往事无大小都要直接参与管理转变为着力于统筹规划、掌握政策、依法行政、信息引导、组织协调和检查监督上来，实行政事、政企分开。"①

这样的东莞，经济活力进一步被强化。也许是送给东莞升格的红包，同

---

① 段思午：《那些年，东莞的机构改革》，《南方日报》，2014年3月24日。

年1月，东莞雀巢在南城成立。这也让东莞拥有了第一家世界500强企业；同年10月，日本东京电气化学工业公司（TDK）收购香港新科实业有限公司SAE Magnetics（H.K.）LTD.（简称SAE）旗下的公司并在南城设立了东莞南城新科磁电制品有限公司——它入驻的正是宏远工业区。作为东莞最早一批OEM企业，它很快成为当时全球电脑硬盘磁头大王；第二年（1989年），东莞第一家台资IT企业——东聚电业有限公司开办。1992年，东莞首家韩资大企业——东莞三星电机有限公司正式在东莞的寮步镇成立，它是中韩建交前三星集团内第一家走进中国的制造企业。同年12月，东莞三星视界有限公司在东莞的厚街镇成立；1993年，全国首次引进生产的第一枚25英寸平面直角彩色显像管在广东彩管厂诞生；而在1995年，诺基亚工厂在南城建成投产……

说起来还挺有意思，尽管广东彩管厂的建设屡经坎坷，但是彩管一上市，当年就开始赚钱。而25英寸彩管，不仅没超前，反而因为社会快速变化，东莞需要马上投入生产线造29英寸的彩管，才能满足市场之需——这就是赶得早，不如赶得巧；此外，引进芬兰诺基亚并于1998年4月下线第一台手机后，东莞果然遭到了信息产业部在会上点名批评，但幸运的是，东莞将生米煮成熟饭的行为，最终被默许了。国家部委甚至还增批了生产指标，经过几年发展，它们为东莞培育出完整的手机产业链，为后来引进培育华为、OPPO、vivo等"三部手机"奠定了基础。

与此同时，随着一个个大项目纷纷落地东莞，东莞开始逐步实现自己的"第二次工业革命"——从工业社会走向信息、科技社会，走向了发展新时代。

日后，李近维对东莞"满天星星没有明月"的议论有一种另类解读：

"我们东莞的确是满天星星还没有明月，但能看到星星，这是什么景象呢？说明天空晴朗，万里无云，连那么小的星星都看得见。那为什么看不到月亮呢？因为十五还没有到，十五到了月亮自然就会有了嘛。就是说，投资环境那么好，小企业在这里都可以生存，可以发展，大企业怎么会不来呢？关键在于投资环境。我完全有信心在不久的将来，小企业会变成大企业，大企业也会跟着来！"

这让人不禁从中觉出点"玫瑰盛开，蝴蝶自来"的意思。

今天，当我们审视东莞早期的工业革命时，它是很有东莞特色的。

其一，尽管东莞一开始是农业县，但也有一定的工业基础，并非一穷二白。这种基础，让东莞比较容易融入世界大势。此外，必须要承认，是改革开放给了东莞发展的旺盛生命力。没有改革开放，周边就无法形成良性发展的氛围。同样，没有改革开放，东莞只能是缩在虎门关卡之内的内陆城市，而不是海洋城市，顶多是一个"伪海洋城市"。

其二，东莞利用了自己身为广深之间空白地的优势。尽管东莞的面积缩水很严重，从一个庞然大县变成了港深惠与广州之间所夹的小县，尤其是鸦片战争爆发，让莞、港易位，但不得不说，随着香港以及深圳的崛起，给了东莞很大的便利。又因为离港深近，让它抢了一个发展的"时间差"。加上当地政府的积极作为，东莞才能从农业县转型为工业县。后来有人把政府的积极作为形容成"政府成本低"。在今天，它已然演变成对营商环境的追求。总而言之，东莞的发展是天时地利人和的综合体现。

其三，东莞的发展，让人看到了工业塑造城市的能量，同时它也是土地—劳动力重组创造出来的结果。土地可以通过结构调整，腾出部分土地开展多种经营，比单纯种粮要大幅提升。尤其是从农业转向工业，不仅可以通过自建厂房出租，还可以将土地一次性转让土地50年的使用权给投资者，从而获取更丰厚的回报。与此同时，一年四季均衡用工，特别是落实了联产承包责任制，农业富余劳力很快就涌现出来了。当经济学最重要的要素——土地、劳动力，与稀缺的资本紧密结合，推动东莞就此驶上了发展快车道。可以说，土地、劳动力、资本这三项核心要素在东莞的演绎，及其与之对应的制度安排，差不多浓缩了至今40多年来中国发展的大部分情景。东莞作为标本的意义，当然重大。

其四，早期的东莞工业，在赛马机制下，是漫地发展的，哪里有空就往哪里钻。但这也让东莞实现了"就近就业"。"中国的很多城市都是从农村脱胎而出的。然而，国人印象中的'城市化'，大多是在城市里建设城市，顶多也就是将城市向周边、向外围扩张，连'城乡接合部'都被视为不入流之地。广袤的农村似乎永远是农村，不可与城市混为一谈，城乡之间永远隔着一条难以逾越的鸿沟。殊不知，正是东莞人打破了这个怪圈。他们从自身实际出发，创造性地选择了一条适合于自己的城市化之路。"[1]

---

① 赵江著，东莞市政协编：《莫淦钦》，广东人民出版社，2019年版，第304页。

这条适合于自己的城市化之路，就是就地创造就业机会，离土不离乡，这样既可以建设家乡，还可以避免广大农村富余劳动力大量涌入城市，给城市造成压力的同时，也让只剩下"6138部队"（儿童和妇女）的农村变得更落后。这也让东莞实现了当年的蓝图：以县城为中心，以加工制造业为起步产业，积极接受广州、深圳、香港等周边大城市的辐射带动，再通过交通、电力、通讯等建设，将32个工业卫星镇和广大农村连接起来，逐步形成具有都市气派兼田园风情的组团式现代化城市。可以说，相比身边的广州、深圳逐渐成为特大型城市，亮眼但也甘苦自知，这种组团式现代化城市则提供了中国城市发展的另一种路径。

其五，和昆山相比，东莞特色或者说形成的模式，无疑是要素组合模式。最开始进驻东莞的是一些小企业，随着产业链逐渐完整，才有大企业的进驻；而昆山一开始就以整机制造为目标，集聚了很多核心企业，起点高，产业配套再逐渐完善。这是两种不同的发展路径，各有千秋。相对而言，昆山乃至整个苏州更注重政府主导，东莞的产业更有民间活力。这种活力既让东莞的发展过程充满着喧嚣、闹腾，甚至带有一些野蛮生长，也让无数来到这里的人找到了向上的空间，和人生的价值。东西南北中，发财到广东，也因此成了无数人的向往。与此同时，原先的空白之地，也逐渐有被各种内容填满的迹象。

有填满也有失去，就如曾是东莞象征的莞草，却因城市的发展——如1983年，东莞开始推行引淡驱咸，导致种植面积减少，加上国际水草市场草席滞销，草席行业逐渐消失，而塑料制品更是给了它最致命一击，导致野生莞草逐渐退出了东莞的视野。

但此时的东莞顾不上悲伤。身处激情澎湃、一日三变的珠三角，让东莞的发展不仅有了一个左右逢源的创业氛围，更是一心向前看。

2

沸腾时代的万物生长

第八章

民营初啼

尽管一个出生在20世纪50年代,一个出生在20世纪60年代,但怀汉新和黄建平还是一前一后来到了东莞。

两人都来自大城市广州。不过怀汉新出生在湖北武汉,祖籍山东,幼年随父母到广州定居求学。根据常见资料,他曾在广州南洋电器厂当了14年的司机。联想他日后的成就,所以说英雄不问出处。黄建平则是广东普宁人,离东莞很近,后随父母在韶关矿区长大。大概是源于这样的经历,所以他在日后选择了陶瓷,并于1985年毕业于华南理工大学无机材料系陶瓷专业。在华南理工大学官网上刊发的对其荣获2019年全国五一劳动奖章(广东省)的贺文中,有这一溜小字:黄建平,男,1963年出生……

毫无疑问,这些时间都意味着他们和中国改革开放前的政治运动都脱不了关系,但幸运的是,等他们长大成人,都赶上了改革开放的好时光。而且,在广州的生活,让他们更清晰地闻到春天的气息。1984年,邓小平第一次南下视察,让"下海"开始成为最热的流行词汇。与此同时,各路"神仙"也层出不穷。

就在这一年,一个有着很拗口的名称——"促超量恢复合剂运动饮料"风靡中国,这实际上是一种含碱电解质的饮料。这种饮料的巅峰之作健力宝,在三水县三水酒厂厂长李经纬联手广东体育科学研究所研究员欧阳孝之后给研发出来,并借助第23届奥运会,以及实现"三连冠"鸿鹄伟业的中国女排之势,迅速走红。到1987年11月,在广州举办的全国第6届运动会上,更是第一次出现了中国企业与跨国企业同场竞争的场面。最终,在李经纬将价码抬高到250万元,并外加赠送10万元饮料的条件下,健力宝得到"六运会指定饮料"的冠名,而大名鼎鼎的可口可乐,只得到了"可乐型"饮料的指定权。

正是李经纬掀起的中国饮料风云，让珠三角一带相继冒出大大小小的饮料厂和食品厂、保健品厂，并由此开启了"珠江水"和"广东粮""北伐"中国的时代。笔者相信在这样的环境当中，怀汉新不可能无动于衷。"就在李经纬大闹'六运会'的同时，在广东东莞的黄江镇，怀汉新创办了太阳神保健品厂，他的创业传奇几乎是李经纬式的翻版。"财经作家吴晓波早期的代表作《大败局》在重点探讨健力宝的浮沉时，便如此提及过怀汉新："跟李经纬的经历有点相类似的是，怀汉新也是体育系统出身。他在广州市体委当过司机，健力宝的神奇故事让他陡然萌生了创业的冲动。"不过，这段话和前叙显然有些矛盾。

事实上，自小酷爱体育，擅长田径、游泳、足球的怀汉新，在广州市机电系统于20世纪70年代末组建专业足球队时，亦是机电足球队的一员，自此和广州足球界结下深厚的情缘。所以说他是体育系统出身，给广东体委当司机，倒也很正常。更关键的是，"他的岳父在广东省体育医院工作"，也大概是利用自身以及岳父的资源，他手上掌握了一种由广东省体育医院研发的、将鸡与蛇的提取液进行混合、用于治疗厌食和失眠的营养补剂，这种补剂原本是专门为运动员调整身体平衡而设计的，但在试用之后对其他人效果也很不错。"怀汉新便带着这个配方和5万元，跑到黄江镇办起了一个小工厂。"

至于为何从广州跑到黄江，吴晓波有些语焉不详，但从后期怀汉新接受各类采访而综合出来的信息，大致是因为万事开头难，怀汉新的产品一开始并没有被人认可，最后时任黄江镇委书记罗松茂找到他，两人一拍即合，将黄江制药厂改造成太阳神的生产基地——不得不说，作为当年的农业小镇，1961年至1978年的农民年均收入一直徘徊在100元到200元之间的黄江，尽管在改革开放后，大力发展果林经济，种植橙柑橘、荔枝等水果作物，并留下"不种橙柑橘，不算黄江人"的名言，但脱贫还是需要工业的加持。

1979年，黄江引进第一家"三来一补"企业——黄江藤器厂，次年东莞黄江鸡啼岗毛织二厂建成投产……但和长安、虎门、石龙相比，并没有太大区位优势的黄江，一直不温不火。这也让他们对怀汉新颇为上心，为了表示自己的诚意，当时的黄江镇还用镇上最大的资产——宝山宾馆作为抵押，从银行贷款了5万元人民币作为启动资金。也就在1988年，黄江还引进第一家

"三资"企业——东莞中港针织有限公司，投资额800万港元，生产针织布。黄江终于有了崛起、甩掉贫困镇帽子的架势。

当太阳升起的时候……

对怀汉新来说，李经纬式的翻版还体现在：借势。

1988年1月，国家体委在广州召开第24届奥运会中国代表团专用运动饮料营养补剂评选会议，怀汉新带着他尚未面市的"生物健"功能型饮料四处公关。结果显然很让他满意。在由国家体育运动委员会（体育总局前身）于1988年4月7日颁发的证书上，我们可以看到，生物健于1988年1月参加第24届奥运会中国代表团专用运动饮料营养补剂评选，荣获"第24届奥运会中国代表团专用运动补剂""1988年运动营养金奖"。可以说，怀汉新是带着这样的光环，开始了他征服中国市场的旅程。

接下来就是：立势。

为了让自己的企业更具有现代气息，怀汉新在获奖后，将厂名、商品名和商标都统一注册为"太阳神"。他拿着健力宝的易拉罐对设计人员说："这是中国最好的饮料，你就按它的样子来设计。"显然，此时风头正健的健力宝成了怀仿照的对象。

此前，李经纬给自己的产品取名为"健力宝"，听上去不仅朗朗上口，还含有"健康、活力"的保健暗示。怀汉新就将自己的产品取名为"太阳神"，不仅让人容易联想起古希腊神话中的太阳神赫利俄斯，象征着光明和爱。而且，通过这种方式，让产品具有了文化背景，易于被消费者接受和记住。此外，李经纬在设计健力宝的商标时，"请县里的广告公司设计出一个由中国书法与英文字母相结合的商标图形。这个新商标的诞生在1984年的商品大潮中可谓石破天惊：'J'字顶头的点像个球体，是球类运动的象征，下半部由三条曲线并列组成，像三条跑道，是田径运动的象征。从整体来看，那个字的形状又如一个做着屈体收腹姿势的体操或跳水运动员。整个商标体现了健力宝与体育运动的血脉关系。它在当时陈旧、雷同的中国商品商标中简直算得上是鹤立鸡群。"

某种意义上，这是CI①战略在中国品牌身上的初次试水。相应的，在接触到这一战略之后，怀汉新便直觉地意识到它的价值。很快，一个"企业、商标、产品三位一体"的全新的太阳神CI识别系统设计完成了。根据《太阳神CI规范手册》的描述：用象征太阳的圆形和"APOLLO"首写字母"A"字的三角变形组合，设定了"太阳神"的商标图案，用单纯的圆与三角构成既对比又和谐的形态，来表达企业向上升腾的意境，同时体现"以人为中心"的企业经营理念。红、黑、白三种标准色，形成强烈反差，代表健康向上的商品功能、永不满足的企业目标、不断创新的经营理念。

最终，这种特定的艺术形象出现在产品的包装箱、招贴画、吊旗、办公用品、广告、标识上，简洁，醒目，传达出一种特定的、统一的企业形象。

不得不说，在企业老板们只会投广告、开产销见面会、做精细化包装这几招的那些年，提出超前的CI战略、擅长品牌和形象包装的太阳神，无疑是降维打击，它很快就如鹤立鸡群般地从众多平庸而简陋的国产品牌中脱颖而出。

当时模仿健力宝的，还不止太阳神。"此时，在杭州城东的一个街道里，比李经纬小6岁的宗庆后开始筹建娃哈哈儿童保健品厂。这位日后中国最大饮料公司的创办人回忆，他推出娃哈哈儿童营养液时，广告词'喝了娃哈哈，吃饭就是香'，灵感整个儿是从健力宝'偷'去的。"吴晓波写道。但它和太阳神一起，让国货多了品牌营销的概念。

在立势之外，自然是造势。这里最重要的，毫无疑问是广告投放。1989年，健力宝的广告投放费用高达1000万元，这在当年中国的消费品企业中名列第一，其产值接近5亿元。李经纬还在1991年异想天开地策划出一个"拉环有奖"的促销创意，凡是购买健力宝的消费者只要拉到印有特别图案的拉环就可以得到5万元的奖金。当年购买健力宝的消费者，就像购买了一张彩票，盼望着能刮出大奖来，尤其是健力宝每年投入的奖金，从一开始的200万元，递增到1994年的800万元。这个活动在中国城乡获得了意外的成功。相应地，在太阳神的标识图案设计出来之后，怀汉新即投入大量的人力、财力、物

---

① CI，亦即企业形象识别系统，包括视觉识别系统、企业经营理念系统和员工行为识别系统，是现代企业的一种经营管理方法。其起源于20世纪50年代的美国，20世纪80年代初期由日本的广告专家进行了规范和提升，并在全球企业界广为传播。

力，大量地运用广告和公关等手段，把这一企业形象广泛地向公众传播。当然，最让人拍手叫绝的还是他在中央电视台推出的一条长达45秒、名为"睡狮惊醒"的形象广告。时值1994年7月，美国世界杯足球赛期间。尽管中国足球直到2002年才第一次进入世界杯，但对世界杯的狂热，一直萦绕在中国民间。尤其是这条形象广告的命名，又契合了站起来又不断富裕起来的中国人民那种民族自豪感。广告内容是：黄河千年冰破，长城万里鼓鸣，一头东方雄狮昂然而起，仰天长啸。再配上广告词"只要努力，梦想总能成真——当太阳升起的时候，我们的爱天长地久"。

有人说，现在回首去看这段广告，觉得过度做作和煽情。但是，在当时的环境下，从没有人把广告拍得如此壮美，甚至把醒狮、黄河、唢呐这些中国文化元素都融合进去了，而那句广告词更是雄浑有力，所以当时对人们的冲击力还是挺大的。日后，太阳神自身的形象广告也基本上沿用了那句广告词：画面上，一轮太阳从地平线冉冉升起，恰好此时，一群年轻力壮的人奋力将两根黑色的、粗大的梁柱高高竖起。当两根梁柱在天空中并合在一起，组成了一个稳固的三角形时，刚好把那一轮喷薄而出的红日托起了。

随着"太阳神"标志的出现，"当太阳升起的时候，我们的爱天长地久"也随即响起。它在不断地广告投放中，也成为无数中国人的金句和广告启蒙。

多年以后，有人这样评价中国当年的保健品集团：脑黄金靠报纸，太阳神靠电视，三株靠刷墙。而在1995年从太阳神走出来的梁允超创办的汤臣倍健，其宣传更进一步，主要靠明星。

梁允超是在1991年加入太阳神的。当年他从中南财经大学毕业后，先到了广东一家国营企业工作，不过，他很快就被太阳神所吸引。

两年后，太阳神的营业额达到创纪录的13亿元。要知道，在那一年，后来成为中国新兴企业旗舰的海尔、联想、万向集团等企业的营业额没有一家超过10亿元的。也就在1989年到1993年间，太阳神的日均现金入账高达300万元，厂内基本无库存，客户找上门，货款先入账，厂门前提货的车辆排成长队。

和它相似的，还有娃哈哈。尽管身为竞争对手，但在1991年，两家企业同时进入"中国500家最大利税总额工业企业"序列。

1993年，怀汉新又开启了新的打法，那就是多元化，相继进入包括石油、房地产、化妆品、电脑、边贸、酒店业在内的20个项目，当然还包括联合广州市体委组建了广州太阳神足球俱乐部，参加中国足球职业联赛，这也是中国首家股份制职业足球俱乐部。殊途同归，另一只"华南虎"则在陈林手上诞生——广东宏远华南虎篮球俱乐部于1993年12月28日成立，这也是国内第一家民营企业的职业篮球俱乐部。它的成立显然不只是满足陈林对篮球的爱好，更是将宏远的名字植入到这个城市乃至全国对篮球的追求中。

无疑，怀汉新、宗庆后等人在企业经营和管理理念上相对走在了前列，推动了企业的发展，但更重要的是，短缺经济，加上经济的高速发展，谁能拿出相对好的产品，谁就能一时称王。这也是当年东莞经济之所以腾飞的又一大原因。只是，那时候的怀汉新，崇尚可口可乐的理念和文化，所以也有一个执念，那就是认为可口可乐仅凭一个配方就能打造出一个经久不衰的庞大帝国，太阳神也完全可以。所以他多年来一直主打太阳神生物健口服液和猴头菇口服液，根本就没意识到，在当时不规范的市场环境下，中国保健品未来市场发展是有局限性的。更要命的是，产品生命周期也是有限的——一如他的另一个战线：恶性竞争、挖角、假球、黑哨、赌球等不健康因素开始泛起的甲A赛场。

相反，当年和怀汉新一起搞多元化的宗庆后，无疑更洞明，及早抛弃了和主业无关的多元化，而围绕娃哈哈品牌，多次迭代。这也让娃哈哈在20世纪90年代中期之后，在群雄逐鹿，对手不断吞噬市场份额的情况下，捍卫了自己的地位。

意料之外也意料之中，太阳神从如日中天到黯然失色，似乎只用了两三天。

该如何"让世界爱上中国陶瓷"

对黄建平来说，此时的怀汉新还是很值得追赶的目标。

说起来，他也是当年的"天之骄子"，从华南理工大学毕业后，顺利进入了佛山国营工业陶瓷厂，算是专业对口，所以一路干到了研究所所长。题外话，笔者曾跟母校桐城中学的师兄郑昌云交流得知，他当年在西安交大84

级机械学院有个同学叫郑晓利，也被分配到了佛山陶瓷厂搞技术。因为该厂引进了意大利设备，工人不懂，后来开始做瓷砖。可以说，黄建平和郑晓利倒是志同道合。

但或如怀汉新面对新时代到来的不甘，或源于深藏他内心的梦想："我当时就想要自己管理一个企业，就是要做厂长，这个目标是很明确的"（大学毕业时，黄建平的毕业留言册上，超过九成的同学赠言都是祝福他将来"做厂长"），也或因为年轻时的他，就是一个典型的"冒险分子"，一心想着："我做瓷砖，我就要把瓷砖做到全世界"……他也在这个风云际会的年代，一样放弃了自己手中的"铁饭碗"，离开佛山国营工业陶瓷厂，入职东莞建筑装饰材料厂担任副厂长，负责技术。但是摆在他面前的这个小厂，正面临连年亏损、库存积压等多重难题，公司负债更是高达8000万元，一度处于生死存亡的边缘。最困难时，黄建平有过三个月发不出工资的难事。如果只从这里看，很多人都会相信黄建平是做了个错误的选择。

毕竟，和南国陶都佛山相比，东莞尽管农业出色，有着丰富的水利资源及鱼类、林木资源，但却是个贫矿区域，不仅矿产地不多，而且矿产种类少，金属矿产更是十分短缺——若谈产业链和集群支持，佛山陶瓷产业链世界最全，产业集群世界最大，东莞无群更无链。所以在这个地方发展建材，算是"无中生有"的"创举"。

当然，还有一个客观原因就是，随着邓小平1992年南方视察，中国经济开始大发展，但某些领域也出现了经济过热的现象，建筑陶瓷行业也因此进入了产能过剩的内卷时期。没有什么优势的小厂，自然更容易被卷死。但黄建平并没有选择退缩。

正如黄江镇对怀汉新的诚意，东莞虽然大多是小企业，没有那么多国企，但它们更灵活，更有市场，也更有竞争力。更重要的是，这里有一帮同甘共苦的兄弟，"不发工资我们就发饭卡，就免费到食堂，管饭票，先管吃饱，"——这大概是东莞送给黄建平最初的"温情"。正是这份温情，让他勇敢地迈出了创业的一步，也让他在真的挑起厂长重担之后，找到了生存的窍门。

黄建平是从深圳那里赚到创业的第一桶金的。那时的深圳，有一栋建筑需要一个10cm×10cm的外墙砖。当时，内地还没有企业生产这种规格的墙砖，如果从台湾引进的话，成本预算比较高。在得知这个信息之后，黄建平心动了，向对方拍着胸口保证："这个东西我能做。"他回去之后，组织团队加班加点研发，多年积累的才识，加上大家同心协力，这个产品只用了一个星期便完成了从设计、模具开发到成品的过程。对方在看到样品之后，很是满意。这不仅让他就此拥有了一个关系多年不曾断绝的客户，更关键的是，让他们在创业路上增强了克服困难的信心和勇气。

挺过了艰辛的黄建平，发现选择东莞是人生最大的"确幸"。

此时的东莞，随着大量的外资如雨后春笋般涌入，让外贸逐渐摆脱对"代工"的依赖，成为国内外生产要素集聚的重要城市之一，而自宏远之后，东莞更是四处可见星罗棋布、形态各异的村级工业园。这也让东莞整个城市建设方兴未艾，到处塔吊林立、车辆穿梭、焊花飞舞。在这样环境下的东莞，显得嘈杂、凌乱，却又生机勃勃。这也意味着，东莞在五金、建材等方面有着巨大的需求。

率先喝到头口汤的，无疑还是王金城。他利用自己在卖菜上赚到的钱，在厚街开了他人生中的第一个工厂兴业铝合金厂，并由此迅速掌握了厚街所有的铝合金业务，到20世纪90年代早期，该厂就生意兴隆，赚得盆满钵满。于是，他再接再厉，用赚来的钱新办了东成石材厂，很快，石材厂也飞速壮大，几年光阴，不仅涵盖了石材的开采、加工到销售等多个环节，尤其专注于砂锯大板、异型加工、坯料以及工程板的制造，而且其业务版图从厚街一直覆盖到东莞全境，并进一步向广州、深圳、珠海、中山等邻近地区扩展，甚至进军湖北。直到今天，该企业还是华南地区最大的综合性石材工艺厂之一，其品牌在2014年被认定为中国驰名商标。

尽管比起怀汉新、王金城，黄建平的好日子有点晚，但属于他的时代，终究还是来了。在不断的市场调研当中，黄建平发现，东莞不是不需要瓷砖，而是需要好的瓷砖。很多国外品牌在这里就很受欢迎。相反，当时整个中国瓷砖行业只有工厂没有品牌，就算一些做得好的工厂，也是给国外品牌代工，产品款式单一，拼的是价格和产量，只能搞低端竞争，所以并不符合当时人们日益丰富的审美需求。国外品牌之所以受欢迎，正因为它们产品花样独特，某种意义上，这也直接推动了东莞市建筑装饰材料厂在1992年的改制变革。在这一过程之中，黄建平等288人缴纳了认购款参与赎买，设立时，公司由黄建平等4人登记为显名股东，并代持了其余284人的股权。伴随着企业改制，黄建平带领创始团队完成了产权结构革新，使得公司的发展更适合市场经济运作，让它从当年的高产量低档次顺利地切入到了"小市场、大份额"的策略之中。

换句话说，他们将自己的目标定在了以打造自身的高质量，从而进军中高档市场之上。这样的市场虽然比较小众，但是因为附加值更高，反而占据的份额更大。

那么，在具体落实战略上，又该如何操作呢？首先，要有品牌，而品牌一定要有文化，文化是品牌的形象。有句话说得好，没有文化内涵的品牌，经不住市场火炼，架不住百姓品评。和黄建平同在韶关矿区长大，后来也成为马可波罗控股股份有限公司党委副书记兼纪委书记何继业对笔者说，"陶瓷"是中国的一张名片，中国陶瓷业在古代也是遥遥领先，为品牌瓷砖取名马可波罗，意在形容世界的陶瓷产业在不断的交流中，从中国走向世界，今天从欧洲又回到了中国。立志为中国陶瓷打造出第一个世界知名品牌，是品牌诞生之初就确立下的初心。

改革开放后的国货发展初期，打价格战和傍洋名，一直是被人诟病之处。但是，走在今天位于高埗的马可波罗控股集团，看见公司名背后的墙上，写着"为实为适，唯新唯美"四个飘逸的大字，想来这个公司对美以及文化的热爱，一定是发自肺腑，而不是故意的，做作的。

多年之后，黄建平还拿出了另一个大手笔，来印证自己对文化的追求是从一而终的。他与东莞市文广新局合作投入重金，在总部大楼里建了行业首家建筑陶瓷博物馆，展厅面积15000多平方米，藏品8500多件，其中有大量中国传统名画的瓷板雕刻作品。知名产经作者金错刀就曾提出这样一个问题："以陶瓷闻名的中国，居然连个产业陶瓷博物馆都没有。"搞这样一个博物馆，并非铺张浪费。

"比如大家都说德国和日本的汽车好，好在哪里？日本有丰田汽车博物馆，德国有奔驰汽车博物馆，整个产业的发展脉络都摆在那里。"所以，等黄建平将这个博物馆搞出来之后，不仅让中国的陶瓷产业史有了被尊重和被审视的场所，也因此成了从业者以及相关爱好者的走访盛地，更重要的是，让文化的血脉一直在马可波罗流淌，并浇灌它的每个日常。

此后，为提高博物馆的含金量，黄建平又请工艺美术大师陈复澄当馆长——这位出生在重庆，曾经当过出版社副总编辑，又去名校当过教授的文博专家，给人印象最深的是他的篆刻艺术。尤其是其近十几年来独辟蹊径所创作的刀笔书法，更为书法艺术开创了新的形式和内容。所谓"刀笔书法"，即以刀作笔、以陶当纸进行创作，然后入窑烧成陶器。换句话说，他是将陶器作为自己的艺术载体。这既考验他的书法水平、刀工，还考验陶器的制作水平。

不过，和马可波罗合作，在陶瓷制作的工艺上，倒是可以为他提供一臂之力。也正是因为陈复澄的到来，马可波罗不仅开发出了真正的文化陶瓷，并以"中国印象"系列赢得了广泛好评。此外，博物馆还借助他在文物界的人脉，在短时间就以最少的投入征集到大量文物和展品，并完成陈列。为了扩大陶瓷博物馆的知名度，黄建平把用瓷砖雕刻的国画《双月湾一览》《东坡游西湖》挂在惠州北高铁站，《青山绿水》送到了北京地铁前门站，《富春山居图》落户广州白云机场。

不得不说，当大多数企业还只是卖产品、拼设备时，黄建平却抓住了文化这个重要生产力；许多企业把文化当作化妆品，做表面功夫，黄建平却真心实意地将文化当成了自己的突破口。黄建平表示，文化营销是四两拨千斤，它的定位叫'影响有影响力的人'"。但谁也没想到的是，当年最便宜的东西到最后却是最贵的。

黄建平曾说："文化是用来干什么的？文化，就是用来争夺话语权；话语权用来干吗的？话语权是用来争夺定价权的。"所以，有了文化底气的马可波罗，不怕外来和尚念经。

黄建平还有两手，一个叫差异化，一个叫规模化。前者来自于产品创新。黄建平坚定地相信，"产品创新是进行品牌化的基础"。所以，面对当年时兴的抛光砖，黄建平决定反其道而行之。1996年，马可波罗造出了中国第一块防滑砖，转年又做出了高颜值的哑光仿古砖。后来事实证明，在审美上逐渐进化的国人，不仅追求时髦，也追求深情和怀旧。作为一种含有优雅文化元素的产品，仿古砖的应用范围在今天已经放大得很宽很广。尤其是随着家居装饰古典情怀日渐浓烈，仿古砖行情更为走俏。这无疑证明他的创新是对的！多年之后，他在接受网易家居《家居大商》栏目的专访时，以中国体育来举例谈自身为什么要选择差异化的发展。"因为搞足球、搞大项目非常需要钱，打乒乓球最省成本，我们就是这种理念，拿好单项冠军，在一些大家不太关注，对硬件要求不太高的一些产品，比如说我们的小砖、小仿古砖，客厅我们玩不转，20年前我们没有好的设备，我们在厨房、洗手间这些小空间玩一玩，也玩出名堂，玩出高价值，玩出了单项冠军。玩出单项冠军后，再逐步扩展品类。我们这几年在陶瓷行业的新品类里面，率先创新，获得单项冠军，这样慢慢积累成今天的实力，这就是差异化的创新。"

对于后者，为了拿下开发商，黄建平先后投入建了两个生产基地、6个分厂，仅一个产业园就占地1000多亩。别的工厂一般就储备一个季度的原材料，马可波罗的原料储备是一年。这不仅帮他拿下了万科、保利、中海等客户，而且，郑晓利也成了他的经销商——一开始，郑晓利做瓷砖，后来发现瓷砖市场好，转头卖瓷砖，后来又发现卖瓷砖上不了市，这就跑到东莞买了50万平方米的土地，做建材城，就是东莞人耳熟能详的华美乐。他和合伙人用4年时间在东莞和广州开了8家大型建材超市。据他自己说，每个超市平均一万平方米左右，8家就是8万平方米。这个规模，放在20年后的今天也称得上业内顶流。只是，和美国的Home Depot、英国的B&Q在21世纪的西方风生水起相比，中国仿照国外而建造的建材超市由于各种原因导致在国内水土不服，华美乐也不例外，最后重新搭梯子做家装服务。但这是另一个话题了。

春江水暖鸭先知

不管成也如何，败亦如何，此时的东莞依旧热情如火，敞开了自己的怀抱，不断接纳了一个又一个来投奔的人。

在黄建平之后，1989年从上海交通大学船舶工程系毕业，获工学学士学位的福建宁德人曾毓群，同样受不了国企里的氛围，三个月后就辞职南下，成为新科磁电厂的一名员工。而早一年，毕业于中山大学并拿到工商管理硕士学位的林木勤也不想在国企将自己荒废在日复一日的重复劳动中，选择了辞职，从国企深圳建材工业公司跳槽去了一家民营天然饮料公司。尽管招来了家乡人的不解和质疑，但他依旧从车间技术员干起，并逐步晋升到生产部长、技术开发部长，最后坐到了销售总经理的位置。和在深圳的林木勤相似，曾毓群也在新科一干就是数年，并成为这家外资企业最年轻的技术总监，也是第一位大陆籍技术总监。就在这里，他遇到了生命中第一位贵人，其上级陈棠华。此外，他还遇到了日后一起创办ATL（新能源科技有限公司）的另外一位合伙人，全球最大磁电供应商SAE总裁梁少康。

来到东莞的还有原为广东省外贸总公司在香港与实业家合资设立的粤商发展公司工作，很早就与唐翔千认识的刘述峰。因为1990年的一次谈判，他被唐翔千看中，进而下海来到生益科技做职业经理人，这一干就是34年。

包括和黄建平算得上老乡的林海川。其1972年出生于广东茂名，但他的祖籍正是黄建平所在的揭阳普宁。1993年，他进入东莞市虎门化工贸易公司。不过，他不是跳槽来的，而是在厦门大学1989级财政金融系毕业之后，被分配来的。由于他是单位里少有的名牌大学生，再加上工作能力出色，因此被当作骨干重点培养，在短短三年的时间里，林海川很快就坐上了总经理的位置。

还有苏琳。1994年，大学毕业，曾在河南郑州铁路机械学校担任过老师的她，提着一个行李包走下东莞的汽车站。尽管迎接她的是扑面而来的尘土和稻田里散发的湿润气息，让她也不清楚能在这个"正在建设的大工地"中坚持多长时间。她初期主要的工作，就是在智通实业——也就是智通连锁人才股份有限公司的母公司，担任总经理秘书。那时的智通实业，还是一家从事多个行业经营的集体企业，拥有一座四层办公大楼，与当时的东莞汽车总站隔着一条绿化带。因为近，所以总会看到众多的打工仔、打工妹提着大包小包从汽车站蜂拥而出，带着迷茫的眼神到处找工作的情景，这触动了智通实业老板叶菁敏感的商业神经，他果断决定智通要进入人才服务行业。于是，1995年2月他在智通大厦4楼一个偏僻的角落开辟了一间办公室，成立了一家人才中介公司。而在工作中表现突出的苏琳，也被智通实业大胆起用去负责这家公司的筹建及运营工作。在这年底，智通和其他一些公司获批第一批东莞人力资源服务许可证。自此，苏琳抓住了人力资源这个风口，趁势而上……

这样的风光日后也落在了湖南人方园身上。有着一颗文学之梦，曾在新疆石油之城克拉玛依支教六年的他，最终还是选择到了东莞。但是，在这里能做什么呢？当他意识到，自己每天都能见到天南海北的新鲜面孔，看到到处都是找工作的人，便选择在长安涌头的一家职业介绍所开始了自己的职业生涯，第一个月业务提成就拿到了近两万元。看到了商机的他，于2000年转战黄江，成为黄江职业介绍服务部的负责人。2003年8月，方园成立了黄江劳动力市场，赚取了人生中的第一桶金，不知道太阳神里的员工有多少个是从他那劳动力市场走出来的。多年后，他成立了东莞市凯发实业投资有限公司，除了人力资源，还做教育，以及购地兴建厂房出租。这可以视为他日后做产业园最初的印记。

还有郭东林，1971年出生的河源人，于26岁那年在虎门开设了一家制衣厂。尽管在拥有上千家服装厂的虎门，他的制衣厂只有20台衣车和40多名员工，属于规模最小的那种，但是他凭借着自己独特的定位，就是拒绝了流行的热门产品的诱惑，巧妙地避开了老牌大厂的锋芒，把服装产品定位在青春休闲风格上，进而一举做大，并创办了自己的服装品牌"以纯"，走品牌专卖之路……

从怀汉新、黄建平到曾毓群、刘述峰、梁允超、林海川到苏琳、郭东林等，或自主创业，或成为职业经理人，印证了改革开放早期的中国，是春江水暖鸭先知——拥有相应的资源，以及垄断了有关资讯，让知识分子在内的精英们对大环境率先做出反应，并做出表率。他们智慧中透着狡黠，逐利中又有理想的底色。

而身处火热大环境中的本地人，除了陈林、王金城之外，同样也坐不住了。

差不多是在同一时期，出身中药世家，从医科学校毕业，并在茶山医院做起了一名药剂师的袁旭培，先是开了一家小超市——华美超市，从药剂师摇身一变成为商人。也正是这家门店，让他发现了另一个创业的机会，那就是做月饼。当时，在每年中秋节来临之际，许多市民都会到他的门店购买月饼，但由于货源相对单一，数量有限，很难满足市场的需求。恰恰好，他有一个舅舅叫刘沛光，在香港做糕点师傅，在餐饮行业有着很高的知名度，这也给他提供了强有力的技术支撑。1991年6月，华美月饼食品厂正式开张。"这是租在茶山镇横江村一间只有700平方米的厂房，员工30多名。工厂规模虽小，但为袁旭培施展拳脚提供了一个好舞台，也开启了他缔造'食品王国'的征程。"[①]

1993年，华美突破月饼独立包装保鲜技术壁垒，月饼保质期从7天提升至30天；1997年，华美完成生产导向向销售导向的转变；1998年，华美产品

---

① 《立足茶山，创湾区品牌，看看华美食品如何打造它的"食品王国"》，南方Plus，2019年12月8日。

开始销往海外；2002年开始与中国邮政战略合作，2003年，华美启动品牌发展战略。袁旭培希望能将华美从区域性品牌变成全国性品牌，甚至走向世界……

和李经纬、怀汉新们如出一辙的是，华美在日后也走上了明星代言的路子。歌手孙悦以一首《祝你平安》而成名之后，被华美给"盯"上。无它，孙悦的形象很健康，而《祝你平安》这首歌的主题也是健康与快乐，与华美食品的营销主题十分切合。不过，让华美更广为人知的，还是它和港台明星周华健的合作。尤其是周华健那句广告词"团圆有华美，祝福有华健"，让华美食品品牌深入人心。

不得不说，尽管莞商自古以来都低调务实，但是他们并不反感对自身产品的营销。随着东莞在制造业上的飞速崛起，让它成为一个需要明星的地方。

李胜堆则和袁旭培相向而行。在人生的早期，他白手起家，做过搬运工，做过蚊香厂、烟花炮竹厂的小工，做过泥水匠，还做过运动员、司机、老师。他说他在25岁之前，可以说受尽了人间的一切苦难。但正是这些苦难，让他学到了很多东西，也让他更多地关怀世界。创办东华医院也根源于此。他的朋友杨光强一直记得这样一件事，他的妈妈生病了，想去打针，医生说烧到三十九度才看急诊。打了针以后，他又急着问对方，你看看我妈妈怎么样，结果医生说你烦不烦，刚刚打完都一样的。于是双方吵起来，医生也气不过，说，有本事，你自己开一个医院。"恰好湖北医学院有一个院长跟书记有矛盾。我就把他介绍了给他。今天我们查东莞的第一个东华医院，就叫湖北医学院东华医院，现在第六人民医院隔壁那里。"杨光强说。如果说创办东华医院带有点"置气"的意味，日后，李胜堆又创办了教育界鼎鼎有名的东华中学——尽管医院和学校离制造业相对较远，但是它们的存在，却给东莞制造业的发展加分。

还有陈润光、莫志明和刘学斌。只不过和上述企业家一开始进入的是制造业不同，他们进入的则是制造业的外围。早在1983年，高中毕业的陈润光就下海创业，成立东莞市堑头贸易公司，主要从事建材、化工、贸易等供货业务，它也是今天光大集团的前身。1992年，在做好运输、贸易和化工三大主营业务的同时，堑头贸易公司开始探索多元化发展路径，开始涉足建筑工程。这也一并开启了其在东莞的房产天下——除了在1998年开始推出的景湖系列，光大还打造了天骄和锦绣山河两个高端产品系列，项目也逐步由南城拓展到东城、松山湖等城镇，完成了从传统开发商向城市配套服务商的重大转变，成为东莞造城运动的重要参与者和见证者。相比而言，莫志明当年看中的是港商在东莞的建厂需求，所以于1985年硬是连中学校长的铁饭碗都不要，与弟弟莫树民一起进军建筑业，买下土地，为来东莞投资办厂的商人建造厂房，并从建筑业涉足房地产，逐步创办了广东名冠集团。到了1994年，莫志明已经有了1亿多元的存款。

至于刘学斌，则在1995年和弟弟刘学伟一起创办了富盈集团。这一年，他才23岁。一开始，富盈只是一家只有一百多人的建筑公司。但凭借着吃苦耐劳，加上东莞的旺盛需求，富盈一路走高。最终，用多元化的发展，成就了自身的创业传奇。

还有卢成枝和林炳辉，他们都是生活在厚街的木匠好手。两人都在20世纪80年代初开了手工木匠店，经历几年积累后，转为家具厂——前者发展成业成家具公司，后因无人接班，最后停办。后者则发展为华辉家具，它不仅打响了"华师傅"这一金字招牌，同时也是东莞最大的家具经销商……

东风吹，战鼓擂。此时的东莞，无疑到处充满了机会。而他们的加入，以及奋勇争先，更是搅皱了东莞的那一池春水。

他们帮助东莞于"三来一补"及合资、合作、独资之外，添了民营的野火。换句话说，他们让东莞制造，有了本土意识的萌芽，同时也让东莞从为人作嫁的"隐形城市"，逐渐走向了前台，进而成为人们心目中那个"最靓的仔"，在更多元、更包容、更开放的同时，也更将热烈地迎接更多的雄心壮志。

或一往无前，或东山再起。

第九章

破"局"

江西人杰地灵，素有"一个包袱一把伞，跑到天下当老板"的传统。不过，段永平和张华荣这对江西老乡到东莞，想必都有些被逼无奈的感觉。

前者作为浙江大学的优秀毕业生，后来入职北京电子管厂，中途又考上了中国人民大学经济系计量经济学专业攻读研究生，然而时代的呼唤，让他没有完成论文，便匆匆南下。本来在中山混得风生水起，将一个濒临破产的日华电子厂做成了"小霸王"，而自己也从一个穷小子一路走到了"打工皇帝"，甚至被评为"广东省十大杰出青年企业家"和"全国优秀青年企业家"，根本不会想到自己也有"流落他乡"这一天。

说起来，他成也陈健仁，败也陈健仁。作为小霸王幕后金主——20世纪80年代，在中山投资酒店、餐饮行业发家，后来发展出益华控股和怡华集团的陈健仁兄弟近35年来做出的最英明的决定之一，就是聘请了段永平。但是，"凌驾于企业之上的怡华集团一方面把小霸王的盈利不断抽走，使其发展后劲不足"，财经作家吴晓波在《大败局》中写道，"另一方面，段永平提出的对小霸王进行股份制改造的建议被多次否决"。

段永平的建议，其实也吻合了疾步快跑的20世纪90年代，在招商引资之外，对股份制改革的诉求。早在1984年出台的《中共中央关于经济体制改革的决定》就认为，现行经济体制的种种弊端，集中表现为企业缺乏应有的活力，这也让中国的企业从当年的承包租赁制逐步过渡到股份制改革。在中国原来被抛弃的西方股份公司制度被当作增强企业活力的方法。1987年，我国第一家由国家、企业和私人三方合股的股份制商业银行深圳发展银行成立，其日后被平安银行并购。而作为中国最早进行股份制改造的深圳市纺织工业供销公司也于1991年在深圳证券交易所上市，成为深圳"老五股"之一"深金田"。可以说，随着深圳证券交易所于1990年12月1日开始试营业，上海证券交易所于1990年12月19日开始正式营业，中国企业的股份化更是得到了进一步发展。黄建平之所以能将唯美变成自己一手掌控的民营经济，也得益于这种股份制改造。与此同时，宏远也在1991年成立股份公司，并在多番努力之后，于1994年8月15日在深交所正式上市。这也让宏远成为了全国第一批上市的乡镇企业，也是东莞资本市场在特定时期的发展标志。

和宏远有所不同的是，生益科技日后登陆的是上交所。此前，生益科技创始人唐翔千与大股东之间实行"承包制"，即每年给一个定额利润给大股东，由他委派人员进行管理。但在这种"承包制"下，公司没有报表、没有品牌，纯粹是一家代工厂。这也让刘述峰意识到，只有进行股份制改革，运用现代企业管理制度，公司才能发展壮大。正是这种股份制改革，为生益科技成功登陆上交所创造了条件。

但不是所有的人都如此顺利，段永平就是其中之一。根据报道，在无法从陈氏兄弟手中获得公司的股份之后，段永平只好一走了之。这也让笔者想起2023年在宁波慈溪宗汉街道做乡镇企业调研并创作《潮起潮涌：中国乡镇企业史·从宗汉看中国》时，宁波兴业铜业的创始人胡长源曾说，做企业最容易的是赚钱，最难的是分钱。当年的晋商之所以没落，也在于面对股份制银行来袭的大势，还死守当年的经营模式，不愿意通过股份制，让肥水流入外人田。陈健仁也难免局限于此。

后者也同样有些"遇人不淑"。

这位1958年出生于江西省南昌县麻丘镇厚溪村一个穷苦人家的汉子，当过兵，还做过木工、补锅匠、油漆匠，以及各种小生意，后来又将浙江沿海的鞋子贩卖到内地，只为摆脱种田为生的命运。也正是在和沿海制鞋业的接触中，他发现了机遇，在做过一段时间学徒之后，创办了属于自己的南昌县麻丘厚溪青春鞋帽厂，成了当地第一家吃螃蟹的民营鞋厂——日后其更名为南昌华荣鞋厂，并于1991年完成原始积累，有员工200多人，资本超过100万元。然而，世界在他崭露头角时，也同他开了一次大玩笑。

一位姓叶的台湾人找上他，要跟他合资开公司。结果他买了很多机器，搞了很大的厂房，占地面积5000平方米，员工560人，对方却没有投资一分钱，也没有给一份订单，实际上是他一个人在投入。这时他才发现，对方只想以合资之名高价推销老旧设备，并没有真正合作。当然，也不是没有意外收获——日后他所创办的"华坚",正是源于这次被骗的合作。华坚的"华"来自自己,而"坚"则来自对方。

尽管公司名字显得很刚强,但苦撑到1994年,张华荣已经亏得一塌糊涂。这时他不得不走回老路,重新做外销,在广交会上得到了江西省外贸公司的出口鞋加工订单。

"险些'完蛋'的他也特别珍惜机会,每一单的质量、价格、交货时间都严格把关,从不输给浙江人。从1994年到1996年,他又赚回了很多钱。好景不长,欧共体举起了反倾销大棒。华坚很快笼罩在阴影之下,欧洲订单全部取消。张华荣觉得江西已经干不下去了。"①

要不要破"局",又如何破"局"?

不约而同地,东莞成了他们最重要的一手棋。

赌性坚强

对段永平来说,乌沙这个曾经一穷二白之地,无疑是个好地方。

"乌沙"的名字很像是"乌纱",不过两者的颜色是相近的。据说它的得名,有可能与历史上的一些事件有关,但也有可能就是源于该地区土壤的颜色或质地——因为近于珠江口,毗邻深圳前海,乌沙应该是大浪淘沙后的"累积"。

尽管在历史上,它建村很早,据说于南宋初期建村,距今已有八九百年历史,而且还出了不少名人,如清朝时期的广东陆路提督李扬陞、武显将军陆志帮,近代的叶挺将军夫人李秀文等——她和叶挺将军的革命爱情故事还被当地创作成现代粤剧《浴火凤凰》并搬上舞台,受到群众的一致认可和点赞。但是,乌沙的地质显然不适合发展农业,到改革开放前夕,与珠三角大部分地区一样,该地基础设施薄弱,老百姓生活水平大多处于温饱线下,所以它也成了逃港潮最兴盛的地方之一。但是,风水轮流转。随着改革开放,大量旅港居民在发家致富后回到乌沙投资工业,乌沙因此迅速积累了第一桶

---

① 陈伟华:《我曾负债累累》,《南方都市报》,2008年1月4日。

金。1983年，乌沙引进了第一家"三来一补"企业。据《东莞市地名志》记载，20世纪80年代中期，乌沙旅港同胞达879人。其中，一些港侨受优惠的招商引资政策吸引，回到乌沙后开办制衣厂、电话线厂、玩具厂等"三来一补"企业，为乌沙本地居民树立了致富榜样。受港商影响，一些本地人也纷纷开设工厂从事加工贸易，甚至年纪较大的退休党支部书记也组织起来村民，担任集体工厂的厂长。

到了20世纪80年代末，乌沙集体经济收入早已从以农业经济为主转变到以工业经济为主。工业企业缴费和外汇留成成为集体经济的主要收入，管理区通过转让、征用等方式，将土地从农民手中收归到集体统一管理，家庭联产承包责任制逐渐被现代工业所取代。村民的私人存款总额高达一千多万元，位居长安镇首位，相当于户户都是"万元户"。

"此外，为了促进工业发展，乌沙管理区积极建设工业厂房、办公楼和道路，并在1988年花费了近十万元绿化街道，还在1989年成立了东莞市第一家外商联谊组织——东莞市乌沙香港厂商联合会。"①值得一提的还有，为了营造更好的营商环境，乌沙管理区以及蔡屋、陈屋、李屋、江贝四个村民小组配合私人股东投资5000万元，兴建了一个占地十多万平方米的乌沙大酒店，该酒店内设饮食、娱乐、宴会厅、会议室等，设施齐全，服务到位，1995年6月底开业。

在东莞的工业管理区远低于苏州国家高新区的规格，还未有完善的区划统筹的20世纪90年代，乌沙管理区因村内的宗族多有在港澳经商的亲戚朋友，加上早在20世纪80年代开始招商引资，十分注意做好企业的服务工作，以及基础设施建设，无疑吸引了来长安考察的段永平的注意。此外，段永平还发现，长安交通便捷，离深圳宝安机场只有三十千米，驱车前往只需半小时，另外，广深高速公路完工在即，货物与工人从广州集散地而来，长安往返广州也很方便；长安的土地、人工比深圳便宜，制造业需要较大的地盘，之后扩张也方便。

更重要的是，富起来的长安人，也在段永平筹资时买了股份，如乌沙大酒店的老板就入了股，所以把厂设在此地也是自然而然，与此同时，选择在乌沙大酒店洽谈商务，就更名正言顺。最终，他和陈健仁"和平分手"，

---

① 杨健楷：《中国芯片往事》，电子工业出版社，2023年版，第156页。

但带走了开发部的"四大天王"和总经理助理、外销部部长、内销部部长、工程部部长、计调部部长、生产部部长、计财科科长、后勤部部长、供应部部长、仓储部部长……几乎抽空了中层，到乌沙成立了力高。后来，段永平在自传中承认了与陈健仁有君子协定，一年之内不和小霸王竞争同类产品市场。这也让力高一开始只能做国外市场，如外销俄罗斯。

在段永平带走的人手中，最著名的自然有陈明永，还有沈炜、金志江。他们都是段永平的老部下，甚至是校友。日后，陈明永又拉上了贺向阳。

作为段永平日后创业的骨干，也是他在浙江大学的师弟——此时的贺向阳先他们一步到了东莞。此前，毕业于浙大信电系的他被分配在了国营无线电厂（716厂），金鹊牌电视机便是该厂产品。当年它和红岩黑白电视机一起是重庆的畅销货，一台12英寸的金鹊电视，能卖到400多元，仍然供不应求。当然，也因为技术故障出了不少问题。

尽管如此，贺向阳也想南下，但缺乏一个足够说服自己的理由。直到信电系开始流传一个消息：一个同学毕业才五六个月，就在中山一家大型电子工厂，被提拔为总经理助理兼生产部部长！"贺向阳听到这个消息，就像金鹊牌电视机被雷电击穿了一样，管他什么离职手续不手续的！什么国家干部不干部的！什么档案不档案的！"根据《中国芯片往事》一书的描述，该同学即是他的同学陈明永。两人同系，但陈明永念的是电子物理，贺向阳是微电子。在军训时，两人还被分在了同一个连队，陈明永练战术，贺向阳练射击。军训结束后，信电系专业很多基础课程重合，两人上课经常打照面，一来二去，知道是老乡，更加亲切。但认识没多久，陈明永心肌炎病发，休学一年，来年上课，他成了贺向阳的师弟。

日后，陈明永被分配到了成都红光电子管厂（773厂）。但谁也没想到的是，他很快便南下中山进了小霸王——这一切都是源于段永平向浙大老师要人，老师推荐了他。尽管也是段永平的师弟，但陈明永一开始并没有被优待，而是被"发配"到生产线上打钉。打了一阵时间，陈明永成了"打钉冠军"，段永平遂火速提拔。

今天，很多人都在自嘲是"打螺丝的"，但是看看陈明永，打螺丝也能打出一片天地，当然，前提得是他自身本来就有能力。同样，沈炜刚开始也只是生产部的一名普通员工，但后面却因为出色的工作表现引起了段永平注意，于是他很快就升迁为小霸王邦定厂的筹办主管，接着更是直接升为邦定厂厂长！这种用人的机制，让南方成了贺向阳的向往，他先是在东莞（清溪）中渝电子厂干了一年，因表现不错，后被举荐给亿利达深圳公司的总经理。五百米开外，和他们办公楼同在一条街上的深意工业大厦上，华为正初步崛起。但人手不足的它们，为了解决研发中出现的问题，正着手挖亿利达的墙角，而贺向阳亦是目标之一。

也就在犹豫不决之际，半路杀出个程咬金──陈明永找了过来，在亿利达宿舍里向师兄发出邀约："段师兄离开小霸王，在东莞长安创业，打算进入电话机行业，国庆去拜会一下吧。"10月1日，贺向阳相约两位亿利达工程师，结伴到了长安。陈明永把三人接到乌沙大酒店。在酒席上坐定，贺向阳见到段永平，发现坐在旁边的，一半都是熟面孔。在中山时结识的浙大同学金乐亲，当时是小霸王副总经理占洪水亲自招的老乡，现在也投奔段师兄，任工程部长，同时代管品质部。酒席上一番交谈，原来段师兄属意贺向阳接管品质部。觥筹交错间，贺向阳听到一句宣言：我们要做中国的松下！①这句宣言，点燃了无数人的热情，也包括贺向阳。

这让笔者不由想起了曾毓群。当年他从福建的国企跑到新科磁电，让很多人都不理解。即使对方贵为全球电脑硬盘磁头大王，但这在遍地外资的东莞，也算不了什么，而且曾毓群的专业，也跟生产硬盘读写磁头毫无关系，不过，当你多年后在他办公室的墙上，看到挂着的这样一幅字──"赌性坚强"，或许能够解释他的抉择，同时也能看到当年的东莞乃至整个珠三角，对他的吸引力。尽管学不对路，但是在这家公司，曾毓群还是积极地为公司解决问题。有文写道，1987年《蒙特利尔公约》问世，明确提出要逐步限制生产和销售"氟利昂"，而清洗硬盘磁头用的清洗剂正是"氟利昂"。当时新科磁电的大客户是IBM，作为全球巨头的IBM要求供应商停止使用氟利昂，改为去离子水洗剂，但生产工艺的调整并不是件简单的事情。面对困境，曾毓群不仅主动挑下了这个担子，而且完美解决。

这也引起了他的顶头上司的关注。这位顶头上司，正是大他两轮的陈棠华。而作为新科联合创始人之一、在行业内已沉浸多年的梁少康，也同样赏识他。也正是梁少康，在千禧年即将到来之际，敏锐地意识到消费电子行业即将兴起，所以他建议新科转型做消费类电子产品的电池。

---

①　参见杨健楷：《中国芯片往事》，电子工业出版社，2023年版。

事实也证明，自1997年全球第一台MP3问世以来，一场新的电池技术革命风起云涌。只是，新科磁电的东家日本东电化TDK没那个兴趣，最后，只有拉陈棠华、曾毓群一起另起炉灶。但此时的曾毓群正准备跳槽去深圳一家大型公司担任总经理——31岁就成为新科电磁厂的工程总监，也是这家外资公司第一位大陆籍总监的曾毓群，也面临着职场的"潜规则"，那就是在新科电磁厂这种外资公司，大陆籍身份的他已经升无可升。面对梁少康的邀请，他同样有些犹豫，但最终他还是选择了自己人生最为正确的路，加入团队创立ATL——如果说他坚信"赌性坚强"，那么，他从来不赌一城一池的得失，更不是机会主义，而是以极大的耐性，坚强地"赌"自己，相信必然有突破的大方向。对福建人信奉的"爱拼才会赢"，他说拼的只是体力活，赌的则是脑力活。

段永平也在"赌"，同样赌的是电子产业的大方向，而且坚定不移。他要把自己在小霸王中未竟的心愿，再次移植到步步高身上，并发扬光大。

也许早就看出国内游戏机市场即将出现异变，无论是真正的电脑即将进入中国，还是千禧年后的一纸禁令，游戏机在中国的日子都不会好过，段永平日后逐渐侧重于学习机、家教机，并且成立通信产品事业部，研制有绳和无绳电话机。

1996年7月，目睹了工业园和宿舍楼终于盖好，第一款电话机产品又在大会议室通过验收，段永平猛然觉得之前的"力高"名字实在太普通了——与这全新的景象可谓格格不入！于是，段永平面向全国征集新公司名，最终选出来了新名字"步步高"。直到今天，很多人还记得电视台播放的那个比较无厘头的广告，它和太阳神广告一并成为了人们对国货品牌早期的记忆：打扮得光光鲜鲜的眼镜男等了多次，终于接到女友打来的电话。女友不见其人，但从他那兴奋而又讨好的调调："喂，小丽呀……"可以猜出对象惹人怜爱。据说，拍摄这部广告的男主角当初是一个大学生，无业，只是在无意中看到步步高无绳电话公司拍广告招临时工，便去试了一下，被步步高录用，然后成就了这部广告，也成就了他本人。同时受益的还有厂区主要所在的江贝——段永平为江贝每户家庭安装了一部电话，使其成为长安镇第一个电话村。

在经过李经纬、怀汉新等人的广告洗礼之后，尤其是黄建平所在的华南理工大学在20世纪90年代相继冒出"华工三剑客"——黄宏生创办创维、陈伟荣创办康佳，李东生则创办了TCL，让电视更加走入千家万户，更是让电视广告成了攻城略地的好手段。中央电视台每晚新闻联播之后的黄金时段，以及春晚零点报时，日益成了无数品牌争抢的焦点。

在1996年11月8日的中央电视台竞标会上，初出茅庐的步步高以8012.3456万元的价码竞投标的，击败不少老大哥——这组有趣的数字也让人记住了步步高：从零开始步步长高。而据估计，当时步步高全部身价不过1亿元。数年后，步步高以超常规的发展速度成长为中国家电业的新贵。1998年，步步高投入1.59亿元成为中央电视台实际上的标王。今天，很多"90后""00后"依旧对"哪里不会点哪里"的广告词耳熟能详，简直深入骨髓。可以说，段永平把这一手玩得滚瓜烂熟。

但是和其他一些品牌老板不同的是，段永平重营销，但不做炮灰，而是"敢为人后"，也就是说，他不是以开发新产品然后再努力创造市场、进行推广为企业策略，而是在市场上发现需求再上马并不是技术领先的产品。此外，他对产品质量也有格外的要求。

建厂之初，段永平反复强调"全面质量管理"的重要性。贺向阳到任后，请东莞市技术监督局认证办主任来公司培训，每个月培训两次。认证办主任一面培训步步高各个部门，另一面指导品质部质量手册和流程文件的撰写。东莞市方面培训结束后，步步高请来当时全国最大的产品认证机构"中国赛宝"来公司审察，段永平十分重视，参加了首次和末次审核会议。整个流程下来，步步高基本建立了完善的质量管理体系。之后，贺向阳再向段永平汇报一个具体的产品问题，他挥了挥手，讲道，你做主吧，我相信你对质量的理解。

在广东省如野草般生长的消费电子企业中，步步高对品质管理的实践是超前的。那时，除了少数大型外资企业愿意花钱做质量认证，一般的民营企业对此事几无意愿。段永平对质量管理如此重视，或许和他在北京电子管厂（774厂）工作的三年有关系，大型军工企业体系健全，极高的产品质量标准一经渗透进血液，便成为严格的纪律。

这也帮助步步高在中国品牌早期的"价格战"中能屹立不倒，做大做强，并最终实现裂变。1997年，步步高正式进入了VCD市场。刚投产一个月，步步高一分为三，各不从属，独立经营。电话机产品线独立成厂，由沈炜统领，副手为原生产部部长周顺翔，两人均为华中科大毕业。而陈明永统领的则是视听电子厂，简称AV厂（OPPO前身），该厂最为重要的资源无疑就是VCD产品线——这个产品线将在往后大放异彩。他的副手，为原工程部部长金乐亲，两人均为浙大毕业。最后便是步步高起家的游戏机、学习机业务，这些被划为电脑电玩厂，由黄一禾统领并以原品质部部长贺向阳为副手。

至于总部，主要担负步步高集团的品牌营销、代理商体系、售后服务、人力行政、财务、后勤等共同使用职能……"不过，为了增加三厂的应变能力，总部还将部分营销和售后权力下放；三厂则定期与总部核算对账，每年拿出利润的一定百分比交与总部，以覆盖总部职能部门的营运成本。"

一篇描述蓝绿两厂前世今生的文章中如此写道，"经此改革后，步步高内部可谓活力十足，毕竟三厂交给总部一定比例利润之后，余下的就是能够自由支配的剩余利润了！而步步高的传奇，也即将拉开帷幕"。

这一年，步步高还请来了武打巨星李连杰拍摄步步高VCD影碟机的广告，同时还为这个广告配了一首《步步高》歌曲——由专业作曲人王刚和著名词曲作家陈树共同完成。这首歌曲虽然为广告而作，但不着一丝广告痕迹，倒像一首励志歌曲：世间自有公道/付出总有回报/说到不如做到/要做就做最好/步步高……这首由景岗山、林依轮、高林生共同演唱的歌曲，最终一度成为KTV的点歌首选，也一并推动着步步高人气走高。尽管此时的市场，已经有200多家厂商在拼死厮杀，如爱多、先科等品牌都早已在市场上占据了领先的位置，但步步高依旧如同黑马一样杀了出来。这一年，小霸王的24位经销商又集体投奔步步高。仅仅两年多，小霸王便已黯然退出家电第一梯队的竞争行列。

日后的视听电子厂，先后投入到超级VCD、DVD、便携式DVD、功率放大器、迷你组合音响以及家庭影院等数字视听产品的研发与生产。在21世纪初，能和它在音响和DVD上一较高下的，也许就是梁氏父子设在厚街的爱高了。

和视听电子厂相比，电脑电玩厂也不遑上下。它在1998年诞生了旗下第一款复读机BK680，接着，第一台电子词典BA757也横空出世。日后该厂改名为步步高教育电子，并在未来开拓小天才品牌。只可惜的是，作为电子产品的真正大玩家，段永平和步步高系的公司，从一开始没有在教育电子上下重注，反而一直随着时代在调整主打产品，从电话到VCD、DVD，再静静等到手机时代的来临。

今天，我们提及段永平，首先得承认他的创业理念，在中国制造业跟跑阶段，是如此的恰如其分。同时，也是贴近东莞现实的。不论做小霸王，还是VCD，他都是市场培育好了再进入。这样可以避免风险，毕竟，不同于日后中国互联网企业如腾讯、阿里等巨头利用人口红利以及政策保护下的快速崛起，中国制造业面临的是全球资本与技术的厮杀，那些世界500强，有雄厚的资金、发达的工业基础、良好的产业环境、雄厚的人力资源、稳固的市场地位、扎实的客户基础，世界级的管理运营体系，有几十年甚至近百年的品牌积累，垒如山高的专利技术壁垒，还有覆盖全球的庞大营销和服务网络……

我们很难一开始就跟它们刺刀见红。所以，要想立足，就要勇于"敢为天下后"，在外人看来，这指的就是"做对的事情"，用他自己的话说就是"我先看国外大企业做什么产品，而且要看它什么产品好卖，然后我再做什么，这样成功的概率要大得多……后来者……在更后面看清对手和市场，更容易看到自己的差距，也更容易少走弯路"，但话说回来，进入市场虽然有先后之分，一旦进入，却不能允许自己自甘落后，那就得"后中争先"。在外人看来，这指的是"把事情做对"的能力，同样用他自己的话说就是"只要能找到突破口，就可以集中优势兵力，快速切入，快速跟进，后来居上"。

这种"敢为天下后，后中争先"也被形容成一种"本分"，而本分最重要的一条就是：保持平常心，回归事物本源，做正确的事情，并力求把事情做正确，这与管理大师彼得·德鲁克所说的"管理的核心就是做正确的事以及把事情做对"，显然有异曲同工之妙。

派诺蒙的"救赎"

此时的张华荣，也在努力"做对的事情"，选择东莞无疑是其中之一。

首先，东莞对在江西的他来说，有地理上的优势。东江正是从江西发源，意味着它们在水路交通上是相通的。此外，有火车早早将它们串联——

1897年开始分段动工建设的京广铁路虽然绕道长沙，将江西"边缘化"，但1993年全线动工建设的京九铁路则将安徽的阜阳、江西的南昌，和最富裕的珠三角拥抱在了一起。所以，在原住民之外，东莞更多的是"江湖人士"——江西加湖南、湖北。就连充斥在东莞街头的美食，也从当年的川菜，开始变成了湘菜和江西菜。所以，到东莞，一定会让张华荣有亲切感，甚至有"归属感"。

更重要的是，经过多年的孕育，东莞的鞋业、手袋已成气候。这里就包括1989年落户于高埗镇，占据了半个镇区，出口总值一度占该镇50%的裕元，其在顶峰时期员工有12万人左右，里面医院、学校一应俱全，堪比一座小县城。这一年，常登鞋厂在东莞东城大塘头村设立，代工adidas、REEBOK等品牌。大塘头村的主干道——振兴路只有一千米多长，其中1/4段都被常登鞋厂占据。次年，台湾兴昂集团到东莞长安投资设立兴昂鞋厂，代工GUESS、LV、Nike等品牌。1991年，台湾巧集集团到东城开办了富华鞋业有限公司，主要生产野战鞋。所以，1996年5月，张华荣独自一人带着几十万元，来到东莞后，他认为自己找对了地方。一开始，他在东莞设立了办事处，开发打样，接订单。但没几个月，一个天大的好事就砸在他头上——位于白濠工业区的一家台资鞋厂倒闭了，张华荣出价100万元，把工厂连同机器一起盘了下来，挂牌成立东莞华坚鞋业有限公司。开设2条生产线，专业生产女鞋，员工人数600人。不过日后张华荣还是坦言，自己当时实际上也付不起那么多钱，只好欠账，并找人担保。

不是每个人都是段永平，也不是每个人都能在"后中争先"。因为在江西做的是布鞋，跑到东莞，接的却是女鞋的单子，而且用的是现代化的机器，没有管理人才，全靠张华荣自己琢磨，很快负债累累。"当时连买菜的钱都没有了。"比较困难时，4个月管理人员没发工资，不得不向员工借钱度日。1997年年底，张华荣觉得实在是过不下去了，他想到逃跑，想花点钱逃到俄罗斯去。

此时的俄罗斯，正是无数台资鞋厂青睐的国外市场。采访杨永安时，笔者就意外得知他早期有过一段在俄的经历。他的家庭有点"意思"：姐姐出生在青岛，而自己则因为解放战争而出生在了台湾。年轻时，他本是一位好厨师。台北和沙特的吉达，都留过他的身影，但随着台资鞋厂的蓬勃发展，厌倦了一身油腻的他，于1987年后，在台湾进了外贸公司做起鞋的业务，从美国人那里接单，然后分包给其他的鞋厂。后来又在姐姐的介绍下，进入了姐夫的同学王震乾的厂子——1988年就进驻广州海心沙的海丰。海丰早宝成一步到了大陆。

在海丰，他被送到了俄罗斯开拓市场。

在这里，他见识到了"Made in CHINA"是如何风靡俄罗斯的。在这里，他也见识到了一些黑暗，并被牵扯进了黑道和当地政治势力的杯葛之中，这也是他最终选择回国的原因。根据杨永安的叙述，笔者多少能猜测出张华荣当年的心理，那就是到俄罗斯像是逃命，也是躲债，更是试图翻本。就像"不入虎穴，焉得虎子"。

或者说，风浪越大，鱼越贵。

在逃亡俄罗斯前的临门一脚时，家里人的反应把他给硬生生地拉了回来。母亲在接到电话后，吓得睡不着觉，大哥把他骂了一顿。他这才明白，逃跑会连累家里人。他打定主意，倒台了就去坐牢，或跳楼自杀，一了百了。

这种最糟糕的结局最终还是没有发生。

机遇降临在他的身上。那时台资做鞋过于强大，国外采购商想要压价，要牵制台资，所以需要培植一个大陆老板。世界著名的鞋业贸易商派诺蒙看中了张华荣，第一张订单就给了他30多万双。

派诺蒙给的价格很低，台湾人不愿做。派诺蒙的支持在经济上没有解决问题，但在形象上解决了。我们充分地把贸易公司对我们的信赖转化为一种资源，一听说派诺蒙给我们订单，所有的供应商都支持我们，拖半年给钱他们都无所谓，因为觉得我们有未来。张华荣认为，是派诺蒙在关键时刻拯救了他。[①]

最重要的还是自助者天助。首先是张华荣"来得早，不如来得巧"，遇到了一个好的时代。"九五"第一年的中国，关税持续下调，加工贸易企业能够获得国家政策支持。而且，它也抓住了中国女性消费开始勃发的趋势。杨永安记得自己在台湾做外贸公司时接到的第一单，是下给了上海的第一淑女鞋厂。他记得很清楚，是因为这是一笔到今天都没完成的单子！虽然对方

---

① 陈伟华：《我曾负债累累》，《南方都市报》，2008年1月4日。

有着强烈的合作意愿，但客观条件却让人失望，什么都没有，原料要买，连针线都缺，加上是国营厂，搞到最后，都过了上市期，鞋子都还没发货。但幸运的是，这批被耽误了的鞋子，因为做工，还有款式（他记得是鞋帮稍高，鞋头较尖的小马靴），对刚刚有了时尚意识的中国女性还是很有诱惑力，结果投放内地市场，居然把这家厂给救活了！毫无疑问，这种勃发的女性消费，也让华坚受益匪浅。

此外，张华荣也决定不再干等。他先是通过内部整合，买机器、开鞋材厂，短短几年时间，便建立了自己完善的产业链，不让自己的命脉掐在别人的手里。接着他又开启了产业转移的步伐。1998年，他把江西的厂子全都关了，彻底搬到了东莞。但是在2002年，他又投资5亿元在江西赣州建立了华坚国际鞋城，把量大价低的生产线转到江西，将中西部地区在资源、成本上的优势，与沿海地区的技术、规模相结合，即"东莞设计、内地生产"。这无疑是一次成功的转移，江西赣州基地的生产线投入运营后，效益甚至超过了东莞。

有趣的是，无论工厂开到哪里，列队出操是华坚集团每天晨会的规定动作。一次出操正逢下雨，张华荣带头冲进雨中，带着大家跑完全程。有人说这是张华荣把军队优良传统融入企业文化，从而助力自己在商海劈波斩浪。当然，也有人说是他跟台商学习的。台资企业不仅等级差距鲜明，中层以上一般都是台湾人，相对大陆员工常有一种优越感，而且喜欢军事化管理，要站有站姿坐有坐姿，不戴厂牌罚款50元，不穿厂服不让进出，食堂吃饭不准说话，严重的记大过小过甚至开除……

无疑，张华荣在很长时间内，都在努力把正确的事情做对。这也让他很快就成为了行业的领头羊。前前后后，华坚为GUCCI、TORY BURCH、GUESS、COACH等众多国际大牌代过工，一度拥有员工20000余名，建筑总面积20万平方米，年产女鞋超过2000万双。张华荣遂成为了"中国女鞋教父"。

在这份尊称的背后，一个自然是对其在行业中的地位的认可，另一个则是感谢他给了内地很多年轻人一个饭碗。不得不说，像裕元、华坚等大厂的存在，接纳了改革开放后从农业中溢出来的就业，也给了无数内陆年轻人梦想启航的地点。

他们何尝不是衣食父母？！

不患寡而患不"平"

段永平更进一步，让公司不仅是员工的起点，也像是归宿。

如果留心，我们会发现，尽管段永平年纪并不是太大，但他更愿意将战场留给那些年轻人。其三厂六人，除黄一禾年纪较大，其他五人都没有超过三十岁。十年后，黄一禾便退休并由金志江接任。而他本人，也逐渐退隐，慢慢地消失在幕后。

日后的段永平，更是在集团中推行股权改革，彻底将步步高电话机厂和视听电子厂独立出来，和步步高教育电子分为三家不同的公司，还特别定下"人随事走、股权独立、互无从属"的原则——这不仅推动着OPPO与vivo这蓝绿两厂在智能手机时代到来时横空出世，相互竞合，而且还奠定了OPPO和vivo沿用至今的全员持股制度，把赚到的钱分给员工。

在步步高集团，从高层到中层再到普通管理层，甚至最基层的员工都可以成为公司的股东，不仅如此，如果员工想入股钱又不够，段永平就自掏腰包借钱给他们，然后通过股份分红偿还。当时备受重用的陈明永就因为手头没现金买公司股份，段永平主动借给他钱，还说："我借你一块钱，你买我一块钱的股份。"我不需要你还我现金，将来用股份的利润或者股息还我就可以。[①]

爱企查的资料显示，OPPO广东移动通信有限公司是由欧加控股有限公司100%全资拥有，而后者的第一大股东、实控人，则是欧加控股有限公司工会委员会，持股比例高达61.08%。也就是说，OPPO的员工真正做到了在公司"当家做主"。

不只是公司员工，为了回报那些追随自己的代理商，进一步增进他们与步步高的联系，段永平还大张旗鼓地推动代理商入股。这也导致了段永平的股份由一开始的70%以上，稀释到后来只占步步高10%左右的股份。

这真有点像段永平名字的一个寓意，那就是不患寡而患不"平"了。

这里用大篇幅描述段永平及他的创业，是在感念他创业理念的同时，也感怀他不忘初心。不以利润为目的企业家不是真正的企业家，当然，没有社

---

① 参见王桂娟、陈润：《段永平传》，团结出版社，2022年版，第65页。

会责任的企业家也不是好的企业家。可以说，段永平将真正的企业家和好的企业家合而为一。他也从来就没有忘记自己被迫从中山出走，而到东莞创业的起因。

出走半生，归来仍是少年。

1996年，东莞也掀起了中小企业改制风潮，即便是乡镇企业、集体企业也在跟风改制。林海川也在东莞这一波浪潮中受益匪浅。在敏锐地感受到这次机遇到来之后，他邀请了几个中学同学和朋友，一起凑钱，把自己担任总经理的虎门化工买了下来，并将其更名为宏川化工。经过改制，24岁的林海川把虎门化工贸易公司收归麾下，变成民营企业，他也顺势成为这家公司的真正主人……

这样的故事在7年后的深圳又上演了。这一年，是国内企业一个特殊年份，被称为管理层收购之年。通过改制和收购，许多国有企业重新崛起。时年营收不足2000万元的东鹏实业也急切需要改制。这是一家成立于1994年的国有老字号饮料企业，在给红牛代工的同时，也生产九制陈皮饮品以及纸盒装清凉饮料，但受早年粗放的管理模式和毫无章法的销售手段所困，销路逐渐不畅。此时，经过多方历练的林木勤被挖了过来。他决定引入新品以打破僵局。1998年，仿效红牛而推出的国内第一款维生素功能饮料——东鹏特饮，正式面世。由于品牌知名度远不及红牛以及外包装几乎无差异，因此被冠以"山寨"之名。由于红牛品牌强势且体制内存在诸多限制，东鹏特饮并未能脱颖而出。

2003年，林木勤联合公司20名员工共同出资460万元接手这家国企的相关资产，并成立了深圳市东鹏饮料实业有限公司，由此开启了对东鹏实业改制等一系列发展举措，后续又经过几次合理的股权转让和增资，林木勤逐步成为东鹏饮料的实际控制人，这为东鹏饮料后续的崛起奠定了基础。

某种意义上，改制给企业带来了活力，也让很多企业家有了企业经营的自主权，但很多时候，由于幸存者偏差，我们能看到的大多是转制成功的企业，有些企业就悄无声息地消失了。即使转制成功，但由于持股人数的增多，股权的稀释，也给公司的运营管理带来了压力，甚至导致公司无法上市或者需要伤筋动骨的股权改革才能上市。直到写下这段文字之时，OPPO和vivo这蓝绿两厂都不是上市公司。

还有问题，这种股权制度随着时代发展以及相关运行机制老化，存在的弊端也在逐渐凸显，如这套制度的买卖方式十分原始，是由持股员工自行商议价格，再去总部办理结算，对员工的吸引力十分有限，已成为员工口中的"黑市"。

全员持股在吸引、保留人才上发挥的作用越来越不如人意，因为它一般问题是钱少、普惠、跟绩效关联不大，这也是OPPO后来想在薪酬机制上引入"绩效股"的原因。这种"绩效股"钱多，而且向奋斗者倾斜。

但不得不说，正是这种股权激励，让员工成为公司的主人，而不是简单的打工人，最终能齐心协力。比如，OPPO高管团队中有人降职、调岗，但很少有人离职，忠诚度极高。主动离职比率常年保持在1%以下。哪怕段永平不管事了，也保证了公司顶住了手机换代的风险，没有重蹈诺基亚和摩托罗拉的覆辙，并在与华为、小米的厮杀中，不曾落下风，甚至在渠道上占据明显优势。OPPO和vivo在2011年进入智能手机领域，从2016年起一直稳居行业前列。2021年，OPPO和vivo分别位列全球智能手机行业销量的第3和第5名。至于小天才，则在教育电子硬件领域一家独大，无论是教育平板还是电话手表，都远远领先于其他品牌。

这样看起来，其实这些员工才是企业发展的真正的衣食父母。只要你给予他们认可，给了他们尊重，他们一定会还你一个惊奇。

今天，当我们再次回过头审视东莞的发展，你会发现它不仅得益于政府的开明，以及土地、劳动力、资本这三项核心要素的重组和演绎，更要感恩无数位经济建设参与者的付出。他们不仅成就了自己，更让东莞的产业有了进一步转型升级的可能，与此同时，这片土地也因为他们的存在，而面目一新。

乌沙村毫无疑问就是"农村工业化"的典型。它和日后的溪流背坡村，成为东莞在互联网时代到来前后的两大网红村。今天的乌沙，因为是蓝绿两厂的老家，所以手机元素无孔不入，无论是灯柱上的新款手机广告，还是路上那肉眼可见的帐篷棚架，都是"蓝""绿"的色彩。"巨头品牌带动上下游相关产业竞相入驻长安镇。仅乌沙社区就有智能手机相关配套生产企业近300家，每年工业产值超过1000亿元，2021年居组两级集体经济纯收入超过5亿元。"长安当地官方微博"欢乐长安"在2022年10月报道。

"与此同时，乌沙社区人居环境也在持续优化，基础设施短板加快补齐。过去十年，乌沙社区裕兴路、李屋路等完成'华丽升级'，原来的乌沙大酒店'摇身一变'成为具有综合商务服务功能的企汇创新服务中心，陈屋公园升级为陈屋党建主题公园，多个小而美的'口袋公园'渐次出现在居民家门口。"幸好还有大气的"步步高大道"，让我们能记起乌沙，尤其是"蓝""绿"的"来路"。它在将步步高与新永、新崧、新旭、定远、三协、宝腾、锦洲、鸿绩、钱大、东裕、科得、雷洋等上下游公司一并串联起来的同时，也在宣示着自己的光荣和梦想，且留下了无数爱与哀愁。

不过，这些光荣和梦想，以及爱与哀愁，不只属于精英，属于下海的知识分子，属于创业者，更属于那些芸芸众生。

第十章

那些花儿

　　江西吉安女孩汪雪英的名字，出现在2008年年底《三联生活周刊》刊发的、由李鸿谷主笔的《东莞30年巨变》一文中。

　　她是1987年来东莞的。来东莞时，她还不知道广东在哪里。她是被广东正式组织招工来到东莞的。对于农村孩子，广东招工差不多算得上"特大喜讯"，一时间报名者甚多。"结果吉安县不得不限制名额，有高中文凭的可以免试录取，初中的要参加笔试。参加笔试也有名额控制，汪雪英的村子因为比较大，所以有两个名额，'可是村里报名的有6男6女，最后只能通过抓阄选择一男一女参加考试'，结果汪雪英抓到了。"时过境迁，这篇文章的作者李鸿谷在采访时表示，已经很难想象当时广东对他们的强烈吸引力。"反复限制报名资格后，参加考试的还有6000人，最后仅录取了2000人。

　　汪雪英被录取了，终于她爸爸觉得她将会成为一个城市人。"到了东莞后，汪雪英就发现，这里到处都在招工，第三天她就和几个女孩跳槽到常平镇的一家玩具厂。"第一个月挣了83块，第二个月就有158块，到第三个月涨到180块了。"后来电视剧《外来妹》的编剧谢丽虹向李鸿谷回忆1989年在东莞体验生活的意外，"采访打工妹时，她们一定要请我吃饭，那时我一个月工资120块，人家已经达到200多块了"。汪雪英再回家，她村子里的那些同伴们一个个跟着她到了东莞。

　　多年后，从江西工程学院毕业的中专生曾荣南下广东，从深圳到东莞闯荡，正是一位来自九江的HR，给了他在一家台资厂做采购的机会。他还发现，这家台资厂的五六千员工中就有一千人是江西籍。除了那位HR之外，工程部的主管也是九江的，生产部的主管则是吉安的。所以老乡帮老乡，亲戚拉亲戚，最后才有了这么多江西人，也有了他入厂的机会。所以，他一直很感激老乡，也见识了江西人在外的团结和在东莞的力量。

这些力量无疑都急速地填补了东莞发展所带来的巨大劳动力空白。相比鲩鱼洲的初期发展依赖于知青，那么，东莞接下来则要依赖大量的外援，并从本省扩大到外省。

从东莞市统计局所发布的历年人口统计数据就可以发现，1987年无疑是一个重要的转折点，那就是外地劳动力首次超过本地。此后每年以超过10万人的数量新增外来劳动力；10年后的1998年，东莞外来劳动力达到199.1万人，首次超过本地户籍人口数量（148.8万人），再之后，以每年新增50万人的速度增加。

东莞，成了无数打工仔、打工妹的"诗与远方"。只是，"江西吉安女孩汪雪英最初带来东莞的同伴，只要是女孩，没有任何阻力，来了就能找到打工的机会，但男孩不同，没有太多岗位给他们"。这种偏见不仅来自女孩子相对好管理，更在于东莞发展初期主要集中于玩具、纺织等劳动密集型产业，相对适合女孩子操作。

在笔者采访的人物中，恰好也有几位当年的打工妹。

去东莞的N种方式

其中一位是今天鼎泰高科的创始人，来自河南南阳新野的王馨。

王馨出来得很早，16岁不到，这当然也跟家境有关。20世纪70年代生人，大多面临的状况，是兄妹多，但父母除了务农，又没有其他的赚钱手段。而对王馨来说，更糟糕的是父亲去世得早，所以家里就更穷了。即使她当年学习成绩很好，还经常被挑去参加数学竞赛，拿过一等奖，但因为学费交不起（虽然校长给免了），在校吃饭也是个问题，所以上到了初二，她也没办法再读下去。都说穷人的孩子早当家，但今天想来，作为一位农家姑娘，因为年纪小，加上大多时间要上学，她不会绣花，也不太会织毛衣，也就是说，不太会做农村同龄女孩都会做的事……没想到，兜兜转转多少年后，她居然又拈起了工业的"绣花针"——主要用于印制电路板的钻孔工序，包括在PCB上钻出通孔、盲孔等，亦可对已有的孔进行扩孔，从而实现电路板功效的PCB微型钻针，不免让人感叹世事轮回，连她自己都说，16岁后的岁月，将自己之前的日子给重新填上了。

话说回来，之所以能填得上，也是因为16岁前后，当地劳动局组织了第一批劳务输出到广东，名额为一百位女工，选拔的方式是每个自然村挑一个。这倒是和汪雪英有些相似。比汪雪英稍微要幸运一点的是，她不用抓阄，因为自己所在大队的书记知道她家穷，就推荐她去参加这个面试。由于年龄不够，她参加体检还是借用了别人的身份证，这样才得以成行。记得当年劳动局还派了两个带队的，一男一女，女的似乎还是父亲的表妹。尽管16岁前一直没有出过新野，也不曾听过东莞，所以对东莞没有概念，但因为有这样一层亲戚关系，心里并没有恐慌。

和汪雪英一样，王馨当年进的第一家企业是开达玩具厂，主要做的工作是往塑胶娃娃肚子里塞丝棉。那个时候，她能拿到两三百元一个月。一年后，她就跳槽到了百佳玩具厂，成了一个月能拿450元的小组长。这一年，她还把妈妈从新野接了过来。谁能想到，单身了很久，只能勉强将几个孩子拉扯大的这位平凡母亲，会在"天涯海角"的东莞，找到自己幸福的晚年。除了妈妈，王馨的哥哥也跟着过来了，连弟弟也不上学了，初中毕业也投靠哥哥和姐姐。最后，一家人都在东莞聚齐了。

还有一位打工妹是来自陕西安康的向莉。她则是以另外一种方式和自己的妹妹、同学聚齐了。说起来，她当年并没有想到要来东莞，甚至，在妹妹和老乡前往东莞并喊她一起的时候，她还丢下了一句话，远走不如近爬坡。作为家里的大姐，成长正赶上了改革开放，与此同时，乡镇企业有如野火开始蔓延，让她心中始终有个农民企业家的梦。为此，她努力读书，一路读到了陕西农业广播电视大学——一所全日制的大专，学畜牧兽医专业。毕业后，分配到了下面一个乡镇兽医站，60元一个月。日子看上去变得安稳了，但她却不安分了，干了一个月就不干了，在跟父亲分家之后，承包了县里的一个土鸡场——她的梦想终于开始启航，但不幸的是，一场莫名冒出的火，将她整个鸡场给毁了。那个时候，没有监控，找不到天灾还是人祸的证据，也没有什么保险，最后只给她留下了二三十万元的债务。这一下把她给压垮了，甚至连遗书都写好了。但死之前，她想去南方看看，因为南方有她一直向往的大海。

没想到的是，这趟南方之旅，反而把她带向人生的新起点。她在旬阳上的火车，先是碰巧找到了一个女伴，又在火车上，遇到了一位老乡，大家决定一起结伴到湛江。只是，怀里只揣了从同学那里借来的200元的她，到广州转车时，发现没多少钱买票了，最后，老乡一个人走了，她和小姐妹留了下来。可这也不是事情啊，最后没办法，她想到了妹妹所在的东莞。但问题是，那时候通信不发达，她也不知道妹妹在东莞哪个镇、什么厂，但有亲人在，对东莞多了点亲切。所以，她改变了想法，不去看大海了，而是去东莞。日后回忆起这趟被中止的自杀之旅，向莉一边感叹计划不如变化，另外就是，她骨子里对命运的不甘和不屈，让她选择了全新的起点。

她们对东莞的亲切，很快就被一位大巴司机给斩了一刀。向莉记得，那时候广深高速还没有开通，大巴车跑的是国道，一开始说是十元，但开到广州和东莞交界某个荒山野岭，司机开始威胁大家，每人再交40元，不然把你们丢在这里。没奈何，只好就范。到了东莞汽车站，两姐妹身上分文全无。

这对向莉还算是很开恩。后来，笔者读到了谭军波写东莞知名诗人、文学评论家柳冬妩的文章，才知道这位安徽人最初跟东莞的缘分，是来自在大朗的蔡边工艺厂打工的二姐，但是，"在从广东回家途中，因车祸与表妹尚红等9个女孩被活活冻死于江西南昌的一条河里，而二姐的婚期就定在第二年的正月初八"，这一天，是1992年农历十二月二十三凌晨，亦是小年之夜。至今，柳冬妩都对这一天刻骨铭心。

尽管没有遇到生命危险，但到了东莞，依旧没办法找到妹妹。向莉只好先帮小姐妹进了一个厂，叫亚洲制药厂。资料显示，这个始建于1989年2月，由东莞市中亚制药厂转制而成的药厂，总部设在东莞市中心莞城区金牛路41号亚洲大厦，生产基地则位于市郊洪梅镇。不知道是不是适应问题，小姐妹上了一个晚上的班，哭着说，不上了。这下向莉也没办法，两人一路走到了厚街三屯，又赶上治安队晚上查暂住证，只好在一处垃圾堆上干坐，一是不知道怎么办，二是为了躲避风头——她们听说，被治安队查到后，一般都送到樟木头，需要拿300元才能赎得回来。她们得避免这个麻烦。

屋漏偏逢连夜雨。偏偏有个骑摩托车的小流氓，看到她们，不懂她们的悲伤，还过来调戏，吓得她们一顿乱跑，小姐妹跑到一个叫伟易达的电子厂大门口，她则跑到治安队里面去了。当然，她也留了个心眼，告诉治安队，自己是对面工厂的工人，是被坏人追到这里来的。治安队果真没为难她，让她再待一会儿，等工厂开门了就回去。后来，她和小姐妹汇合，发现小姐妹一个人正在厂门口的角落低头哭泣。好在从工厂出来一个人，看见小姐妹穿的衣服，便询问起她和小姐妹是哪里人。口音一对，原来是老乡。有了老乡，接下来就相对好办了，她的亲人找到了，同学也找到了。直到今天她还记得，同学凑了15元给她买了件短袖，一个侄女还送了她一件裙子……

皆大欢喜。但摆在所有人面前的日子，才刚刚开始。

这日子的调料，也不知是甜多一点，还是苦多一点。

暂住证，断指，及不曾丢失的号码

20世纪90年代的东莞，是生机勃发的，但也是草莽生长的。

这里每个人都充满着干劲，拼命地往前冲，努力地想改变这里的一切，但难免"葱快了不剥皮，萝卜快了不洗泥"。不难想象，在农耕文明上缓慢走了几千年的地方，却想在几十年的时间内，赶上西方工业国家的发展节奏，肯定会在很多地方慌手慌脚，或者赶出来的东西属于"急就章"，藏着无数的问题。

就比如说，往来东莞还不是那么方便，除了路很多没有畅通，而且像向莉、柳冬妩二姐那样，总是遇到想象不到的危机。相比之下，当年的四川人到东莞更是千辛万苦，如果从南充出发，坐长途汽车必经贵州遵义桐梓"72拐"——12千米的盘山公路上，有72道急回头弯，稍有差池，就成了不归路。

东莞需要全国人民的支援，但一时大量外来人口的涌入，让东莞外来人口数量和本地居民很快"倒挂"，甚至比例严重失调。而且毋庸置疑，这些外来人口有相当部分素质并不高，或者是洗脚上岸的农民，或者是没有找到其他路径生存（比如说通过考学改变命运）的小镇青年，这也让东莞承受了巨大的压力。如果管理又一时没能跟上，再加上规章制度的缺失，一定会容易滋生外来者与本地居民、外来者与企业，以及外来者内部（比如说不同省份之间）的各种矛盾，让东莞的城市化面临着巨大的挑战……

更要命的是，相比还需要"边防证"进出的深圳，东莞在当年既是"敞开怀抱"的，同时也是"不设防"的。这也让进出东莞的，除了打工仔、打工妹，还有很多犯罪分子，以及面目可疑的人。1994年从惠州重回东莞主政的李近维，日后告诉过李鸿谷他当时的担忧，"一是外来流窜人员的问题，再是本地那些不良分子，第三是香港社团成员，如果他们在东莞纠结在一起，问题就大了"。

周浩于2001年10月到2002年9月跟拍的第一部纪录长片《厚街》，曾用镜头记录过那些年的厚街：这里的出租屋就像香港的九龙寨，有产业工人，二房东，算命先生，职业不明者等。有人短暂栖居了一个月下落不明，有人且把异乡当故乡，举家迁居，落地生根。人多了，纷争也多了……日后，知名自媒体人、来自外省的卢克文也在回忆自己那个充满了暴戾和暴力的家族时提及，"我们家族打小教导孩子的，是凶悍、暴力、仇恨、猜忌、多疑"。他小时经常听到的一句话，是"你到外地就要比别人狠，只有更凶狠，别人才怕你"。"这个底层农民家族的逻辑，主张采用暴力压服别人，从而获取廉价的服从，而从来不是合作共赢。"所以，20世纪90年代，部分来到广州深圳东莞地区的外地人，就保持着这种凶狠的哲学逻辑。至于卢克文，也由于家里债台高筑，最后选择了读中专，而母亲为了他的生活费，南下到东莞塘厦一家高尔夫球场打工。

在苏琳带领几个人开始她日后惊心动魄的智通之旅时，她就经常发现，在智通公司的门口，常常有被骗得身无分文的求职者露宿街头，寻求帮助。这自然跟人才市场的泥沙俱下有很大关系。有一篇文章这样描述："大大小小的人才中介机构如雨后春笋般在东莞汽车总站方圆500米的范围内冒了出来，最高峰的时候有100多家人才中介机构驻扎在汽车站周围。如今走在智通大厦周边的路上，虽然已被雨水冲刷得光怪陆离，还可见到各种中介公司当年留在许多楼宇外墙上的广告痕迹。

萝卜多了不洗泥，欺诈企业和求职者的事情开始层出不穷，很多求职者被黑心中介骗得身无分文、欲哭无泪。""而这种良莠不齐、杂草丛生的人才市场环境却让苏琳敏锐地捕捉到智通突围的良机。依靠近乎苛刻的诚信和不断创新服务，智通举办的现场招聘会很快赢得了招聘企业和求职者的信任，企业和求职者越来越多，智通现场招聘会的频次不断增加，从起初只逢周六举办扩大到周日、周三、周五，招聘会的规模也不断扩大，小小的招聘场所已经没有办法满足智通发展的需要，智通的招聘会场所从大厦4楼扩展到3楼，再扩展到2楼和1楼，现场招聘会像滚雪球一般越做越大，一点一点将大厦'蚕食'，最终经过5年的发展一统了整个智通大厦。"日后，她更是在同城对手激烈竞争面前，领导智通先后接管、并购了同城的腾龙、安达盛人才市场，"品牌运作，连锁经营，差异制胜"成为苏琳屡屡制胜的法宝。

2006年，苏琳将智通人才升级为东莞市智通人才连锁有限公司，一举成为广东省人才市场目前唯一的连锁机构。当然，这都是后话。

可惜向莉没能遇到来自智通的专业帮助。与此同时，日后成为盟大集团董事长的李实，同样也没指望得到帮助。1999年，这位从塔沟武校中退学的山东娃，才17岁，本想去深圳淘金，不料被"卖猪仔"到东莞厚街赤岭，举目无亲，身无分文。而且，他连初中毕业证都拿不出来，这让他在劳动力市场上都没有一块敲门砖。

那段时期，他天天游荡在路边，想要从路边电线杆上张贴的红纸里寻觅机会，也见多了各种"狗血"的事情。好在快绝望的时候，一位好心的老人家把他从路边给"捡"了回去，一个月发给他200元工资，干的就是些杂活，给工厂看门，还要喂4只大狼狗。他曾看不惯一些丑恶行径，比如调戏姑娘，因此奋起和别人打过几架。对方有些穷凶极恶，但他们不知道的是，他学过武。这也成了他在东莞初期的"立足之本"。

但不是所有人都能像李实这样，有防身的本领。

所以，在1994年重回东莞后，李近维真正的"第一把火"，就是重抓社会治安治理。手段之一，自然就是推行暂住证制度。

今天，很少有人知道暂住证这个"老黄历"了。它据说是由深圳于1984年首创。当时正飞速发展的深圳，在社会治安上遭遇到了前所未有的压力。于是，为了便于社会管理，暂住证制度应运而生。随后，这一制度在北京、上海、广州等大城市陆续实施，此后一直是大多数城市对非本地户籍人口实施管理的主要办法。根据公安部1995年公布的《暂住证申领办法（公安部令第25号）》规定，离开常住户口所在地、拟在暂住地居住一个月以上年满16周岁的人员，在申报暂住户口登记的同时，应当申领暂住证。毫无疑问，它的原意，是为了有效管理流动人口。但是，暂住证制度的初心虽好，但在运用的过程中，因其忽视流动人口的权益而饱受诟病。例如，暂住证制度导致了许多外来人口在大型赛事和会议期间被严格盘查，未携带暂住证的外来人员可能被收容或遣返。这也导致查暂住证成了无数打工人的阴影或者说心病。

这也是向莉们来东莞遇到的一个相对长期的问题。当时，为了解决查暂住证的难题，还是老乡出手，帮助她和另外一些暂时还没找到工作的男男女女，大概十几个人，租了一个大概有15平方米的小房子。每到晚上，老乡就从外面把门一锁，别人就以为这里没有人。但这些男男女女都知道，这里不仅有人，还有蚊子。为了避免被人发现，被蚊子咬了，也不敢大声拍打。

此外，得益于同伴中的妹妹在旁边一个厂管伙食，也顺带着解决了吃的问题。但这个过程有点一言难尽。为了填饱肚子，当时内应外合。妹妹先是在公司围墙上找到了一个洞口，将报纸卷成一个喇叭，从洞中插到外面，然后将偷来的米，从"喇叭"中一点一点地输送出去。他们就用普通的煤油炉子蒸着吃——今天说起这件事，多少有些害羞，但是当时饿得有点顾不上了。向莉至今还记得，有个男生很长时间没有找到工厂，曾跟大家打赌，说自己一个人可以吃二十包方便面。

在东莞待得时间稍微一长，这种人挤人，又得防备治安队的日子毕竟不是正事。所以，又是老乡想办法，给他们每个人都弄了一个假厂牌。有了假厂牌护身，治安队不仅不管，向莉还可以凭它混进工厂的宿舍区，睡了好长时间。后来谈起这个事情，很多朋友都不理解，为什么你能进得去，他们一进去，就被保安抓？向莉笑了，那是因为你们做贼心虚。如果想混进去，你必须要装得比真实的工人还像工人。比如说她自己，每次都是拖鞋一穿，大摇大摆地就进去了。越是大大方方，保安就越认为你是自己人。何况工厂那么多女工，保安哪里能一个一个认得出来？

这样的场景对柳冬妩也不陌生。他也和很多工友一起躲过暂住证。他曾在《怀揣暂住证的人》里这样写道：怀揣暂住证的人／荒凉地走在斑马线上／犹如盲者在白天看见黑夜／梦显得若有所知／他从自己的眼里发现世界／像乞丐的碗一样敞开……日后，当笔者在他那间位于东莞文学艺术院，不大却渗着艺术气息的办公室里问起这个话题时，内心质朴、沉郁的他，不免有点恍如隔世。

说起来，他和向莉一样，从来没想过自己会和东莞有过关系。这位出生于安徽霍邱的70后，虽然在高考失利后，跑到东莞的二姐这里，躲了一段时间来疗伤。但他还是想通过参军来改变命运，然而，他又因肝功能不符要求而失去机会。都说苦难出诗人，也许这是他走向成功的磨砺。但二姐的意外去世，却差点摧垮了他。诗歌似乎逐渐离他而去，作为男儿，他还要挑起养家的担子，所以，"他又一次背起二姐用了两年的牛仔包，坐上了去上海的火车。在上海最炎热的几个月里，他修过路、推过车、抬过大石、卸过船，用自己的文弱之身把大上海最繁重的体力活几乎都领教了一遍"。最后，不知道是胃溃疡，还是真的撑不下去了，他想要回家。只是，在合肥火车站的雨夜中，他却踟蹰了。同样是出于对命运的不甘，他决定到广东再做一次挣扎。尽管买到了去往广东的车票，但他却需要在杭州中转，这也让他在这个美丽的城市几乎待了整整一天。

他记得这一天是9月23日，既是父亲的生日，也是他命运重整的日子。这张南下的车票，虽已泛黄，至今还依旧为他珍藏。三天后，他在倾盆大雨中第二次到达了大朗。在举目无亲中，他茫然地走到了二姐曾打工的工厂。"他在暴雨中如雕塑般在铁门边呆立良久，凶神恶煞的门卫大声呵斥通缉犯似的驱赶着他。大雨如注，泪水如注。他灰溜溜地踅回到莞樟公路边，随身携带的几本诺贝尔奖获奖诗人的诗集被淋了个透湿。天终于晴了，他将《丽达与天鹅》《生活之恶》《从彼得堡到斯德哥尔摩》三本潮湿的诗集从布包里小心翼翼地取出来，放在异乡的太阳底下晾晒，心灵的创伤和悲苦也在南方的太阳底下慢慢沉淀。10月，在老乡的帮助下，他终于进了一家刺绣厂做杂工。"[1]想想也有趣，一个大男人为了生活，也开始"绣花"了。

对柳冬妩来说，其实就业也潜藏着危险。因为一不小心，他的一根手指被针机上的巨大针头，贯穿而过，差点钉在了下面的案板之上。到今天，他的那根手指还有点不灵活，但幸运的是，没有耽误他拿笔写字。

这也让他对来自四川的郑小琼写的一首诗心有戚戚：珠江三角洲有4万根以上断指/我常想/如果把它们都摆成一条直线会有多长/而我笔下瘦弱的文字却不能将任何一根断指接起来……

郑小琼，是一位来自四川南充的80后。1999年，她从南充卫校毕业，因为找不到进公立医院工作的机会，先是在私营医院里短暂当过一段时间的护士，又因为看不到希望，最后选择南下打工。"她进过鞋厂、家具厂、毛织厂、玩具厂等，也被招工骗子骗过，还进过一家黑工厂。几经辗转，在广东东莞黄麻岭一家五金工厂站住脚，当了一名流水线工人。在工厂里，她编号245。每天重复着在机台上取下两斤多重的铁块，再按开关用超声波轧孔。最

---

① 谭军波、彭争武：《见证春天》，光明日报出版社，2019年版，第146页。

多一天打过一万三千多个。"

相比之下，在外跑销售的则是另一种辛劳。那时还没有微信，要想寻找客户，曾荣只能"打黄页"——也就是按照黄页上印制的企业联系方式，挨个地访问。他告诉笔者，自己当年疯狂到什么程度，"比如说你跟我聊上几句之后，我马上就把我的名片递给你，我是做什么的，海底捞针。可能递出一千张名片，只有一个是你的客户。我曾经在等公交车的时候，还真的就碰到过一个采购部人员，还真的联系上，我记得叫群光电子，是做键盘的"。

他还记得自己做采购前，"一年多的时间都没有手机，因为我还在还债，家里没有钱供我读书，欠了一些债，要存起来"。但做采购就不得不需要部手机了。"我记得很清楚，九百块钱买了我人生第一部手机——白色的波导翻盖手机。于是也就有了我现在这个139开头的号码。"对自己人生的第一个手机号码，他特别珍惜，自此没有改过号，手机丢了，号也得补回来。

这不仅是江西人的重情重义，更是青春的回忆。

打工文学

相比这些工作上的压力，漂泊感、流逝的青春、不公的待遇，以及来自流水线上的枯燥，才是真正的杀伤力。

"很怕见到老乡。因为总有人问她：你不是考上学校，毕业会分配工作吗？无言以答。"即使过了千禧年，"打工妹的出租房里，没有电视，没有手机、网络"。这一切"压迫着这位刚走出校园的女孩"。①

而在另外一首刊发于《大鹏湾》（1996年第5期）的《流水线》一诗中，柳冬妩则这样描述了当年相对枯燥的生活：一条流水线/重叠了另一条流水线/谁能像流水那样平静/用单调的手势分开往昔/面对机器咄咄逼人的呼吸/身体内那些简朴的陶罐/注满噪音/在震耳欲聋的寂寞声里/流下三百六十五滴眼泪/

---

① 张杰：《南充人郑小琼：从流水线打工妹到当代诗人实力派》，封面新闻，2020年8月28日。

日子的针脚翻来覆去/流水线缝合不了震裂的心……

哪怕是在数年后，和柳冬妩同为安徽老乡的曹明莲，对此也感同身受。她是25岁临界点的时候，才到的东莞。日后，她云淡风轻地告诉笔者，当年"工厂的招工年龄是十八到二十五周岁，超过这个年龄工厂都不收"，幸运的是，她此前在家乡有过到扬子电冰箱厂、冷凝器厂上班的经历，所以才如愿进入一家生产五金的台资企业。那时工序很简单，两种不同材质的金属，要用钳夹夹针将它们固定。钳子勾上去，一夹，勾上去一夹，来回反复，手指始终在一个点摩擦，久而久之，便起手泡，她需要不断地换地方使力，直到最后全手都是泡泡。

她含着泪，忍着、忍着。对着宿舍半明半灭的灯，她硬是用夹子把泡泡一个个戳破，挤出水，等伤口出血、结痂，慢慢就好了。她需要通过坚韧不拔的自我提升来实现：读杂志，学说话——既要消除口音，又要学会说普通话，还要随时捕捉可能改变命运的资讯——来自同乡之间或者离职的同事。她最怕就是陷在当下。

她不想让自己沉沦在日复一日的流水线中。最终，虽然没有什么学历，但气质形象、口才能力俱佳的她，通过内招顺利进入样品开发部做了跟单员，由此走上了命运的转机。

郑小琼也在孤独、迷茫中找到了心灵的抚慰，她发现工业区地摊上有人卖杂志。"当时广东有几十家打工类杂志，销量相当不错。主要以刊登打工生活为主的文字，也会刊登一两页的诗歌。多年后的郑小琼，每每想起那些地摊上的杂志，都能回忆起那曾获得避难所式的安慰，'没有那些打工杂志我可能不会写诗，是它们让我接近文学，慢慢走上了文学的道路。'""打工杂志有时候刊登的一些打工者通过写作找到一份好的工作，也给郑小琼打开了一扇看到希望的窗口。她开始写起诗来。长短不齐的句子，仿佛云雀冲撞着囚禁它的玻璃窗，充斥着痛感与无奈。她的一些诗是在上班时偷偷写下的，机器的轰鸣，似乎加速了灵感的到达。""2001年才开始写诗的郑小琼，当年就有诗歌发表在打工杂志上。逐渐发表在《东莞日报》，以及更大的媒体、刊物上。由此她也结识了全国范围的诗人。她的诗，她的散文，逐渐受到评论家的关注。"[1]

---

[1]　谭军波、彭争武：《见证春天》，光明日报出版社，2019年版，第146页。

直到今天，柳冬妩还记得当年那些发行量巨大的杂志，像《江门文艺》《外来工》《大鹏湾》等，早期的还有《嘉应文学》。今天看来，这些杂志算不上格调高雅，甚至是小报小刊，像《江门文艺》的封面花花绿绿，打打杀杀，走那种武侠风，而封面的标题如《爱海波涛》《霓虹灯下的全套》《江湖传奇》《好梦难圆》《隐侠传奇》《不能归家的青年》《爸爸妈妈，你们在哪里》……有着早期《故事会》的风格，虽然格调不算高，但让那些打工仔、打工妹欲罢不能，尤其《江门文艺》还分享打工故事以及打工生涯的酸甜苦辣，更是深得打工人的心。到了2002年，东莞文联也创办了一本叫《南飞燕》的杂志，这是一份通俗性的文学双月刊，逢单月出版，主要内容分纪实、情感、生活、文艺四大版块。办刊宗旨：写打工者、打工者写、写给打工者看。同样一上市，就成了热门期刊。

这些期刊的出现，一度给了河源人曹云锋一个现实的饭碗。这个从深山中走出来的客家后人，也是木匠的后代，曾经在茶山找工作，后来在老乡的帮助下，进了一家书店。书店大概130多平方米。他在里面当店员，赚两三千元一个月。记得里面卖过《珠江潮》，还有就是《东莞文艺》和《南飞燕》。只是，他待了7个月就不做了，改去深圳龙岗考厨师，拿到了三级厨师证。但他还是没开成饭店，倒是从小跟着上一辈人做木工，让他有了血脉的觉醒。

相比而言，这些期刊对柳冬妩的意义更为重要。因为它们让本来就喜欢写作、喜欢诗歌的柳冬妩从中找到了心灵的慰藉，甚至，他都想以此为业，通过写作来获得认可——埋在心里的文学之梦，也渐渐苏醒。当时的大朗，有份报纸叫《荔乡报》，他曾经给它投过稿，而《荔乡报》也给了他一个"当文人"的机会。自此，他便一发不可收。

日后，他目标向上，用文字努力地拓展自己进步的空间；与此同时，眼光向下，关注那些和自己同时代同命运并同频共振的每个年轻人。

"几十年来，与柳冬妩一样来广东寻找梦想和改变命运的打工青年数以千万计。在这个群体中产生了一批'打工作家'，在广东最早出现'打工文学'现象是历史的必然。当波澜壮阔的打工潮进入我们的视野，世界就像柏拉图所描述过的那样，那一串铁指环受磁力的感应，改变着滚动的方向。我们的写作不得不与之产生持久而深刻的呼应。"[1]

---

[1] 谭军波、彭争武：《见证春天》，光明日报出版社，2019年版，第146页。

正是这种源于内心对文学的热爱，以及设身处地地加入到了这一波澜壮阔的历史，柳冬妩在书写了无数诗篇的同时，也让自己幸运地成为了"打工文学"的经历者、发现者，以及优秀的书写者。尽管命运以痛吻我，我却报之以歌。

上路去，上路去/把四个方向苦苦支撑/命运的鞋/把我拖来拖去/每一天都是漫长的过程/从一个槽/跳向另一槽/不断地重复着别人和自己/混沌的石头在路上沉寂/默想无数的结局/月亮升起来时/我用金属的举止/把皮鞋擦得格外深沉/简单的原因简单的过程/我懂得了生活最深刻的含义/自己必须成为自己的槽/无论在何时何地/都要不断地向里面加入/阳光、水和美好的事情/只有这样/力量的源泉才不会干涸/打工的岁月才能让人回味无尽。①

最终，还是东莞给了他们救赎。

我们向命运弯下腰去，是为了站立起来，前进

在另一个命运的年轮里，向莉在不断地加速奔跑。

自信让她终于熬到有班上的日子。她待过台湾人开的金丰昌鞋厂，但总觉得那里的工资比较低，不知道何年何月才能还得清老家的债务？所以她又跑到了浩明制衣厂——也就在这里，她结识了一位叫杨小宁的工友，因为都是陕西人，所以关系很好。

直到今天，她手上还有对方当年的工牌——一张被塑封着的数寸见长的卡片，左边是对方一寸照片，红底白衣，还有一张青春却又青涩的面孔。右边是姓名、部门、职务、编号和发证时间，字迹已显模糊，但多少还能认得出来。从编号00199可以看出来，对方应该入职很早，所以此时她的职务已是助理。

在这里，向莉第一个月就拿了800多元，第二个月就拿了一千多元，除了

---

① 柳冬妩：《跳槽》，《诗刊》，1995年第5期。

有乡友照顾之外，更重要的是，这里实行的是计件工资，加上上夜班要比白班高，她就经常一个人申请上夜班。但是在她的内心里，还藏着一个愿望，那就是有机会摆脱车间坐上办公室。幸运的是，她碰到了一个刚到大陆开印刷厂的台湾人，大概也需要有人支持，加上被她的自信和健谈给吸引，所以给了她一个跳槽的机会。为了这次跳槽，她甚至还"犯"了人生的一个错误——在某地方做了一个假的高中毕业证——前面说了，她在老家办养鸡场时被一把火给烧了，其中就包括她此前的学历证书。对一个打工妹来说，在台资厂能进办公室已经是上天的垂青了，但也就在这里，她充分把握了人生给予自己的机会，很快从一个普通的文员，成了人事部和业务部的主管。在很多人只拿几百元一个月时，她便拿到了6900元一个月。在将自己在老家的债务给还清之后，她终于体会到了无债一身轻的感觉。她再也没有那种想寻死的心了。

很难想象，如果不是在东莞，她还能咸鱼翻身吗？

曾荣同样也在不断跳槽中，还清了自己的债务。他记得自己刚做业务员时，800元的底薪，三个点的提成。后来他相继去了同样做五金的港资企业，以及温州人开的——就在百业汽配城里面，寮步三星电机边上的沪江五金。在他印象里，"温州做贸易的是东莞当时排名做得第二好的"。此时的他，一个月的收入是1200元左右底薪，三点六个点的提成。更重要的是，由于销路的拓展，以及从小五金到非标五金，再到标准五金等相关领域的专业累积，他已经不需要再像以前那样疯狂外出，而坐在办公室里就可以自如应对了，很快就成了销冠。所以，他不仅还上了自己的欠债，还准备帮助昔日帮助了自己的人——姨父一家买房。姨父很惊讶，因为他实在想不到一个刚毕业几年的人怎么可能会有这么多钱。但他不仅拿给了姨父十来万元，还寄了7万元给老家，将原先只盖了一层的水泥房又加盖了一层。

更重要的是，在不断的发展中，他有了创业的底气和资金。于是也便有了日后在大朗的天晟实业。人脉的积累也让他受益匪浅，老东家甚至借出厂房给他使用。

不过，也有悲伤的事情，那就是每跳一个地方，也会失去一批朋友。

逐渐的，向莉和杨小宁也失了联。多年之后，她在深圳遇见这位昔日的工友，只不过，她已经改名为杨冰玉。

资料显示，杨冰玉，担任深圳市福田区晶太电子技术服务部等公司法定代表人，担任深圳市晶欣电子科技有限公司、深圳市晶中电子科技有限公司、深圳市津梁远航投资合伙企业（有限合伙）等公司股东，担任深圳市晶欣电子科技有限公司、深圳市晶中电子科技有限公司、陕西凤玉佳环保科技有限公司等公司高管。此外，根据媒体的报道，她还是深圳市凤翔商会会长……这些头衔显示，在失联的这么些年里，这位工友正一步步走上了人生的巅峰。

而她的那些头衔，则昭示着产业的变迁和成功的秘诀，那就是以电子产业为代表的高附加值的技术密集和资金密集的产业，正逐渐取代早期由玩具、纺织等代表的劳动密集型产业——"在一份珠三角打工者性别比例曲线图上，20世纪90年代中期男女人数比开始回升，这也是东莞发展最迅速的时期。20世纪最后5年，对中国的外国直接投资（FDI）不仅持续激增（即使是全球性经济衰退周期的出现，也未能影响这一增长势头），而且FDI投入的方向发生了质的变化，"《东莞30年巨变》写道，"台商在这个过程中占据了重要地位"。这在1997年之后显得格外醒目。

这一年，由于超级富豪索罗斯做空了泰国、马来西亚、菲律宾及中国香港等地区货币，造成了亚洲金融海啸。"使在东南亚投资的台商倒抽凉气，也让以东南亚为出口市场的台湾公司战战兢兢，毕竟东南亚市场占了台湾出口比重的12.6%，这100多亿美元的出口货值要消化、转出口绝非易事。"①这也逼得他们只能更多地将产业转移到更为安全的祖国腹地。

作为台商进入大陆时间最早、投资最密集的地区之一，也是台湾电子产业转型发展的第一站，东莞更是因此成为"台商大本营"。

台商资金、技术、理念、海外渠道等的引入，推动了石碣乃至整个东莞的电子产业得以飞速发展，也助推了东莞从"村村点火、户户冒烟"到"东莞塞车、全球缺货"的发展格局。这也给东莞的就业市场带来了一个重要现象，那就是"男性务工尤其是有大专学历的比例开始快速上升，并且远远超过女性"。

就连王馨，也在这新兴的电子产业上找到了自己新的饭碗。在玩具厂工作过一段时间后，她开始接触线路板行业，在相关企业打过工，也做过财务，慢慢就琢磨出了这里面藏着机会。因为碰到了老板没有按承诺兑现提成

① 阿强：《金融风暴波及台湾经济》，《台声》，1998年第2期。

的事，1997年，她就联合其他人一起创办了鼎泰电子材料经销部——今天鼎泰高科的前身。不过当时的贸易其实也很简单，就是利用关系把旧的钻针买过来，自己再翻修一下，将它们再卖出去，从中赚个差价。她记得当时是在厚街租了一个出租屋，在客厅里装了一个有线的电话机，然后又买了一台传真机，平时大家就待在出租屋里打电话，联系客户接订单，然后送货……这样的生意做了一段时间之后，她发现作为中间商又行不通了。因为市场的需求越来越大，货源不愁没人要，她不仅旧的拿不到，新的也不卖给她。这逼得她只能自己生产。这看上去有点冒险，但事实上，从1997年一直到2008年，她的企业就没有亏损过，到2013年，成立了鼎泰高科，日后还在老家南阳成立了分公司。这也就有了她的那份感叹，在老家做姑娘都没拿过绣花针的她，却在日后靠着这"绣花针"过上了好日子。

喜上加喜的是，她在与外界的交流中认识了今天的先生——曾在生益科技任职的林侠。这个身世有些"曲折"，出生于都江堰，小学和初中在武汉度过，后又跟父母到东莞读书的"本土人"，是生益科技于1995年招进来的第一批大学生。根据鼎泰高科的招股书，可以看到其于1995年7月至2017年12月，历任广东生益科技股份有限公司工程师、销售部副经理、市场部经理。因为一次酒会，王馨和林侠同桌就餐，从而认识，且互相欣赏，所以到2003年，两人结婚。在生活中，琴瑟和鸣，在事业上，比翼双飞，这让笔者想起了一个词，神"雕"侠侣。不过，此雕不是杨过身边的大雕，而是雕刻的"微雕"。

和鼎泰的发展有些相似的，还有正业科技。它同样依托PCB行业而崛起，是产品覆盖大部分PCB制程工序的检测和加工需求的技术型企业。1997年，徐地华家族出资30万元设立正业电子（正业科技前身）开始创业。之前，徐地华因工作关系，经常出差访问美国、日本等地的制造业名企。在亲历了国内外机器车间环境的巨大差异后，徐地华产生了一种朦胧的想法，提升国内生产车间的效率和产品良率在未来一定大有可为。这种念头推动着他，从自主研发销钉等电子耗材，再到将业务逐渐拓展至中国PCB产业链上尚处于基本空白阶段的精密检测设备领域：2003年，创立检测仪器自主品牌"爱思达"，开始国产化实验室仪器研发之路；2007年，涉足X光检测机、TDR阻抗测试仪等仪器研发，并在PCB行业推广应用……徐地华依靠不断的研发投入，不仅抵抗住了日后的资本寒冬，还由设备制造进一步走向智能检测和智能制造整体解决方案提供商。他的目标是将自动化技术与大数据信息系统结合，把不同的设备通过数据交互连接到一起，让工厂内部，甚至工厂之间都能成为一个整体。

在这期间，李实也从保安队伍中脱身，转行到了销售。他常常骑着一辆摩托车，从莞城骑到塘厦，一天跑十几个客户，风雨无阻。有几次下着大雨，水盖过了路上的大坑，他连人带车栽倒进去，起不来只能等水退了别人帮忙捞他起来。但到2003年，他已成长为一名带领几十人团队的销售总监。2004年，他在塑料行业开始了个人的自主创业——这显然有的放矢，作为制造业大市，东莞对塑化原料有着旺盛的供需诉求。早在20世纪90年代，小规模的塑胶原料交易商店就在樟木头镇零星出现，后来在火车站周边自发形成了塑胶市场，几经变迁，今天的樟木头，已然成为中国华南地区塑胶原料贸易的重要聚集地，有"北有浙江余姚，南有东莞樟木头"之称。

同样，来自安庆，最早是在家乡某所高中当老师的"战神"，也在东莞找到了"家"的感觉。他一开始是腾达网络公司在深圳南山西丽阳光工厂招的第一个员工，他记得其他员工宿舍的铁架床都是他和老板全登平的父亲一起组装的。在工厂里，尽管从基层干起，但是毕竟有文化，所以很快提到了品质岗位；组长离开了，他就做了品质组长；主管离开了，他就做了主管……就这样，他一步步提升自己。后来，为了追逐自己的商业梦想，他又做了一名继电器的业务员，同时也开启了贸易之路。

这也给了他和爱人相遇的机缘。他爱人来自西北农村，是他隔壁某电源线公司的跟单姑娘，本来不熟，但是一个晚上为安排送货，将电话误打到他的座机上，从此结下了一生的缘分。为此，他还跳槽到了爱人公司做业务，一起打拼，并相互鼓励。他自己做到了公司的销冠，爱人则从跟单做到了公司底下工厂的厂长，手下管理500多人。日后，"战神"跳出来了单干，成了一个拥有数家代工工厂和贸易公司的老板，工厂部分在深圳，但主要设在东莞。他也成了深圳、东莞两地跑的创业者。

今大的他，不仅是深圳市安徽省桐城商会的常务副会长，还加入了东莞市安庆商会担任副会长，并在东莞拉起了一支篮球队。

"战神"其实叫张斌，因为酷爱炫自己在篮球场上创造的动作，所以就自命"战神"了。

这无疑是属于打工人骄傲的好时光。

多年后，柳冬妩依旧记得在华坚举办的一场诗歌朗诵会，那时人山人海，锣鼓喧天，热闹非凡。大会上也朗诵了他的一首原载于1995年第12期《广州文艺》上的《打工宣言》：

告别家园/我们重新认识道路/展示自己/一束束阳光与雨丝/插在铁轨里/都是梦的标记/异乡，生命的起跑线/你不要轻视我们的背影/我们向命运弯下腰去/是为了站立起来/前进……

王馨则总会想起当年自己到处租房的日子。到自建厂房的2023年，她的企业在东莞一共搬了七个地方，每搬一次她就想，这个地方可以了，足够自己发展十年了，结果两三年不到，又不够了。她承认自己还是有些小心，不敢一步到位，毕竟房租也是日渐水涨船高，所以被推着走，身不由己。

向莉也永远记得创业时期的这两个场景，一个是和同伴偷当地老乡家的荔枝。记得有次曾被人逮到，但已在东莞混成了"老油条"的她们，已经不怕被逮到，反而装疯卖傻，问老乡这是什么东西？这个能吃吗，是不是连皮一起吞下去？让人啼笑皆非之余，也放松了警惕，以为她们只是误打误撞进了荔枝园，不是成心要偷的。

还有一次，是去创业新村附近的东莞汽车总站，那边有个圆形天桥，东莞的第一家麦当劳就落户在那里。向莉有次站在天桥上，看着里面的人在吃东西，感觉很香，他们手里端的饮料，似乎也很好喝。今天想起来，不就是一杯可乐吗？但是，当时她和工友就是没有勇气走进去，就怕进去了，万一买不起单怎么办？当然，也不是所有人都没钱，其中一位工友的老公是某个厂的采购，所以就斗胆进去消费，出来就给大家吹牛，吹了好久，说那个可乐真的好喝，那个汉堡多好吃。所以，以后的日子里，向莉的梦想就是进那个麦当劳吃一次汉堡喝一杯可乐。

忘了问向莉，这个梦想最终实现了没有。如果没有实现，她应该一辈子也实现不了，因为在2008年7月，它已经关门结业。

麦当劳却没有因此消停下来，而是在未来的日子里跑遍了整个东莞——到2022年，东莞麦当劳正式进入百店时代。不得不说，台资、港资以及其他外资的涌入，加上打工仔、打工妹的到来，撑起了东莞制造业的天空，也带来了旺盛的人气，让东莞的消费市场也成为很多品牌的蓝海。

这样的饕餮盛宴显然也不是麦当劳独享，还有东莞的诸多业态。

第十一章

草长莺飞，百态千姿

今天，当我们回想起厚街大酒店，一定会记得那里的凤爪、烧卖，以及让很多孩童流连忘返的花坛。每到圣诞节，酒店大堂里布置得特别洋气，圣诞树、礼物屋一样不少。让人不禁感慨，这哪里还只是一个乡镇，其实是一个国际性大都市。

厚街大酒店的前身是美东大酒店，这是一座三层楼的酒店，也是厚街历史上最早出现的酒店。"源头可以追溯到1984年的一次跳楼风波。当时，在厚街办胸围厂的香港老板王凯麟因为订单出了麻烦要跳楼，被镇领导劝了下来。"第二年，王凯麟慷慨投资在厚街镇上建起了这座酒店。让人记忆深刻的是，"当时美东大酒店开了第一家歌舞厅，2块钱一张门票，成为厚街年轻人的聚集地"。

事实上，这种娱乐场所算不上是美东的原创。也就在1984年，为了招揽港商，虎门挂牌了全国第一家合作企业——东莞宾馆夜总会，以此来缩小和香港娱乐业的差距。据说在当时，有省里的领导到虎门的沙角电厂参观，听闻东莞建了一个夜总会，担心夜总会有伤风化，建议换个名字。但虎门当地领导则称，夜总会就是晚上一群人跳跳舞，唱唱歌，没什么可怕的，于是虎门的夜总会得以继续开门营业。

但美东却在两年之后，因经营不善，低价转让给了厚街镇政府，因此也更名为厚街大酒店。同样是由镇政府投资，长安于1989年兴建了东莞第一家四星级涉外酒店——长安酒店，这标志着东莞豪华酒店业的起步。不过后来由于附加了诸多服务，比如有粤通公司直达香港红磡的班车，也代售虎门太平口岸的飞艇船票，厚街大酒店曾一度成了香港客人的首选。"它可以算作厚街高级酒店业的'黄埔军校'，早在20世纪80年代就引入香港酒店管理经验，直到现在，在厚街的喜来登、嘉华和国际大酒店里，还有很多从厚街大酒店走出来的资深管理人员。"①这个曾由港人投资兴建的酒店，在1997年也迎来了重新装修。

似乎是一夜春风来，千树万树梨花开。自20世纪90年代中后期开始，无数座星级酒店在东莞大地上拔地而起。

正式开启二十年"暴走模式"

在老东莞心目中，东莞真正的第一家四星级酒店，应该属于华侨大酒店，不少街坊习惯称它为"华大"。"朝东方，晚华大"成了一句流行的俗语。在华侨大酒店喝茶曾是老莞人的烟火日常，当然，也有或庄重、或温馨的各种宴席曾在华大举行。

相对应的，成立于1984年的东方酒店，更是当年的网红打卡点，15层高楼里有东莞第一台观光电梯和全市唯一的旋转餐厅，无论是年轻人还是老年人，都想去那里探个究竟。它还和朝阳酒家一起带动了男人学厨的风尚。

然而，在当时还是"农民"的陈灿球看来，华大这座酒店明显地有衰败的迹象。他没有停留，甚至没想多看几眼。曾是逃港一份子的他，开过小饭馆，做过会计，后来还当起了"企业家"开了个小化工厂，但从事代理进出口贸易，让他在短短数年内，迅速积累了雄厚资本。与此同时，经常外出，需要入住各种境外酒店，让他有着更深的体验，同时也预感到酒店在东莞有着巨大的市场。1998年的一天，陈灿球站在如今长安镇锦绣路1号的土地上，放眼四周，他买下的这块地皮可谓"鸟不拉屎"。有人冷嘲热讽："这么够胆啊，去无人地带啊！"陈灿球说他并不怕："等到我开业的时候，这里会很旺！"三年后，长安镇第一家五星级酒店——长安国际酒店在这里从无到有。和他所追求的一样，酒店集住、食、玩等于一体，在刚开业时，他有意识地将房间的价格定得很低，所以一炮而响。在陈灿球看来，办酒店最大好

---

① 魏一平、贾子建：《厚街故事：欲望与梦想》，《三联生活周刊》，2014年2月18日。

处是收现金，成功的酒店犹如一台日夜数钱入自己腰包的点钞机，远胜过当初办厂自己委屈四处求人，而且积压货款。显然，长安国际酒店兑现了他的心愿。

更多的东莞本土企业家也投身其中。1996年，在中国建设银行投资兴建了东莞第一家五星级酒店——银城酒店的同年，莫志明创建了首家乡镇四星级酒店寮步金凯悦酒店，在经营酒店业务同时又创办了华冠钢铁公司。日后，金凯悦大酒店还现身于东莞石龙、江门等地。在寮步，1996年还出现了第一家汽车行。

这一年，也可以被视为东莞酒店业开启二十年暴走模式的元年。自此之后，民企疯狂涌入，投资酒店，成为东莞商人追逐身份认同的一种流行投资方式。

在东莞南城，陈林按照国际五星级标准兴建了宏远酒店——这让人想起了意甲的尤文图斯俱乐部，因为球队要经常用酒店，所以自己干脆就建了酒店，不但能供一线队和对外经营，还能给青训队员当宿舍。想来陈林当初打的一定也是一鱼多吃的主意。事实上，在陈林于1993年创建广东宏远华南虎篮球俱乐部之后，该俱乐部的外援大多住在宏远酒店。宏远队每每夺冠也会选择在宏远酒店的国际宴会厅摆酒庆功。

在东城，李胜堆投资创立了东城国际酒店。

莫淦钦的儿子莫浩棠在辞官（当时东莞市最年轻的镇委书记）从商之后，也把酒店业作为了自己占领的第一块阵地。他的第一个作品无疑是桥头莲湖度假村酒店。但更让他一炮打响的，则是2000年开始营业的樟木头三正半山酒店，这是三正集团投资的第一家酒店，其于2001年荣膺国家五星级饭店，也因此一跃成为"全国首家乡镇五星级酒店"。2005年，位于东莞塘厦，以白金五星级标准兴建的三正半山酒店开业。2008年，莲湖度假村也正式更名为桥头三正半山酒店，并于2010年荣膺国家五星级饭店。"以三正半山酒店为代表的民营企业的介入，代表了东莞饭店业高速发展的第二个阶段：从2000年到2004年间，民间资本大规模进入，饭店投资出现井喷，形成了颇具规模的东莞民营饭店产业集群，形成了引人瞩目的中国饭店业发展进程中的'东莞现象'。"①

当然，最让人津津乐道的，还是"佛爷"，"佛爷"本名叫张佛恩，虎门龙眼村的村民。他1952年出生在东莞，没上过几年学，但有门好手艺——会开拖拉机，号称全村拖拉机开得最好的拖拉机手。正因为有这手艺，所以在村里很多人逃港淘金时，他硬是没舍得丢下这门手艺，加上家人都在虎门，所以留在了村里。没想到，他因此也得到了老天的垂青——在中国农村第一家"三来一补"企业——由张氏兄弟投资的龙眼发具厂入驻龙眼村之后，他成了该厂最好的合作伙伴，帮发具厂将货从虎门送到深圳。大概是一通百通，他转开汽车也很顺手。所以，那时候如果有人留意，会在原107国道经常看到往深圳送货的张佛恩。路上虽然有不少土坑，但他能巧妙地避开。所以找他的人也越来越多。

与此同时，他也发现龙眼以及周边村庄的工厂如雨后春笋一样冒了出来，人多就要吃饭，意识到这个商机的他，在1981年于本村开了家饭店，叫沙河餐厅。短短几年，张佛恩就赚了几十万元，不过也很辛苦。多年后，在一次莞商大会的记者发布会上，他坦承那时"每天工作都在十七八个小时，一步步把事业经营壮大"。接着他又再接再厉，与发具厂老板张细以及其他几个伙伴，一起出资筹建了一家名叫龙泉宾馆的酒店。因为照搬香港酒店的管理模式——迎宾、舞台、乐队表演一应俱全，所以就更火了，当有人在几年后退出时，光分红就是初始投入的40倍。按照先吃后住，再购买的逻辑，张佛恩又开设了龙泉商业广场。这个广场9层高，关键的是，汽车能开到9楼来。2000年，张佛恩投资9亿元，用了一年半的时间，建起了占地8万多平方米、建筑面积达12万多平方米的酒店，即龙泉国际大酒店——作为中国民营企业投资规模最大的酒店项目之一，它也让张佛恩因此一举成名。

有文评价他的成功：既在于胆大心细有本领，更在于步步踩在点上，充分享受到了发展红利。

当然，虎门也不会任由佛爷"独大"——2001年11月，在东莞龙泉国际大酒店相隔不到1500米的区域内，一家具有18世纪欧洲巴洛克式建筑风格的东莞豪门饭店也在此摆下了"擂台"。该酒店以"进了'豪门'如同置身欧

---

① 董哲：《250亿元民营资本"扎堆"东莞酒店业》，《经济参考报》，2006年12月13日。

美，推开窗户才知道身在东莞"而闻名，位于饭店二楼的豪门KTV歌唱演艺中心更是东莞最好、装修最豪华的娱乐场所之一，所以入住的几乎是清一色的国际客人，入住率曾高达80%以上。

不过，作为东莞酒店业的引领者，厚街的表现还是更为突出。

一线城市"京沪莞"

今天厚街的珊瑚路上，曾有一家珊瑚大酒店，它是由昔日的包工头陈润昌在珊瑚路上兴建——搜索陈润昌的发家史，你会发现这是一个早期"深莞联动"的典型。其出生自厚街新塘村，早年在深圳宝安承揽工程，回乡之后和女婿陈礼明合伙，创办了昌明集团，珊瑚大酒店正是该集团旗下资产。日后，他又在附近的道滘镇、塘厦镇等地陆续兴建商务酒店，更在2003年，引入国际酒店管理公司喜达屋集团，加盟了喜来登酒店品牌，打造了厚街五星级喜来登大酒店，此后还投资了清溪昌明喜来登大酒店。他的手还伸向了佛山、扬州等城市，一时风光无限。

杨永安当年来东莞开办贸易的公司，就在今天的岳范山庄，也就是镇政府对面、喜来登后面，所以特别好记。有这样一个醒目的标识，不愁找不到位置。

和陈润昌相似的，还有林干能——他就是日后和王炳坤共同创立了慕思品牌的林集永的父亲。其早年在深圳做泥瓦工，1985年，已经成为小包工头的他回到家乡双岗村，先后承接了小学校舍、村委会办公室、村里的厂房建设等工程，就此起家，后进入房地产开发行业，2001年投资建设了厚街第一家五星级酒店——嘉华大酒店。酒店占地面积为4.5万平方米，建筑面积21万平方米，分为主楼、A座和B座三栋建筑。从2006年开始，53层的酒店主楼开始投入使用，其拥有1000间豪华舒适客房，别具风格的餐厅及酒吧，汇集中西美食，2700平方米超大型无柱宴会厅，配备60平方米LED高清数码显示屏，可容纳3000人会议和2000人盛宴。可谓是格调尽显。

直到多年后，外乡人，也是厚街妹子Winni的师兄兼老公孙书庆，还对它记忆深刻。在广东省内某大学里认识Winni后，他跟着Winni周转到厚街工作，看到这座豪华酒店，不禁觉得自己在厚街也会有发展机会的。事实证明，他的猜想很对，他由此逆向生长，创办了深圳市创思模具技术有限公司，在东莞办公，在深圳生产。

尽管喜来登颇有名气，而嘉华至今仍是厚街第一高楼，但2010年开业的厚街国际大酒店才是小镇的新地标。其由美国著名的HBA公司设计，建筑面积12万平方米，拥有客房500多间。"与喜来登大酒店隔路相望，48层的360度旋转餐厅可以同时接纳150人就餐，楼顶还建有直升机停机坪，奢华的总统套房在携程网上每晚的定价是6200元。厚街国际大酒店的外立面装修风格与嘉华大酒店类似，白色基调，配以蓝绿色玻璃，还用了同样的LOGO……"《三联生活周刊》写道。这本知名期刊当年用大篇幅关注厚街的酒店业，醉翁之意不在酒，更关注的是其背后隐藏的大家族，像厚街国际大酒店，"他们都是林氏家族的华源集团旗下产业"。

刘氏家族和被称为厚街第一大家族的王氏家族自然也不甘落后。千禧年，富盈集团第一家五星级酒店——富盈酒店开始动工打桩，它掀开了富盈多元发展的又一新路径。2002年3月富盈酒店正式试业，标志着富盈集团发展开始走向新的一页。

新起的康乐南路则在2002年冒出了第一家四星级商务酒店——康帝俱乐部酒店。尽管它远远比不上耗资4亿，于海德广场兴建的超豪华五星级酒店——因其外形呈"门"字形，有点像央视新大楼的康帝国际酒店，但它同样也是王金城不可缺失的布局。说起来，早就在1993年，王金城将生意做到省外的同时，联合兄弟几人，耗资6亿元在武汉创建了心血管专科医院的同时，还创建了第一家四星级酒店——武汉亚洲大酒店，这也是当年由东莞人创办的星级酒店。如今，他又"杀"回来了。

相比喜来登大酒店主要针对欧美客源，国际大酒店则主打高端商务客源，康帝俱乐部酒店则针对日韩客人，还专门修了一层日式客房。

厚街因此更广为人知。它终于不再是以前的"后"街，更像是走到了前台，这也让整个东莞在酒店业上一度很抢眼。曾任东莞市旅游局局长的李善奴接受媒体采访时说过，在1996年之后的十余年时间里，东莞至少有250亿元的民营资本投入到星级酒店业，占到了东莞酒店总投资的95%。自他于1984年元旦过后从东坑镇办公室主任走马上任，成为东莞旅游发展办公室（后改名东莞旅游总公司）的筹备人员之一，一直到2006年从东莞市旅游局局长的位置上卸任，东莞的五星级酒店从零发展至18家，成为数量仅次于中国最重要的城市北京和上海的酒店大市。

东莞，终于可以成为被称为"京沪莞"的"一线城市"。

今天，当我们谈及厚街与东莞酒店业的突飞猛进时，一方面，我们需要认识到，是港资、台资等外资的扎堆，造就了这样一个特别的现象。它在东莞的发展不是空穴来风，是制造业发展的必然现象。相比较发展得也很好的长安，厚街之所以在酒店业上更胜一筹，来自制鞋产业的"开放性"。它不仅吸纳了无数台资，而且围绕着制鞋业，也集中了鞋材、设备以及销售等上下游企业。这也意味着有无数老板或管理人员在厚街进进出出。以前没有好的酒店，老板们只好缩短逗留时间，甚至撤资，这也会将压力传导给制造业。随着优质酒店纷纷落地，老板们的需求得到解决，他们也就愿意留下来，这也进一步推动了东莞的娱乐业和服务业。

相反，长安大多数是电子类企业，它们大多引进材料进行组装加工，园区也大多是"封闭型"的，所以产生不了更多的三产需求。

另一方面，我们也需要意识到，东莞民营资本纷纷投资于酒店业，既可以看出它们的活力，也可以看出它们自身的缺陷。"高科技的东西我们不懂，盖间酒店至少我能够看得到钱讲钱出，这比较踏实。"莫志明曾这样说。莫浩棠也有这样的想法："当初抛弃铁饭碗下海经商，涉足酒店业，只是出于最朴素的考虑：容易驾驭和经营，现金回笼快。"陈灿球投资长安国际酒店亦是如此。某种意义上，这也凸显了在经济高速发展时期东莞的民营企业家有赚快钱的欲望，同时，因为知识面及眼界相对后辈们欠缺——是时代成就的自己而不是自己成就的时代——所以对投资实体尤其是带有科技性质的企业，有一定的畏惧心理。相比而言，开酒店不仅时兴，而且保险，这还是发展出租经济的思路。这不仅给东莞自"农村工业化"以来盛行的出租经济，加了一把火，也进一步反噬了东莞民营经济进一步发展的冲劲。

不管如何，它们的涌现，改变了东莞。我们既可以看到，这些酒店背后的大佬一如既往地低调，如果不层层穿透它们的股权，你很难发现隐藏在背后的身影。正如"佛爷"在莞商大会的记者发布会上坦承："我是种田出身，没读过多少书，第一次见到这么多记者，紧张啊！"想必不是东莞的盛会，他都不会出面。但我们还可以看到，他们在经营酒店上，却极尽张扬之能事。李善奴曾经总结："在东莞，最美的建筑是什么？不是银行，也不是政府大楼，而是星级酒店。"在当时东莞的旅游规划理念中，酒店业并不是旅游的配套设施，而本身就是旅游资源，它跟东莞的城市化进程紧密联系。

除了外观以及内部陈设之外，东莞酒店业还有一个特点，比起外地星级酒店主要依靠客房收入，这里住宿是其次，价格相对低廉，吃好喝好玩好更重要。这让其在珠三角一小时生活圈内具有极大优势。此外，还注重其他的功能，比如"商务会展"和"度假休闲"，所以很多酒店都会配备大的多功能会议厅。不得不说，这种全方位的服务，满足了各路财大气粗的老板多方面的需求，将他们尽可能地留了下来。

东莞龙泉国际大酒店在面对东莞豪门饭店的冲击时，依旧长盛不衰，也在于其以会议接待见长，拥有的20多间大型会议室，常常被预订一空。

在这套模式有些"变味"之前，它既为东莞拉动了消费，还为当地招商引资做好了准备。莫志明投资金凯悦大酒店就一度成了寮步镇政府以及附近各镇在招商引资过程中接待、谈判的最佳场所。"寮步镇是东莞韩国企业最集中的镇。当时，韩国著名企业南亚电子在寮步的投资事宜洽谈了很长时间，韩方一直犹豫不决。当南亚电子大老板从韩国再次抵达东莞时，寮步镇有关部门便安排其入住金凯悦大酒店，当韩国投资者得知，寮步镇除了有金凯悦大酒店这样的高星级酒店外，还有高尔夫球场时，当即将在寮步镇的投资拍板确定。""金凯悦大酒店的成功，不但使民间资本对东莞饭店业产生了浓厚的兴趣，也使东莞很多乡镇的政府领导感受到了兴办高星级饭店对招商引资巨大的推动作用，开始积极推动民间资本在饭店业的投资。"

不得不说，在深圳对外界有所限制，比如说港台人士或老外来深圳，必须入住指定的华侨酒店、华侨大厦，购物也只能去一些对外友谊商店，东莞在酒店业上的开放，无疑进一步吸引投资。这也是东莞在某些方面可以与深圳叫板的重要因素。

如果说东莞的民营资本一开始投资酒店业，还带着浓厚的投机性，但随着东莞民营酒店业多年来的高速成长和整体水平的迅速提升，民营资本的投资动机已经从最初的机会型决策向战略型决策演变。"这些年的实践，让我们多少找出了一些规律性的东西。"莫浩棠说。"经济的发展，让人民的生活水平、消费水平提高了，普通的物质生活需求得到满足以后，肯定要有所突破，人们不会再长期满足于在家里吃得好一点、穿得好一点，这就是为什么发达国家的旅游产业占据国民经济较大比例的一个原因。中国的未来也会如此，这是一个巨大的机会，我们已经介入进去了，进入了这个产业领域，而且对行业已经有了比较深刻的认识。有了这样基础，就应该把它做成我们的优势，而不仅仅停留在原来机会投资的层面了。"①搂草打兔子。酒店业在东莞的发展，还进一步推动了两大产业的兴盛发达。

并驾齐驱的家具业和会展业

一马当先的，无疑是家具产业。这在厚街表现得更为醒目。

此前的厚街，尽管港资有"双岗家私厂"及1989年把工厂搬到了厚街镇的迪信，民营有卢成枝和林炳辉，但在家具业上，显然不能跟鞋业、制衣业相提并论。

遑论跟日后被誉为"亚太地区最大家具生产基地""中国家具出口第一镇""中国家具出口重镇"的大岭山相比。

大岭山在家具产业上其实起步也不算太早。但有个重要的优势，那就是为虎门、长安、大朗、寮步、厚街所围的大岭山，南部与深圳接壤。也是107国道的过境区域。它虽然不大，只有95平方千米的面积，但森林覆盖率很高，达到42.6%，所以荔枝和烧鸡好吃，是莞香的原产地，也盛产木材。理所当然，这地方也出木匠。只不过在传统时代，显得零散，独立而不成体系。最终，还是港台的产业转移，成全了它。1991年踏入东莞的台升集团，选择的就是大岭山。当初，其创始人郭山辉来到东莞荔枝成林的大岭山上，一下被大岭山人工成本优势、距离深圳盐田港仅一个小时的便捷海路交通以及国家推出的一系列惠台政策吸引。自己来不说，为了让家具生产从木材切割、组装、表面磨光、实木贴皮、油漆、纸箱包装到装柜出口，具备统一、系统的流程，从而节省生产时间，郭山辉还说服多家台湾当地家具配套工厂，一起到东莞大岭山投资，这也是东莞当地首次有家具业企业聚集在一起联合设厂。

① 董哲：《250亿元民营资本"扎堆"东莞酒店业》，《经济参考报》，2006年12月13日。

正如前文所说的台资和东莞是双向奔赴那样，当年还只是一家在台湾台中地区的家具制造小厂的台升，进入东莞第一年就开始盈利。2001年，郭山辉做出了惊人之举：并购美国前50强的Universal家具公司，使得他声名大噪。2005年底，台升国际集团在香港主板以顺诚控股之名上市。他也成为顺诚控股有限公司主要创办人之一。与此同时，随着郭山辉的引领，其他台商家具厂也纷至沓来，这促使越来越多外资、内资家具生产商及配套商落户大岭山。

这也让当时没有找到其他发力点的大岭山，趁机在家具业上实施"外向带动战略"，以引进为突破口，大规模引进家具企业，从而带动当地企业的发展。统计数据显示，1990年至2000年短短十年间，大岭山镇引进了港、台及海外200多家家具企业。其中，台升家具投资2亿元，占地400多亩，厂房面积达20万平方米；振德家具公司、震兴家具公司投资2亿元；香港首家上市的家私装饰企业达艺家私厂，也在大岭山投资过亿元。这批重量级的家具企业，奠定了今日大岭山镇家具产业龙头地位的基础。

这样的速度无疑也得益于深圳在飞奔多年之后，对"三来一补"已经日趋淡漠。正是感受到了这种冷淡，曾为深圳引入了中国第一条板式家具生产线，被誉为"中国板式家具之父"的吴荣泉，也转战东莞，将鼎盛家具集团的业务逐渐集中到大岭山镇。

但厚街显然虎视眈眈。2024年7月某一天，顺琦手袋的创始人曾凌灿开车带笔者经过一条叫"家具大道"的地方，说，今天的厚街，白濠和桥头做手袋的多，比如时代、励泰，做鞋多的地方，除了赤岭和三屯，还有就是陈屋；此外，双岗和新塘做家具的多，像脚下这片土地，就是以家具来命名的。

他还说，厚街的家具业发达，也和厚街酒店业的发展有很大关系。毕竟，哪一家酒店开业，都需要家具。他们一开始找别人买，后来发现不如自己做。嘉华大酒店创始人林干能的儿子林集永，在1998年至2017年便是东莞市大志家具有限公司的执行董事和经理。

毫无疑问，家具大道正位于双岗。前文说了，双岗村是厚街镇现代家具起始地。1995年，该村1800户人家当中就有200户开家具厂，全村一半人涉及家具行业。也正是在这一年，这条长达五千米的"家具大道"，按照"前店后厂"的模式，在双岗村原先的一片水田地里出现，也一并种下了厚街镇发展特色产业的梦想。这带来的好处就是，厚街的家具产业更加集中。

问题依旧还有很多。那就是家具生产出来了如何销售的问题。

有文在梳理"东莞家具业发展的轨迹"时就曾提到，1999年前，由于东莞没有大型批发市场，也没有展览会，家具产品大多走代销模式。差的找一家商场代理，好的会发展多家商家代理。这中间商家常常采用赊购或代销方式，也就是说，卖不卖得出去，商场不管，说不准商场还得收场地费，即使有人喜欢买走了，这钱也不一定按时到工厂的手里。有的是按件结算，有的按月结算，但有的商场爱拖欠货款，导致家具厂一不小心就会资金链断裂。这让家具厂苦不堪言。

另外，让商场代理的家具，还得大量通过顺德乐从出口。"每年我送给乐从一部奔驰"成了当地家具行业里流行的一句话；当然也可以走展览会的模式，不过得去广州、深圳、顺德等地参展，而且因为地方保护主义，常拿不到展位。

这中间也给了很多人发财的机会。比如王炳坤，1972年出生的他，才20多岁，但在厚街家具业勃发的环境中从小耳濡目染遂决心投身家具业，做起了家具代理。多年后，他跟着名家具展（现名全称为"国际名家具（东莞）展览会"）前往欧洲考察。也就在意大利的酒店，邂逅了一张足以改变他人生走向的床垫。根据媒体零星的报道显示，王炳坤发现，"酒店里的床让人感觉好像漂在水里，软硬度非常适中"。醒来之后，他好奇地将床垫翻起来，第一次看到了置于床垫下方的排骨架。

2004年，他决定放手一搏，掏出自己的全部家当，又向亲朋好友借了钱，与林集永合伙创立了慕思，并提出健康睡眠系统理念。

和他有相似经历的，无疑是刘学斌。同样是跟着名家具展前往意大利米兰参观，他发现现场竟没有一套中国制造的沙发。这对他触动很大，坚定了要做出精美的家具到米兰去展览、最好能卖到世界每一个角落的决心。

1999年，富盈家具应运而生，家具品牌"Cinese"从此声名远播，与此同时，家具业也成为富盈集团产业集群的第一条产业链。

名家具展的出现，正是为了解决家具产品的出路问题。镇和社区很有决心，没有足够的钱，就采用股份制凑钱。没有场地，就咬牙建场馆——多年后，东莞地铁2号线经过的"展览中心"站，走的就是当年建的广东现代国际展览中心。从它的名头，以及今天拥有33万平方米的占地面积、13万平方米的展馆室内面积，可提供7091个国际标准展位的体量，可以看出当年厚街的"雄心"。展览中心不仅是东莞，更应该是全广东级别的。而且，要做就做最大。只不过，展览中心不是一天就盖起来了的，事实上，当年规划建设的部分，直到展览开幕，还有一部分没建好。2003—2005年，广东现代国际展览中心一期工程和二期工程才先后竣工——当时展览所使用的，正是今天的2号馆。但不管如何，此举意味着厚街举全镇之力办展的先河由此拉开。但办展的过程的确让人一言难尽，比如说很多人不理解。据闻当时任镇委副书记一职的陈仲球去找家具厂老板调研、征询意见时，林炳辉的第一反应是"很惊讶，觉得怎么可能？开玩笑吧，能在这里办到什么规模？"但他最终还是选择了支持。更多的厂家却是爱搭不理。最后只好求爷爷告奶奶，有时还一早蹲在企业的门口，只为见到老板。其间还得建路牌，有两个，一个在家具大道靠近107国道附近，一个则在厚沙路与家具大道相接处。为了更好地服务港商和台商，路牌别出心裁地使用了繁体字，上面写着"東莞市厚街雙崗家具產銷基地"，让别人一看就知道会场在哪里。路牌大概在1998年年底建成。

苦心人天不负，第一届名家具展一炮打响。据《东莞市厚街镇志》[①]记载，1999年2月13日，第一届名家具展在双岗举办，一共办了4天，展馆规模有4万平方米，参展的企业有232家。当然，也因为是第一届参展，所以参展的产品不成体系，大多是混搭，杂七杂八什么都有，像华辉家具就推出了床、床头柜以及衣柜等产品。其时的展位在装修上也比较简朴，只要产品摆上去，有人看上就可以了。而且，楣头上打的都是某某公司、某某家具厂的名号，没有什么品牌意识。但谁也没想到的是，这届家具展给他们带来了火热的消费者——像林炳辉就因此成功接到了30多个客户，客户由省内逐渐拓展到了省外，如广西、湖南、湖北——也让很多人认识到了内地也有很好的家具产品。既有香港家具制造业深厚积累，又吸收了日本、中国台湾、欧美等家具风格的迪信，在家具款式和质量上甩开国营家具厂一大截，让很多人大为震惊。梁少禧日后回忆不无自豪地说："当时，迪信的产品对周围企业的影响非常大。"

① 《东莞市厚街镇志》编纂委员会编：《东莞市厚街镇志》，广东人民出版社，2015年版。

巨大的转机也随之而来。有了展览会之后，家具企业就不用辛苦代销了，而是反客为主，得等客户先把钱给工厂，工厂才会出货。

更重要的是，它拓宽了无数人的视界。就在首届名家具展之后，企业家就在一起商量：到底生产家具的要不要卖家具？最后大家的讨论结果是，生产家具的只需要设计好产品，包装成专卖店，然后放到展览会上，让经销商去加盟，工厂再集中精力生产，经销商拼命去卖就行了。这种分工协作，既让家具产业做得越来越大，品牌的意识也开始萌芽。此后，经过几次名家具展的举办，大家更是得心应手。厚街也因此一举赢得"广东家具看东莞，东莞家具看厚街"的美誉。王炳坤曾表示，没有名家具展就未必有慕思这个企业。东莞家具行业的蓬勃发展，名家具展有最大的功劳。

名家具展还有一个功劳，那就是让会展产业由此成了厚街发展的另一巨大推动力。它除了给自身的鞋业、纺织业以启示之外，也和1996年就开始举办的虎门服装交易会一起，带动了其他镇街对会展经济的重视。这也是大岭山家具相对欠缺的地方，多年后，它还需要借道名家具展来展示自己的风采。

某种意义上，厚街酒店业的发展，不仅推动了家具业的发展，也顺带催生了会展业。作为当地的能人，林干能家族正试图将自己的产业与家具、会展深度捆绑。翻看地图，你会发现，广东现代国际展览中心位于家具大道和莞太路相交的西南侧，而与其隔大道相望，正是林干能的嘉华大酒店。2005年，由林干能实际控制的广东华源企业集团有限公司参与改制广东现代国际展览中心，并在广东现代国际展览中心的基础上，成立了广东现代会展管理有限公司。天眼查显示，该公司的控股股东是广东华源企业集团有限公司，其持股50%，间接持股3.0105%。嘉华大酒店也因此与展会连成一个协作平台。也就是那一年，嘉华大酒店被广交会相中，成了广州之外唯一一家有资格办展览证的酒店。

2010年1月15日，嘉华联手周边所有五星级酒店，牵头组织了全球最大药企辉瑞制药的中国区年会。这笔3000万元的年会大单，也把厚街的酒店业推向了顶点。

与此同时，东莞的人气也在它和制造业的多重推动下，进一步爆棚。

一片狼烟的消费战场

相比民营扎堆的酒店业，东莞日渐显现的百万、千万级平民市场，也在尽情展现它的妖娆。尽管莫浩棠对中国的经济发展，以及人民生活水平、消费水平的提高充满了信心，但也不是所有人都能进高档酒店消费，即使可以，也不会当成自己的日常。如何满足他们的吃喝玩乐，以及其他的生活、就业诉求，成了东莞经济新的亮点，也是可供发掘的增长点。这既是机会，也是挑战。

在麦当劳进入东莞之后，多次荣登世界500强榜首的沃尔玛在1996年进入中国，1997年便进入东莞。今天的沃尔玛东湖店便是东莞最老的沃尔玛门店，也是目前全国历史最悠久的门店之一。次年，东莞首家家乐福——东盛店开业，成为莞城运河边首家大型零售门店。这个国际零售巨头的进驻，自然引发了东莞人的热潮，据说开业当天吸引了很多人抢购，场面非常壮观。日后，随着像华润万家、大润发等大型连锁超市在东莞均设有分店，而且又加入了1992年就进入中国的7-11，以及2005年进入东莞的OK便利店（其实是Circle-k便利店，因为c字包围了k字，看起来像ok），东莞的零售业战场上一片狼烟。

最终还是东莞人最懂东莞人。在诸多世界品牌面前，由东莞本土"制造"的美宜佳，却杀出了一片生天。美宜佳的前身，是东莞市糖酒公司（糖酒集团前身，以下均称糖酒集团）于1990年在虎门创立的美佳超市。该超市是中国连锁经营协会认可的国内第一家连锁超市，是国内第一家实施"八个统一"（统一商号、统一装修格式、统一服务规范、统一进货、统一配送、统一价格、统一核算、统一管理），走连锁发展路线、具有规模优势的超市。1996年，美佳超市发展到鼎盛时期，门店数量达四五十家，基本覆盖了东莞每个镇。在那个"万元户"的年代，其年营业额能达到数亿元。但面对外资零售巨头进入，以及身边群狼环伺，糖酒集团还是忧患顿生，经过反复进行形势研判、境内外行业考察和详尽的市场调查分析，意识到未来零售业的发展必然会是这两个方向：或大，即大型购物广场，以高大全取胜；或小，即便利店，以方便服务另辟蹊径。反正不能像以前那样"不大"——无法像大超市提供一站式体验，或"不小"——品类相对便利店又显得过于臃肿了。最终审时度势，为美宜佳量身定做了一条"走小型连锁便利店"的路径。

做这个决定时的糖酒集团董事长是叶志坚。这个个头不高，国字脸，一脸和蔼的笑容，被人看成"极具服务意识，没有政府官员作派"的领导，曾任东莞市商业局副局长。正是他将雀巢等跨国消费巨头"招"到东莞。他和同仁们相信，气候相对北方暖和，可以有夜生活，而大量单身的打工仔、打工妹又让夜生活有了主力人群。相对应的，"20世纪90年代初上万家港台商人投资的工厂，将东莞分割成一镇一产业、一镇一中心的地理格局。在东莞，市中心的房价并非东莞市最高，房价最高的行政区域又并非交通中心。没有严格意义上的市中心意味着适合大型百货、超市生长的商圈屈指可数。一个工业区能开家乐福吗？开不了。但是这些人又有消费需求，那就开小店。"①所以，当别人在做大规模时，叶志坚宁愿把美宜佳做"小"。时值世纪交替，产业分工越来越细，美宜佳恰当地抓住了细分市场，通过做精，最终形成另外一种规模。

而让美宜佳更迎难而上的，更在于当年的BOSS张国衡的精准策略：确立和实施了特许连锁加盟模式。作为当年东莞食品公司旗峰腊味厂厂长，张国衡于1996年任东莞市糖酒集团有限公司总经理助理，也是叶的文字秘书。早年的经历，给了张国衡取得成功的信心。尽管在接下来的几年时间内，由于总部缺乏较强的统一管理力度，管理相对松散，仅统一了招牌和形象，商品采购与配送并未统一，导致门店经营效果参差不齐——直到2000年，美宜佳成为集团二级子公司，通过POS系统，才实现独立运作，设立了商品配送仓，实施统一采购配送——但不得不说，在美宜佳相对缺乏资金、国内法治环境还相对薄弱的情况下，选择特许加盟，而非自身直营，要减轻大量的管理成本和资金成本。

更重要的是，此时的东莞已有"世界工厂"之称，在打工者聚集的各个镇街厂区，聚集了不少士多店、夫妻小店、单体店、个体户等，还有携家带口来东莞打工者出于"安置"亲朋就业的需要，也愿选择10万到15万元"小本起步"的美宜佳便利店，这也为美宜佳带来了源源不断的加盟者——美宜

① 和阳：《美宜佳：他是中国的便利店之王！》，i黑马网，2014年2月23日。

佳之所以能在东莞走出来，并把世界品牌打得毫无还手之力，就在这些平民背后的平民市场。它们撑起了美宜佳的一片天下。①

所以在东莞你会发现这样一个奇怪的现象，街头没有"7-12"，也没有"OL"便利店，但是可以看到"美宜佳""美旦佳"。

2024年6月12日，当笔者赶到位于南城的糖酒集团大厦，拜访在院内一侧三层小楼上办公的东莞市企业经理人协会党支部书记、会长罗龙时，发现门口不仅有保安亭，更有一座醒目的美宜佳超市，它就是糖酒集团向上发展的活生生的招牌。

东莞也不止一个美宜佳，还有上好便利店。它是另一个投奔东莞的湖北人周星轲所创办。其1974年生于湖北宣恩，中学毕业后，曾一度在家乡一所学校代课任教。1994年，在家乡的劳动就业局统一招工赴广东中辞去教师工作，怀揣从农信社贷来的200元，以及母亲给哥哥准备的婚款70元，南下广东，从给台资厂打工开始，到摆地摊当"倒爷"，赚了钱，也被罚了款。后来，他到美佳超市应聘采购员，虽然要求会粤语，但从没讲过粤语的周星轲硬着头皮开口，被赞"勇气可嘉"，赢得了工作。日后，他还接盘了美宜佳在莞太路附近的一家直营店，并将它盘活。"我买了两个大音箱放在门口，每天都给打工的人放流行歌曲：《知心爱人》《你在他乡还好吗》《999朵玫瑰》《无言的结局》。我去批发市场找打工妹、打工仔等感兴趣的麻辣小吃。还定期抽奖，来我这里买够10块钱给你张奖票。当顾客认可我们后，我又把商品结构变成高毛利的，比如保健品……"②可以说，周星轲是美宜佳的员工兼第一代美宜佳店主，这也让上好流淌着美宜佳的血液。2005年，OK便利店曾试图购买上好60%的股份，以乘势进入东莞市场，不过此事到最后不了了之。不过周星轲吐露出来的原因，倒是让人有些啼笑皆非："OK属外资零售，在现行政策下不能卖烟。我们就因为这个法律问题没有合作成。"

和上好相似的还有，2000年由叶志坚秘书转任美宜佳总经理助理兼管理部经理的欧阳华金在四年后成立的天福便利店。

不管是美宜佳还是上好、天福，连锁品牌规模化扩张有个铁律，早期

---

① 参见谭军波、李智勇主编：《东莞零售品牌故事》，羊城晚报出版社，2020年版，第47页。

② 和阳：《美宜佳：他是中国的便利店之王！》，i黑马网，2014年2月23日。

（百店）考验门店运营及标准化，中期（千店）拼后端及供应链纵深，后期（万店）则会由贸易型转变为制造型零售企业，规模推进企业变身，实现从量变到质变的过程。

所以，它们的出现，不仅从各个方面服务好了无数人的生活诉求，也让东莞制造的产品通过这些零售终端走向了千家万户。到最后，它们也成了制造业上的一环，自己生产，然后通过自身成熟的渠道进行销售。

如果说东莞的酒店业走的是"降维打击"，那么，像美宜佳这样的本土零售业则是"以小博大"。这两种截然不同的方式的存在，无疑符合东莞逐渐拉开差距的两大人群的不同诉求，可见这个城市是善意的、温暖的、包容的。它让这里的每个人都被照顾到，更重要的是，都能像周星驰那样找到机会当老板。

同时，它也进一步重塑了这个城市。除了产业化的家具大道，康乐南路就是其中新崛起的一个亮眼的消费地标。在今天的百度词条上是这样描述康乐南路的：厚街镇的中心商业区，厚街休闲娱乐最繁华的地段，是东莞乃至珠三角地区著名的夜生活中心；它与S256省道厚街段平行，相距仅几十米。今天居住在珊美榄树厦、20世纪80年代生人的Winni无疑就见证了康乐南路的发展史。当年她在厚街中学就读，高二时到今天珊瑚路和教育路相交处的校区，记得每次放学，她都喜欢拐到附近的康乐南路上。这应该是从她们村征的地修的路。尽管直到2004年前后，商家才认识到这条路的商业价值，纷纷入驻，包括商业面积规划达5万平方米的盈丰商住中心，以及明丰广场等大型超市，但是她记得那时的康乐南路早开始有了气候。她很喜欢去的地方，有三四层楼的休闲小站，它正位于珊瑚路和康乐南路的交口，对面则是相聚一刻——这种名字就带着20世纪90年代气息、是城市里为人提供休闲茶饮的生意，在厚街开始蔓延开来！

2024年6月25日，当笔者按照Winni的指示溜达到这个交口时，一眼看到那个打着"幸福侯彩播"的招牌上方，深蓝色的玻璃上还有"休闲小站"的四字留痕。

城市化进程以及康乐南路的带动，让珊美村早早地没有了耕地，名字也在1987年改称珊美管理区；1999年，称珊美村委会；2005年，命名为珊美社区居委会，并沿用至今。

作为厚街人，Winni也感受到了水涨船高的租房市场给自己带来的好处。

她还记得位于今日汉邦广场附近的老房子，4层，每层各有个单间，和一室一厅，虽然房子老了，但因为赶上了好日子，也身价暴涨。在1999年底开始出租后，一房一厅800多元一个月，单间则是四五百，而且只要有人搬走就立马有人搬进来，根本不愁租，每个月都能收到六七千元的房租。她读大学时，从来不缺用钱，每到月初，父亲就给她转两千元。租房的除了无数涌入厚街的打工仔打工妹，当然还有蓬勃发展的酒店业所带来的服务人员。

这时的杨永安也和老婆一起出现在厚街中学附近。因为长住大陆，所以他的爱人也来了。每到周末，她总会做几个拿手好菜，邀请周边的台湾老板们一起聚餐，大家吃完都说好，要他们不如开个馆子，这样大家不仅有得吃，而且有聚会的地儿。他本来是不想继续的，一开始把馆子的事都丢给爱人，但后来他发现做鞋子还不如搞餐饮，所以就辞职，再次更换自己的人生赛道，重拾旧业了。

直到今天，杨永安都记得到2020年之前，他的饭馆一直人气爆满。除了台企老板喜欢之外，他多年对餐饮和实体的经营，也让他非常注意质量。他常常亲自下厨，和爱人一起为客人烧菜。如果菜品不好看，他都要求倒掉重做，所以每到吃饭时，经常会有人排队。

回忆起这样的经历，杨永安觉得就像在眼前似的，让人一想到，嘴角便不免微微地上翘。但奇怪得很，它又缥缈，抓又抓不住。

3

第三部分
CHAPTER

当高科的微风，拂过了松山湖

第十二章

转战松山湖

在1999年迁居东莞之前，何思模就已经在扬州有了属于自己的一片天地，专注于UPS电源。

和无数在东莞创业的老板相似，他的创业经历也充满汗水和血泪。如果找一个对标对象，他和比亚迪的王传福、创维的黄宏生等应该类似。这个1965年正月出生在安庆一个贫苦农民家庭、比王传福等人都大的穷小子，也属于当年饿过肚子的那批人，经历过与饥饿的抗争。后来，他披上军装上了前线，又开始了与外敌的抗争。但不幸的是，因身体等原因，才40多岁的父亲竟抱憾离世。等他回到家时，父亲的坟上已经长满了青草……

真正的机遇刚刚开始

在部队服役期间，何思模得知，美国总统尼克松1972年访华时，赠送了两台UPS产品作为国礼——这也是当时全国仅有的两台，属于很高端的计算机外部设备——这让他对此萌生了强烈的兴趣。及至1989年，时代浪潮涌动，市场对于高效、稳定的电源设备及配套解决方案的需求如潮水般上涨，而进口UPS电源垄断了99%的国内市场。他目睹此景，怀揣着对国家科技自立自强的深切期望，毅然决然地在古城扬州踏上了创业征途，也一并开启了与失败的抗争。他的愿景清晰而坚定：自主研发生产UPS，成为国际知名企业。

那年，他从银行借来了3000块钱，承包了一家校办工厂，这便是易事特的前身——扬州东方电源厂。但世事总不如人意，一开始的轰轰烈烈，没多久就因弹尽粮绝而眼见功败垂成。好在他相信自己的产品质量，而从军多年的经历又给了他遇事坚毅、不轻易认输的性格，最后，他咬紧牙关坚挺，并在恩师、贵人相助下，闯过了一道又一道难关。

扬州无疑是个好地方。腰缠十万贯，骑鹤下扬州。但是，在相关领域经营良久，让何思模意识到，要想在国际市场上与美国爱默生、伊顿、法国施耐德这三大跨国巨头竞争，企业总部搬迁到外向型经济更发达的广东省无疑更有竞争力。

尤其是全球制造业向中国转移的大趋势，特别是许多国际品牌将亚洲区总部纷纷设立在香港——让他进一步意识到，去广东可以与国际接轨。

此外，他也很喜欢东莞这边的"小环境"，经济高速发展多年，大家对于创业充满激情，而政府在招商引资方面也给予外来企业很大优惠，所以营商环境比较好，行政效率也比较高。另外，东莞紧邻珠三角金融区，经济发展潜力巨大，其良好的劳动力环境，也满足了易事特这种制造型企业的人力需求。

1999年，何思模在塘厦龙背岭买了一块地，其实是一片荒山，到处都是垃圾。为此，他花了500万元平整荒山及垃圾填埋，建了厂房。"易事特"之名应运而生，寓意深远。其为"EAST（东方）"的音译，正指"源于东方智慧，创造现代科技"。"易"字，不仅取自《易经》的智慧，更寄寓了对事业的愿景——论事、作事、成事皆游刃有余；"事"字，则是对企业精神的直接体现——做事、做好事、做实事；"特"字，则强调了企业的核心竞争力——在自主研发和制造方面独具优势。用何思模的话说就是，这是属于做好企业的"本分"。

为了尽好这个本分，易事特和世界品牌施耐德合作，为对方贴牌生产UPS电源。从中他和公司都学到了很多，在国际化视野、管理、技术创新、人才引进、知识产权等方面都积累了相应的深度和广度。2006年，易事特与施耐德携手成立了合资公司，当时施耐德持有60%的控股权。后因美国商务部反垄断调查等诸多变故，易事特果断回购其控股股份，坚持易事特品牌，并全面启动了在资本市场登陆的筹备工作。尽管这过程几多曲折，但何思模认为，和施耐德的成功合作，打响了易事特的名气，也让人看到了易事特的实力。毕竟，不是谁都能成为施耐德的合作伙伴。至今为止，施耐德控股合资过的UPS电源企业，也唯有易事特一家。

这让人难免感慨，他来东莞还是晚了一步。如果能早早加入到东莞的发展当中，说不准能更多地收获发展的红利。

来晚了还有一重含义，那就是后来者总要为自己的迟到买单。因为摆在他们面前的，已不只这些红利，更有发展多年后累积的问题。或者说，前人挖下的坑。

千禧年前后的东莞，是"世界工厂"，东莞塞车，全球缺货。也有人用"空气"来比拟东莞制造，赞其"无所不包、无处不在"。

毫无疑问，自改革开放推行"三来一补"以来，东莞通过代工代产，逐渐摸索出了制造业的发展门道。借合作、合资、外资，在纺织、鞋帽、家具以及消费电子上多有布局，并随着规模扩大、技术更新、产业升级，走出了一些头部企业。它们除了让东莞接到更多订单之外，将东莞与世界进一步深度捆绑的同时，也推动了产业链的布局，甚至促使更多的"面目"加入并形成了多元、茂盛的产业生态。

但也有失误的地方。那就是随着"三来一补"的蜂拥而至，东莞很早就由集体经济转向了土地经济，这导致了当地的乡镇企业乃至民营经济的发育不佳。民营企业家除了对出租经济感兴趣之外，还有其他的局限。

在笔者写下这些文字的同时，《南方日报》东莞分社正联手东莞市上市公司协会专题关注30年来东莞这座"世界工厂"的资本跃升史。对方告诉笔者，过去这30年来，东莞作为世界工厂和资本市场共同成长，可以说，东莞资本市场在深化改革的过程中，为东莞高质量的发展提供了沃土，培育了大量的优秀的上市企业。只是，在"粤宏远A"饮了头口汤之后，由于大量莞商害怕上市手续繁琐，认为上市是一种束缚，要受证监部门、股东、股民等多重监督，在花钱、决策上面没有自由感，宁愿选择银行借贷等方式间接融资，也不愿利用资本市场更便利、更低廉的直接融资方式。直到2009年，众生药业上市，才打破了这一僵局。

僵局还有很多，比如尽管东莞外来者众多，但随着工业的发展，也让人逐渐感受到，高素质人才的欠缺。

此时刚从中国人民大学硕士研究生毕业的杨朝琴初出茅庐，被招聘到东莞市工商银行工作。在东莞的经历，让她切身感受到，当年的东莞在人才培养上还稍显欠缺和保守，除了高校在莞的不多，而且内部还强调"双本"，也就是说更关注那些本地的本科人才，目的也是怕好处落到了外人手上。相比之下，作为更市场化的金融机构，当年的银行要相对开放一些，所以才会去北上广招生，也才有了她到东莞的机会。

这让杨朝琴有机会感受身处两大城市之间的溢出以及"挤压"。改革开放推进多年，无疑让深圳此时已显气派。身边有广深两大都市，让生活和工作都比别人便利了许多，但是，它们对人才、资源的虹吸效应，也让人痛苦。更让杨朝琴感受明显的，就是广深的存在和对比，让东莞在政策上也成为了"洼地"。她时常听别人老是开玩笑说要对标深圳，但深圳和广州在制定政策上的权限都比你高，有的还高不少，很多事情都敢先行先试，这又怎么对标呢？另外，深圳的税收是两级制，而东莞的税收得交广东省和国家财政，是三级制的，最后才能留下25%。

但更致命的是，东莞虽然在求新求变，很早就提出了第二次工业革命的口号，却还是一直只有其心不得其法，仍然严重依赖外向型经济，以及相对低端的产品。1995年，东莞外向依存度曾达到433.8%的历史最高值。尽管在酒店业上一度有"北上莞"的戏称，但与北京、上海等高校院所众多的一线大城市相比，科研资源基础薄弱，科研人才匮乏，科技创新存在天然短板，所以很容易就触摸到了天花板，也很难带动城市向上发展。当时有评论称："东莞制造不是扎根本土的植物，而像一根根竹竿，插得容易拔走也快。一旦土地、劳动力等生产要素成本升高，产业资本就会掉头而去，另觅低处。"

何思模在相当长时间内是痛苦的。在没有品牌知名度的情况下，给别人代工，挣的是小钱，也是辛苦钱，没有任何含金量，是任何人都可以代替的工作，而且永远是被动的，没有发言权。所以他最想做的是打造自己的品牌，组建自己的研发团队，进行技术创新，这样企业才会有出路。但是谁又能伸手拉他一把呢？

痛苦的并不是何思模一个人。和李实一样是做保安出身的郑耀南，在1998年以妻子吴小丽之名创办了"都市丽人"之后，曾一度遇到过最好的时光，利润高、回款快。在他的回忆中，当时的都市丽人帮别的企业代工，代工收入占当时收入的四成左右，一年有数百万元。然而，经过长时间的考察，他发现产品产销的每个环节都有利润点，但代工在整个价值链中是最短的。只有把价值链做长或者做好，你才能赚取额外的利润。

也几乎是在同一时期，厚街人尹积琪在三屯成立了琪胜鞋业，为人代工。只是，当他到国外市场走了一圈发现，代工企业根本没有发言权，价格、订单、款式都是别人说了算。笔者听来了这样一个故事：尹积琪大概是出国参展，回国时因为误机而在机场多逗留了一小段时间，正是在这个时间里，他想到了这样的问题："为什么别人可以拿着我做的鞋子，贴上品牌，直接面对终端市场，而我只能赚加工费？""为什么不能自己做品牌来获取更大的利润空间呢？"和他有着类似心路历程的是笔者的安徽老乡曾凌灿，尽管做的是手袋，但和鞋一样，很多欧美大牌都在中国生产，但贴上牌子后价格却相差百倍甚至千倍！他在境外参展，却从来不愿意逛那些专卖店，大概是怕"受伤"。

个体的被动，最终汇集成了拖累东莞步伐的逆流。随着原材料价格、人力成本、土地租金等上涨，东莞简单制造业增长乏力。尤其是一旦遇到世界性的危机，倒闭潮和转移潮就如影随形地伴随东莞。就如1997年的亚洲金融危机，虽然将中国台湾、日本、韩国的一大批制造厂商推到了土地劳动力还相对廉价充足的东莞，但与此同时，它也让港商财富缩水严重，导致港商纷纷撤离东莞，很多鞋厂停工，楼市更是因为失去支撑而价格狂跌。所以，东莞需要继续求新求变，更需要重振旗鼓。

尤其是在中国经过多年的苦心追求之后进入世贸组织，让东莞的发展面临着机会，也是巨大的挑战。东莞需要摆脱依赖，发展科技，要从当年的"借船出海"尽快地转向"造船出海"。换句话说，就是从加工制造转向研发、制造、服务"三位一体"。

摸着点门道的尹积琪开始在1999年推行"琪胜变法"，从运动鞋转做高档皮鞋，从几条简单生产线开始慢慢扩大生产。更重要的是，为获得进入国内市场的敲门砖，他创立迪宝鞋业，加强自主创新，积极推行产品质量体系、环境体系认证，确保产品的质量安全，提升产品的档次，提高产品的价值，从线下品牌CHCH、TIBAO·AUCHEHO、BOFFIN一路做到了线上品牌FREUDENBERG、FDB、MWTS CHCH等众多品牌，从而将品牌溢价掌握在自己手中。

不过，相比较行业内部的革新，工业化阶段理论提出者钱纳里很早就提出，产业结构转变是经济增长的动力，经济发展的真相正是经济结构的转变。

对何思模来说，这才是自己真正的机遇。

终究是来得早，不如来得巧。

一网两区三张牌

"酒旗风暖天如画，空里春寒花未香。东莞人来歌一曲，金珠随酒喷中堂。"

2001年，段永平隐身幕后做起了投资人，将前台的风光彻底地让给了年轻人。怀汉新也伴随着中国保健品行业洗牌，离开了足球圈，开始了战略性转型。而黄建平在瓷砖行业依旧突飞猛进，在两年后被广东省政府授予"优秀民营企业家"称号……

多年后，有人在回顾这一年时，意识到21世纪无疑是"非线性世纪"，其显著特征如下：技术革新迅速，新技术和发明日新月异，特别是信息技术的发展和应用深刻地改变着人类社会，这种变化的因素和变化结果不是成正比关系，而是乘法关系、指数关系、"非线性关系"，而且这种趋势不断加剧。

这一年的5月31日，东莞市委工作会议上，市委书记佟星提出了东莞新的城市定位：现代制造业名城。

他环视着每一位与会者，充满豪情地指出："东莞未来几年总的计划是：今年掀高潮，年年有重点，一年一大步，5年见新城。我们要用10年的时间，把东莞建成以国际制造业名城为特色的现代化中心城市。"[①]

这在实事求是中透着"雄心"。多年来在制造业上的摸爬滚打，让东莞显然拥有了相应的优势。这也是东莞立足未来之本。但是，要想更好立足，就必须要全面实现现代化。

纲举目张。也正是围绕着这个战略目标，东莞确定了"一网两区三张牌"的战略思路，这七个字，简简单单，但影响东莞深远。

"一网"，自然是指把东莞作为一个城市整体来规划建设，构筑全市高标准基础设施网。正如东莞13条联网公路，和东深、莞长、莞惠、莞龙4条主干公路的扩宽改造，让东莞的各个镇街之间再也不是一盘散沙。也正如莞深

---

① 何建明、朱子峡：《东方光芒》，作家出版社，2009年版，第208页。

公路的建设，改善东莞市投资环境，进一步促进东莞市的经济发展，加强粤港之间及内地的经济交流。

其中，对东莞产业乃至整体形象提升最重要的，还在于东莞大道的修建。这条于2000年9月28日动工，于2001年9月28日竣工通车的大道，在当年建设者的印象中，是一条从偏远荔枝林土路中辟出的大道，其东北端起于东城街道旗峰路口，贯穿东城街道、南城街道、厚街镇等镇街，西南端止于厚街镇水乡大道莞太立交桥，已然成为东莞城市中心区的主轴线。它既是广深高速公路进入东莞市区的新门户，也打响了东莞高标准建设市政道路的"第一枪"，其沿路因地制宜，依路构景，繁花似锦，绿树成荫，犹如一条流光溢彩的生态走廊，是目前东莞设计标准最高、路面最宽、绿化面积最多、生态景观效果最好、功能最为完善的城市一级景观大道。

有趣的是，当年市内选择负责这一工程的单位，居然是东莞市农委。很多人觉得有些不可思议，觉得负责农委的，不就是一帮"农民"吗？这帮"农民"除了懂农业还懂什么？但事实证明，这帮人不仅懂得种水稻，而且更会"修地球"。

随着东莞大道的逐渐延伸，鸿福路、东江大道、环城路、松山湖大道、东部快速路、西部干道、港口大道等相继建成。行经在这条道路上，你很容易就能联想起深圳的深南大道。和深南大道相似的，还在于它的科技属性。以前的东莞，是广深之间的"通道城市"，有流量，但没有留量。虽然107国道边曾竖起了生益科技的大旗，但这远远不够。幸好，现在有了东莞大道，依托广深高速公路这一黄金通道的基础优势，吸引了众多企业环绕沿线布局，助推城市不断扩容升级。

"十五"期间（2001—2005年），随着一大批重大基础设施的相继竣工，特别是规划建设东莞大道、东江大道、环城路、松山湖大道等项目使东莞的城市功能日趋完善。东部快速、常虎高速、龙林高速等高快速路形成网络，既密切了各镇街与市中心之间的联系，也奠定了东莞现在组团式发展的基础。换句话说，它既进一步避免各个乡镇各自为政，还将推动强悍的产业链供应链的形成。

数据显示，2002—2006年的五年时间里，东莞全市共实施市级重点工程164项，总投资达296亿元。那五年，东莞凭借着建造新城的决心和动力，收获了"中国十大最佳魅力城市""国家花园城市金奖"等多项荣誉。

再说"三张牌":城市牌、外资牌、民营牌。

外资牌显而易见,作为靠外资起家的东莞,不能没有外资,不能不服务好外资。这是理所当然,也是必然的。相比而言,城市牌和民营牌以前做得还不够。尽管东莞有莞城——大约在20世纪90年代,沿着东莞运河两岸,莞城商圈开始萌芽。东莞最早一批市政文化设施、写字楼、商业街等在此落地,奠定了莞城"老大哥"的地位。但2000年左右,大量工厂从莞城迁出,莞城商业逐渐衰落。许多人开始往新城区迁移,东城中心由此拉开帷幕。尽管如此,多年来以乡镇为主打,只有篁村街道(后改名南城街道)、莞城街道、东城街道、万江街道等四个街道,让东莞常有被"喧宾夺主",给人到处是中心,同样也是没有中心的感觉。所以,东莞不仅要改变城市形象,增强城市的凝聚力,同时更要确立新的城市中心。这也让很早之前,跟海比较靠近,是通过造陆运动填出来的一个穷镇街(在1991年,GDP约1.3亿元,仅排在东莞33个镇中的第20名)的南城,开始逆袭——因为地处粤港澳大湾区的心脏位置,有着大片未开发的土地,并有广深高速公路、莞太路、东莞大道等贯穿全境,市区的二环、三环、四环和五环路也横跨其中,构建起"四纵十横"的交通网络,让它在长期扁平化的东莞推行"强中心战略"后一跃而成新中心。

2001年5月,位于东莞大道和鸿福路交口,东莞国际会展中心开始修建。这个坐落于东莞名山——黄旗山下的会展中心,是花园式大型会展中心。由于特殊地理位置,使会展中心在招展及组织展览会上成为东莞市不可缺少的稀缺资源。在落成之后,一度成了东莞会展业的另一核心地带。东莞更因此增强了自己作为现代化中心城市的辐射功能,提升了自己的国际化形象。

2002年,南城启动建设市行政办事中心等大型工程。两年后,占地面积约33万平方米的行政中心广场正式向市民开放。行政办事中心、会议大厦、展览馆、科技馆、图书馆、玉兰大剧院、青少年活动中心等一大批标志性建筑散布其间。随着行政办事中心的启用和一批建筑的建成,以及其他公共资源也开始如雨后春笋般,在这片土地上疯长,南城也逐渐取代莞城,成了东莞经济政治和文化中心。

日后随着东莞市委、市政府移驻南城区市行政中心广场办公,东莞的城市中心开始慢慢转移,南城鸿福商圈一座座高楼大厦拔地而起。2010年,台商大厦正式封顶,一改东莞没有高楼的历史;2011年,68层环球贸易中心建成，成为东莞第一高楼。同年建成的还有广盈大厦、海德广场，均作为商业或者写字楼作用。

与此同时，女人们下了班之后，开始不再去莞城运河商场买衣服了。取而代之的，是第一国际、汇一城、莱蒙商业中心等繁华商圈。这也让东莞的商业也在这数十年之间，经历了从莞城运河两岸，到东城、万江商圈，再到南城鸿福路的发展变迁。东莞人的消费习惯也从一开始的"上东莞"，后来的"下镇街"，演变成现在的"去市区"——某种意义上，这体现了东莞进入新世纪后在发展上的新理念和新思路，那就是"经营城市"。

只有经营好了城市，让城市得以升级，才会有更好的服务业进来，才会有更好的城市功能。当城市的环境和所营造出的生活方式越有吸引力，有头脑和有资本的人才就越愿意聚集过来，这样才会促进东莞的产业升级。2004年，中共东莞市第十一次代表大会又确立"一城三创五争先"战略思路，在突出创新发展模式、创新发展环境、创新发展能力的基础上，将东莞打造成现代制造业名城——这无疑彻底地改变了原先"加工制造基地"的城市定位。言下之意，东莞已经锐意从传统的加工贸易，转型升级为现代先进制造业，努力提高产品的附加值，向产业链前后延伸。

把民营牌和外资牌、城市牌放在一起，也凸显出了东莞在多年发展之后，把民营经济视为自己未来发展至关重要的一张牌。打好城市牌，可以为民企的发展和转型提供更好的支撑。与此同时，发展民营经济，也是提升本土经济活力。我们不能只有外资，没有民营经济。毕竟，外资说撤就撤，但民营经济却要和自己脚下的土地生死与共。只有发展民营经济，东莞最终才不会被外资"卡脖子"。虽然民营经济在东莞的发展一度遇到问题，但幸运的是，曾经那些依附于各种外资工厂的创业者们，或者在外资企业打工的打工仔、打工妹们，如王馨、向莉一般，在历经千辛万苦之后，逐渐成长起来，开门立户，或抓紧各种机遇，纷纷杀了出来，东莞的民营经济才有了更大的起色。这就像笔者认识的另外一位朋友——朱立无——的名字所体现的那样，从无中站立起来，有点从零到一的意味。尽管也来自内陆小城，但他比王馨、向莉要稍微幸运，是以优秀大学生的身份加入到台达中来。也正是自身的条件以及在台达多年的磨炼，让他日后也成了东莞的一位优秀的创业者，名下的公司包括西尔普数控。

无疑，这样的从零到一，让王金城们进一步享受到时代的红利，让陈润光、莫志明、刘学斌等人的企业如滚雪球似的发展，当然也让刘建伟的手艺有了充分发挥的空间，这位和何思模一样都是在1999年来到东莞的福建上杭人，尽管创业的初年，仍然有些困难，但是东莞一片向上的氛围，还是让他的建筑公司谦元建设迅速成长为业界知名的工业园区、工业厂房建筑设计与施工专业服务商，并投资兴建钢建构加工厂。

这也是林木勤将东莞当成东鹏特饮样板市场的一个重要原因。尽管打上了山寨标签，让东鹏特饮的日子一度很难过，但是，它在红牛的围剿当中，找到了一条"野路子"，那就是在主打一个容量更大、性价比更高的同时，将目标对准城市里的那些熬夜加班的白领以及货车司机、工地搬砖的工人、流水线上的厂工……他们需要提神，但消费能力较弱。为了更好地服务这些对象，东鹏特饮采用了塑料瓶包装，在降低生产成本的同时，还巧妙地解决了易拉罐装饮料"要么一次喝完、要么扔掉"的尴尬。这也让东鹏特饮在某种程度上成功摆脱了红牛的影子，塑造了独特的品牌形象。

但更让人喜欢的是，其为了卫生而增设的杯状透明防尘盖，竟无心插柳，契合了诸如司机、钓鱼爱好者等众多消费者在实际使用场景中的需求，比如说被许多卡车司机巧妙地用作烟灰缸。既然锁定了目标消费群体，那么，东莞无疑是东鹏特饮最需要的市场，因为这里工人流动性大，也是货运司机最多的地方，选择此地，不仅物流成本较低，也可以通过他们快速将品牌传播出去。林木勤坚信，只要在东莞取得成功，就能为品牌的进一步发展奠定坚实基础。也许，喝了无数瓶东鹏特饮，且被"年轻就要醒着拼"这样广告词所激励的年轻人，不会意识到它来自于道滘镇大罗沙村工业区。

和东鹏特饮同在一条粤晖路上，有旗峰纸业、东莞职业技术学院（卫生健康学院）、思朗食品以及和华美齐名的佳佳美。这个在名字上就透着它的方位——位于东江南支流入江口附近，有东莞水道及其支流厚街水道打南而过的镇街，是中国特色食品名镇，美食文化底蕴深厚，至2023年成功举办了十届中国（道滘）美食文化节活动。"道滘粽""道滘肉丸""道滘米粉"等一批风味独特的传统美食载誉珠三角，蜚声粤港澳，是不少东莞人的童年记忆。而佳佳美则在粽子和传统糕点上有自己的独到之处。某种意义上，东鹏特饮和道滘之间也是一种双向奔赴。事实也证明林木勤的远见卓识，东鹏特饮在东莞大受欢迎，并在2012年实现了单城市销量破亿的辉煌成绩。

这是东莞民营经济的发展亮点，也是东莞之所以不断吸引人投奔的原因。但对东莞发展至关重要，并将东莞发展理念落实到实处的，还在于它的南部——一个在东南角的虎门港，一个在中南部的松山湖科技产业园的建设。

它们是为"两区"。

再造一个东莞

虎门，中国近代史的肇始之地，见证了东莞乃至整个中国的开放和觉醒，又一次在新的征程中，被赋予了新的使命——位于珠江口岸，是广州、佛山等珠江三角洲地区通往海洋的交通枢纽，虎门具有得天独厚的港口条件。作为沿江沿海城市，东莞不可能没有自己的港口，曾经的码头也遍布整个东莞。至清朝末年，东莞县内共有码头36个（除横水渡口外），其中东莞、石龙、太平是东莞县的主要港口，沙田港和麻涌港作为补充。不过，作为东莞地区主要客运港之一，东莞港的港口客运业务受公路运输分流而逐年萎缩。更要命的是，随着东莞产业的发展，这些港口小而分散，很难承担现代物流的需求。早在1992年，东莞就提出要建港口，甚至成立了港口建设筹建办公室。

1997年，国务院批准东莞沙田港和太平港合并，建设国家一类口岸，定名为虎门港。但多年来，虎门港的规划一直停留在纸面上，甚至连开发的权限都没有得到明确，就连周边的某枢纽港，都想要将虎门港岸线所在的港口纳入枢纽港，这也意味着，虎门尽管属于东莞，但虎门港却不是东莞的。幸运的是，经过多方争取，在2002年的省长办公会议上，最终将虎门港的权限敲定下来，那就是虎门港的岸线，除了新沙一期二期以外，其他全部纳入虎门港开发建设管理，以虎门港的名义直接上报审批。

2003年，虎门港管理委员会正式成立，全面统筹开发虎门港，并将虎门港划分为麻涌、沙田、沙角、长安和内河等五大港区。这不仅奠定了虎门港发展的基础，更让东莞在21世纪之初经济全球化的浪潮汹涌澎湃之际，以虎门港为依托和龙头，开发建设沿海产业带。这不仅有利于开发利用虎门港的黄金岸线资源，而且利于东莞构筑便捷高效的外贸出口新通道，优化市域经济空间布局，促进产业结构升级，提高国际竞争实力。

2004年，林海川进军虎门港，成立了旗下第一家石化仓储企业——东莞三江港口储罐有限公司，成为虎门港立沙岛化工区的拓荒者，并开建了岛上的第一个石化仓储项目。此前，林海川于1996年将虎门化工改制成立宏川化工，但困于化工贸易在化工行业中处于中游，属于"夹心饼"，利润受到上下游的挤压，非常微薄，所以自2001年开始，他向产业链下游的化工制造业拓展。不过这次的拓展也归于失败。所以，他又将目光投向了化工仓储业务。显然，虎门港成了他的"福地"。随着2009年两期项目全部投产后，该项目的货物吞吐量、出租率和营业收入等关键指标均在华南地区名列前茅。这也推动了他并购了位于苏州太仓港的太仓阳鸿石化有限公司，2012年并购了位于南通如皋港的南通阳鸿石化储运有限公司，成功将石化仓储版图从珠三角地区延伸到长三角地区，在国内两个最活跃的化工市场完成了布局……

虎门港见证了宏川做大做强，反过来，它也证明了虎门港开发的重要价值。不过，正如当年的太平让位给虎门，日后的虎门港，也让位于东莞。2016年，虎门港重新更名为东莞港。到今天，虎门港已然发展成为一个集港口、物流、加工、保税、信息等多种功能于一体的综合性港口，拥有完善的集装箱、散货、油品等运输系统，可以满足各种类型的货物运输需求——换句话说，当东莞打造好虎门港，建立更多元化、更便捷的出海通道，"造船出海"才有了更大的可能性。

在东莞这一波港口建设热潮当中，石龙也无疑受益颇深。作为东江分流之地，北依增城，东邻惠州，让它在历史演变中一度受宠，不仅为"广东四大镇"之一，也是广九铁路重要站点。其石龙港由新、老两港组成，老港在石龙镇北、东江干流南岸（码头于20世纪60年代建设），新港与老港隔河相望，于1975年8月开港。这一年，新港水铁转运码头正式建成。多年来，石龙一直没有放弃自身的水铁联运优势，尤其是其地处珠江口东岸的电子信息产业和珠江口西岸的优势传统产业走廊交界处，更让这一优势凸显出来。这也让它将物流产业作为自己发展的重要方向，并加大力度建设广东（石龙）铁路国际物流基地。2009年，和中外运携手，共建珠三角物流中心。2013年11月22日上午11时20分，一箱标有"SINOTRANS"字样的集装箱被装入车皮，从石龙发出，开往阿拉山口。这意味着东莞石龙铁路联运专列启动运行，也标志着东莞石龙铁路发运中心打通了国际"门到门"铁路线路。尤其是"粤新欧"（石龙—阿拉山口—中亚五国）、"粤满俄"（石龙—满洲里—俄罗斯）国际铁路联运专列开通，不仅推动了东莞制造的输出和世界的贸易往来，更被广东省称为广东"一带一路"建设的"头号工程"。

不过，有了出海通道，东莞自己造的"船"，又在哪里？再换句话说，当确立"努力把东莞建设成为以国际制造业名城为特色的现代化中心城市"的战略新目标，随之而来的问题是，支撑东莞新梦想的动力从何处来？

松山湖呼之欲出，温和地走入了这个良夜。

直到多年后，黎惠勤还记得自己当年出席的一场会议，它是由刚出任东莞市委书记的佟星主持。"到会后，黎惠勤发现，参会人员不多，主要来自东城、大岭山、寮步、大朗、黄江等几个莞深高速公路沿线的镇街，而不是来自所有镇街，他隐约感觉'可能有大动作'。"《东方光芒》一书，披露了2001年谋划时的情形。

佟星说："东莞发展到今天，已成为颇有名气的加工制造业基地，有一万多家加工贸易企业，相当多的企业是租用了镇村的厂房。历史地看，这是一种成绩和进步，但这种过度依赖外资和粗放经营的路子难以长久。"佟星想改变这种模式，探索和加快产业升级。他的构想是：在莞深高速两边征100平方千米土地，然后建一个大型的高新科技园区，以其强大和优质的研发、服务和聚集功能来支撑和推动东莞加工贸易企业的转型升级，引导和促进企业走自主创新之路，带动和辐射镇街发展。时任大岭山镇党委书记的黎惠勤第一个发言表态支持："因为在大岭山镇担任党委书记时，他曾费尽心思力邀一些拥有高新技术的大企业入驻，但对方直言'投资环境不好'。说白了，就是东莞不够漂亮。"①

这批评一点都没错。在很长时间内，各个乡镇在赛马机制下你争我夺，让东莞的工业漫地发展，呈现出一片活力的同时，也让东莞农村不像农村，城市不像城市。事实上，自20世纪80年代末90年代初期起，东莞就开始从"满山放羊"转向"设园引资"，成效显著。但囿于各种原因，以往的园区

---

① 燎原：《被小瞧的东莞，被误解的太多》，盐财经，2022年4月16日。

规模一般都不大，档次也不高。

这种遍地开花的工厂和制造业分散的产业结构，不足以支撑东莞新一轮发展的重托，也让东莞缺乏可以撬动整个产业升级的技术"支点"和"杠杆"，但是，集中一片区域来发展，大家又有疑虑。"主要是因为，工业园区需要从各镇街划出一些区域来成立，这意味着一些镇街因此失去GDP，失去土地，也可能因此失去镇街未来发展所需的空间。"这一次也遇到了同样的问题。"佟星主持会议时，就有镇党委书记提出类似担心：'把我们镇的土地给统了，以后我们镇发展靠什么？如果项目亏本，要不要镇里来承担风险？'"①好在佟星给了一个斩钉截铁的回复："在统筹发展的前提下，我们市委、市政府一定会处理好各种利益关系，考虑好农民的现实和长远利益，扶持和辐射镇区经济发展。另外，我们也对这个项目做好论证，尽量规避风险，也有能力来承担风险。"②

2001年7月9日，东莞市召开第19次市委常委、副市长联席会议，再次研究探讨东莞兴办大型工业园的设想，认为要保持东莞的发展势头和竞争力，建设高新技术产业开发区切实可行而且势在必行。为加快推进市级高新技术产业开发区选址工作，7月15日，东莞市政府成立了"东莞市工业园区建设筹备领导小组"，在全市进行选址筹备。

7月23日，东莞市第20次市委常委、副市长联席会议原则上同意筹备建设"松山湖科技产业园"。建设松山湖的宏伟构想，开始转变为实际行动。

9月24日，市委、市政府联席会议通过成立东莞市松山湖科技产业园管理委员会的决定，明确管委会作为市政府派出机构，行使市一级管理权限，实行"松山湖的事松山湖办"——这句显得有些特立独行的口号背后，是松山湖轻装上阵、放手去干、大胆去闯的直接体现。

这个项目最终选择了大岭山、寮步、大朗三镇靠近松木山水库的部分边缘地带，一共规划出72平方千米，当年属于一片黄土黏脚的山林区域。这也是经过考证的，因为东城靠近城区，可利用土地不多，黄江偏远了一点，规划上不好处理。

后来，笔者在采访当年曾参与和佟星一起选址的某位老大哥时得知，当

---

① 燎原：《被小瞧的东莞，被误解的太多》，盐财经，2022年4月16日。
② 燎原：《被小瞧的东莞，被误解的太多》，盐财经，2022年4月16日。

时的市领导租了架小型直升机，想从空中看看哪里合适。他们看的第一个地方，是在厚街附近，但那显然已经开发成熟，难以动迁。最后飞到松木山水库，看底下郁郁葱葱，村民散落其中，动迁压力不大，当场拍板，就将新城选定于此。不过领导说，叫湖才有点城市感觉，像苏州的金鸡湖，所以松木山水库就改名松山湖，而这个项目也因此被呼为"松山湖科技产业园区"。

今年再回过头看这种选择，不禁觉得这是一种天作之合。松山湖位于G94高速附近，有着便利的交通条件，但与此同时，又属于三镇经济不算发达的地区，单独拿出来规划对三镇经济构不成伤筋动骨，相反，一旦成熟，还将对三镇反哺。而且，因为还保持着相对原始的风貌，是空白的图纸，所以更好作画。

这画一出现，便靓丽逼人。虽然在很多人眼里，到这里像是被"流放"了，但它的"落笔"无疑是"惊风雨"的。它一开始就肩负着创新使命。一方面，它要再造一个东莞，这不仅是地理上的再造，更是工业上的再造。让东莞焕发新生的同时，也有一个产业向上升级的空间。另一方面，它希望改变传统的发展路径，尤其是多年来一直存在的城市与产业相互割裂的困局，实现完美的"产城融合"。

在工商银行做职场丽人没几个月，杨朝琴就和一帮来自天南地北各大高校的同事转战新的战场，进入新成立的松山湖管委会。她记得去的同事中，北大清华人大都有，其中人大的去了四个，北大清华各一个，中财的两个，还有广外的一个，总共七八个人。所以当时很多人戏称，工商银行不是为自己招人，而是给东莞市政府在招人。之所以松山湖要将她们从工商银行给"薅"过去，原因也很简单，就是让松山湖的发展有个高起点。

这也让东莞少了一些金融人才，而多了城市管理和产业经营的人才。从杨朝琴那里，笔者又再次听说了"科技共山水一色，新城与产业齐飞"这句当年响彻整个东莞的口号，它也成了管委会在松山湖建设上一直不曾变动的生态格局目标。

东莞的企业最早参与了松山湖的建设。今天的松山湖有个著名的光大We谷——它的投资者光大集团，正是由东莞人陈润光创办。而该集团也正是松山湖的建设者之一。它先后建设了兴园路、科苑路、新城大道、沁园路、大学路、新竹路、迎宾路、红棉路、玉兰路、环湖路、工业东路、工业西路、工业南路、工业北路等主要道路，完成园区内60%主要干道建设，总长约61.65千米。同时，还完成了松山湖管委会、松山湖学术交流中心、松山湖图书馆、东莞理工学院松山湖校区、松山湖生产力大厦等市政配套和院校等44栋单体建筑的建设，总建筑面积高达50平方米。

因为建设工程量之多、面积之大，几乎到处都是工地，加上要集中精力建设好松山湖，光大在其他地方的项目，能停工的全部停工，几乎是举集团之力来支持园区建设。陈润光之子，2006年从英国留学归来、进入光大公司的陈健民至今还记得，"有好几次，因为晚上赶工，父亲在松山湖的工地内迷路了"。

湖北安陆人，1989年7月参加工作的蒋亚军，是华中科技大学建筑与土木工程专业工程硕士。大概和自己的专业有关，他也成了最早一批投身松山湖建设的逐梦者之一。多年后，他告诉《经济日报》的记者："当年我从建筑设计院来到荒无人烟的松山湖，天天与树为伴。我本是不愿加班的人，可一想到脚下这片热土的愿景就兴奋，就想着去加班去奉献。"①

在老大哥的印象中，既然是"再造一个东莞"，松山湖不能像以前那样直接"三通一平"，而是按照原地保护的方式，来进行建设。首先，松山湖水库周边十数平方千米不能住人，开发也不能粗线条，而是一步步来。其次，在保护松山湖周边荔枝林的同时，还要拼命栽树，据说将周边的苗圃都买光了，最后别人要买树苗，还得找松山湖买。

如果我们仔细观察松山湖产业园区的马路，你还会发现它们都有一个特色，那就是很少有一马平川，大多弯曲辗转，有些地方甚至还会按照原先的样子高低起伏。但也正因为没有对原来的自然地貌大挖大铲，且全面鼓励和倡导依丘陵山地灵动设计，并没有按批量标准化的大平地空间或十字交通结构等，进而很好地保留和体现了松山湖原有的生态肌理和自然环境——这种依山傍水，保持原生态的做法，让松山湖的建设至今仍是城市规划设计领域的典型案例之一，也让松山湖在2009年起被评为国家AAAA级旅游景区，并在2023年再次确认这一级别。多年后，东莞市林业局总工程师徐正球还不无感慨地说："松山湖也是'绿美东莞'的最佳诠释，它自始至终将生态建设放在首位，精准扣好了发展的第一粒扣子。坚持先环境后产业，广植绿树，建

① 经济日报调研组：《东莞豪迈》，《经济日报》，2022年5月9日。

设公园城市，终得凤凰栖梧桐的美好景象。"

这也是松山湖之所以能在一片荒山野岭中长大，同时从松山湖科技产业园区逐渐变成现在大家熟悉的东莞松山湖高新技术产业开发区的重要原因。尽管松山湖走上高科技之路，并不是一蹴而就的，也不是一开始就带着这种神圣的预想的，但是，它的开发无疑是先人一步的，符合一些企业对生态、环保的诉求，同时它的生态也无疑符合高科技产业的调性，所以日后才有了诸多科技公司尤其是华为的进入。

松山湖的"先行者"

放眼整个中国，类似于松山湖的开发区显然并非独此一家。

早在1979年7月，中国在深圳设立蛇口工业区，标志着我国第一家工业园区的开始建设；1984年10月，中国设立第一个国家级经济技术开发区——大连经济技术开发区；1988年5月，中国第一个高新技术产业开发试验区——北京市新技术产业开发试验区成立。它起源于20世纪80年代初"中关村电子一条街"，1999年8月更名为中关村科技园。中关村的命名，来源于对海淀保福寺村5间、6间之俗称"中官屯"（当年太监养老葬身之地）的误读，但今天它让人联想起的，一定是中科院，以及联想和百度这些知名的IT企业。更多活跃在舞台上的名人，也正是在这个时候从中关村冒了出来，从求伯君到孙宏斌，再到王峻涛、雷军，以及不管"3721"的周鸿祎，他们都在这里找到了自己快意江湖的雄心。他们基本上是20世纪六七十年代生人，都赶上了属于自己的时代。2001年，北京第一家私营高新技术企业，成立时只有两人的"软件小作坊"的用友上市，此时只有36岁的创始人王文京身家50亿……

如果说北是"中关村"，那么，南就是"张江"了，张江和松山湖有些相似，出身都是"一穷二白"。当年的松山湖是森林，张江高科则是农田。但是随着当时世界第三大制药公司瑞士罗氏制药在1994年入驻张江高科，张江不仅在工资都快发不出来的困境之中，成功地引进了第一家外资企业，从而为日后的招商树立标杆，也就此开启了自己身为"药谷"的历史，日后，又进一步驶上"医"和"E"双轮转动的道路。

从中关村、张江高科身上，我们能看到打造一个具有高质量的产业园区，不仅顺应了时代发展对科技的诉求，更是给城市的进步提供了巨大的动能。但显然，松山湖和中关村、张江高科并不能相提并论。紧邻高等院校和科研院所，让中关村聚集了中科院、清华、北大等院校的人才。张江尽管出身条件不好，但是背靠京沪这样大体量，具有其他城市无可比拟的优势，这都是松山湖很难拷贝到的。即使更为接近的苏州大工业园，也是苏州和新加坡合作的结果，同时也是中国与新加坡首个政府间合作项目，背后有国家力量的支撑。

相比之下，松山湖的开发，更显东莞的魄力。但同时，也必须另辟蹊径。某种意义上，"科技共山水一色，新城与产业齐飞"让松山湖找到了成功的密码。与此同时，它给了很多像何思模这样有着抱负的企业家，在瞌睡时的枕头，焦虑时的良方。

2004年，易事特选址松山湖。2006年，易事特以世界500强合资公司身份入驻松山湖，2009年，回购合资公司股份走向自主品牌……对何思模来说，松山湖就像是其幸运的符号，推动着易事特不断地向前滚动，不仅从合资回归自主品牌，更重要的是，从传统的制造业向高端制造业进发。2014年，易事特更是在深交所上市。

易事特在松山湖的总部，在工业北路上。一起建设的，还有当年的专家公寓。为了笼络人才，何思模也在选址阶段做过调研。东莞市内建议他在莞樟路旁建设。为此，每晚下班后，他都守在路旁至深夜，深入观察不同时间段过往车辆对周边形成的噪声影响。这也让他发现，虽然靠近莞樟路边的地块更平整，交通区位条件更优越，可员工在那里工作生活肯定受影响，尤其深夜睡眠。所以他决定企业选址宁愿远一点，不方便一点，也要让员工舒坦一点，为员工考虑多一点。

今天在同一条工业北路上，和易事特隔生态园大道相对的，是松山湖工业大厦和松山湖中小科技企业创业园，和它隔工业北三路相对的，则是雪花啤酒，它的前身应该就是金威。

差不多和它们同期进入松山湖科技产业园的，有曾毓群参与创业的ATL——2004年5月24日，它的子公司东莞新能源科技有限公司在松山湖成立；以及，生益科技。当年的生益科技发展迅速，107国道"门口"的土地很快就不够用了。刘述峰为此找了几次佟星，想在万江再要一些地皮。后来佟星出了个主意："你这么想要土地，正好我们松山湖正在搞开发，你就进来吧。"也就在易事特选址松山湖、新能源科技成立的同一年，"生益公司董事会日前审议通过了在东莞松山湖购置发展用地的可行性方案，并拟在松山湖投资建设第一期年产400万平方米覆铜箔板和1200万米粘结片项目，这是生益为保持未来可持续发展而制定的重大产业发展计划……"来自2004年《印制电路资讯》杂志一篇《生益科技　扩大产能》的文章，透露了生益科技的雄心。

最让人意外的，也许还来自这样一个企业：东阳光。名字虽然带着强烈的明亮感，但因为自身的低调，曾一度少为人知。它也曾让笔者一度误以为是"东莞的阳关"，事实上是由东阳南马镇人张中能于1997年在广东韶关乳源成立的。这和唐翔千相似，又是一个长三角与珠三角亲密相拥的故事。和传统浙商很像，张中能有着冒险精神和对市场的洞察能力，最终建立起了"电子光箔—电极箔（包括腐蚀箔和化成箔）—铝电解电容器"的完整产业链，更是在宜昌以及鄂尔多斯、遵义等多处布局。也就在2001年，以传统机电加工制造为主营业务的东阳光突然入主宜昌长江药业有限公司。这不仅拯救了长江药业，也让东阳光自此开启了在生物医药上的重要布局。这一年前后，东阳光开始进入东莞，并将行政、研发、销售及财务管理中心放到了长安。东阳光的说法是，老板希望大家都能像家人那样生活在一起——东阳人都有一种做大家长的气魄，喜欢大家都能聚在一起，然后他能照顾大家，让每个人都能过得比较好——如果选择在速度过快的深圳，大家一下班往往都各奔东西，就没有了那种亲人的感觉。相反，东莞在生活和事业之间就很适宜。这无疑给东莞在日后发展生物医药产业埋下了一段重要的"注脚"。很快，张中能便在长安建立了医药研究院，2003年12月，更是在松山湖创建了东阳光药业公司。如果说在长安设立的研究院是东阳光的投石问路，在松山湖创建的东阳光药业则是该企业正式进入医药领域标志性事件。

毫无疑问，东阳光药业创建之初也是为海外药企做OEM，一开始就是按照欧美国家药企的标准建厂的，为斯洛文尼亚、德国、英国等欧洲国家大型药企代工生产药品，但是它的最终目标无疑是通过不断仿制，并最终实现自我创新。让它一炮打响的，无疑是流感神药——奥司他韦。2005年，H5N1型疫情全球爆发，在全球政府订单暴增的情况下，最早研发奥司他韦的罗氏，放开专利授权扩充产能，长江药业以及上海中西三维（上海医药子公司）获得罗氏的奥司他韦专利授权，允许在中国生产销售。结果，在国内奥司他韦市场中，强龙压不住地头蛇，罗氏生产的"达菲"很快就被东阳光的"可威"给反超。也就在2005年，东阳光选择在长安成立研究总院（东莞长安研发基地），下设东阳光科和东阳光药两个研究院。四年后，东阳光启动普拉格雷项目。作为知名的口服抗血小板重磅炸弹药物，普拉格雷是东阳光自主研发、自主注册的首个美国首仿药项目。也是中国第一个美国仿ANDA。

尽管长安对东阳光意义重大，但松山湖却实实在在地推动了东阳光药业的飞速发展。在谈及为何落户松山湖时，答复脱离不了这三个方面的考量：一是松山湖制药厂定位于东阳光药业海外仿制药的生产基地，主要出口欧美地区，东莞有区位优势；二是东莞属于珠三角地区，相对内地更加容易吸引人才；三是希望厂址和研究院靠得更近。又是一起"搂草打兔子"，松山湖的生物医药产业由此肇兴。

不是谁都可以进来的。这中间还发生了这样一个故事，那就是某名校想在这里做科技园，希望东莞能批几百亩地，这本来是很多地方求之不得的好事情，但是东莞最后还是拒绝了，因为要吸取深圳的经验。在深圳，名校不仅要土地，还要编制。有编制才来，没有编制就不来。这对东莞无疑是个很大的压力。

但不管如何，松山湖都要感谢它们的好意，以及易事特、生益科技和ATL等的到来，正是它们先行一步，也给了很多人示范作用，让大家看到了松山湖对科技产业的热衷和追求，以及东莞求变求新的决心。尤其是易事特，不仅给这里带来了诸多专家，还利用何思模的人脉资源，于2006年创建了博士后工作站。这是东莞首个博士后工作站。当年在浙大读博一的于玮，被"盯"了数年后，最终成了易事特集团首席技术官、博士后科研工作站主任。此外，易事特还为东莞带来了行业首个国家认定企业技术中心，以及院士专家工作站等高端科研平台，先后承接国家及省市级重大专项30多项，起草参与国家及行业标准制订30多项，累计授权专利近千项、取得软件著作权200多项、拥有自主核心技术90多项，构建起先进的研发及知识产权创新体系，吸引超千名研发技术精英，在赋能企业的同时，也为松山湖的发展作出积极贡献。

不难想象，随着"成本洼地"的东莞，插上生态、科技双翼，变身"价值高地"，真正再造一个东莞，终将从蓝图变为实际。

不过，相比较日后，此时还是"小身板"，只是一家省级高新区的松山湖，显然还没有那么高调，还让很多人半信半疑。

第十三章

松山湖的N个"第一次"

松山湖的建设和发展有无数个"第一次"：2001年，东莞市第一次提出开发建设松山湖科技产业园区，规划控制面积72平方千米。也正是这一年的11月9日，经广东省政府批准，松山湖科技产业园成为省级高新技术开发区，并更名为东莞松山湖科技产业园区（以下为行文方便，多处简称松山湖）。

2002年，松山湖科技产业园第一次奠基典礼隆重举行，标志着园区发展的快马加鞭。这一年，松山湖被科技部科技促进发展研究中心评为"中国最具发展潜力的高新技术产业开发区"——说明即使此时还是穷乡僻壤，但大家都已经意识到，这片土地蕴藏着巨大的能量。这一年，在松山湖景区东北的东部工业园经东莞市政府批准设立。园区横跨常平、企石、桥头、横沥四个镇街，总规划建设面积37.4平方千米。

2004年，松山湖大道第一次通车，实现了松山湖与东莞市区交通动脉的畅通。这一年，松山湖被国家信息产业部授予"国家信息产业基地"称号。

2005年，第一次明晰走新型工业化之路，目标甫定，开始大刀阔斧的建设。也正是在这一年，松山湖行政办公区、商务办公区、生产力促进基地、中心公园等主要公共配套设施落成竣工，松山湖新城初步成形。

2006年，继2003年动工建设、2005年竣工运营东部快速路①之后，东莞市第一次做出了整合东部快速路沿线寮步、横沥等六镇汇合处土地的决策，开发建设东莞生态产业园，规划控制面积31平方千米。

---

① 东部快速路又称东部快速干线，是东莞市境内一条连接寮步镇与桥头镇的城市快速路，为东莞市东部干线公路的重要组成部分，也是广东省高速公路网中珠三角环线高速公路的联络线。

这一年，凯悦酒店集团在松山湖北面落子。这是一座占地面积达到20万平米，其中有近1万平米的荔枝林，最终成功地"消隐"于自然山水之中的建筑，内部却又别开洞天，可谓是集旅游、度假、公务于一体。可以说，在东莞酒店业的经验积累之上，松山湖提供了又一个"第一次"。它的背后则是东莞的又一个隐形富豪——丰华集团的卢涂波。

2007年，风光旖旎的松湖烟雨第一次成为"莞邑新八景之一"。"烟雨蒙蒙是松湖，水天一色草木舒。"这个8平方千米的水域，42千米长的滨湖路，四周峰峦环抱，湖面烟波浩渺，无疑是松山湖"科技共山水一色"最好表达。这一年，松山湖被科技部列入"部省市共建国家火炬创新创业园试点计划"……

这些"第一次"不断地冒出和累积，一定会让你记起曾经一无所有的自己，咬紧牙关奋力向前的模样。时间的浸染，让你的面容由青涩到稳重，心境由流离到安定……很多时候以为这要花很长时间，转过头才发现这才不过十几载春秋。

但是，对松山湖来说，它的脚步永远不会停息。

这一次，它想换个身份。

失败的申报

自20世纪80年代末以来，党中央、国务院陆续出台了一系列税收、财政、土地、人才等倾斜性政策，重点支持以国家高新技术产业开发区（简称国家高新区）为载体的高新技术产业。回顾我国高新技术企业30多年的发展历程，1991年，国家高新区高企认定条件和办法的发布，开启了我国高新技术企业发展之路。1996年，国家高新区外高企认定条件和办法的发布，取消了高企认定地域的限制，高新区外企业也可以进行高企认定。2000年，国家高新区高企认定条件和办法的修订，进一步规范了国家高新区高企的认定和管理。2008年，高企认定管理办法与工作指引的发布，标志着正式对全国高新技术企业实行统一认定和管理，实现了由区域政策向产业政策的转移……

1999年，由国家经贸委、外经贸部和上海当地共同主办的首届上海国际工业博览会上，举办了"二十一世纪产业，科技，贸易"论坛。时任国家科学技术部（前身为国家科学技术委员会，1998年更名）副部长惠永正在演讲中透露，国家将出台一系列新政策，推进高科技产业发展。目前国家重点采取的政策和措施包括：把扶持科技型中小企业、民营科技企业的发展作为加速高新技术产业发展的重要突破口，培育更多像联想、方正、阿尔派那样的高新技术大企业；实施鼓励科技成果转化和技术参与分配的政策，开辟多元化的融资渠道，帮助中小科技企业解决发展资金问题，在享受国家政策、承担国家计划等方面，对民营科技企业实行公平待遇；加大对高科技产业发展的财税政策扶持力度，包括：对高新技术产品实施税收优惠政策；实行政府采购政策；对软件开发企业的软件产品实行小规模纳税人的增值税税率，提高软件等产业计税工资标准；对高新技术产品的出口，实行增值税零税率；对国内没有的先进技术和设备的进口提供税收优惠等。同时，各地区政府也在制定许多突破性的政策……

这样的信息无疑也刺激了东莞。申办国家级高新区也成了东莞的新的追求。这又是一个让人摩拳擦肩的"第一次"。然而，不是什么光都能照到东莞的身上，这一次，松山湖似乎要尝到失败的滋味。

"很简单，因为刚开始时松山湖也没有太多的企业，最出名的就是金威啤酒，但是科技部反馈说，啤酒厂又算什么高科技？"

2024年6月30日，当笔者在华润广场附近的育华职业技能培训学校，与杨光强谈及这段历史时，此前在畅聊莞商风云，以及东莞发展的每个重要节点时的兴奋，一下子就被这漫卷上来的顿挫感，给压抑了。

靠在办公室的椅子上，杨光强半天没有吭声。他不仅知道这段历史，而且还亲身参与了这段历史。身为中国第一位农业博士、从沔阳走出去的著名棉花和农学家、农业行政管理专家，也是新中国诞生后第一届政府最早任命的农业部副部长杨显东的孙子，他跟东莞的感情却是"源远流长"。幼年时，他跟随着父母到了广东生活，入读广雅中学。如果记忆没有出错的话，当时的书记校长和他的班主任都是东莞人。后来，他经人介绍到石龙当过知青，当地人民用自己的热情，呵护了他在动荡时代的肚皮和命运。日后，阴差阳错地，他又回到了东莞定居。他把这一切都当成了自己和东莞的缘分，直到今天，从他那办公室另辟出一个小单间的门口，还醒目地挂着一幅由董必武的女儿董良翚题词的、中国书协主席沈腾书写的大字：还是东莞好。

于情于理，杨光强都想着为东莞多做点好事。此前，东莞理工学院在办了多年后，想要专升本，却遇到了阻力。有人认为东莞没必要自己花钱办一所大学，学生可以就近去广州、深圳，但有人却认为，哪怕让东莞自己掏钱也要办。高埗人，在东莞中学当过老师，在虎门做过镇长——正是在他手上，虎门开启了轰轰烈烈的招商引资工作——后升任市委副书记的刘树基是积极的支持派。他认为东莞要是没有一所大学，就太不像样了。因为知道杨光强有和上面沟通的渠道，刘树基请求他出面办理。杨光强的努力，再加上国家也认为需要将教育资源向东莞这样的制造业高地倾斜，所以最终还是成了。

2002年3月经教育部批准，东莞理工学院变更为本科全日制普通高等院校，2006年5月获批为学士学位授予单位。刘树基也在2003年12月至2007年1月间，任市委副书记、东莞理工学院临时党委书记、党委书记。双喜临门的是，原先位于莞城校区的东莞理工学院开建新的校区，一开始应该是东莞大道1000号那里，不过，随着王金城想回来搞康华医院，这块地就给康华医院了，而理工学院的新校区则去了松山湖。

这也一并开启了杨光强与松山湖之间的缘分。只是，相比较东莞理工学院专升本的成功，这次松山湖申办高新区失利，显然让这个缘分打了折扣。但东莞毕竟是东莞，也无愧于让他发自肺腑的喜欢。想起当年东莞在招商引资上曾有"三不怕"精神，时隔还没多少年，应该还没有丢掉。

从那个小单间中，杨光强捧出了一本珍藏多年的册子。很厚，装订成了书的模样。尽管没有什么正式的出版社，也没有作者的名字，甚至里面的文字都是打印的，而非印刷的，但是它比任何一本写东莞的书都珍贵。这本册子是当年松山湖为申报高新区的所有材料。事实上，它是有作者的，它的作者是全东莞人民；它也是有出版社的，它的出版社是"东莞人民出版社"；它的每个字，都是东莞人民集体心血的结晶。

轻轻地翻看字迹变得模糊、颜色开始泛黄的页面，松山湖当年是如何逆袭，一步步走向它那梦想的足迹，清晰地呈现在笔者的面前。

科技东莞工程

最开始毫无疑问的是《关于成立松山湖科技产业园建设领导小组的通知》。

这个在2001年8月8日印发到各镇区党委、人民政府（区办事处）、城区工委、政府筹备组及市直各单位的通知，上面明确指出："为加快我市设园引资步伐，市委、市政府已成立了东莞市工业园区建设筹备领导小组。该小组经过一段时间的调查研究，咨询有关专家、各方面人士意见，提出了开发建设松山湖科技产业园的初步方案。市委、市政府经多次研究及征询各方面意见，认为方案基本上是可行的，开发建设松山湖科技产业园既是我们建设现代化中心城市的重要产业支撑，也是我们打造外资牌、民营牌的重要载体，对我市今后的发展影响深远。"为了加强对产业园建设工作的领导，松山湖科技产业园建设领导小组得以成立。根据后文列出的名单，我们可以看到，除了市委书记领衔组长之外，市长则为第一副组长。副组长则由两位市委常委，一位副市长，一位市委秘书长组成。组员若干，涉及各大市直机关，以及寮步、大岭山、大朗三镇党委书记及镇长。领导小组下设办公室，办公室地点在科技大厦7、8楼。

《关于成立东莞松山湖科技产业园区管理委员会的批复》则在2003年4月10日下达。这份下发给东莞市机构编制委员会办公室的批复写道，经省编委领导批准，同意成立东莞松山湖科技产业园区管理委员会，为东莞市政府直属正处级事业单位，赋予行政管理职能。管委会的"名分"由此正式被认定。

特别提一句的是，2005年3月23日，东莞市十三届人大二次会议还审议通过了《东莞松山湖科技产业园区开发建设规定》，明晰了松山湖应走新型工业化之路的发展方向，同时对松山湖的园区定位、准入条件、土地管理、环境保护、分区与适度开发、发展规划等六大迫切问题作出规定。

这本材料册还提及了东莞在2006年实施的一个大事件：科技东莞工程。

这一年，中国的农民告别了有2600年历史的"皇粮国税"（即取消农业税）；第四次全国科学技术大会在北京举行；三峡大坝建成并蓄水至156

米；青藏铁路全线通车；全党全军全国各族人民隆重纪念红军长征胜利70周年。而中共中央、国务院作出《关于实施科技规划纲要增强自主创新能力的决定》，提出全面提升国家竞争力，创新体制机制，走中国特色自主创新道路，为建设创新型国家而奋斗。也就在这一年，互联网似乎已经从那个青涩的少年步入了成熟的中年，成为每个人生活中不可缺失的一部分。这年底，中国上网用户总数已经突破了亿户大关。与此同时，互联网的商业模式也在不断地演变。从门户网站到搜索引擎，从电子商务到社交媒体，各种商业模式层出不穷。然而，这些商业模式的背后，往往是对用户数据的挖掘和利用。

这一年，OPPO继推出了第一款MP3 OPPO X3和"颜王"OPPO X9，成就"国产MP3真正意义上的开门红之作""第一个毫不逊色于国际大厂产品的里程碑经典之作"之后，又推出了首款MP4-A3。

而早在2003年前后就开始做手机，但目的是配合自身的无线3G开发和测试的华为则遭遇了一场"滑铁卢"——在苏丹电信公司获得了北非另一个国家毛里塔尼亚的电信运营牌照后准备在那里投资建设一张移动通信网络，但被邀请前去投标的华为，最终落败于另一家友商公司之手。痛定思痛，华为推出了著名的铁三角模式。在另外一个战线，华为收获了一份宝贵合同·与全球最大移动通信运营商沃达丰集团签订了全球采购框架协议。

从2006年开始，华为为沃达丰运营的21个国家提供定制手机，这一合作使华为在欧洲市场迅速打开了局面，并通过"运营商网络+定制手机"的模式奠定了华为在欧洲市场的基础。同样，也正是从这一年开始，华为的logo由15片花瓣变成了8片花瓣，花瓣造型更加丰满圆润。同时，华为技术变为了HUAWEI大写字母，这个变化使得标志更国际化。但更大的变革在一年后也随之而来。这一年，乔布斯发布了第一代iPhone。它不仅颠覆了功能手机，还搅乱了MP3市场。这也让它成为这一年科技圈的重大事件。日后，MP3巨头魅族转型做智能手机，并于2009年初发布了魅族M8。而OPPO则在2008年5月发布了首款手机A103，年底则推出了Real系列音乐手机（首款机型是OPPO Real T5），日后又推出了全新的Ulike Style系列，尽管创意十足，但无法阻挡智能时代的滚滚向前——这些巨变的背后，无疑让数字化、网络化、智能化成为未来世界的重要看点。

2007年3月，信息产业部发布2006年电子信息产业经济运行公报，就特别指出，目前，信息技术进入一个新的更新换代期，计算机、软件、显示技术转型步伐加快，数字化、网络化、智能化技术应用更加广泛，三网融合趋势日益凸显，信息服务新业务不断涌现，这些都促进产业结构的调整升级，并带来新的增长点。国内企业由于缺乏相应的技术积累，在软件和元器件领域上面临较大的发展瓶颈，结构调整升级的压力日益突出。

所以，能抢在2006年开展科技东莞工程，既是东莞对过往成绩的总结和提升，也是对未来开启的新一轮赛道的"压枪跑"。

这个工程无疑是大做科技的工程，大做创新的工程，通过科技发展，以及创新驱动，来带动东莞制造业的整体进步。东莞希望通过这一工程，到2010年实现创新型企业大量涌现、产业技术水平明显提高。基本完成电子信息（集成电路设计、软件）、电气机械、纺织服装、家具、玩具等产业集群向创新集群的转变；电子信息（集成电路设计、软件）、电气机械、纺织服装、家具、玩具等产业集群工业增加值率明显提高；农业科技整体实力明显增强；单位生产总值能源消耗降低13%以上。区域创新体系趋于完善、科技推广应用日益广泛、科技发展环境不断优化……总而言之，通过各种方式，在方方面面凝聚人民对科技和创新的共识，最终实现东莞的制造业在两个方面均实现提升。一方面可以优化存量，推动一批批低端落后企业相继淘汰、转型；另一方面，通过引进大批创新机构，扶持优秀的创新企业和项目，在拉动创新驱动增量上不断努力。当然，在这个工程中，我们还看到了这样的说法：松山湖科技产业园区已成为全市创新体系的核心环节。

围绕着科技东莞工程以及相关政策，东莞市相关单位也出台了配套政策予以进一步落实，如《东莞市创新财政科技投入管理机制实施办法》《东莞市科技创新基础条件平台建设实施办法》，以及由市科技局负责解释的《东莞市自主创新型企业资助试行办法》《东莞市建设科技投融资体系实施办法》《东莞市鼓励发展科技企业孵化器实施办法》《东莞市促进产学研合作实施办法》；由市知识产权局负责解释的《东莞市专利促进实施办法》《东莞市促进工业设计实施办法》，以及由东莞市科协负责解释的《东莞市加强科普工作实施办法》……可谓是多管齐下。但让笔者更感兴趣的，还在于为了这个目标，东莞显然是下了大血本的。

事实上，东莞也在大力树立"经济发展关键在科技""科技没有大投入就没有大产出"的理念，大幅度加大财政对科技的投入。比如设立科技东莞工程专项资金，从2006年起，市财政每年投入不少于10亿元，连续五年共投入50亿元以上。政府还鼓励各镇街根据财政实力，相应设立镇（街）专项资金，加大对科技投入的力度。此外，积极发挥财政科技投入的激励引导作用。财政科技投入采取资助（含无偿补助和贷款贴息）、奖励、资本金投入等方式，引导民间与社会资金投资发展科技事业，支持企业、行业开展自主创新活动，加强与高校科研机构合作建立科技创新基地与平台……

在这本材料册中，还有三个"暂行"，也让人"赞"行。它们分别是《东莞市鼓励科技企业上市暂行办法》《东莞市企业人才迁户暂行规定》《东莞市引进人才暂行规定》。前者透露出东莞对资本市场的重视，以及如何更好地利用深圳证券交易所就在"门口"的便利优势；后两者则透露出东莞求才若渴。对人才的引进，东莞坚持的基本原则是：加快引进高层次和急需人才，优化人才结构，提高人才队伍素养，构建人才高地。

而在适合引进的人才对象及条件上，东莞的胃口也不小，除了具有大学本科以上学历，并获得学士以上学位，或具有中专或大专学历，且具有特殊专业技能并经用人单位1年以上（以购买社会保险时间为准）聘（试）用而表现优秀，年龄在35岁以下的人才之外，还对具有高级专业技术职务任职资格的人才或具有高级资格的经营管理人才、拥有自主知识产权并具有科学性、创新性和效益性的技术或科技成果的人才颇感兴趣。东莞还热烈欢迎两院（中国科学院、中国工程院）院士；享受政府特殊津贴人员，国家、省（部）级有突出贡献中青年专家，国内某一学科、技术领域的带头人，博士生导师；教授（正高级）、博士后；博士研究生……

不得不说，科技东莞工程是一个系统性、结构性的科技大工程。它从无数个细节着眼，来构建并完善这个工程。打造松山湖既是"一网两区三张牌"的重要战略要求，无疑也是科技东莞工程的重要内容。相反，打造科技东莞工程，让整个东莞都形成科技向上的氛围，也一定让松山湖深受其益。

2007年前后，东莞还做了这样几件事情。一件是对城市精神的归纳和总结。2007年1月，经过全市范围公开讨论，东莞市委、市政府正式公布东莞精神的表述词为"海纳百川，厚德务实"。"海纳百川"体现了东莞开放的气魄和包容的胸怀，是东莞改革开放精神的真实写照，既反映了东莞特殊人口结构的城市特征，又符合东莞位于珠江口濒临大海这一区位特点；"厚德务实"既是东莞的城市人文精髓所在，更是时代精神的重要元素，符合东莞城市及经济社会发展对市民道德品行的要求——无疑，这个城市精神的提出，在凝聚人心，推动新旧东莞人对这个城市形成共识，消弭因城市快速发展所带来的割裂感，以及各种矛盾的同时，也让外人对东莞有更清晰的认知。

同年1月，东莞还在市第十二次党代会上正式确立了"推进经济社会双转型"的发展战略。对于社会转型，即大力整治东莞的治安环境，比如说通过禁摩等方式打击"飞车党"，让东莞这个打工之城变得更安全；对于经济转型，即将资源主导型经济转向创新主导型经济。除了要解决外向依存度高等问题，还有就是土地问题。在经过多年粗放型的开发利用之后，东莞的地皮已经变得"奇货可居"了。陈桂明主编的《持续发展的动力——东莞工业产业升级之路》里描述：东莞生产总值每增长1个百分点，就要消耗1200亩左右的土地……全市可利用的土地资源已十分有限，实际可利用的土地只有40万亩左右，如果继续按照现在的土地消耗速度，10年时间全市的土地资源将消耗殆尽。①转变增长方式，势在必然。

只是，改变增长方式，需要各种抓手。幸运的是，这一年，东莞还迎来了一个大工程：

散裂中子源。

"散裂"出科研的"庞然密林"

散裂中子源不是谁都想要的。

"从2003年到2005年，我们首先考虑的是北京，因为北京用户最多，建设单位高能物理研究所也在北京。但是我们在北京，从昌平一直找到燕郊、大兴，竟找不到一个愿意接受散裂中子源的地点——当时许多地方政府的认识是'你们既不产生GDP、也不交税，来了后没有什么用处'"。在科学网著文回忆寻找散裂中子源的落户地点时，中科院院士、中国散裂中子源工程总指挥陈和生颇为苦涩。

---

① 参见陈桂明主编：《持续发展的动力——东莞工业产业升级之路》，广东人民出版社，2005年版。

那时的他，是中国科学院高能物理研究所所长。2000年，他作为主要执笔人编写了《中国高能物理和先进加速器发展目标》——其中规划了建设散裂中子源，提交给国家科教领导小组第7次会议，得到科教领导小组原则同意。

但是，尽管被称为"重大科学基础设施""大科学工程"，也是国家科技创新体系的关键单元之一，是国家综合实力的象征，但正如其源头北京正负电子对撞机一样，这种大科学装置很难一时产生经济效益，甚至还需要海量资金支持。

转机出现在2006年2月。陈和生到广州参加广东省发改委的一次会议。正是在这个会议上，他从发改委的一位副主任那里得到了广东省有意引进大科学装置的信息，他对此认为"这在当时是非常有远见的一个发展思路"。这倒是和时任中科院院长路甬祥的思路一脉相承。陈和生记得路甬祥在高能物理所说过这样的一句话：中国的大科学装置不应该只集中在北京、上海，应该优化布局，特别是广东。

在路甬祥看来，珠三角地区改革开放做得非常好，国际交流非常广泛，经济实力雄厚。这不仅可以支撑大科学装置的发展，而且也有科技发展、产业升级的迫切要求。所以，路甬祥很希望在珠三角建设中国科学院的"第三高地"。

事实上，此时的广东，虽然远离北京，但也有一颗"科技创新"的决心，想要打造一支体现国家使命和广东担当、具有全球竞争力的"科技王牌军"。而科技创新就是争当第一名，寻求"从0到1"的突破。不得不说，在改革开放上常年走在前列，拥有和长三角齐名的经济腹地，以及世界级的大市场和高效完善的供应链，能为科研人员提供接触产业一线的绝佳窗口的广东，雄心日渐凸显。

于是也便有了散裂中子源落户东莞的经典案例。它标志着我国成为世界上第四个拥有脉冲式散裂中子源的国家，同时实现广东在国家重大科技基础设施领域零的突破。但和今天都在宣传的"散裂中子源是由东莞主动争取来的"不一致，散裂中子源落户东莞，更有省内指定的意味。东莞一些领导坦诚，东莞当时也没那么超前，没能充分认识到这个国家大装置之于东莞的意义，但东莞对省内的决定一贯很支持。与此同时，上升势头还不错的东莞，还是能支撑它的投入。如果这个装置再晚几年找到东莞，东莞有可能要想一想了。

因为对散裂中子源从上到下都不太了解，所以G94上就没有有关它的路标。因为又是散裂，又是中子，东莞当地怕民众误解，说不准会往核污染上去联想，为了不制造恐慌，低调处理。在科技东莞工程中肩负着科技推广，以及科学技术教育、传播与普及重任的科学协会还为此做了很长一段时间相关的科技普及工作。

陈和生虽然如释重负，但是同样因为对东莞不了解，而闹出了一定的"笑话"。就比如修建位于地下19米的直线加速器隧道，建成后的第一个雨季它就渗水了。当然这不是因为建设单位偷工减料，而是对方错误地参考了上海光源的建设经验。当时建设上海光源时每立方米混凝土用了150千克水泥，直线加速器隧道虽然用了180千克，但还是没考虑到，比起上海，东莞属于南方高温多雨天气，地下水非常丰富，哪怕多加30千克也不够。最后，不得不在直线隧道外再加一层隧道来防水，这样就耽误了一年半时间。同时，为了赶回工期，采取了并行工作的方式，先在地面安装调试好需要安装到地下的设备，等隧道修好了，再把它们拆了放下去，但这样一来，工作量又变得非常大。好在功夫终究不负苦心人。

那么，散裂中子源到底又是怎样的装置呢？学过物理的人都知道，中子，是原子核包含的两种粒子之一，直径只有原子的十万分之一，质量为$1.6749286 \times 10-27$千克，平均寿命为896秒……但它有很多特质，比如它不带电，但有磁矩，能很好地帮助我们对磁性结构做研究；它穿透力强，具有非破坏性，能够原位地研究大的工程部件的残余应力和金属疲劳，为高端制造保驾护航；它对生命科学和能源领域极为重要的元素，如碳、氢、氧、氮等，都比较敏感；它跟原子核相互作用，能够区分同位素……所谓的散裂中子源，其原理就是将质子加速到16亿电子伏特，把速度相当于0.92倍光速的质子束当成"子弹"，去轰击原子序数很高的重金属靶。靶的原子核被撞击出质子和中子，科学家通过特殊的装置"收集"中子，开展各种实验。用中国科学院高能物理研究所副所长、东莞研究部主任陈延伟的比喻，散裂中子源就是一台"超级显微镜"，其产生的中子如同"探针"，可以清晰检测物质的内部结构。

这无疑是个"微不足道"的小家伙，但谁也没想到，它能干出这样的大动作。同样，也正如《人民日报》发出的感叹，东莞也没想到，这般"微不足道"的中子，在自己的身上"散裂"出科研的"庞然密林"。

500多人的"科研天团"、800多项研究课题、3800多名注册用户来了，一批高校院所、实验室、研发机构、青创基地接茬落户，一群群教授、研究员甚至院士常常在不经意间和寻常"老莞"擦肩而过……[①]日后，以这一国家大科学装置为核心，东莞高标准规划建设了约53.3平方公里的中子科学城。

更重要的是，它的到来，还"呼朋唤友"，引来了又一重要的国家大科学装置"南方先进光源"（SAPS）。这是一台衍射极限第四代同步辐射光源，与散裂中子源一样同为观测物质微观结构的大科学装置。尽管比起全世界至今只有5台在运行的散裂中子源，目前全世界已建成的同步辐射光源装置数量已经超过50台，欧洲、美国、日本等地都有同步辐射装置运行，并且不断有新的项目开始建设，而国内自北京、上海、安徽合肥到台湾新竹，也都有布局。由于同步辐射具有高强度、宽波谱、高准直等一系列优点，在物理学、化学化工、材料科学、生命科学等领域都能广泛应用，为了给粤港澳大湾区国际科技创新中心发展和产业升级提供重要支撑，2017年8月，广东提出了在中国散裂中子源周边建设先进同步辐射光源的构想。而在散裂中子源这一装置上的成功合作，也让中科院高能所与东莞市就此签署了《关于推进南方光源重大科技基础设施建设合作协议》。当然，这都是后话。

这让整个广东省不无骄傲地在《关于批准东莞松山湖高新技术产业园区升级为国家级高新技术产业开发区的请示》中指出：

截至2007年底，园区已引进中国散裂中子源研究中心、广东电子工业研究院、广东华南工业设计院、广东中医数理研究院、东莞先进制造工程研究院、国家南海海洋生物工程中心等研发机构50家，以及包括世界银行办事处在内的各类中介服务机构46家，为东莞中小企业实现就地转型升级提供了强大的社会化服务支撑。

截至2007年底，园区已孵化、吸引150多家高科技创业企业，对培育新的经济增长点、优化产业结构、促进社会就业发挥着重要作用。

截至2007年底，园区内有高新技术企业182家，占东莞市高新技术企业数量的60%以上；就业人员13.5万人，其中科技人员1.2万人；规模以上工业企业

[①]　贺林平：《一个中子与一座城的奇妙反应》，《人民日报》，2022年9月8日。

完成工业总产值1160.8亿元，其中高新技术产品产值982.1亿元，基本形成了以电子信息、机械装备和生物技术为主的产业集群。

事实也证明，东莞及早转型的选择是正确的。园区内项目绝大多数拥有自主知识产权和自有品牌，在由美国次贷危机引发的金融海啸中，园区企业表现出了强大的抵御风险能力，仍然保持持续健康的良性发展态势。

危机后的奋起

2008年，似曾相识"鸦"归来。在美国次贷危机爆发的大背景下，国内要素成本上升、国外市场低迷的双重挤压，让以出口为核心的东莞经济遭受重创，2009年，全年全市进出口总额比上年下降了17.0%，东莞GDP增速从金融危机前的近20%下跌到5.3%。

事实上，早在2007年，东莞就开始敲响了警钟——这年5月底，东莞虎门镇太平手袋厂的厂房轰然倒塌。它的倒塌无疑具有十分浓厚的象征意味，作为中国第一家"三来一补"企业，太平手袋厂的拆除既非开始，也不是结束。

2008年10月，在樟木头存活了12年，产品曾一度远销海外、年销售额达十数亿港元的合俊玩具厂，一夜之间贴上了封条，大铁门上还附带一纸通告："由于企业经营者经营不善，导致企业倒闭。"只留下6000多名工人面面相觑，好在有当地政府宣布为合俊玩具厂垫付员工工资。

光大也深受其累。直到今天，陈健民还记得，这场席卷全球的金融危机导致光大当时的建筑、地产开发、水泥制造等主营业务深受影响，光大的管理团队认识到一个朴素的真理，即鸡蛋不能放进一个篮子里。除了与房地产相关的产业，还应当做点别的。

王馨的压力同样很大。多年来一直发展向好的局面，陡然遇冷。因为自己也身兼财务总监，她清楚地看到企业数个月一直在亏损，订单不仅接不到，还有无数成本要支出，这弄得她好多天都睡不好觉。好在有先生在支持她，安慰她说人要有信心，没信心就垮掉了。再说金融危机是有周期性的，挺过去就好。另外，不妨多开辟一些其他战线。

虽然是内蒙古汉子，但李胜利也觉得自己有点挺不住。2003年之后，他在大朗创办了广东印象派服装有限公司——它的前身是鄂尔多斯集团在深圳的分公司，所以他也是从深圳到东莞的。只是，"印象"刚好，便遭打击。订单断崖式下滑，让年轻的印象派遇到了公司发展的第一次危机。在深思熟虑后，李胜利主动"瘦身"，关停了不合规的加盟店，从批量生产逐渐转为量身定制，"印象草原"这个品牌更是应运而生。打造这个品牌，也是李胜利希望改变大家对羊绒衫"非旧即土，像是老一辈才穿的"的传统印象，恰恰相反，它也可以通过色彩、款式的更新，让年轻人也能穿上好看、好质量的羊绒服饰。

张茵的心情更像是坐"过山车"。此前，投资巨大的玖龙纸业因为赶上了"世界工厂"的发展节奏，以及抓住了中美交易的发展契机，2005年，产能规模已超300万吨，一跃成为中国第一，亚洲第二，世界第八的造纸龙头。更令人惊叹的是，2006年3月3日，玖龙纸业在香港成功上市，融资4亿港币，也顺势将张茵推上了"中国第一女首富"的宝座。她多次表示并不喜欢这一称号。作为"高负债、高增长"经营模式的推崇者和佼佼者，她果然在2008年摔了个大跟头。这一年的玖龙纸业财报显示，净利润为19亿元，外债却超过190亿元，杠杆比例之高在造纸行业属于空前；公司的净负债率在2008年底高达98.9%，比2007年的42.4%上升1倍多——这也让围绕在玖龙身旁的唱衰之声四起，甚至一度陷入破产重整的边缘。好在张茵经过自救，比如着力拓展内需市场，并在半年后将内销比例调整至8成以上。同时提高国产废纸使用比例。加上赶上国家出台四万亿经济刺激计划，终于将玖龙纸业这艘大船，在时代巨浪的冲击下稳住了身形……

但不是所有人都有她的运气。这一年，手机还没怎么普及，大多数人都是通过公用电话相互联系，因危机带来的离莞回乡潮，一度让街边的电话亭变得空空如也。

此时的郑小琼，已经在东莞整整八年，六年在东坑镇，一年在常平镇，待过塑料厂、玩具厂、家具厂、鞋厂，最终还是没有换来一个户口，也完全支付不起在东莞买房的首付。但因为写作，让她有机会在这年的7月份，辞去上海铭好贸易有限公司东莞销售业务员的工作，不再推销丝攻、铣刀、螺纹塞规和搓丝板，转而参加广东省作协一个扶助农民工写作者的学习项目。面对《新周刊》的采访，她心情很是复杂。"这八年是东莞极其兴盛的八年，对于东莞，我一直深怀感情，现实中它给我的内心带来这样或者那样的不愉快，我把青春丢失在这个城市。时间会把这座城市慢慢融入到我的骨肉，这种融入的过程是尖锐的疼痛，也是一种无奈的心酸，我想我的感受对于这个城市的农民工来说是相同，我们也许只是这个城市的过客，留给我们加班、低薪的不愉快，但若干年回过头看，你在这个城市遇到的不幸与苦难，幸福与喜悦，都会是另一种风景。"甚至，和诗人的感性相反，她对东莞的未来却给出了另外一种看法："我并不认为东莞经济的冬天来了，我反倒认为这给东莞企业的升级带来了机会。现在说东莞的冬天来了，还有点早，可能在过完年后，才是真正的冬天，还会有相当多的企业比现在生存更为窘迫。"①

她说得如此准确。对东莞来说，2008年只是灾难的起始，它犹如劣质的白酒，"后劲"还在后头。很多逃过了1997年危机的企业，未必逃得过2008年。但是，它也无疑是一场盛大的血泪"教育"，让人从中更加感悟转型的重要。

相比之下，因为在这段时期主要做内销市场，让华美受到的冲击相对较少，甚至找到了布局全国市场的机会。这一年，华美投入了近3亿元资金建造湖北仙桃工厂，辐射华中市场。在华美看来，湖北是全国最中心的地方，九省通衢，交通便利；而且湖北、湖南是除了广东之外华美月饼销量最大的区域。不仅如此，湖北盛产月饼的原材料，莲子，还有咸蛋，毗邻的河南又有面粉基地，大大降低了原材料采购成本和物流运输成本。

与此同时，得益于中国手机及其它电子产品的普及与发展，温州人吴单君的驰骋包装的日子也比较好过——此前，该公司主要做电子产品的铁盒包装。老家的飞毛腿，以及苏南电气都是她的客户。再加上浙江人做生意大多信誉比较好，所以，她基本上不愁客户，厂房也从深圳平湖华南城，再到观澜，最后就到了企石。

逆势上扬的还有早早走上品牌专卖的以纯和琪胜。

这一年，以纯公司应邀参加了国家税务总局召开的"2007年全国纳税百强"新闻发布会；尹积琪也意外地接到一个好消息，他做的皮鞋被北京奥运会组委会看上了。对方发来订单，要求琪胜制作2000双北京奥运开幕式中国

---

① 何雄飞：《东莞阵痛：难过的"世界工厂"》，《新周刊》，2008年11月28日。

代表团和中国奥组委官员的皮鞋。说起来也挺意外，那就是迪宝在北京燕莎百货销售时，被奥组委某位领导发现并看中。他们发现这款鞋子不仅式样好看，而且穿起来还很舒服。可以说，正是得益于"琪胜变法"，让迪宝在同类鞋子中，因为质量优良，尤其是对步态、发力及缓冲等诸多方面的设计投入，逐渐脱颖而出。收到这份特殊的订单，让琪胜全厂上下都十分兴奋，立即动员全部人力物力投入设计和生产。其间，该厂曾设计近百个方案，最后定下"舒适、轻便、休闲"的设计理念，就是日后出现在开幕式现场的"黑白配"。其中，篮球运动员姚明的尺码比较大，有55码，接近最小女鞋码数的两倍不止，只好麻烦北京将他的鞋子模板寄了过来——这位打CBA联赛时要经常到东莞来的体育巨星，肯定没想到，东莞除了烧鹅让他念念不忘之外，鞋子也是如此的合脚。

　　同样也就在这一年，广东省正式开启"腾笼换鸟"战略——以《中共广东省委、广东省人民政府关于推进产业转移和劳动力转移的决定》文件形式正式提出，也叫"双转移战略"。作为改革开放是其最鲜明特征的省份，广东多年来一直摸着石头过河的，但成果颇丰：自1989年起广东省内的生产总值超越江苏，就一直稳坐全国第一经济大省的位置。到2025年，经济总量更是占到了全国1/8，综合竞争力全国第一。

　　但摆在面前的，还有这样一个困境，那就是中等收入陷阱——《2024年世界发展报告》基于过去半个世纪的洞察，发现各国随着财富增长，通常会在人均GDP达到美国年度水平的10%左右时——相当于今天的8000美元——掉入一个"陷阱"。为了避免掉入这个陷阱，从深圳开始，到整个广东，开始提出"腾笼换鸟"。

　　感受到危机以及对"腾笼换鸟"的呼应，让东莞继续迈开步子。2008年5月，东莞铺开全市产业结构调整升级试点，将推进加工贸易企业转型升级列为其重要内容，并制定"1+26"政策体系，如将"科技东莞"工程专项资金提高到每年20亿元；出台"八个10亿元"帮扶政策等。10月8日，东莞市召开科技奖励大会，共有100个项目获奖。有两个项目获得最高奖项——市长奖，也是科技进步奖特等奖，各自捧走100万元奖金。从2008年开始，东莞市科学技术奖的奖励经费提高至1750万元。

　　同年12月，国家颁布《珠江三角洲地区改革发展规划纲要（2008—2020年）》，提出"鼓励加工贸易延伸产业链，支持建设全国加工贸易转型升级示范区"之后，广东省提出"以东莞市为试点，建设全国加工贸易转型升级示范区"，东莞市作出"积极创建全国加工贸易转型升级示范区，加快建设'广东省加工贸易转型升级'试点城市"决定，由此，东莞市加工贸易转型升级工作进入全面加速推进阶段。也就在这一年前后，销售注塑机周边设备的退伍军人吴丰礼，意识到"没有核心技术，将永远受制于人"，遂带着50万元启动资金，创立了广东拓斯达科技股份有限公司，由销售国外的注塑机设备，转型为自主研发生产。

2011年，拓斯达成功推出第一款自主研发的机械手控制系统，随后自主研发的五轴、三轴伺服机械手陆续下线，实现了自主替代，并在三年内迅速拓展市场份额。

2008—2010年，李实筹备着自己的互联网创业，从线下走到了线上。2010年，他创办了环球塑化网，致力于打造一个塑料化工行业的B2B垂直平台。盟大集团的征程也由此开启。尽管初期发展不顺，一度花光了他所有的积蓄，但是电子商务的潮流，以及东莞在塑化行业上的需求，还是让他渡过了险关。这个在东莞被骗过，被抢过，也见义勇为过的山东汉子，一如他爸给他取的原名李宝朴（李实其实是他的乳名），踏踏实实做人，认认真真做事，像个朴实的宝贝，内涵又内敛，这也和他在公司的花名"傻鸟"相映成趣。至于为何叫"傻鸟"，这是另外一个故事。但是这个名字总让我们想起阿里的"花名文化"，它可以拉平传统公司存在的等级差距——不管如何，借助东莞制造业的广阔天空与政府强力推动产业转型升级机会，这只"傻鸟"在塑化领域这棵大树纷繁的枝叶中，敏锐地抓住信息、科技和资本这几个关键节点来拓展自己的商业版图，最终快乐歌唱。

此时的曹明莲也在反思之中。尽管从五金行业当中硬是闯出了一条路，但从厚街五金业整体来看，已供过于求，饱和的行业竞争有时候让她倍感压力。她依然半夜经常要去电镀厂。多年来，为了打拼，她在外经常直接睡在地板上，地铺上面再盖一床被子。从地下渗出的寒气，像来自地狱的恶魔，在她的体内乱蹿，狠狠地碾磨她的健康。正如王炳坤在意大利邂逅了一张足以改变他人生走向的床垫，曹明莲也想起了自己曾经遇见的一张床垫——弹簧加乳胶的质地，睡了以后，让她的腰椎间盘突出症不太容易复发。所以，她在2007年进入中山大学就读MBA工商管理深造，又于2008年成立东莞市芬璐家居有限公司，担任总经理，专注于乳胶寝具自主品牌的运营，致力于人体健康睡眠的研究。2009年，她的第一个专卖店开在东莞盈锋家居商场，然后到红星美凯龙，再把专卖店开到大型的家具卖场……

而1999年来到东莞的方园，也有自己做事的逻辑。当他发现找工作的人多了，就成立了劳动力市场。当后来东莞开始出现招工难，劳动力市场的业务又转向了劳务派遣。现在出现了危机，他发现很多中小企业面临融资困难，又牵头与广州农商银行以及国内其他几家知名企业合资成立了东莞黄江珠江村镇银行。

相比个体的奋发，平台的价值在时代的潮流中日渐显现。对东莞来说，推动社会经济双转型最重要的还在于松山湖。

在给国务院的《关于批准东莞松山湖高新技术产业园区升级为国家级高新技术产业开发区的请示》中，广东省冷静而又热烈地表明了自己的态度："鉴于松山湖高新区综合实力考核连年位居我省11家省级高新区首位，主要产出效益指数与国家级高新区相比位居前12位，符合国家级高新区的条件，恳请国务院批准其升级为国家级高新区。我省认为，在当前复杂多变的国际国内经济形势下，批准松山湖高新区升级为国家级高新区，将对推进东莞市乃至珠三角地区经济社会发展产生积极而深远的影响。"

在广东省看来，这影响包括：

一是有利于加快推进东莞传统产业转型升级。东莞市外资企业多、中小企业多、对出口依赖程度高，在珠三角地区具有典型意义。加快推进传统产业转型升级是增强东莞市抵御风险能力、保持经济平稳较快增长的重要手段。松山湖高新区升级为国家级高新区，将极大增强其对科技创新、融资担保、风险投资、创业培训、市场开拓、管理咨询等机构的集聚力。

二是有利于进一步提高莞港、莞台合作水平。东莞市的港资、台资企业众多，香港、台湾现代服务业较发达，松山湖高新区升级为国家级高新区，将极大提高其与港台科技园区和现代服务业机构的合作水平，为促进香港、台湾、东莞三地经济社会共同繁荣创造良好条件。

三是有利于促进东莞民营企业实施"走出去"战略。松山湖高新区升级为国家级高新区，有利于东莞民营企业通过与全国高等院校、国家级研发机构开展产学研合作，提升技术创新水平，打造自主品牌，实施"走出去"战略，参与国际竞争。

四是有利于加快聚集国内外高素质研发团队。松山湖高新区升级为国家级高新区，有利于园区加快吸引国内外高素质科技人才和高素质研发团队。

在文末"广东省人民政府"大红印戳下，"二〇〇九年一月四日"的日期闪闪夺目。它昭示了东莞的决心，也凸显了时不我待的魄力。

让杨光强快意的是，他终于等到了松山湖被国家认可的一天。时隔一年，东莞松山湖、肇庆高新区升级为国家级高新区授牌仪式在广州正式举行。

所有的努力，在这一刻都变成了高兴的泪水，以及对党中央、国务院对广东省高新技术产业化工作的肯定的衷心感谢。

好事接二连三。再一年，生态园成为广东省首批省级循环经济工业园区，后获批建设国家生态示范工业园区。2012年，集省市之力打造的"两岸生物技术产业合作基地"落户松山湖，定位为广东省"生物技术产业重大项目集聚区、生物技术研发和产业化核心示范区、生物技术对外合作重大平台"。2014年12月，东莞决定将松山湖高新区、东莞生态园合并，实行统筹发展。

尽管这开启了松山湖接下来多年的好运气。但诸多考验还是告诉我们，革命尚未成功，同志仍需努力。

第十四章

谁掌握了材料，谁就掌握了未来

有得必有失。

如果梳理松山湖发展史中，最让人痛心的案例，莫过于"放走"了曾毓群等人。

作为ATL的创始人之一，曾毓群等人抓住了消费类电子产品的机遇，迅速切入消费电子电池赛道。尽管面对着三星、松下这样的巨无霸，初创的ATL势力单薄，但是，凭借着并不适合自动化生产但尺寸灵活多变，可灵活封装的聚合物软包电池（锂离子电池的一种），加上2000年后，以手机和MP3为代表的移动设备在全世界范围迅速普及，ATL最终在三星、松下的围剿中，站稳脚跟，而且飞速发展，甚至顺利打入了苹果的供应链。2004年，当苹果面临锂电池循环寿命过短这一问题之时，为苹果公司新推出的颠覆性产品iPod提供了1800多万元订单，这让当年不屑一顾的TDK对其改变了态度。

日后，当正值事业上升期的ATL，突遇重要投资人凯雷资本着手退出、其他两家投资人也跟着撤资的窘境，TDK遂在2005年6月以1亿美元的低价，收购了ATL100%股权。曾毓群尽管一百个不乐意，但也无可奈何。事实证明，TDK摘得一手好桃子。随着手机产业的繁荣，三星、OPPO、华为等，都大量采购ATL的消费电子电池。这让ATL在东莞南城以及松山湖的两个厂区有些不够用，急需扩大规模。早在2004年，宁德市就跟ATL做了初步接触，并为此筹备了4年。尽管投资宁德的决定，得到了陈棠华总裁、张毓捷副董事长的一致同意，但日本总部并不同意。面对阻力，曾毓群更坚强。他不仅不改初衷，还动员宁德籍的员工不去宁德设厂就集体辞职。最终，总部只得同意。

不知道东莞当年有没有做挽留工作，有没有给曾毓群开出更高的条件，满足其扩张的想法，但不得不承认，当时的东莞因为TDK的存在，而成为曾毓群不得不"舍去"之地。作为一位从宁德蕉城区飞鸾镇岚口村走出来的"赌性坚强"的福建人，他明白留在东莞，ATL只能听从TDK的控制。相反，"宁德是曾毓群的根据地。政府对ATL的认可，让他有更多转换空间。宁德新能源工厂的投资规模巨大，是整个ATL的未来所系。如果新工厂放在宁德，他们就有了自己可以完全控制的可能。同时，在总部面前就有了足够的话事权"。2008年3月，ATL在宁德成立了全资子公司宁德新能源科技有限公司。"这是宁德市历史上最大的一个招商引资项目，直接改变了整个宁德的产业、经济和城市格局。"相反，东莞却因此损失不浅。

因为在接下来，回家的曾毓群又将目光瞄准了正伴随新能源汽车产业的成长而开始起跑的动力电池。同年，ATL内部设立了专门的动力电池研发部，开始研发动力电池。为了保护刚起步还不成熟的中国动力电池和新能源汽车企业，国家当时还颁布相关法规，限制外商独资企业不得生产动力电池。为此，2011年，在张毓捷的主导下，ATL内部的动力电池研发部被独立出来，组建为新的"宁德时代新能源有限公司"（CATL），简称"宁德时代"。"这家独立的公司，在股权结构上，由张毓捷、曾毓群等人全面主导，曾毓群出任董事长。日资背景的ATL，只是以'宁德新能源'的名义，占有宁德时代股权的15%。曾毓群终于迈出了他成王的第一步。这一年，他43岁。""在他1岁那年，飞鸾镇的山风还吹不到他襁褓中的时候，距离宁德不远的深圳，有个人创立了另一家举世闻名的企业。这个人叫任正非，那年他创办华为，恰好也是43岁。"很快，"成为宝马供应商""开发了令宝马满意的电池"这两点，让宁德时代在中国乃至全球的动力汽车市场上，都可以称之为金字招牌。

随着宁德时代和一干中国电池企业入选工信部在2015年3月发布的《汽车动力蓄电池行业规范条件》，更是"接连拿下了宇通、吉利、上汽、金龙、长安等汽车厂商的大单子。当年，宁德时代电池的出货量，就超过了韩国的三星和LG两位国际巨头，一举成为中国乃至全球动力电池市场的重要玩家"。①

① 孙峰：《"宁王"曾毓群：他的宁德和时代》，正和岛，2023年6月11日。

如同中创新航起步于洛阳，壮大了常州一样。起步于东莞的宁德时代，最终也壮大了宁德。面对宁德的志在必得，东莞当时由于各种原因，导致曾毓群的离开，无疑殊为可惜。那个时候，尽管锂电产业发展迅速，但想象力还是制约了人们，难以预料到锂电池会在中国后来居上，被称为中国外贸出口"新三样"之一。所以有文甚至这样写道，东莞错过了宁德时代，似乎也错过了一个时代。

这无疑要求，松山湖在创新领域不能停步，就像大闹天宫后的孙悟空，需要在西行的路上继续修炼。但就像观音娘娘给了孙悟空三根救命毫毛一样，松山湖也在西行的时候，得到了不少"法宝"。

从大学创新城启动创新

法宝之一：从2009年开始，东莞在广东全省率先实行随迁子女积分入学政策。以随迁子女父母在莞服务年限、居住年限、参保年限、纳税情况、文化程度、职业资格等多方面情况为依据进行积分，从高分到低分录取到义务教育公办学校就读。通过积分入学制度，有效形成入学的公开规则，这一制度创新走在全国前列。

在这一年，东莞召开"全市推行居住证制度工作会议"，按照省里的部署，次年1月1日开始，居住证将全面取代暂住证，作为广东非户籍人口的身份证明。无疑，这个曾让向莉、柳冬妩等人一提起来就充满了阴影的暂住证制度，随着时间的推移，变得极其落后，不仅不适应现代城市管理要求，同时也带来社会歧视和不平等，影响社会公平。反过来，用居住证全面取代暂住证，可以看出东莞等地也开始考虑改变常住人口管理的实际需要，解决来自不同地域常住人口对本地发展的贡献和人才吸引问题。这也成为整个东莞发展的又一法宝。

不过，《三联生活周刊》的主笔李鸿谷认为，外来务工人员的教育、户籍以及如何融入城市，包括现在务工人群由过去的供需平衡到劳工短缺……才是真实问题所在。

但更厉害的法宝还在于：依据"一网两区三张牌"的战略，东莞进一步确立了"政府主导、部门参与、战略引领、片区统筹、市镇互动、全域管控"的城市空间管理体系，加大基础设施投资、加速城市开发进程、突出中心城区城市首位度、加强城乡一体化发展、加快轨道交通建设形成路网。继加快松山湖园区建设的同时，东莞还相继启动谢岗银瓶嘴片区开发、水乡大开发、滨海湾开发，加快国际商务区开发，实施城市品质提升三年计划、环保攻坚战和拓空间攻坚战。与此同时，肇始于2001年的轨道交通建设，也在紧锣密鼓地加以推进。2001年初审议通过的《东莞市城市总体规划（2000—2015）》，记载着可能是找到的东莞市最早的轨道交通规划："随着穗深之间城镇发展及交通需求的迅速增长，规划预留基本沿107国道走向的轻轨用地，以便适时建设广深之间沿107国道的轻轨客运系统。"它的城区段也成为了日后1号线的雏形。不过，率先亮相的无疑是途经"展览中心"的2号线，它连接起了东莞西部人口密集的地带，加强中心城区与厚街、虎门、长安等次中心的联系，并通过虎门站以及与城轨的换乘加强东莞与广深乃至香港、全国的联系。相比而言，姗姗来迟的1号线对松山湖的意义更为重要，它的定位正在于培育松山湖片区，并加强城区片区的中心地位，促进东莞与广深相邻地区的沟通……

正是在这启动水乡开发战略、加快推进轨道交通等重大基础设施建设的大背景下，东实集团正式成立。

"此时东莞正值转型关键期，急需一个专业的投融资平台为城市化建设注入资金活水，同时又能提供运营服务。于是，2011年8月，东莞市委、市政府决定组建成立东莞实业投资控股集团有限公司（以下简称东实）。"在东实提供给笔者的一份资料中如是说。

2012年10月，东实启动筹建，2013年年初正式运营。初创时期的东实以"为轨道建设提供投融资服务的地方政府投融资平台"为定位，主要开展资金筹集、土地统筹、基础设施建设、国有资产归集等工作。

东实很快就展现了自己更高更大的雄心。整个2013年，在推动东莞轨道交通建设之外，它还先后收购、承接了东莞轨道交通、水乡统筹、粤海产业园、大学创新城、南城国际商务区等十多个项目的开发、建设、运营管理任务。2014年9月，集团紧抓科技金融、环保产业政策机遇与市场红利，从"平台公司"到"做强、做实"，形成以"城市综合运营、科技金融、环保产业、公共服务"四大主营业务为主的实体化、多元化业务格局。同时积极承担对口援疆任务。不过，到2018年之后，根据市属国有企业改革重组部署，集团剥离轨道、科金等业务，成为唯一一家以城市更新开发建设为主的市属国企。整合形成"2+1"（城市综合运营、环保产业两大主业与一项产业援疆任务）的业务发展格局。

到2023年之后，东实的任务更加明确，那就是紧紧围绕市委、市政府赋予的新使命、新任务，聚焦"城市综合运营、产业投资运营、环保产业"等业务领域，打造"城市与产业综合投资运营平台"，优化国有资本布局、提升国有资本运营效率，力争成为服务城市与产业高质量发展的国有综合性集团。当然，这都是一些后话。

在东实的四大主营业务中，由其最早成立的全资子公司之一——松山湖大学创新城建设发展有限公司（以下简称大创公司）负责运营管理的松山湖大学创新城，和松山湖息息相关。这个于2013年2月由东莞市政府正式启动，并在同年9月落下了"第一铲"的项目，总投资额约27亿元，占地面积26万多平方米，规划建筑面积53万平方米。它也是日后"松山湖国际创新创业社区"的前身。不过，从它的原名我们也可以看出，这个一度对东莞理工学院专升本都充满着狐疑的城市，在依靠科技创新推动产业转型升级的理念和浪潮下，充分意识到大学和新型研发机构对自己的意义。"市政府希望把全国一些重点大学里的科研机构和科研平台汇聚到东莞，打造一个国内知名高校优势科系创新资源集聚区和海外一流高校重点项目创新资源集聚区。"这也将松山湖大学创新城变成东莞市新型研发机构的聚集区和推动全市科技创新的新引擎。尽管由于先天原因，东莞在大学和新型研发机构的资源相对缺失，但好在东莞理工学院成功地实现了升级，与此同时，它新的校区入驻松山湖，正在创新城的范围之内。

它的西面，则是东莞职业技术学院。2006年8月，东莞市政府作出重要决定，创建东莞职业技术学院，选址松山湖。其以"办成具有东莞特色的全国一流职业技术学院"为发展目标，以"服务学生成长，支撑东莞制造"为办学理念，以"政校行企协同，学产服用一体"为办学模式……

大学创新城的具体位置，位于东莞市松山湖新城大道、玉兰大道与学府路交界处，正是在东莞理工学院和东莞职业技术学院之间。

即使到了2015年，松山湖的某些区域呈现在很多人眼前的景象，还是很原始。这一年，从海外归来的陈松加入东实担任大创公司总经理。当他带队来到松山湖的时候，这里还是一片荔枝林，围绕着水塘和鱼塘，人烟稀少，周边没有任何生活配套设施，连吃饭的地方都找不到。吃完早餐马上就要决定午餐吃什么，因为早上点了外卖，中午才能送到。但大家依旧没有退却。他们对集团事业的热爱，以及对发展松山湖的信赖，让大创扎根在这片山水之中，一砖一瓦地将一片荔枝林建设成了一座创新城。

如果说松山湖一开始定位在产业园区，但"产业与新城齐飞"的理念，要求松山湖从整体到里面的每个个体，都要追求"产城融合"。这大概是松山湖大学创新城之所以一开始称城而不是称园的原因。事实上，早在其规划阶段，大创就对项目进行了深入分析，他们认为，如果产业园只具备办公功能，缺乏生活配套设施，保证不了科研人员生活的便利性和品质，那么科研机构即使是进驻进来，可能也留不住、待不久。所以，只有一开始探索产城融合的模式，让社区里的每个人都能工作有成就感、生活有幸福感，这样的地方才会留得住人，留得住产业，留得住未来。

2024年7月4日，当笔者站在松山湖国际创新创业社区（前身即大学创新城）A1栋21楼上，透过窗户打量着面前两栋高层如护卫一样，紧紧守候着那个叫做佳纷天地的大型商业综合体，不禁为运营者的智慧以及对大学城的合理布局而送上由衷敬佩。两栋高层一栋为创投大厦，一栋则是由一组多层公共配套创新服务中心构成。创投大厦高99.9米，创新服务中心高23.1米，总建筑面积约131161.8平方米。

这个由何镜堂、杨勐总负责，华南理工大学建筑设计研究院有限公司设计，日后获"2023年度广东省优秀工程勘察设计奖·公共建筑一等奖"等大奖的项目，体现了创新社区的多元融合。其中，创投大厦的主要功能为科研办公、实验室学术交流中心、图书馆、会议中心、产业服务中心和专家楼。创新服务中心则为大学创新城提供了多样化的生活服务和产业支撑——除了提供产业服务和人才服务外，还提供商业、餐饮、娱乐、休闲、健身等生活配套——补足了科创链条的功能，创造了交流和联结的机会，形成了"人才聚集—基础研究—技术攻关—产业孵化—科技成果"转换的"创新链"以及同业、上下游、关联行业之间相互促进的"一体化产业链"，使园区形成集科研、工作、生活、娱乐一体化、产业布局链条化的创新社区组织结构。"产业链"与"创新链"相互依存、相互促进、协同联动、同向发力，为科技成果转换创造了有利条件，实现东莞市"院地合作"的建设目标。

在这样一组层层叠叠又相互通达，院落、绿地、架空层、天桥、退台、屋顶花园等创造了大量没有"等级""部门""专业"边界的休闲区域中，佳纷天地无疑是一个具有前瞻性也具有争议性的项目。前期有人对此表示怀疑，觉得在这样一个景区弄这么大的一个商业综合体，没有这个必要，换句话说，会不会有人来。但大创公司还是坚持，没有商业配套的地方，就一定少了烟火气；也一定会让人一下班，就想立刻离开这里。在这样的坚持之下，松山湖中部区域才有了首个大型商业综合体。松山湖的公共配套也因此跃升了一个更高的层次。日后，它和松山湖万科生活广场、滨湖万科里等已有的商业配套，以及在2022年9月24日开业的也是松山湖规模最大、定位最高、业态最全的大型城市商业综合体的松山湖万象汇一起"串珠成链"，串联起松山湖各片区优质商业资源，全面提升城市商业配套服务能力。

整个大学创新城也因此被划分为科技研发、产业孵化、商务配套及人才安居等四大功能分区，并得以构建"一中心四平台"（科技成果转化交易中心，产学研合作平台、科技金融服务平台、产业孵化平台及智慧园区公共服务平台）的服务架构，提供科技成果转化、科技人力资源、科技金融资本、科技创新创业、科技生活配套等五个"一条龙"服务，促进人才、技术、资金、信息等创新要素自由流动与深度融合——凭借得天独厚的资源优势，以及围绕源头创新、全链条谋划和上下左右全面协同的"打法"，广东智能机器人研究院、清华东莞创新中心等6所研究院在其奠基不久就陆续入驻，成为它的居民。

日后，又有北京航空航天大学、同济大学、华南理工大学、解放军信息工程大学等各大高校研究院等科研机构相继入驻，并建立起相对完善的产业服务平台。产业方向涵盖电子信息、新材料、新能源及环保、生物医药、智能制造、航空航天等领域。

但是对它乃至整个松山湖更具有影响力的，无疑是其孵化出省级重点实验室——由中国科学院院士王恩哥担任理事长、中国科学院院士汪卫华担任主任，而中国科学院物理研究所研究员冯稷、黄学杰、张广宇同为副主任的松山湖材料实验室。

缝合科技、经济"两张皮"

在参与创建松山湖材料实验室之前，黄学杰和东莞就有了一定的接触。1999年，他受中科集团董事长张云岗的邀请，和陈立泉一起对拟成立的ATL公司提出咨询意见。此时的他们，已经是锂电产业化的坚定推动者。

尽管早在1958年，Harris就提出采用有机电解质作为锂金属原电池的电解质，但是锂电产业对很多中国人来说还是相对陌生的。不过，仍然有无数有识之士关注到了这个产业。尤其是在二战后，世界因石油危机而陷入最为严重的经济衰退，而我国也不得不大量进口石油，填补需求缺口，更是让人认识到，替代石油的能源革命一定会到来，研发固态锂电池是大势所趋——这里面就包括陈立泉。尤其是他在德国马克斯·普朗克固体化学物理研究所访学时了解到，氮化锂是一种超离子导体，可以用来制备固态锂电池。用氮化锂制造的固态电池能量密度远远高于铅酸电池，未来有可能应用在电动汽车上。因此，深入理解、研究这一材料极为重要。

1976年末，正在访学的他给物理所领导写了一封信，申请改变研究方向——从晶体生长转向固态离子学，这也进一步"影响"到了黄学杰。这位就读于20世纪80年代的大学生，厦大本科，中科大硕士。读研期间正好赶上了中国科学技术大学三十周年校庆。在这次校庆上，他认识了陈立泉老师。当时的他本来是去中科院物理研究所进行超导材料研究，听上去很是高大上，而且也是一流科学家的心头好，像缪勒和柏诺兹便发现陶瓷性金属氧化物，并荣获了1987年度诺贝尔物理学奖。但是他还是隐约感觉到，锂电池的研究距离社会应用更近，紧迫感更强，所以最终还是决定追随陈立泉，从做测量电池性能的计算机控制自动充放电仪开始，逐渐迷入其中，之后研究重点就转向了锂二次固态电池研究。

这也不是一帆风顺的旅程。因为锂固态电池看上去很美好，但也存在很多致命的缺陷，比如它始终无法产业化——1988年，第一批固态锂电池在实验室诞生，但其距离商业化应用还非常遥远，而液态锂二次电池产品在应用过程中也出现安全事故，这也导致这个方向的研究看上去像走到了尽头。

好在，索尼公司最早开发了商业化的锂离子电池，并在1991年推出第一块集实用性和安全性于一身的商业化锂离子电池，标志着锂电池的研究柳暗花明。当时陈立泉恰好是日本东京工业大学的客座教授，获得一次参观索尼生产线的机会，参观后大为触动，遂火速给中科院的领导写了信，信中称："锂离子电池必将走向成功，大变革即将来临。"这也引发了国内攻坚锂离子电池的风潮。1995年，陈立泉带着学生在实验室做出小圆柱电池样品，但问题也随之产生：锂离子电池最终要实现产业化和走向市场，但锂离子电池的生产工艺和装备在国内当时是空白。

1996年初，时年不到30岁的黄学杰接任中科院物理所课题组长后，即接受了陈立泉交代的任务，将锂离子电池产业化，从直径为18毫米的18650型圆柱锂电，到为电视台用的摄像机生产"方向牌"电池，再到成立北京星恒电源有限公司……黄学杰一步步向前摸索，从零到一。

如前所述，此时也有不少有识之士朝着这个方向阔步走来。他们中间就包括了ATL创始人陈棠华、梁少康，还有曾毓群。不过，对这个拟成立的ATL公司，黄学杰说他开始心里是不赞同的，投了反对票，但是到新科磁电那里一看，几万人井井有条在显微镜下做磁头，不禁被曾毓群的管理能力所感染，下午便改成了赞同——有文章指出，曾毓群在ATL的创业，除了瞄准新兴消费电子利基市场的差异化战略定位，还有承袭自SAE时期的生产管理、质量管理经验与know how（技术诀窍），也在这一成功中扮演着重要角色。

此后的2000年，黄学杰作为顾问，出差到东莞，为ATL授课和咨询五次以上。而在陈棠华的恳请下，陈立泉也帮助他们将曾毓群培养成了博士，这也让陈立泉成为曾毓群在陈棠华、梁少康之外的又一个"贵人"。

某种意义上，尽管曾毓群等人远走宁德，但ATL在东莞的发展，还是让黄学杰等人看到了锂电池乃至整个新材料产业在东莞发展的前景。

作为制造业强市，这里庞大的外资、民营企业绝大部分跟材料有关，也有着巨大的需求。中国科学院研发出来的成果很多都可以在这里找到应用的场景。"允许用打酱油的钱去买醋"，赋予科学家更多自主权，也让中国科学院有意愿推动自己的科研团队携带着在实验室研发数十年的科研成果，去寻找"把论文写在祖国的大地上"的方法——自从20世纪80年代开始，党中央、国务院就提出了经济建设必须依靠科学技术，科学技术工作必须面向经济建设。

如今，40多年过去了，科技、经济"两张皮"仍未缝合。换句话说，自从进入新世纪，中国的科技实力突飞猛进，各高校和科研机构手拿把攥着无数成果，然而，它们都囿于各种原因无法变现，成为真正的生产力。科技成果在从原始创新再到产业化的过程中，存在脱节的现象。如果将技术分为1—9级，那么，高校和科研院所做了1—3级，企业做了7—9级，而中间的4—6级属于脱节的部分，也可以称为"死亡之谷"——所以，黄学杰等人为了中国科技事业，也需要到东莞来一试究竟。

之所以和大学创新城一起合作，还在于散裂中子源这样的大装置平台落户松山湖，让汪卫华、黄学杰等人可以依托散裂中子源做一些最先进的材料研究，开发一些非常有用的新材料。"作为探究微观世界的超级显微镜，中国散裂中子源可以为很多前沿研究和高技术产业研发提供最先进的研究手段。"中科院院士、中国散裂中子源工程总指挥陈和生说。

而此时的广东省，也自2017年12月22日开始，在全省层面正式启动建设首批4家广东省实验室——这几个实验室各有侧重，各自以强大的科研机构为依托，结合各自的城市产业优势。比如广州已形成了生物医药千亿级产业集群，拥有产学研医协同创新、实力雄厚的强大团队，所以建设再生医学与健康领域广东省实验室，是理所当然。而有华为、中兴通讯、腾讯等龙头企业，在产学研转化方面优势明显的深圳，则担起了网络空间科学与技术广东省实验室的建设重任。对东莞来说，建设材料实验室正是恰如其时，也因地制宜。

新材料既是战略性、基础性产业，也是制造业高质量发展的先导。从"石器时代""青铜时代""铁器时代"再到"硅时代"……每一种材料的发现和应用推广，都带来了生产力和生产方式的巨大变革，影响了社会发展走向。"谁掌握了材料，谁就掌握了未来。"王恩哥的这句话，在实验室乃至东莞政界更是频频为人所引用。

也正是在这一天，以中科院物理研究所牵头，东莞市政府、中科院高能物理研究所为共建单位，目标定位为建成有国际影响力的新材料研发南方基地、未来国家物质科学研究的重要组成部分、粤港澳交叉开放的新窗口及具有国际品牌效应的粤港澳科研中心的松山湖材料实验室启动建设，2018年4月完成注册并揭牌。今天，在大学创新城，还能看到这个实验室初萌的影子。

它借由创新城，将实验室四大板块：前沿科学研究、公共技术平台和大科学装置、创新样板工厂、粤港澳交叉科学中心迅速搭建成形，并致力于探索"前沿基础研究→应用基础研究→产业技术研究→产业转化"的全链条创新模式。

全链条创新

松山湖材料实验室的到来，让"赋能"很快成为一个热词。2019年6月24日，在大学创新城举办了一场主题为"科技赋能，创新发展"的科研成果交流对接会，包括松山湖材料实验室、东莞理工科技创新研究院、东莞华南设计创新院、东莞信大融合研究院在内的多家科研院所对自身在智能制造、人工智能、新材料、军民融合等多个新兴产业领域的科研成果、在孵项目进行了全面展示，其中，不乏领先世界水平的新一代铝合金微观结构优化等创新研究成果，引起了在座科技企业和投资机构的强烈兴趣。与此同时，像东莞一迈智能科技有限公司董事长朱君提出关于3D打印粉末、鞋业3D打印、户外广告新材料以及5G液晶聚合物四项技术需求，东莞华南设计创新院的3D鞋模打印机技术和华南协同创新研究院的3D打印装备及其医学应用创新中心、3D打印材料创新中心均可精准对接……

这样的场景，在将研究院技术供给和企业需求进行桥梁架接的同时，还可以给未来的产学研一体化提供借鉴经验，更为金融投资机构提供了很多亮点项目，有利于新技术在日后获得有效的资金支持和资本运作。

值得大学创新城高兴的是，汪卫华院士团队与实验室全职博士后李明星、双聘研究员柳延辉的研究成果还入选"2019年度中国科学十大进展"，实验室多篇研究成果在《自然》杂志等国际顶级学术期刊发表。

不过，松山湖材料实验室在大学创新城显然只是一个过渡，它的体量，注定着要走向更广大的松山湖。

正是在今天的中子源路上，与散裂中子源为邻，一座占地面积近18万平方米，涵盖多栋实验楼、展览综合楼、会议中心等单体建筑，并且整体设计将岭南建筑风格与现代理念相结合的大型科学园区，自2019年6月拔地而起。它是实验室一期工程。

在今天这座实验室带有博物馆性质的展厅中，笔者看到了这样一句醒目的标语："在科技成果向产业化转移的死亡谷上架一座铁索桥！"作为既熟知科研，又懂产业化路径，对推动科技成果向产业化转化颇有心得的科研者，黄学杰坦言到松山湖，是寻找"把论文写在祖国的大地上"的方法，在"允许用打酱油的钱去买醋"的自由环境中，通过样板工厂等方式，打造科技成果转化的"铁索桥"，穿越"死亡谷"。

和在中国科学院"坐"实验室不同，这个实验室肩负的功能，一是串联大学和社会之间的联系，正如黄学杰所说，"大学把钱变成纸，现在我们帮研究人员把纸变成有用的东西"。另一个就是实验室自身也有科研团队，可以孵化出产业化公司。

建设之初，实验室引进锂离子电池材料团队、水系锌基电池团队、高效晶硅电池团队等多个新能源创新团队，在下一代动力电池关键正极材料、高安全储能电池等领域取得多项关键材料创新成果，积极向未来产业核心领域拓展延伸。截至2024年6月底，实验室已分批从国内外知名高校、科研院所及高新技术企业引进了27支团队。在新一代非晶合金、新能源催化材料、半导体材料、实用超导薄膜、先进钢铁材料、生物界面材料、先进陶瓷材料、高熵合金材料等20余种新材料领域均有布局。

在实验室的官网上，我们可以看到项目团队中有黄学杰负责的锂离子电池新材料研究和中试线建设团队；杨小君负责的新材料超快激光极端精细加工技术研发及产业化（光子制造）团队；由来自北大、清华、哈工大、中科院金属所等国内一流高等院校和科研院所的科学家组成的多孔介质燃烧技术及装备产业化团队；专注于碳化硅外延工艺及相关技术的研发和生产，重点为高良率低成本的碳化硅（SiC）快速外延生长技术的SiC及相关材料团队；于杰负责的新型无机纤维材料制备及应用技术团队；王新强负责的第三代半导体材料和器件团队；赵卫负责的光电子材料与器件团队；曹永革负责的光功能透明陶瓷及其产业化团队；邱东负责的人工骨材料团队；孙文儒负责的航空发动机用高温合金产品精密成形技术团队；刘应书负责的气体净化材料团队……

不管功能如何，实验室并不是要抢相关企业的生意，而是和"科技赋能，创新发展"的科研成果交流对接会一样，通过新技术服务行业，赋能相关企业。对此，实验室一方面需要洞悉东莞自身的诉求，"拥有经营主体166万户、工业企业21万家、规上工业企业超1.38万家"这样的数据写在报告中很亮眼，但对很多科研工作者来说，是生硬的，没有想象空间的，只有到企业一线走一走看一看，实地探查企业的技术需求，和企业负责人沟通未来的发展谋划，才能将这些整体数据化为更具体的市场需求、技术需求、产业方向、未来趋势，然后转变成科研工作者力求解决的研究成果；另一方面则得思考如何将这些科研成果应用于这些具体诉求。这就需要实验室着力破除制约科技创新的思想障碍和制度藩篱，探索一系列促进科技成果转化和产业化的体制机制。这就是实验室打造创新样板工厂以及"作价入股"成果转让模式的由来。

　　具体而言，松山湖材料实验室采取"先奖后投，一步到位"的方式，先期确定奖励方案，作价入股时，直接将股权分配给科技成果发明人，并将实验室股权划转给资产管理公司——松山湖（东莞）材料科技发展有限公司，最后通过第三方专业机构评估，完成整个科技成果作价入股的技术转移工作。就好比松山湖材料实验室骨水泥材料团队现场负责人方灿良，在"作价入股"之后，从一名科研人员"化身"为中科硅骨（东莞）医疗器械有限公司联合创始人。[①]

　　相反，企业也可以前期参与到实验室的研发中来。通过和实验室共建联合工程中心的方式，以"材料底层创新能力+企业技术能力"的组合，补链强链，共同攀登科技前沿领域的高峰。比如和养生堂的合作，实验室就针对养生堂的需求进行研发，然后共同推进成果转化。还比如，中科晶益（东莞）材料科技有限责任公司与实验室联合组建轻元素高端铜材联合工程中心，在运作中，企业将实验室的技术拿到市场融资，从而发展壮大，再将产品通过实验室与更多的龙头企业去实现交互使用。事实上，中科晶益本身就是由松山湖材料实验室轻元素先进材料与器件团队以核心技术为抓手，投资孵化而来。然后又从市场需求端出发，通过技术及资金入股并购受困于原材料供应、技术、资金等陷入"价格战"之困境的尼轩电子，实现"科技创新+先进制造"的双向奔赴。

　　在笔者看来，这些套路无疑是从"+实验室"到"实验室+"的体现。

　　实验室不仅是很好的助手，更是上佳的舞台。因为既有科研条件又有

---

　　① 张华桥：《"松山湖模式"：科技成果转化的东莞实践》，《东莞日报》，2023年9月27日。

创业条件，可以吸引不同的人才队伍，包括研究员、博士后、资深高级工程师、高级技术人员等，能很快将科研人员的创意创新变成产品雏形，还可以到周围的应用场景里做验证。它和只在高校里做基础研究完全不同，能真正围绕市场需求做探索。更重要的是，它不仅可以为单个企业赋能，还吸引了产业链上下游企业共同研发，构建产业链创新生态。作为松山湖高新技术产业园的一个个体，实验室日后又催化出了东莞市新材料产业园……

可谓是子又生子，子又生孙，子子孙孙无穷匮也。"依托实验室，东莞市新材料产业园建立产业集成、技术集成的科技创新模式。入驻园区将加快我们研发项目产业化的进程。"入驻产业园的米开罗那（上海）工业智能科技股份有限公司负责人如是说。事实也证明其眼光独到，仅用半年时间，该公司便完成了三项固态电池高端智能装备试验产线研制课题，并拿到了固态电池试验线订单。

得感谢松山湖和无数知识分子之间的相互成全。松山湖新材料实验室的到来，进一步推动了"科技创新+先进制造"的双向奔赴，也让松山湖日益形成了一个创业创新的氛围。2020年7月，"松山湖大学创新城"正式揭牌升级为"松山湖国际创新创业社区"。

与此同时，它也紧密地团结了周围的一些企业，让大家更加坚定决心，面对这样一场楚楚动人、胜风胜水之地，不如来一场惊天动地的旷世之恋。

有位伊人，在水一方。

第十五章

从"世界工厂"到"工业雨林"

"别让华为跑了"

华为对松山湖一开始是"犹抱琵琶半遮面"的。根据《中国新闻周刊》的报道，早在2005年，华为子公司聚信科技有限公司就在松山湖成立，其定位是华为网络通信产品的生产、制造及华南配送基地。此时的东莞对华为来说，就是一个普通的加工基地。

对起家于深圳的任正非来说，深圳无疑具有特别大的意义。一方面，深圳的创新氛围和稳定的发展环境是华为扎根深圳的基础，华为作为深圳的本土企业，已经在这里发展了30年；另一方面，深圳的法制化和市场化环境为华为提供了强有力的支持。他认为深圳做得比较好的一点，是政府基本不干预企业的具体运作。

尤其是在华为发展的初期，深圳给予了华为莫大的支持。在1993—1994年间，由于全国收缩银根，加上华为斥巨资孤注一掷研发JK000产品，导致自身受到很大冲击，是深圳拉了它一把。也正因为有多家国有银行的救急贷款，此时还处于亏损状态的华为毫不犹豫地又启动了新的数字程控交换机C&C08项目。另外，当原先的深意工业大厦不能满足华为发展之后，深圳先是支持华为于1996年搬到南山科技园科发路1号，即国家级深圳高新区内，接着又给了华为落户坂田的待遇。今天的坂田街道无疑是深圳最为袖珍的一个街道，辖区面积28.51平方千米，仅有1/2个浦东机场的面积。当年曾被称为"关外"，其貌不扬。

为了迎接华为的到来，当时的区委、区政府经过动之以情，晓之以理的劝说，才让当年牺牲最大的岗头村（位于深圳坂田的华为总部基地，30年前分别属于坂田、雪象、岗头三个村。其中属于岗头村的土地占比超过80%），同意了当时的土地出让价格——每平方米10.05元。换句话说，当时的村民对此是有意见的。对此，任正非不能不表示感激。1997年，华为落户坂田，入驻第一工业区。"要知道，在1996年，要给一家民营企业这么大面积的地块，是需要很大勇气的。坂田基地支撑了华为后来15年的高速发展。"①

额外说一句，没有人清楚当年的郑耀南为什么会选择在布吉镇开启自己的创业之路，大概也跟华为来到坂田有很大关系。但我们可以清晰地知道的是，入驻坂田，让华为获得了巨大的发展。即使在世界一片哀嚎的2008年，华为在LTE/SAE、SingleRAN和40G/100G传送技术等前沿领域持续创新，确立了在业界的领先地位，帮助客户建立长期竞争优势。到年底，华为的产品与解决方案已服务全球运营商50强中的36家，与众多领先运营商建立了战略伙伴关系。当然，在这一年，华为又一次遇到了历史危机，为了聚焦非终端的通信业务，任正非打算将自己的终端业务卖给贝恩私募基金，就等签约。

一种说法是，由于金融危机的影响，原本打算收购华为手机业务的公司最终放弃了这一计划，这使得华为得以继续发展手机业务，并为后来的成功奠定了基础；另一种说法则是，华为当时的"蓝军司令"郑宝用分析认为，未来是云管端一体，不能卖掉终端业务，否则公司未来发展将会受到没有终端手机业务的掣肘。在郑宝用竭尽全力反对下，华为最终没有卖掉终端业务。但不管如何，华为在手机上的"歪打正着"，让它日后构建起了强大的自主研发能力、出色的软件优化以及独特的品牌建设策略，让它在数字化、智能化的时代浪潮中成为一个优秀的搏浪者。

坂田也因为华为的到来，受益匪浅，主要是产业开始在此聚集。截至2024年年底，在坂田袖珍的辖区内，分布着近1300家规模以上企业，300多家年产值过亿级企业，614家国家级高新技术企业，近50家年产值过亿级企业，以及11家上市公司。知名的还有神舟。统计数据显示，2023年，坂田街道生产总值约2298亿元，仅次于粤海街道。坂田以龙岗区7%的土地总面积，贡献

① 金心异：《松山湖传奇》，《同舟共进》，2023年第1期。

了全区近50%的生产总值，成为龙岗区乃至深圳市的经济支柱——这也是松山湖对华为很看重的另一大原因。

可以说，在相当长时间内，华为和深圳是紧密相连的，正如前文所说，任正非没有要离开深圳的理由。但是在2009年，位于松山湖北部新城大道的华为南方工厂正式投产。而在2011—2012年，几位华为的内部人士对媒体透露，华为供应链部门大部分已经迁到东莞。2012年，基于业务需要，华为在松山湖注册了华为终端（东莞）有限公司，虽然华为核心部门仍在深圳，但华为部分业务存在迁走的可能。

2013年8月，任正非更是宣布华为终端公司将迁移至松山湖。2014年，松山湖华为终端总部项目完成投资4亿元，占年度投资计划的133.3%，2015年计划投资5亿元。尽管华为方面解释："华为早在十多年前，就开始在中国乃至全球各地设立各类分支机构或研究所，以更好地支撑公司全球化业务开展，在此过程中对部分业务所在地进行调整，属于正常的企业经营行为。"但它还抑制不住很多人对华为外迁的猜想，甚至，网络上出现了《别让华为跑了》的文章。

在笔者采访的那位老大哥看来，华为能落户东莞，是偶然的必然，也是必然的偶然。必然是因为华为的逐渐走高，体量膨胀，需要更广阔的地方。而当时的深圳对是否"All in"华为又变得有些犹豫，尤其是深圳在"腾笼换鸟"中走得有些激进，目的是腾掉劳动密集型的传统产业，引进高科技金融，把深圳变成高科技金融城市。对深圳来说，这的确有必要。但也造成了部分恶果，比如说恒大被引进来，华为却顶不住而必须往外走了。

有评论认为是深圳的高房价，把华为给逼走的，尤其是其自2015年更是"一路狂奔"，让不少制造企业感受到了租金费用高涨的压力。就连任正非在接受媒体采访时也承认："深圳房地产太多了，没有大块的工业用地了。""高成本最终会摧毁企业的竞争力。而且现在有了高铁、网络、高速公路，活力分布的时代已经形成了，但活力不会聚集在高成本的地方。"

但在其他评论看来，毋宁说华为被高房价逼走，被深圳的企业用地政策逼走，不如说是被软环境给逼走。岗头村在过去一直被称作"鸭屎围"，所以很难给华为提供基本的配套设施，生活和卫生环境都不是那么美好。

身为1963届重庆建筑工程学院（后合并于重庆大学）的肄业生，不过读的是暖通专业；日后又去过很多地方，见过很多欧洲小城镇建设，包含德国、卢森堡、比利时等国，让任正非早就对城市规划极感兴趣。和其他高新企业一样，华为也希望拥有像苹果或谷歌那样的环境——绝佳的环境和舒畅的场景，一种低密度的城区。为此，任正非曾主动找万科合作，希望能与万科打造一个宜人居住和办公的小城镇范本。可惜由于城市规划与商品房市场发展的各方面因素影响，万科城最终只成就了万科城，成为高容积率的商品房聚集地。

所以，东莞能逐渐吸引华为的注意，就是"必然的偶然"。

偶然则是，松山湖距离深圳不近也不远，而且，给它留了这么大一块地。它不只适合华为终端，甚至将华为整个业务搬过来都不成问题。更重要的是，松山湖的环境和任正非的理念不谋而合。另外，还有一个条件不得不说，那就是此时的东莞领导曾在深圳工作多年，和华为颇有交集，所以了解华为，于是一拍而合。

华为在东莞"加大体量"显然立竿见影。2014年，华为在东莞的纳税额还在10名之外，只有2.4亿元。但到了2015年，华为终端（东莞）有限公司拿下主营业务收入和纳税两个第一。官方未公布具体数据，但估计营收已到千亿级别，纳税额在20亿元左右。当年的东莞市年度工作总结大会上，还特意将纳税额过亿元的73家企业代表座位，排在了全市党政机关的前面。这番"示爱"，无疑又被华为看在了眼里。

这一年，华为小镇也在松山湖开始修建。

审美和开放角度下的欧洲小镇

华为小镇又被称为"溪村"，因为它有个称呼：溪流背坡村。和华为在松山湖的另一个片区三丫坡一样，名字都土得掉渣，但不妨碍它和乌沙村一样，成为新的网宠。

溪村位于松山湖南部，松湖花海景区旁边，和位于松山湖北部的南方工厂相差11千米，南北呼应。坐拥8平方千米淡水和14平方千米生态绿地的东莞松山湖畔，让它无疑和任正非所想要的低密度以及绝佳的环境和舒畅的场景相吻合。"可以说，当时东莞市政府将松山湖最优质的空间资源给了华为。"①

这里的设计也很别具一格，包括研发中心、行政办公、会政中心等4个地块，以12座不同风格的欧洲经典小镇——牛津、卢森堡、布鲁日、弗里堡、勃艮第、维罗纳、巴黎、格拉纳达、博洛尼亚、海德堡和克伦诺夫等——打造而成。看上去，就像一个缩小版的世界城市，非常具有创意。这里除了华为终端总部，还将布局第二代数据中心、华为大学、研发中心和中试中心等功能载体。

建筑之间充满着山丘、湖泊、各种各样的植物，有华为小火车通勤。火车沿着路轨缓缓前进，实现大量运输。铁轨分东西两个环线，之间通过穿越湖区的线路连接。下班后漫步于欧洲小镇，坐坐小火车领略欧式风情，想想都惬意。在接受雅虎财经采访时，任正非坦承："我们所有的建筑设计，都是世界上有名的建筑公司竞标而成的。东莞欧洲小镇是日本日建公司竞标完成的，总设计师设想要用世界经典建筑，做一个建筑博物馆，所以设计了欧洲小镇，中标了。"至于华为身为中国最大的科技公司，也是国家龙头企业，为什么要将小镇设计成欧式风格？"这个是建筑师的决定，不是华为公司的决定。"

采访者还问："（这里面）是不是也有一些象征意义？例如欧洲在过去历史上占据支配地位，中国能否成为未来的一个支配力量？"很显然，采访者想将华为欧洲小镇的设计，引导人往中西之间的竞争上去联想。但任正非依旧没有"入套"："没有，完全是为了漂亮和美好。当建筑师提出这个方案时，是上海顾问确定的，请专家来投票，其实我们公司对建筑设计没有投票权。他们认为美，我们就接受了，建完之后大家觉得很美，我们也觉得完成了这个目标。都是以设计师为主决定的，没有象征性含义。"

今天，当我们重新审视华为的欧洲小镇，除了享受生活之美，还能感受来自世界各地的人文。这种文化的熏染，凸显了华为国际化的底色。

在笔者看来，华为采用欧洲小镇而不是民族小镇的设计，体现了华为"走出去"，坚持和世界保持紧密联系，并在更为广阔的天空和海洋里，鸟跃鱼腾。

此外，采用这样的漂亮和美的方案，也和华为独特的文化进行互补。众

---

① 金心异：《松山湖传奇》，《同舟共进》，2023年第1期。

所周知，华为以其独特的狼性文化、工程师文化闻名于世，这种文化深深根植于对尖端技术的持续研发之中，使狼性精神、工匠精神与企业文化融为一体。它虽然彰显了企业的坚韧与毅力，更铸就了一个令人瞩目的商业帝国，但换一个角度看，成天生活在这样的文化下，会觉得很硬，很冰冷，刚而易折，所以需要有这样一个"柔"的东西来中和。

另外，华为员工97%出身理工科，大多缺少审美和艺术的教育。这也是华为之所以把产品设计中心放到法国，把质检中心放到日本的一个原因。所以，欧洲小镇的建设对他们缺失的部分做了一定的"弥补"，可以帮助他们在设计和研发时，有更好的思维。

如果说2009年华为在松山湖打造南方工厂，还是让东莞感觉"不踏实"，那么，华为小镇的创建，则基本上将东莞那颗悬着的心给放了下来。

尽管在2018年4月份，华为还和深圳签署了"扎根深圳，展望未来"合作协议，任正非也表示：深圳总部是华为全球的领导核心，从未想过要外迁，总部基地永远在深圳。与此同时，深圳也将持续深化营商环境改革，积极为华为公司经营发展提供优质的保障和服务。但是"深圳大，居不易"，尤其是入驻深圳的国际化企业越来越多，还是让深圳抵不住华为对松山湖的向往。尤其是东莞也开始向深圳"叫板"——这一年的6月21日，东莞召开了号称"史上规模最高、范围最广的招商引资会议"，很多深圳知名企业的老板亲自光临。这也就不难理解，为什么在接下来的7月1日，华为部分业务开始搬迁，40辆8吨货车，共60车次，搬迁车辆往返深圳和东莞松山湖。

7月2日，约2700人从深圳到东莞松山湖溪村上班。溪村F区也就是巴黎区，成了华为人首批入驻之地。一个月后，华为再次启动搬迁。还是40辆8吨货车，共60车次，但到松山湖上班的人数比第一批翻了一倍。

据媒体报道，对于华为这次搬迁，东莞市公安局、松山湖管委会高度重视，松山湖公安分局迅速组织辖区派出所，松山湖铁骑大队和交警大队，在交通保障、治安巡防、交通疏导等方面进行全面部署，全力护航华为部分业务搬迁工作。这重视程度不可谓不一般。

特别要提及的是，就在华为两次搬迁的同时，松山湖为华为送上两份不同的"见面礼"。第一份见面礼是在7月2日。这一天，华为在东莞松山湖高新区拍下一宗37557.7平方米，总建筑面积56336平方米科研用地，总价为2953万元，折合楼面地价竟然是524元/平方米——这无疑让很多人以为耳朵听错了，但事实上，它就是524元/平方米！也在这个7月，华为在松山湖一共成功竞得4宗地，这些地块位于松山湖大学路南侧、滨海路附近，用地性质为成人与业余学校用地，使用年限为50年。地块总面积达10.4万平方米。但总成交价也仅仅为1.0474亿元——可以说，为彻底将华为拉过来，东莞出手不可谓不大方。

而这种大方一直贯彻始终：在此前的2016年9月，华为在松山湖就拿下面积33.33万平方米的土地，用于规划建设华为大学新总部（欧洲小镇湖对面）。2018年10月，华为又在松山湖园区东部的"台湾高科技园区"投资14亿元建设云数据中心，主要从事云服务、华为公司内部数据业务支撑服务。

据东莞新浪乐居统计，2015—2018年华为通过招拍挂，拿下了松山湖十宗商住地，总面积达55.6万平方米，总建筑面积141万平方米，最高销售价不超过9500元/平方米。其中，位于环湖路的湖畔花园项目总建筑面积约41万平方米，由8栋30层点式住宅、4栋27层点式住宅、1栋18层点式住宅及4栋24层板式住宅、3栋18层板式住宅、18班幼儿园及社区配套组成，带精装修价格只要8500元/平方米。

第二份见面礼则是在8月11日。这一天，由东莞市地名委员会办公室签发的《关于松山湖（生态园）高新区溪流背坡村命名的复函》中，指出由华为申报的溪流背坡村的命名，符合《广东省地名管理条例》等有关规定，"同意其命名"。它的地理位置为，"位于松山湖（生态园）南部地区环湖路旁，东至规划路，南至环湖路，西至松木山水库，北至松木山水库。用地面积1266666.73平方米，总建筑面积1145066平方米""教育科研设计用途"。差不多也就在8月11日前后，东莞方面在华为湖畔花园旁兴建一所优质小学启动工程招投标。它即是松山湖实验小学分校，后改名松山湖第二小学，是园区第四所公办小学，也是园区第一所配套儿童影剧院和游泳池的公办学校。这所位于环湖路西侧、东城路南侧的小学，办学规模为36个班，可容纳学生1620人，于2019年9月1日正式开学。

在这两次搬迁之间，任正非也现身新基地。据华为心声社区员工发帖称，任正非在松山湖基地与员工用手机自拍，"现场气氛非常好，欢呼声阵阵"。

当然，松山湖还有第三批搬迁，那是在11月26日，人数约4500人，三次相加，共计12600人进驻东莞。

20多天后，华为送给了世界一个见面礼。包括法新社记者Ryan在内的14家国际顶尖媒体记者被华为邀请，在12月18日上午搭乘华为从瑞士引进的轻轨小火车，穿梭在东莞松山湖基地内的12个欧洲小镇之间，并先后参观了华为在新园区的先进热技术实验室、先进结构材料实验室及内部网络安全实验室。

法新社记者Ryan从火车窗口望出去，红白蓝的法国国旗颜色在路边掠过，熟悉又陌生，旗帜上"华为"的八瓣菊由聚拢到散开——这里不是巴黎，而是巴黎镇……几小时后，他们围坐在圆桌旁，这是孟晚舟事件后，华为对国际舆论的首次正式回应，地点选在了东莞。①

尽管在日后很长一段时间内，位于松山湖的华为欧洲小镇的环湖路上，下班时分还常常停靠着200多辆大巴，主要负责接送员工往返于松山湖与深圳。但靴子终于还是落地了。这也意味着，十年的布局，让东莞在华为的谱系中，从最初的加工基地，转向研发机构等产业链前端。而且，也可以想见，当优质的教育资源、医疗资源纷纷向松山湖倾斜时，以前让很多对来此上班有各种顾虑——比如生病了在这里没地方看病，比如有了孩子在这里没有好的学校求读——最后不得不选择两地跑的员工，吃了定心丸。

这一年，也是散裂中子源项目完成国家验收并投入运行的一年。它和华为，也成了松山湖发展高科技产业的最佳形象代言。根据官方统计，2017年松山湖GDP为386.08亿元，但2018年上半年松山湖GDP就创记录达到了330.15亿，同比增长13.9%，首次超越虎门、长安、东城、南城、厚街五个传统经济强镇（街道），成为全市冠军。税收收入114.01亿元，同比增长54.86%，园区国内生产总值、税收、进出口总额、规模以上工业总产值等多项主要经济指标创同期历史新高。

但显然，就像华为曾一度带动了整个深圳的龙岗，也就像散裂中子源从这般"微不足道"的中子"散裂"出科研的"庞然密林"一样，松山湖对华为的期盼，已经不是冲着这么简单的第一了。

———————————

① 霍思伊：《"接盘侠"东莞：华为搬迁的背后》，《中国新闻周刊》，2019年总第887期。

跟着华为走，从造房子到造科技

翻阅2018年来自东莞各种媒体关于松山湖的报道，你会发现这样一则来自东莞广播电视台的消息：2018年6月27日的上午，华勤通讯华南研发中心在松山湖顺利开园。"据了解，全新开园的华勤通讯华南研发中心位于松山湖科苑路，占地58亩，总投资2亿元，是华勤集团在松山湖建立的第二个制造产业园区。"

"据介绍，华勤通讯技术有限公司创建于2005年，是全球领先的手机ODM公司。目前该公司拥有3075项专利，其中发明专利258项，是国家知识产权贯标企业和专利示范企业。"而它成立的中心，"致力于手机、平板电脑、服务器等领域生态系统产品的研发设计、生产制造，将带动东莞智能产品的创新发展"。

放在整个松山湖的发展史上，这样的信息多如牛毛，毫不奇怪。但之所以在这里被特意挑选出来，正在于它与华为的关联。众所周知，我们所使用的华为手机并不是全由华为自己生产，特别是华为千元机型，更是选择外包给供应商负责生产。而华勤通信正是华为不可缺少的ODM模式代工商之一，它们共同打造了不少销量突破千万级别的明星产品。同时，其产品的不良率长期低于行业平均水平，因此被华为授予多个奖项，包括"The Best Collaboration Partner"和"The Core Partner"等。所以，华为的到来，也肯定会让华勤闻风而动。事实上，它在松山湖基地正式启用，还早于华为的第一批搬迁。换个角度看，基地的启动，其实也暗示着华为来此不远了。

而和华勤相似的，还有软通动力新基地在这一年6月30日启用。它是华为的第一大软件供应商，也是日后华为云全球核心战略伙伴，在GoCloud和GrowCloud合作体系中担任多个重要角色。事实上，早在2015年，软通动力就正式落户松山湖。

接下来，我们还会看到，易宝软件在7月28日举办了盛大的松山湖乔迁庆典。集团CEO黄靖淳在乔迁庆典上说道：东莞，伴随着如华为公司这样的行业航母的到来，给整个软件产业带来了很多的想象空间，而东莞易宝正是抓住了这个机遇，成立起来的，一年来，东莞易宝的同事发扬了我们易宝人的拼搏精神，已经有了接近300人的团队，并高效高质地实现了项目交付，我们非常欣慰。

日后，跟着华为而来东莞的，还有国内领先的触控显示屏生产商欧菲科技、全球半导体储存领导品牌记忆科技，还有著名女企业家周群飞创办的蓝思科技。蓝思科技在临近深圳的东莞市塘厦镇，投资45亿元建设新厂区；在东莞松山湖高新区收购了倒闭的台资联胜科技的产业园，总投资50亿元建设蓝思科技（东莞）有限公司……

《中国新闻周刊》曾这样解读记忆科技入驻松山湖：作为全球第二大独立内存模组提供商，以及PC品牌厂商和信息通讯设备厂商的战略供应商，记忆科技需要半导体方面的配套。在松山湖，不仅配套物料和设备（比如激光打印）很齐全，价格也很有竞争力。以半导体印制为例，东莞的配套会便宜10%左右。

华为的布局，对记忆科技迁入松山湖也起了重要作用。知情人士透露，虽然任正非对外宣布华为终端搬离的消息是在2013年，但双方早在2012年就已经达成了协议。华为终端（东莞）有限公司于2012年11月23日即已经在东莞市工商局登记成立，与此同时，华为的供应商也收到了通知。

从时间上看，自2012年华为决定搬迁后，作为华为的核心供应商，记忆科技紧随其后，用（董事长）贾宗铭的话说：这样能够贴近客户。

1999年从怀宁县江镇大山中走出来的余江生，也受益匪浅。在东莞的初期创业，他选择从生产户外运动服装入手，后来，经过市场调研和冷静思考，他敏锐地捕捉到了智能手机特别是国内大品牌手机即将井喷式爆发的商机，于2013年成立东莞市仲辰光电科技有限公司，下定决心跨界转行从事手机金属塑胶配件加工。

其间，他通过对手机盖板四次重大转型的客观分析，最终确定复合板材工艺可以充分实现手机盖板的外观效果，满足最大用户群体对产品体验的个性化需求。在经过20多次技术创新和创新升级之后，他成功地实现为华为、vivo等头部公司的设计部门在研发新款手机上提供选型，并因此成功跻身到这些公司的一级供应商行列。

这也让东莞市形成了以松山湖为主的华为终端产业集群效应，加上长安镇步步高系OPPO、vivo等企业所带动的智能手机业务，东莞很快便成为全球手机之都，全球每五部手机就有一部是东莞制造。

如果说华为是一条大江的干流，那么，它在不息东流时，还会不断地接纳无数条大大小小的支流，而支流又有支流。它流经哪里，就将深刻地营造或改变那里的区域风貌。如果改道，它带来的伤痛，也会让人冷暖自知。

软通动力和易宝软件，还有华为的另一家软件合作伙伴——中软国际的"驻扎地"，正是广东光大集团旗下的光大We谷。企业成长全生命周期服务、人文社区的打造，让光大We谷自2016年开园以来，迅速成为松山湖产业园的佼佼者。不难想象，开发建设松山湖，也让光大集团亲身触摸东莞转型升级的脉搏，亲身见证了科技、创新对一个城市的拉动甚至重塑的过程，也让光大在金融危机之后，自然而然地从地产战略转移到产业园运营。

在2024年年初的广东省民营企业产业科技互促双强动员部署会上，此时已是集团总裁的陈健民表示，光大集团已经在科技领域深耕15年，始终坚守向科技产业转型的初心。科技板块的年投入已达到百亿级别，并与北京大学、南京大学、中国工程物理研究院总体工程研究所、中山大学、德国FBH等多家国内外知名高校及研究机构开展产学研合作，围绕第二、第三代半导体材料，在Mini显示领域以及电子器件领域的上下游进行产业链布局。此外，光大集团还在蓝宝石、氮化镓、砷化镓衬底材料、砷化镓外延、氮化镓同质、异质外延技术及芯片制造及其应用小间距显示等方面深度耕耘——你很难想象，如果没有华为等头部企业的带动，光大会从造房子变身为造科技。

更重要的是，在这样的氛围中，很多入驻的企业也快速"光大"。

让我们荡起双桨

比如：生益科技成长为覆铜板行业的龙头企业，企业产品覆铜板广泛应用于航空航天、通讯、汽车、医疗、电脑、手机等领域。

根据调研机构Prismark对全球刚性覆铜板的统计和排名，从2013年至2023年，生益科技刚性覆铜板销售总额已跃升至全球第二，全球市场占有率稳定在12%左右。

易事特在与施耐德脱离之后，更是从当年的代工企业，走向了自主研发的民族企业。2014年，易事特在深交所上市；2016年，易事特成功中标青藏线格拉段（格尔木—拉萨）扩能改造工程通信电源项目。也正是在2016年前后，为了适应行业变化的新趋势，易事特将自己的定位从传统的设备供应商，转变成了"全球电能质量解决方案供应商"，变提供单个产品为提供数据中心一站式产品服务。而主要目标则着眼于IDC数据中心（含UPS、高压直流）、光伏发电站（含逆变器）和智能微电网（含电力轨道交通、新能源及充电桩）这三大领域，并努力成为相关领域的龙头企业。

自然还包括和易事特同期进入的新能源科技和东阳光。前者作为在2004年5月24日成立的ATL子公司，到2019年初，投资总额15576.6万美元，占地面积9万平方米，现有员工7000余人。其生产的锂电池因具有安全性能好、能量密度高、充电速度快、绿色环保等优点，被广泛应用于智能手机、平板电脑、手提电脑等领域。这多多少少弥补了曾毓群出走所带来的"忧伤"。后者多年来专注于创新药、改良型新药、仿制药及生物类似药的研发、生产和商业化，成果斐然，并在2015年6月11日，推动东阳光药业总部项目正式签约落户松山湖。12月30日下午，东阳光松山湖生物药业总部项目正式动工——随着东阳光药业、红杉生物、三生制药、普门科技等生物企业近180家入驻，自2012年打造的两岸生物技术产业合作基地已然被誉为"广东药港"。

有2009年1月15日入驻松山湖的宏川集团。在入驻之前，林海川曾组织员工到松山湖一日游，"在景区游玩、吃饭，员工都夸松山湖环境好"。尽管此时进驻的企业还不是很多，生活配套欠缺，但"得到员工的认同，我们下决心进驻松山湖。松山湖知道我们的意图后，也积极与我们沟通，提供周到服务"。

和虎门港一样，松山湖也是林海川的福地。2015年，林海川对统筹化工仓储业务的广东宏川实业发展有限公司进行了股改，并更名为广东宏川智慧物流股份有限公司，同年在新三板挂牌。2018年1月26日，宏川智慧在过会率不到20%的最严IPO审核季闯关成功，历经十载艰辛于同年3月28日在深交所敲钟上市，成为东莞第27家A股上市公司。

有正业。2010年，徐地华做出了将总部迁移到松山湖的决定。在这里，作为一家工业检测智能装备供应商，正业除了深耕PCB、平板显示业务，还于2012年成功研发激光装备系列产品，并进军锂电行业X光无损检测领域，开始自动化装备研发。但显然他也遇到了一个问题，那就是推行智能制造整体解决方案，必须做到全流程的数据管控，这意味着从研发到服务的所有流程都要重新设计，已经成熟的生产线要重新布局，涉及的时间成本和资金成本让绝大多数制造企业望而却步。极少数勇敢尝试改革的企业也未必能体验到智能制造带来的快感，所以任谁都是一根难啃的骨头。所以，他先是选择继续深耕PCB领域，并于2014年12月31日享受了正业上市带来的盛宴。随着财富暴增，也为他实现智能制造的梦想输送了极为关键的要素——资金支持。在随后的三年里，徐地华大刀阔斧地完成了一系列收购：2016年，正业收购集银科技，进入液晶模组自动化设备领域；2017年上半年成功收购炫硕光电，进入LED自动化领域；收购鹏煜威，进入焊接自动化领域；2017年下半年收购玖坤信息技术80%股权，进入智能制造整体解决方案领域。通过不断的收购，公司的智能制造板块日趋完善，形成了智能检测和智能制造整体解决方案的集成供应能力，下游覆盖了3C、锂电、自动化、LED、家电、电梯、汽配、纺织等景气度高的行业。①

有中集。2013年，中集集团就与东莞合作签约，斥资180亿元在东莞布局三大产业基地，包括松山湖中集创新产业园、望牛墩中集车辆园、中集凤岗物流装备制造项目。作为与华为欧洲小镇及重资产项目中集智谷隔湖相望的重点园区，中集产城数字科技产业园于2020年10月开业，并被认定为"东莞市软件产业园"。其与松山湖管委会、华为云三方共建"开发者村"，首批入驻企业包括希维科技、CSDN、台铃集团及博讯科技。日后在松山湖举办的"开发者大会"，更是成为松山湖的盛事。

有玖龙。2014年1月23日早上，仅用了20分钟，玖龙便与松山湖签约成功，将总部落户于此。这个在2008年自救成功的企业，在危机后展现了不逊于以往的成长速度——在越南和国内泉州、重庆、乐山的基地相继建成投产，不仅国内市场份额稳中有升，还加速占据了越南、老挝、柬埔寨、马来西亚等东盟市场。此外，得益于高万宝的张茵，还将自己新的基地设在了沈阳新民——距其200多千米外，营口造纸厂在经历了十多年亏损之后，于同年10月以负债12亿元宣布破产——这样的对比，让人不禁唏嘘不已。在东莞，

---

① 《耕耘近半生，梦想"智能制造"的他再次转型，能成功吗？》，新材料在线，2021年8月23日。

玖龙还正式完成对东莞海龙纸业、东莞地龙纸业和东莞天龙纸业的吸收合并。尽管到处开拓，但在签约仪式上，张茵依旧表示："我的家在这里，企业也在这里，对这个项目我会全力以赴，尽快完成，不辜负东莞及松山湖这么好的服务，力争为东莞创造更好的经济效益。"

2019年6月，玖龙松山湖总部顺利完成全面入驻，成为集团的管理中心、销售中心、财务中心。无疑，除了在玖龙发展过程中，面临企业重组等诸多困难时，得到了松山湖全力的支持和帮助，还因为周边的环境和创新土壤，让玖龙能够更好地专注于造纸技术，用最环保，最先进的技术和工艺，持续优化玖龙在产业链上的每一个板块，朝着环保、节能型、智能化管理的方向不断提升。

2020年1月，国家知识产权局发布了《2019年度国家知识产权优势示范企业名单》，东莞共4家企业被认定为国家知识产权示范企业，玖龙纸业就占有一席之位。2024年，在全国工商联公布的2024中国民营企业500强榜单中，东莞有2家企业入围榜单，分别为玖龙纸业（控股）有限公司，以及由华勤技术股份有限公司与上海创功通讯技术有限公司共同出资组建的有限责任公司——东莞华贝电子科技有限公司。它们在榜单上分列第141位、288位。

有大疆。2015年，大疆创新科技在松山湖启动总部建设。2023年，由大疆创新科技董事长、知名教授李泽湘联合香港科技大学工学院原院长高秉强、长江商学院教授甘洁发起创立XbotPark，并落户于此。李群自动化、云鲸智能、逸动科技等一大批新锐科技企业由此孵化，并走向世界。

还有2001年在万江成立，后迁入松山湖的粤铭激光。2009年，粤铭激光与1996年创立于深圳的大族激光正式强强联合，后者以注资数千万元的价格收购前者51%的股份，成为大股东，公司由此也改称为"大族粤铭"。2017年，它和安美科技、广东世纪网通信设备、广东百圳君耀电子、广东安尔发智能科技、东莞钜威动力技术、广东远峰汽车电子、国云科技、广东中贝能源科技、东莞市微格能自动化设备、广东尚睿网络技术、东莞瑞柯电子科技、东莞市科旺科技、广东虹勤通讯技术、广东红珊瑚药业等公司一起，成功入选第一批松山湖"倍增计划"试点企业。

这一年，根据《关于实施重点企业规模与效益倍增计划全面提升产业集约发展水平的意见》（东府〔2017〕1号）相关要求，松山湖正式实施松山湖

（生态园）"倍增计划"。园区结合全市"倍增计划"中出台的一系列政策措施，在全园区范围内选取一定数量优质企业作为试点，按照市级试点扶持政策80%比例予以配套支持，并将陆续推出一系列园区特色的扶持政策，力争试点企业在"十三五"期间实现规模与效益"倍增"……

这些耀眼的成绩和美好的期许，让身边的松山湖，变得更加的美丽动人。它越发地像是那个深埋的"宝陂"，在阳光下散发着金光。耳边也不由自主地想起了当年的那首歌谣：让我们荡起双桨，小船儿推开波浪……

那里一定有很多的小鱼儿，在悄悄地听我们愉快歌唱……

跻身创新"国家队"

歌唱的不仅有企业，还有平台。

2024年3月底，中国散裂中子源二期工程启动，预计2029年建成，装置研究能力将大幅提升；松山湖新材料研究室也继续扩容。2024年下半年，国家重大科技基础设施——先进阿秒激光设施正式获得国家发改委概算批复，开工建设。

阿秒是一个时间单位，1阿秒等于10的-18次方秒，比飞秒更短暂。如果将1阿秒与1秒相比，相当于将1秒与宇宙的年龄相比。它可以让人们对多理科实验中的相关原子尺度内动力学过程会看得更加清楚。黄学杰比喻说，以前靠其他装置看原子里的电子，也许不够快，只能看到一团电子云，但有了阿秒装置，就能精准地捕捉电子的运动轨迹。作为实验室副主任，也是锂电产业的践行者，黄学杰认为，它对未来锂电产业的发展也具有至关重要的意义。

更名为双创社区的创新城，顾名思义，显然将创业继创新之后当成了自身发展的重要元素。2021年5月，小豚智能将办公室搬迁至双创社区，成为首批入驻项目之一。作为一家专业从事智能机器人研发及水下系统和作业制造、销售、服务的高科技公司，深蓝科技的创始团队曾到很多城市考察，最后选定于此，是因为它们发现这里有新材料、人工智能等多个领域的高新技术人才，拥有优越的创新创业和创富的生态环境。初来乍到，团队就信心十足，"未来一定会有更多美好的事情发生"。

对双创社区来说，它一方面可以利用李泽湘的创业训练营的资源，快速布局无人自主技术赛道；另一方面，依托落地社区的松山湖声学孵化中心，快速推进东莞"一中心、两基地"的声学产业协作生态。此外，新型材料、集成电路也是社区的聚焦点。

自2016年到2020年7月24日松山湖国际创新创业社区正式揭牌，在地方政府与东实、各新型研发机构等的共同服务下，社区已孵化了飞思凌、启迪医药等400多家科技企业，招引了近2000名企业家和科学家，为接下来进一步升级发展奠定了良好的基础。

另外，大创还瞄准了社区丰富的各有特色的科研设备，将它们打造成设备的共享平台——在笔者和对方沟通的过程中，大创很是骄傲于诸多科研公司和机构的入驻，也一并带来了诸多设备，这些设备是很多地方没办法拥有的，甚至是没办法接触到的。它们无疑是一笔巨大的财富。一方面，它们都是资产；另一方面，可以通过共享设备，将它们出租，既可以帮助别人，也可以得到额外的收益。

特别要提及一点的是，为了培育创业创新氛围，加快打造科技创新引领地，东莞松山湖高新区管委会科技创新局于2015年首次举办"松湖杯"创新创业大赛，至今已经举办数届。目前，它已经成为集技术交流、成果展示、资金对接、产业服务、项目落地等多种功能于一体的综合服务平台，是东莞科技创新领域独具特色的品牌赛事，走出了云鲸智能、未知星球、本末科技等大量新锐企业，催生一大批"科技爆款"；赛微微电、触点智能等隐形冠军企业，也在这里成长崛起，迈向更大舞台。

面对新的机遇与变化，"松湖杯"也在持续改革升级。包括弱化排名改设"先锋奖"，扩大获奖基数；创新保荐方式，联动平台机构挖掘优质项目；优化赛后奖励模式，推动建立"三年成长期培育""以投代奖"等机制，为落地的大赛项目提供贯穿全生命周期的"一站式、全链条"赛后培育服务等。

这种以华为、生益科技等龙头企业为引领，以科创型企业为集群，中国散裂中子源、松山湖材料实验室、松山湖国际机器人产业基地等一批大装置、大平台、孵化载体作支撑，并辅以校地合作、协同创新，共建新型研发机构等方式，更重要的是，背靠东莞超20万家工业企业带来的世界级产业链配套，以及海量应用场景，从而推动众多电子信息产业、生物产业、智能装备制造产业、新材料产业等蓬勃发展，让松山湖成为产业的集聚地、创新的策源地。其正以"源头创新—技术创新—成果转化—企业培育"创新全链条为"四梁"，以重大科技设施、重大科研平台、高水平研究型大学、新型研发机构、科技型龙头企业、高端创新人才、高品质城市配套、一流创新环境为"八柱"，搭建起筑造未来之城的"实施框架"。

继2015年9月29日，经国务院批准，入围珠三角国家自主创新示范区之后，松山湖（生态园）又在广东省省级层面于2017年12月25日出台的《广深科技创新走廊规划》，成为"一廊十核多节点"（即"一廊联动加十核驱动加多点支撑"）中代表东莞的两核之一，定位为"全球性科技园区、国家科技创新策源地"。以散裂中子源为核心的松山湖中子科学城和东部工业园（企石辖区）也被纳入园区管辖范围。这一年，也是对松山湖极具有意义的一年，3月，"粤港澳大湾区"被写入政府工作报告。次年，开始规划建设松山湖科学城。2020年初，"源源不断"的松山湖中子科学城正式更名为松山湖科学城，原先的中子科学城也就此融入松山湖科学城的一部分。同年7月，国家发改委、科技部批复同意光明科学城—松山湖科学城片区为大湾区综合性国家科学中心先行启动区主体，正式纳入国家战略布局。

东莞正式跻身创新"国家队"，这是科技创新领域国家战略首次赋能东莞，推动东莞创新驱动发展迈入新里程。

从产业园到高新区，从科学城到综合性国家科学中心先行启动区，松山湖由"园"到"城"走出了一条清晰的轨迹。"2021年是中国共产党成立100周年，也是松山湖建园20周年。4月22日，大湾区综合性国家科学中心先行启动区（松山湖科学城）全面启动活动即将隆重举行，松山湖科学城扬帆起航开启新征程。"这让《南方日报》在这年4月回顾松山湖的来路时不禁感慨："二十年前这步'先手棋'，激活了一个新东莞。"

这既得益于当年修建松木山水库所无意中打造的"天赋"："松山湖的变化体现在稳定的空间结构支撑了新城从点状到环湖的发展，华为小镇的入驻、散裂中子源建成等重要科研资源的集聚，推动了松山湖迈进了科学城时代。现在回头看，这些资源要素选择了松山湖也并不完全是偶然，高标准的营城模式与高质量的空间环境对高端资源产生吸引力是其必然的趋势。"来自中国城市规划设计研究院深圳分院卓伟德在"2023年度中规院学术交流会"上所做报告指出："松山湖的多中心体系在不断完善，以多个与自然水体构成功能景观对话的核心服务地区，构成新城开放并具生长性的城市中心体系结构；呈现出日渐清晰的差异化定位——北部产研服务中心、中部城市服务中心、南部科技服务中心等。"

同时，它也得益于东莞一步步挣脱"世界工厂"的外衣，而变身为"工业雨林"的努力。一方面，我们需要认识到，2008年的国际金融危机，让东莞这座"世界工厂"，一度面临严重的危机。但这也让东莞意识到，简单生产赚钱的日子无法再持续，必须拓展全流程、全要素、全产业链制造业，就像一座"工业雨林"。

套用段永平的经营理念，如果说成为"世界工厂"，是"敢为天下后"，世界要什么再做什么，那么，成为"工业雨林"，则是后中争先了。某种意义上，从"世界工厂"到"工业雨林"，也指明了中国制造的进阶方向。

另一方面，我们也得承认，是制造业的次第转移，尤其是像华为这样大厂的进入，让东莞受益良多，也成全了东莞打造"工业雨林"的志向，以及蝶变。尽管在很多人眼里，东莞和深圳是孪生兄弟，但因为政策相差太大，让东莞更像是一个"小弟"，依赖深圳，但也可以在深圳面前耍点性子，"抢跑""抢射"。作为从历史中"翻身"的"大哥"，深圳除了拉紧"小弟"的手，也无可奈何。这种在无奈中带着亲昵，靠近又觉得有点刺挠的关系，还将成为它们日后之间的日常。

正因为这种持续不断的自我升级与创新，让世界惊异地发现：哪怕"东莞模式"早在2008年全球金融危机后，就遭到唱衰；"晋江模式"由于假货横行，屡被诟病；而从2014年开始，每年至少有一家大型跨国企业撤离苏州，让舆论对"苏南模式"的质疑越来越多……这个国家却没有崩盘，而那些城市也依旧是这个国家的"宝宝"，原因就在于，它们忽略了中国这样的庞大国家，在产业转移带来的"输血"之外的，自我净化式的造血能力——相比简单代工厂，工业雨林显然是一个更高级的制造业生态。前者是被动输血，后者能主动造血，具备强大的进化能力。所以，今天我们还可以看到，生物医药、飞机制造成了苏州的代表产业；无锡成为半导体产业的重镇；晋江走出了无数国际运动大牌，还出海收购了始祖鸟这样的美国顶级户外品牌。[1]至于东莞，请回过头翻看上文。

这是对过去的总结，也是对未来的预言。

只是，中国老话说，独乐乐，不如众乐乐。

松山湖越来越大，但东莞显然不希望只有一个"松山湖"。

---

[1] 《从世界工厂到工业雨林，见证世界级湾区一座"双万"城市的蝶变》，智谷趋势，2022年8月29日。

4

第四部分
CHAPTER

智生万物

第十六章

新时期下的"东莞方案"

2014—2015年，是东莞制造百感交集的两年。在此期间，曾经风光无比的诺基亚东莞厂区，宣告倒闭了。此时距它于1995年成立，才过去了20年时间，距离太平手袋厂的轰然倒塌，也才刚刚过去了七八年时间。

当年的诺基亚，作为东莞工业"二次革命"中的大项目，承担了整座城市的期盼，也给予了无数人丰盈的衣食。在那个街上几乎人手一台诺基亚的时代，开设在南城街道宏图路的诺基亚东莞厂区，就是当时手机企业界的"鹅厂"。在这里上班，都是非常值得炫耀的事情。最风光时，有3000多名员工，10多条现代化生产线，一年能生产400万部左右手机，且在东莞就有400家以上的供应商。它对东莞的意义不仅在于凭借巨大的行业影响力，很快成为东莞全市出口第一大户和纳税大户，在带动东莞电子通讯行业迅猛发展的同时，也参与了功能机时代每个东莞人的青春，更重要的在于，它为后来国产手机企业在东莞的发展壮大铺好了路。东莞当地不能不承认，如今，OPPO、vivo、华为等一系列尖端手机品牌皆在东莞投资设厂，"全球每五部手机就有一部产自东莞"，这些荣光的背后，都离不开诺基亚对早期手机产业链的孵化和打磨。

那个时候，谁能想到，这样的大厂，也有倒塌的时候。

隐忧也许从2013年，诺基亚被微软收购开始。这一决定不仅改变了诺基亚的未来，也对东莞工厂产生了深远影响。诺基亚作为当时Windows Phone的主要合作伙伴，微软收购诺基亚的手机业务，自然希望借此进一步推动Windows Phone操作系统的市场份额，并避免诺基亚突然投靠安卓阵营。同时，微软也看中了诺基亚在移动通信领域的专利储备，这些专利对于微软在智能手机市场的竞争中能得到一个快速进入的通道。但残酷的市场竞争，以及微软作为软件开发公司的出身，让这次强强联合并没有达到理想的效果，微软在智能手机市场的份额并未显著提升，最终微软选择在2014年宣布全球裁员，日后更是将诺基亚的手机品牌授权给HMD Global。

这家由几名诺基亚前经理人于2016年5月创立的芬兰公司，不仅从微软收购了功能机业务的一部分，同时获得了诺基亚品牌在全球手机和平板电脑上的独家使用权，以及必要专利和设计的授权许可协议，可以看出HMD Global起初是真心想要重振诺基亚品牌的辉煌，但终究发现诺基亚品牌已经不再适应当下的市场和用户——尽管在功能机时代，诺基亚是世界的遥遥领先者，但转入到智能机，却发现其产品的配置、性能、创新和价格都难以与华为、三星、苹果等品牌相抗衡。这也让市场对诺基亚品牌的情怀也因此逐渐消退。

城门失火，殃及池鱼。也就在2014年，诺基亚在北京的亦庄工厂宣布年内撤离北京，北京工厂涉及3000人，主要减少工程设计人员，仅保留部分辅助支持功能，这一场裁员引发了员工的集体抗议，制造了不小风波。其后，诺基亚东莞工厂宣布解散，意外的是，不知道是不是已经预知了自身的命运，东莞工厂的倒闭竟然出奇的宁静。随着东莞工厂生产活动和生活区域相继解散，而这个大厂，也因此成为了过去式。

只让人叹一句，兴亡谁人定，盛衰岂无凭。

说到底，它还是没有跟上这个千变万化的时代。不是它抛弃了东莞，而是这个世界抛弃了它。在被微软收购时，诺基亚CEO曾说：我们并没做错什么，但不知为什么，我们输了！这次，它输得更彻底。

东莞也无须叹息，因为失去的份额，很快就被OPPO、vivo、华为给弥补回来。不过，也许在夜深人静时，我们还会听到东莞南城的暗自叹息。

"黑天鹅"

滚滚"东"江"西"逝水，浪花淘尽英雄。

在诺基亚之外，网络上曾有文梳理当时"东莞消失的十大工厂"，我们不难看到，昔日的"厂红"或"厂霸"正不断地挣扎在生存的边缘上。

比如位于寮步的三星东莞工厂，因产能转移、订单剧减，一度传出"三星撤离中国"的流言，而随着其在东莞最大的代工厂和三星视界同在厚街的韩资企业普光的倒闭，万余人突然"被休假"，更是让传言扑朔迷离、甚嚣尘上。

比如位于石碣的台达。尽管在此扎根多年，由生产单一电子零件的小企业一路走上，一跃发展为全球第一大交换式电源供应器制造厂商，并成为全球电源管理和散热解决方案领域的佼佼者，但台达还是避免不了电源供应器产量下滑，员工人数大幅缩减，散热产品年产能也受到一定影响。2009年，台达提出走品牌和系统解决方案的道路，开启了转型之路。2012年6月，台达创办人郑崇华将董事长一职交棒给原副董事长暨执行长海英俊，而执行长一职则由长子郑平接任。郑平一上任，就面临着"如何守业"的难题。

所以，在"东莞消失的十大工厂"中，将"台达电子东莞厂区部分车间"也列入其中。除此之外，还有厚街，它差点"丢失"的是伟易达电子公司——正是向莉初来乍到时偶遇的那家公司。多年的发展，让它成为全球有名的电子教育玩具制造商，在电子教育玩具领域很有地位。但随着消费者对电子产品的需求更多样化，对电子教育玩具的功能和设计要求也越来越高，导致在产品创新方面相对落后的伟易达，在竞争中慢慢失去了优势，名声大不如以前。

有清溪，它"丢失"的是金蜗牛——自1992年在东莞成立，以木炭、瓦斯烧烤炉为主打产品，曾是沃尔玛烧烤炉全球最大的供应商，所占份额超过60%。鼎盛时期员工约4200人，年产值超10亿元。

最让人遗憾的，则是高埗，它丢失的则是裕元。这个一度是台资的佼佼者，也是国内鞋业的佼佼者，可以跟深圳富士康相提并论，堪称"运动界富士康"的大型工厂，曾让高埗一度变得人山人海，进厂区都要分批次排队进去。而夜晚繁荣的街道上，熙熙攘攘的人群中，十之八九都是裕元鞋厂的员工及其家属。甚至，工厂也可以自成一个小型的"社会"，有住，有吃，有幼儿园，有医院，还有专门的消防队。然而，随着全球化进程加快，劳动力成本上升，裕元制鞋厂于2012年开始将生产线转移至东南亚地区。

就连华坚，也开始透着疲态。2006年，来自湖南邵阳，相继待过顺德的音响电子设备厂、虎门的塑胶玩具厂、九龙山高尔夫球场的刘翼孔，通过在智通人才市场和卓博网投简历而加入了华坚，随后十年，他将自己最美好的青春都奉献给了这家制鞋厂，同时他也见证了这家工厂最风光的时刻：多年的发展，让它在国内一度拥有8家分厂，19条意大利等先进生产线，员工12000余名，产品100%出口，还有一座家具城，两座规模可观的鞋城，以及配套的模具厂、饰扣厂、机械厂和印刷厂，构成了完整的鞋材与鞋机生产体系。2004年，华坚又将总部迁移到南城石鼓，并创建了华宝鞋业有限公司……也就这个石鼓总部，让他一开始都误以为这是做高科技的。而老板张华荣也屡屡受到褒扬：2009年4月28日，荣获"全国五一劳动奖章"，并出席了在北京人民大会堂举行的表彰大会，次年又荣获"全国劳动模范"荣誉称号。至于自己，作为管理人员，除了获得的待遇比以前在虎门高很多，而且还成功组织了数次鞋业论坛，甚至还得到了国家领导人的认可。

然而，即使贵为"女鞋教父"，张华荣也面临着这些状况：人民币汇率变化，从2005年的1美元对8.11元变成6.6元，导致出口到国外的鞋子，因为美元对人民币变软，造成实际上的降价，而国内的材料等因人民币坚挺，造成实际上的涨价，最终，利润被一次次"谋杀"，代工往往变成了"赔本赚吆喝"。如果再遇到欧盟征收高额反倾销关税，国家降低出口退税……代工鞋厂的日子不难想象。彰昱在2010年8月前后被迫关停，其他如安加鞋业、飞利达鞋业、联运鞋业等公司已关闭或搬迁，麦斯鞋业、惠丰鞋业、永盛鞋业等多家鞋企正在大范围缩小生产规模。2011年，华坚也在"打回老家去"之后，又转身"挺进非洲去"。11月，华坚国际鞋城（埃塞俄比亚）有限责任公司成立。对华坚来说，也许非洲更低廉的成本，以及更广阔的市场，是产业转移的最佳选择目的地。事实最终也证明，继当年巴西拉了自己一把之后，还是"第三世界"救自己于水火。

多年后，华坚关闭了自己在国内的工厂，而选择了在非洲耕耘。其间成为华坚中坚的刘翼孔也在2016年感觉到了不对，一方面是发现做鞋子的毛利空间越来越小，从以前有十到十五个百分点的利润，变成了六七个百分点的利润；另一方面也发现公司的心态也在变化，以前在国内到处拿地是为了产业转移，结果发现做房地产比做鞋要来钱快，所以地都用来开发房地产了。所以，他坚决抽身，自己创业了。

和他同为"江湖人士"的钟辉，则发现了另外一个现象，那就是在东莞的生存成本也变得越来越高。1993年就在东莞大岭山打工，后来又创办了汇兴智造的钟辉，曾经将自己在南城的一套房做过三次抵押贷款，一开始只能贷200来万，后来就能贷更多，甚至数百万。他感慨房子还是那个房子，但价格涨得很让人吃惊。所以在东莞办厂，不仅要应付工人工资的增长，还有高涨的租房成本，这逼着很多企业"外溢"。

这其中也包括1999年初就来到东莞的福建上杭人刘建伟。尽管做老实人、行踏实事，让他抓住东莞飞速发展的机遇，从一个普通的打工仔，一路做到了今天东莞建筑总承包和钢结构工程施工安装上的专家型从业者，他亦曾在2013年前后赶赴东南亚，准备在东南亚重新打天下。不过，由于各种原因，他最终还是选择回归东莞。

就在华坚走向非洲的同年，由东莞台商协会时任会长叶春荣发起，并由协会牵头成立的企业集团——大麦客正式亮相。它的创办源于台商们的一个共识，"代工利润低、对国际市场的依赖性强，东莞台企生产的优质产品应该扩展内销市场，打出品牌"，具体做法就是将产品集结到一个大卖场，以台货精品的形式推出去，这倒是和厚街名家具展有点异曲同工，只不过一个是展览，一个是商超。然而，经营期间即便数次改变自身经营方式，大麦客仍然没站稳脚跟，倒在了2016年7月1日。"这在东莞的市民中激起'不大''不小'的涟漪。说'不大'，主要是大麦客在消费者中的渗透性，比不上嘉荣和家乐福等商超；说'不小'，是这个名字广为人知，因其一直作为东莞台商转型的范本。"《南方都市报》在两天后的报道中解析到，大麦客之所以败走"麦"城，一是"'办卡入场'模式水土不服"，二是"想得到高品质消费，没能想到电商冲击"，还有就是"打出了名品，没打出品牌"。

台商通过大麦客平台集体转型打内销，是一个很好的概念。过去台企做代工，品牌卖1000元的产品代工商只赚几十一百元。然而概念落实到实际操作上，这些新秀丽、GUCCI和阿迪达斯代工厂的产品，在国内的品牌才刚刚起步，品牌本身也需要投入更多的时间和金钱进行营销，仅仅依靠大麦客的平台是不够的。虽然在这里可以买到同品质的衣服、鞋子和箱包，但这种消费品的"品牌"本身就是高附加值的部分，即使花三五百元钱，买一个不知名的包包，也会犹豫。

而作为东莞经济的另类"晴雨表"，此前一直高歌猛进的酒店业，也迎来了失去的几年——2008年，东莞的星级酒店数量达99家，但是次年开始下降。到2012年，东莞第一家五星级酒店银城酒店在同行的冲击下，尤其是自身运营能力不足，因客房面积达不到五星级标准而被摘星之后，宣布整体转让，成为东莞酒店业衰退的明显信号。2014年的扫黄风暴，无疑加剧了它的衰退。这一年，东莞的星级酒店还有63家，但是到2017年，只剩33家……

这种压力无疑也传导给了餐饮行业。作为当年东莞台资鞋厂兴衰的见证者、参与者，后来嫌弃"做鞋不如做饭"又重新开起饭店的杨永安，渐渐地觉得生意越来越不如以往。鞋企的不断迁移，甚至倒闭，让台湾老板们在东莞留下来的越来越少。

尽管诺基亚觉得自己"死"得很莫名其妙，但站立在时间之外，回顾以上的失败，你还是可以清晰地发现，它和以前发生在东莞的一些"事故"有着相似的面目，比如说深受金融危机的影响，没有能从金融危机中爬起来。或者没能与时俱进，依旧停留在人力密集型层面上，导致其获得的利润很难覆盖日益增加的成本……当然，在杨永安看来，还有一个原因，那就是在特殊年代暴富之后（尤其财富相对消费能力更显夸张），很多老板没有了太多追求，只剩吃喝玩乐，导致他们很难跟上形势，面对问题没什么想法，最后一遇到问题，只能一拍屁股了事。换句话说，以前的日子太好过了，导致大家都在有意无意之间丢失了铠甲。

当然，也有不一样的特质，比如说中国的消费升级下的审美跃迁，让短缺经济时代下的产品，很难再获得市场。与此同时，企业在经营管理方面也存在诸多问题，如成本控制不善、开拓创新不足、过于追求规模和利润而忽视了市场变化和消费者需求的变化以及市场竞争日趋激烈等因素。更要命的是，这是一个越来越动荡不安的世界，一方面是技术推动着世界的节奏不断加速，另一方面却是贸易保护主义下的逆全球化——2009年奥巴马当选美国总统后便提出"再工业化"并推出纲领性文件《重振美国制造业框架》，后续政策接踵而至，让这个世界处于一种被撕裂的无可名状。

2016年年底，罗振宇在"时间的朋友"的跨年演讲中，提及了一个词——"黑天鹅"。

所谓的"黑天鹅"，不是"black swan"（即带有黑色羽毛的天鹅），而是"Black swan theory"。根据维基百科，"黑天鹅理论"或者"黑天鹅事件"是一个比喻的说法，描述了一个出乎意料、并产生巨大影响的事件。

进一步解读，一方面，它会产生非常大的影响；另一方面，它是一个

"局外者"，超出人们的常规认知，在历史上也毫无线索可循。所以这会对很多人造成困扰，更让世界陷入一种巨大的不确定。但是，事后总结规律，它又像是可以被解释和预测。

罗振宇说，即将过去的一年，出现三大"黑天鹅"事件：Alpha Go战胜李世石、英国脱欧、特朗普当选美国总统。他还预测了2017年的五只"黑天鹅"：时间战场（battlefield of time）、服务升级（service upgrade）、智能革命（AI revolution）、认知迭代（iteration of cognition）、后真相（post-truth）。

其他的"黑天鹅"暂且不证，但是"Alpha Go战胜李世石"却让我们意识到必须要做好全面迎接人工智能的准备，并努力掌控它而不是臣服于它。

这个世界在走过了蒸汽时代、电器时代，以及信息时代之后，俨然已经跨步迈入以石墨烯，虚拟现实，可控核聚变，清洁能源以及基因、生物技术，量子信息技术，脑科学、航空航天等为主的，以互联网与人工智能高度融合为特征的全自动的人工智能时代、高度拟人化的虚拟世界。这让数据资源成为这个世界上最为重要的资源之一，它与实体经济的深度融合，将推动产业创新和升级。同时，它也将成为国家治理和公共服务的重要支撑力量，提升政府决策的科学性和准确性。过去，西方曾抓住了蒸汽时代、电器时代，而一度掌控了这个世界的话语权。今天，谁能在未来的工业革命中掌握数据资源，通过加强技术创新、完善数据治理体系、健全法律法规体系等措施，让数据交易、数据服务和数据治理等方面变得更加规范化和专业化，谁就能成为未来的主宰，同时也为自身构建数字化、智能化、绿色化的未来社会提供有力支撑。

诺基亚们的失败，更是为这个世界敲响了警钟。

然而，翩翩起舞的"黑天鹅"，就像上帝扔的骰子，没有揭开谜底之前，你也不知道他扔的是大还是小。所以，对"黑天鹅"的担心，成了无数人的心结。

早在2012年，由田涛、吴春波所著的《下一个倒下的会不会是华为？》一书出版。它让我们看到任正非无疑是一个永远的危机意识者。即使到了2016年，华为营收达到5200亿元，已经位居世界500强第75名，他也在忐忑不安。面对如此成就，任正非依旧一个劲地提醒他的员工：警惕"黑天鹅"！还为此从国外引进8只黑天鹅，以示警醒。

伴随着"黑天鹅"的，还有一些不幸的消息：2018年年初，广东男篮对外发布一则讣告："广东宏远集团有限公司董事长陈林因病医治无效，不幸于2018年1月9日零时48分在东莞逝世，享年77岁。"这位原名叫陈满林的企业家不仅仅只是CBA最早的俱乐部开创者——曾在2017年接受过由姚明颁发的中国篮球历史上首个"突出贡献奖"——更是东莞民营经济的开拓者以及"胆大心细"的莞商在新时代的代表人物，为东莞的发展燃尽了心血。花开亦会有花谢。事实上，老一辈们老早就开始陆陆续续地离开这个世界——早在11年前，在东莞家喻户晓的王金城去世。杨光强和我们谈及此事时，不无遗憾。

让人哀伤的还有更多的新莞商，2019年5月5日晚，众生药业发布公告，公司实际控制人、控股股东张绍日因病医治无效于5月2日逝世，公司表示沉痛哀悼。而在次年11月6日，东阳光创始人、原董事长张中能因病逝世，享年57岁……

他们大多数都出身于草根，有的是卖咸鱼的小贩，有的是洗脚上岸的农民，有的是小知识分子，但他们都在时代潮流的簇拥下，凭借着对市场的把握，以及自身的能力，一个接一个地创造了商业帝国，成就了个人乃至整个东莞的传奇。与此同时，也让莞商自蔡殷宝以来，成为当代粤商中崛起最快、活力最强、影响最大的群体之一。毫无疑问，任何一部中国改革开放史都不可能忽略东莞的名字，任何一部东莞发展史都不可能忽略莞商的名字。

他们的逝世，无疑意味着一个时代的结束。但倒在了"黑天鹅"开始起舞之际，也无疑加深了这个城市内心的不安。

幸运的是，2016年，眼见着自己陷入"要素动能"逐步弱化、"产业现状"大而不强、"城市建设"相对落后、"公共服务"亟须完善的情境，东莞以构建开放型经济新体制综合试点试验为契机，推动加工贸易技术、业态和营销创新，加速向微笑曲线两端延伸，提升国际竞争力。制定《东莞市关于促进加工贸易创新发展全面提升外经贸水平的实施方案》，提出45条财政扶持措施，努力培育智能终端产业，推动全产业链发展。

同时，又拿出了一个大动作，那就是在全市范围内开展构建开放型经济新体制大调研，通过最大限度凝聚"东莞力量"，汇聚"东莞智慧"，最终提出"东莞方案"。

八大调研报告

纵观东莞发展历程，"第二次工业革命""一城三创五争先""建设现代制造业名城""推进经济社会双转型"等各个时期的战略举措，无不是在一次次的深入调研中摸清情况、汇聚智慧、明确路径、破解难题的重要成果。

为了此次大调研，东莞成立了专门的领导小组。领导小组在2016年7月27日召开的构建开放型经济新体制大调研动员部署会议上纷纷发言。有人直指"传统的发展路径难以为继，不能支撑新常态下的新发展，亟须找到一条新的发展路径"。并做了一个形象的比喻：一台汽车，最高时速也不过100千米，如果要驾驶得更好、更快、更稳，就要更换一台发动机。"一台汽车换发动机，要换一套零部件；一座城市要走上创新集约之路，也要用新的体制机制、新的要素去支撑。"

也有人指出，大调研成果转化是一项紧迫而又重要的任务，为此做了进一步动员："进一步凝聚共识，聚各方之智找准突出问题，理清破解思路和对策，推动体制机制创新，开创工作新局面。"

东莞市政府门户网站在2016年10月12日题为《东莞开展构建开放型经济新体制大调研纪实》的文章中指出："这些声音汇聚到一起，向全社会发出了清晰、一致而有力的城市宣言：东莞以调研开路，致力通过一场规模空前的大调研，谋划、确立东莞在更高起点上实现更高水平发展的新思路、新举措。"

这次会议也下发了《关于开展构建开放型经济新体制大调研的通知》，提出从7月中下旬开始，分为部署启动、调查研究、汇报总结、成果转化四个阶段。其中调查研究阶段原定为2016年7月26日到8月22日之间。不过，调查研究也不是漫无目的地调查一气，而是要先期选准选好研究课题——必须按照"聚焦构建开放型经济新体制综合试点试验任务，聚焦经济、城市、园区、民生和社会建设的短板，聚焦体制性障碍和结构性问题"（"三个聚焦"）的思路，紧扣当前东莞在更高起点上谋划更高水平发展所迫切需要破解的难题，围绕"突出主要短板""突出关键问题""突出迫切需要""突出工作着力点""突出经济增长点"("五个突出")的要求才行。

经过研究，东莞最终确立了八个方面作为市重点课题开展调查研究，分别是营商环境、园区统筹、集约发展、公共服务、开放型经济、金融创新、均衡发展以及城市品质。

可以说，这八大重点课题每个课题都关系着群众生活，影响着东莞发展，决定着城市未来。所以，尽管它们发端于城市的顶层设计，但也顺应了大势与民心。正源于此，关于大调研的每则消息、每项成果、每个声音，都牵动着这座城市每个人。每项课题均由市领导牵头，一个部门为牵头单位、若干部门为协助单位，各部门各镇街结合实际开展调研。

这次大调研最后延续了两个多月，一直到10月9日，才召开了大调研总结会议。根据报道，为扎实推进大调研工作，市委、市政府主要领导用4天时间听取了调研情况汇报。9月23日—10月9日，东莞召开了多次市委常委（扩大）会议，会上逐个听取8大重点课题成果汇报，审议重点事项，研究重点工作。各重点课题牵头单位负责人汇报了调研课题总体情况，牵头市领导提出建议事项并开展讨论。最后，形成了8份高质量的调研主报告、51份调研子报告，重点梳理了70多个问题，有针对性地提出破解难题的举措和出台重大政策文件的建议，加起来便是数百万字的文字材料……

让人不禁有些动容。在外界看来，这些沉甸甸的调研报告，凝聚了东莞全市上下的聪明才智和心血汗水，展现出了高度的使命感和责任感，饱含着对东莞这片土地的拳拳之心和家园情怀，让人感动。

"这次大调研，让全市上下认识到，把在更高起点上实现更高水平发展作为'十三五'时期经济社会发展价值追求，既是中央和省委的殷切希望，也是东莞发展的内在需要，更是人民群众的热切期盼。大调研切实增强了全市上下在更高起点上实现更高水平发展的紧迫感。""大调研敢于查找问题，直面问题，勇于对未来发展所面临的困境进行有针对性的研究和梳理，让东莞进一步找到了突围的路径举措，也为未来'对症下药''标本兼治'打下了基础。"《东莞开展构建开放型经济新体制大调研纪实》说，"纵观8大重点课题形成8份高质量的调研主报告，个个直指东莞'痛点'，提出了诸多有针对性的建议，为全市勾勒出了一个富有朝气、充满活力、令人期待的新东莞形象。"

建议中除了对打造法治化国际化营商环境、提高公共服务供给水平、完善投融资体制机制和推动金融开放创新、推动加工贸易创新转型和深化产业国际合作及提高经济国际化水平、城市规划建设管理及提升城市品质等方面都提出了切实可行的方案，更让人感兴趣的，一个是在提高集约发展水平方面，提出了配置支持科技创新的新供给，大规模提升企业研发水平，对存量的优势企业实施"倍增计划"。而这个"倍增计划"，也被写进了东莞市在2017年的"一号文"，里面所包含的20条新政策，也被媒体誉之为"史上含金量最大扶企新政"。其主要是通过坚定不移扶持实体经济，利用集约化发展手段，实现试点企业的规模与效益倍增，再通过试点示范，形成产业集聚，带动全局突破。某种意义上，此刻的东莞把"倍增计划"作为"跨越生产总值万亿元"的战略抓手。

另一个就是在园区统筹发展上，东莞还提出要实施"强心展翅"战略，形成中心强核带动、东西两翼齐飞，"湖""海""山"共一体的发展蓝图。

强心展翅，统筹联动

不识东莞，不知道东莞本来就是一块宝地。江、湖、山、海一应俱全，域内栖居着广府、客家、疍家等世代子民。只是，特色很丰富，但在发展过程当中，江是江，湖是湖；山是山，海是海。就比如说范围包括中堂、道滘、望牛墩、麻涌、洪梅、万江、石龙、石碣、高埗、沙田和东莞港等区域，总面积约510平方千米的水乡，作为东江的下游地区，曾是东莞的"鱼米之乡"、富庶之地。改革开放后，由于受地势低洼、交通不便、投资成本相对较高等多种因素影响，逐步成为东莞经济发展相对落后的地区。虽然通过自身改造也迎来了诸多投资，但更多的是造纸、印染、电镀、水泥等产业，不但让生产生活环境严重恶化，且环境容量逼近极限，承载能力不断下降。

在党的二十大报告中，有一个词被着重强调，它就是"共同富裕"。大到整个国家范围内，需要共同富裕；小到东莞这个区域中，也同样需要共同富裕。就像这个国家利用财政转移支付来支持中西部建设的同时，还积极支持东部对口建设落后地区一样，东莞多年来也在探索园区与周边镇街的联动发展,通过整合利用资源要素,提高行政效能来实现双方的共赢。统计显示,2015年底,东莞全市6个园区,以约占全市30%的土地、21%的人口,创造了约21%的经济总量和12%的税收。相比之下,千里之外的苏州市,17家省级以上开发区约占全市32%的面积,却创造了全市72%的经济总量、78%的工业总产值、65%的公共财政预算收入、90%进出口总额、61%的投资。这组差异化的数据,说明东莞与国内先进地区相比,园区发展仍存在较大差距。

早在2012年,沙田镇就与虎门港实现镇港统筹,实行"一套人马、两块牌子",全面整合镇港行政、土地、基础设施等资源,构建镇港一体的规划体系、产业体系、交通体系、公共服务体系,增强了发展内生动力。

2013年,又统筹水乡10镇1港规划建设水乡特色发展经济区,并上升为省重大发展平台——随着"水乡特色发展经济区"的概念首次被明确提出,这里不仅迎来了以水通、水动、水清、水美、水兴、水合等"六水"为治理目标的环境治理和生态修复,而且得到了更新的产业布局。

与"水乡特色发展经济区"殊途同归的,还有依托与广东粤海控股集团有限公司合作开发的新型政企合作园区——粤海高端装备产业园,将谢岗镇全域规划建设成为银瓶创新区,并经省审批成为省重大发展平台。

如前所述,2014年,松山湖和生态园统筹发展。同时还有值得注意的,是长安镇和长安新区的统筹发展——这个常常被人误以为是长安镇在2012年之后通过造陆,不断向海洋延伸的新区,事实上是因位于东莞港长安港区而得名。拥有的三个板块中,当时也只有滨海的交椅湾一度属于长安镇,而其他两个板块——沙角板块和威远板块则属于虎门镇。这三个板块无疑是当初长安、虎门最连江临空靠海的地方,西隔珠江与广州南沙相望,具有重要的区位优势。它的发展目标一度是成为以海洋产业为主导的现代服务业集聚中心、海洋文化体验名城、海洋生态国际湾区和幸福和谐宜居城市。把它单独"拎"起来,看得出东莞在松山湖之外,再造一个松山湖的雄心。

不过,长安镇和长安新区的统筹发展,比如说其时的长安镇委书记曾兼任长安新区党工委书记职务——这种兼任被东莞民间看作"镇街园区合并",所以也无疑加深了外人对两者之间关系的"误解"。但在2017年2月,一则新的人事任命引发了极大关注,那就是其时的长安镇委书记不再兼任长安新区党工委书记职务,长安新区党工委书记职务则由其时的一位东莞市委副书记兼任。很多人又称"镇街园区又要分家"。

　　这并不意味着东莞全盘否定园镇（街道）联动发展的协同发展格局。相反，它更寄寓了东莞对发展长安新区、水乡经济区以及松山湖（生态园）三个重要园区的期望。这从它们均由副厅级干部挂帅中可知一二。相应的，将长安新区从依托长安镇的发展模式中剥离出来，未来能以更高的格局辐射和引领周边镇街发展。换句话说，它从某个镇街的一部分，变成了引领周边镇街发展的带头人。

　　大约既是重视，也是为了避免误解，2017年4月，原长安新区正式更名为东莞滨海湾新区。2017年10月，东莞滨海湾新区正式揭牌。

　　在中国城市经济研究院副院长宋丁看来，滨海湾新区的成立，对东莞来说，不是多添了一个新区，也不只多添了一个引领镇街的带头人，而是具有更大的意味。

　　他曾撰文提出了这样的疑问："说来也怪，一个拥有112千米长的海岸线的城市，多年来，东莞以外的人们竟然很少觉得东莞是一个海洋城市，甚至连东莞人也很少提及东莞的海洋形象和地位，这是怎么回事？"这大概源于多年来因县治的变迁而导致在行政上的内收，加上主要来自陆路腹地的工业发展，结果让人都快把东莞的海洋本底资源形象忘记了。所以，宋丁也认为："滨海湾新区的建立，我认为最直观的一个意义就是，坐实了东莞海洋城市的本底形象和真实存在感，全面提升了东莞海洋城市的气质，或者说，滨海湾让东莞以本底形象完美回归海洋。"与此同时，滨海湾为东莞构建金三角并完成了临海一角的战略布局。这些年来，"东莞一直让人诟病的一点就是，没有城市中心"。如今，"主城，滨海湾新区，松山湖，这三个板块连为一体，构成东莞的'金三角'，这个金三角是什么概念？其实，它就是东莞扩大版的城市中心带，从此东莞的城市中心已经不是仅仅在现代的主城那一小片地区了，而是一个在空间上能够堪比广深的超级城市中心带了。这个金三角让东莞补足了历史上缺乏一个像样的城市中心的缺憾。从金三角的角度看，滨海湾就是为东莞构建金三角大城市中心而完成了临海一角的战略布局"。"在这个金三角中，主城板块担当东莞的城市行政中心和CBD的角色，松山湖担当东莞主导产业——科创智造核心区的角色，而滨海湾新区则担当东莞对外开放和滨海高端三产服务业集聚区的角色。"

　　不管如何，滨海湾新区的出现，让东莞也集齐了"江""湖""山"，以及"海"。

更重要的是，它还给OPPO、vivo这两位"大佬"一个重要的发展空间。当它们在乌沙待久了，可以就近去滨海湾"兜兜风"。作为一个比松山湖晚生几年的新区，滨海湾在制造业上更好预设高规格、高起点。随着OPPO智能制造中心、vivo智慧终端总部以及小天才智能科技中心、正中科学园、欧菲光电影像项目还有东莞市新一代人工智能产业技术研究院等一批重大产业项目的进入，再加上大湾区大学（滨海湾校区）的加持，让整个滨海湾新区成为东莞新的经济中心和文化中心。

相应的，滨海湾新区的建设，也为人工智能等新质生产力的发展，源源不断输送动力。OPPO、vivo之所以在日后多次"遇难呈祥"，跟这些后续的大力支持也有着莫大关系。

这一年，东莞还做了一个创举，那就是在不改变现有园区、镇、街道行政架构和空间范围的前提下，将全市划分为6大片区，以及14个重点发展先行区。其中，由包括南城街道、莞城街道、东城街道、万江街道、高埗镇、石碣镇组成了城区片区，先行区为东江滨水区和南城国际商务区，定位是"做大做强中心城区，打造中心城区'三江六岸'水文章，建设现代城市滨水岸线、现代综合服务中心和南城CBD中央商务区"。由滨海湾新区、长安镇、沙田镇、虎门镇和厚街镇组成了滨海片区，先行区为滨海湾新区、东莞港、虎门北站地区、威远岛，定位是"全面对接深圳大空港、前海和广州南沙，积极融入粤港澳大湾区发展战略，对接'一带一路'倡议，增强区位发展优势"。由麻涌镇、中堂镇、望牛墩镇、洪梅镇、道滘镇这东莞水乡特色发展经济区的核心5镇，组成了水乡新城片区，先行区为水乡新城，定位是"集中力量加快水乡新城建设，做精水乡新兴产业和轻柔产业，加强与广州和深圳的对接，加快推进水乡产业转型升级和城市升级"。由塘厦镇、清溪镇、凤岗镇、樟木头镇组成了东南临深片区，先行区为赣深高铁塘厦站地区，定位是"发挥生态资源优势，对接深圳'东进战略'，承接深圳创新资源和现代产业外溢，做强先进制造和新兴产业集群"。当然，值得注目的无疑是建立在东部工业园的基础之上，由常平镇、谢岗镇（广东东莞粤海银瓶合作创新区）、东坑镇、桥头镇、企石镇、横沥镇、黄江镇组成东部产业园片区，定位是"激活原东部产业园片区（企石辖区）承接深圳辐射通道，广东东莞粤海银瓶合作创新区与常平镇形成产城互补关系，并加强与惠州潼湖生态智慧区的对接，加快东部发展"，而先行区则为广东东莞粤海银瓶合作创新区、原东部工业园（企石辖区）。此外，我们需要关注的是由松山湖高新技术产业开发区（东莞生态产业园区）、茶山镇、寮步镇、大朗镇、大岭山镇、石龙镇、石排镇所组成的松山湖片区，其定位是"发挥松山湖自主创新示范区的创新引领作用，构建'1+6'的区域科技产业创新中心"，而先行区则是松山湖（生态园）、中子科学城、东莞火车站等地区。

某种意义上，这样的划分，既坚持了当年的赛马机制，同时也让相近的乡镇能联动协调发展，进一步改变当年"直筒子市"所留下的弊端。

这无疑得感谢2016年开始的大调研，它聚焦东莞体制性障碍和结构性问题，着力破除与发展不相适应的体制机制，不仅进一步摸清了影响东莞实现更高水平发展面临的路径、产业结构、城市发展和社会治理等制约因素，而且凝聚了更高水平发展的思想共识，把准了东莞发展的总体方向，找到了东莞突围的路径举措。这也让东莞进一步增强了向"万亿GDP俱乐部"突进的信心。

其次，这次大调研，也让各级各部门对东莞接下来的发展追求和目标有了更加深刻的认识。比如关于向"万亿GDP俱乐部"迈进这一目标，东莞将不盲目追求经济规模，但在经济转型、结构优化基础上的万亿目标，是全市发展进入新阶段的重要标志。这也无疑有力地呼应了这个国家实施的"中国制造2025"战略。未来的日子里，东莞全面推进智能制造、服务型制造、创新制造、优质制造、集群制造、绿色制造等"六大工程"，深入实施"机器换人"，形成以电子信息制造业为支柱，以出口为主的工业经济结构体系，并成为国内智能手机及移动终端的重要生产基地——将成为东莞呈现给世人的新面貌。

但显然，要想全面推进智能制造等"六大工程"，需要发挥领头羊的作用。就像中关村之于北京，张江高科之于上海。

身为先行区中的"先行区"，也是"强心展翅"战略中城市高质量发展的核心引擎，松山湖能力越大，责任越大。

第十七章

"松山湖+"

在北京和上海，中关村和张江高科的"身影"无处不在。它们除了"高新"的身份之外，还有一个相似的地方，那就是自身在如雪球一般不断滚动中做强做大之后，充当了城市发展的标杆，甚至是四处嫁接的梦想。

尤其是像中关村由当初的一区二园，逐渐膨大到一区十六园，园区遍及北京16个区县，出现有中关村海淀园、昌平园、顺义园，以及大兴—亦庄园等诸多园区，其地域远超当年的"中官屯"（中关村的前身），甚至是其所在的海淀区，它俨然由当初的区域性地理概念，变成了科创品牌，进而赋能整个城市的发展。

同样，张江也在多年的开发建设中，于2006年3月，整体取代了1991年便已经被国家批准的上海高新技术产业开发区，成为上海新的王者。它的体量也从一区一园再到一区二十二园，总面积531平方千米，覆盖全市16个行政区。这也意味着它从一个局限于浦东的小张江，拓展到遍布全市各行政区的大张江。而"张江"也成为上海科技创新的代名词，张江模式开始对外输出。今天的这个区域，不仅是上海科技创新策源功能的核心承载区，也是上海建设国际科创中心的主战场，打造世界级产业集群的主阵地和国家先行先试与体制机制改革试验田。

依托以张江示范区为主体的相关品牌园区，上海市提出培育发展特色产业园区的设想。2020年3月，发布首批26个特色产业园区；2021年4月，新增第二批14个，累计40个；2022年10月，新增第三批13个，累计53个……

在《上海市特色产业园区高质量发展行动方案（2024—2026年）》中，明确到2026年，上海的特色产业园区达60个左右，集聚高新技术企业和专精特新中小企业约5500家，国家级和市级创新研发机构达360家以上，培育形成

5家千亿级、20家百亿级特色产业园区，规模以上工业总产值突破万亿元。

和张江以及中关村有些相似的，还有深圳。在笔者看来，陆域面积只有不到2000平方千米，在四大一线城市中只相当于广州的1/4，不到上海的1/3、北京的1/8的深圳，是一个大大的国家级乃至世界级的"高新区"。一方面源于自身深受土地瓶颈制约，让它和香港当年的情形一样，除了尽量拓展自身空间的同时，必须"向北望"；另一方面也源于共同富裕的要求，让它必须承担起带动广东乃至整个中国南方的发展重任。所以，今天你会在距离深圳市坪山区60千米之外，发现一个与深圳没有地域连接，但在城市规划、营商环境、基础设施和公共服务等方面，与深圳基本上实现了"同城同质同效"的迷你版小深圳。这里，就是深圳10区之外一个"特别"的存在：深汕特别合作区。

根据资料，这个特别合作区位于粤港澳大湾区最东部，下辖鹅埠、小漠、赤石、鲘门四镇，陆域面积460.41平方千米，相当于深圳主城区面积的1/4；海岸线长69.8千米，拥有深水良港小漠国际物流港；北有莲花山的俊秀，南有深汕湾的壮阔，蜿蜒的赤石河穿境入海，坐拥山、水、林、田、湖、草、湿地、温泉等全要素旅游资源——在过去很长一段时间，该四镇原由汕尾市海丰县管辖，属于革命老区，也是粤东的"经济注地"。为更好地推进粤东与珠三角协调发展，广东在2011年批复同意正式成立深汕特别合作区。由广东省委、省政府派驻机构，委托深圳、汕尾两市共管共建，合作区享受地级市管理权限。不过，这也导致在很长阶段内，谁是"董事长"，谁是"总经理"，两地之间没有分出来。

直到2018年后，纳入深圳全面建设管理，深汕特别合作区确立以"深圳总部+深汕基地"为发展模式。2021年，比亚迪开始投资深汕特别合作区，初期打造了用于生产新能源汽车零部件的一期工厂；2022年持续加码，投资200亿元建设新能源汽车整车及核心零部件生产基地；2024年7月，签约三期项目，在深汕搭建电池生产线。四个月后，随着比亚迪第1000万辆新能源汽车在深汕比亚迪汽车工业园下线，比亚迪宣布再度加码深汕，投资建设深汕比亚迪汽车工业园四期项目……这在日后被定义为"飞地经济"的发展模式，比较好地缓解了深圳的用地饥渴，也相应推动了粤东的全面发展。

某种意义上，中关村、张江高科乃至深圳就是科创的宣传队，也是高新的播种机，得益于它们将自己的力量源源不断地注入到其他个体和细胞中，大家才能一起愉快地奔跑。

"溢出"松山湖

松山湖其实很早就已经在默默布局了。

"松山湖虽然没有'村',但是自成立以来,就离不开'村'的支持。"在松山湖周边,有52个接壤村,"事实上,关于松山湖与52个接壤村(社区)的关系,可以追溯到2001年",如前所述,"东莞划定寮步、大朗、大岭山汇合处72平方千米土地,成立松山湖科技产业园区。2006年,东莞市划定寮步、东坑、石排、茶山、企石、横沥等镇汇合处约31平方千米的土地,设立生态产业园区"。可以说,松山湖"园区发展所需的土地就来源于周边镇村的支持"。无论是从自身的责任,还是从回报支持的角度,甚至是践行当年领导的承诺:"在统筹发展的前提下,我们市委、市政府一定会处理好各种利益关系,考虑好农民的现实和长远利益,扶持和辐射镇区经济发展",松山湖都有必要"拉"它们一把。

在不少村民的眼中,松山湖的溢出有着明显的时间节点,尤其2009年后,明显感受到松山湖效应。2010年,松山湖升格为国家级高新区,各村抓住这一波的溢出,尝到了甜头。牛杨社区就抓住三旧改造的利好,与房地产公司合作开发风尚岭工业区,推动寮步镇首个村企合作的三旧改造项目星城绿湖玉珑湾成功落地,现在已经是松山湖人重要的居住地。村组营收从2010年不到1000万元,十年前后翻了一倍多。

作为一个有着400年历史的古村,石排镇庙边王村曾是东莞的"落后生",给人的印象多是区位偏僻、缺少产业。但正因为与松山湖生态园片区仅一路之隔,它的命运在2014年发生了彻底地改变。"这一年,东莞市决定将松山湖高新区、东莞生态园统筹发展。此时,与松山湖生态园片区仅一路之隔的庙边王村,率先承接了其产业和人口外溢,迎来发展的'春天'。"尤其是随着长盈精密、中国移动等上市公司落户松山湖生态园片区后,慢慢开始有园区上下游企业到村里落户。再加上越来越多国际知名物流企业也来了,村民们靠着出租经济赚得盆满钵满的同时,全村的产业结构也从传统的五金模具产业，开始向高新科技产业转型。"截至2024年年中，庙边王村拥有2家上市企业，47家规上工业企业，成为了东莞的"产业新星"。

同样，跨过新城大道，便是玖龙集团、中集集团产业园等大型企业的月山村，靠着土地出租、厂房出租和每年移民办下拨的补助经费等，2023年，月山村集体总资产1.12亿元，经营总收入1855万元，经营纯收入1631万元，年人均福利分红约3.3万元。[①]

相比这种实打实的短期利益，松山湖带来的更大好处，就是带领大家一起创新一起飞。在2015年9月，松山湖成功入围珠三角国家自主创新示范区时，初步确定"1+2+N"（一轴线+两核心+周边镇）空间布局。

这也让松山湖实现了两大重要突破，一是政策层面上，尤其是在对外科技合作、科技金融、知识产权等方面，需要有先行先试的政策或措施；另外要通过先行发展，将政策措施和发展模式推广到更大范围内。这也便有了2017年的更进一步。

2017年年底，松山湖片区首次组团亮相2017深圳招商推介会，签下29个项目总金额超250亿元，其中就有寮步耀晋光电高新产业园。

次年3月，随着东莞发布《关于印发松山湖片区六个统筹指导意见的通知》，松山湖与石龙、寮步、大岭山、大朗、石排、茶山等周边六镇组成松山湖片区，率先拉开东莞市园区统筹组团发展帷幕。在这期间，由市委常委任组长，园区、镇区相关领导任副组长和组员的松山湖片区推进园区统筹组团发展工作领导小组成立，领导小组以联席会议形式研究决策片区统筹组团发展的重大事宜，截至2018年8月已召开了6次会议，通过了构建教育资源、医疗资源、合作开发项目、公共基础设施建设、联合招商、共建科技园区和平台等六大利益共享机制……和其他一些城市专注财税的分利模式不同，松山湖片区将社会公共服务资源也纳入共享机制。比如为解决园区企业员工子女入学问题，松山湖采用园区学校输出办学理念和管理团队的方式，与周边镇共建学校。2018年6月27日，松山湖中心小学（集团）西溪学校挂牌。此外，松山湖社卫中心与东莞市第三人民医院共建医联体也日渐深化。不过，与地方经济关系最为密切的，无疑是合作开发项目、联合招商。在招商这一

---

① 梁锦弟、黄慧萍、曾奕静、唐国轩：《东莞"环松山湖辐射带"加速崛起！谁率先受益？》，《南方都市报》，2024年5月13日。

块，松山湖片区的招商统筹部门将担任"指导员"，牵头会同片区园镇招商部门开展片区招商共享相关工作，根据本指导意见出台具体的片区招商共享实施方案，统一招商规划、共享招商信息，分类指导实施园区内现有的优惠政策，统一招商宣传推介，建立片区项目首谈备案制度，探索实现项目首谈备案制度。

松山湖招商局工作人员曾对外界表示，在联合招商上，松山湖推荐了一大批更适合周边镇环境的企业前去，镇也会推荐高端研发企业和机构进驻松山湖。而在项目合作上，东莞国企松山湖控股旗下子公司与6个镇属集体企业分别成立了合资公司，按出资比例对项目收益进行分配。

这一系列的体制机制创新让曾各自为政的一园六镇拧成了一股绳，心往一齐想，力往一处使，在不改变行政区划的情况下塑造了片区统筹组团发展的新格局。

2017年的3月21日，有着19万平方米的建筑，30万平方米的产业配套区的松湖智谷在松山湖大道与石大路的交汇点附近打下第一根桩。其与华为在松山湖的总部办公地仅3千米距离。

此前数日，松山湖"1+6"联动协同发展计划调研组到此考察时表示，松湖智谷主要以制造为主，有效与松山湖形成产业互补，计划把松湖智谷纳入协同发展范围，享受松山湖科技政策。这也让以东莞南方半导体科技有限公司为代表的松山湖科技企业看到了机会，纷纷将自己的生产环节安排在智谷园区。

在笔者看来，这对里面的无数个利益相关方来说都是两全其美的方案。对南方半导体等企业而言，一方面，可以拓展自己的发展空间；另一方面，距离自己在松山湖的总部又不会太远，甚至还在同一个片区，享受相同的政策。

特别要提及一句的是，松湖智谷不仅是松山湖与镇街联动的标志性成果，还是东莞M0用地的首个工业上楼项目，它的容积率高达4.5。"工业上楼"项目因其高标准、高规格的设计要求，建设成本投入高，再加上市场租金定价收益低，使得项目经济效益并不理想。如果涉及到旧改，还需考虑拆赔成本，进一步加大了开发资金压力。即使在产业发展领先的深圳，"工业上楼"项目也屈指可数。松湖智谷的成功，得益于东莞产业发展的大趋势，也对改变东莞发展工业所逐渐面临的用地困境，是一个很好的解决方案，也为东莞带来全新的产业载体，同时引领了现代工业大厦的新标准。

对松山湖而言，可以腾出空间来集中发展总部经济，而没必要将制造、研发全都挤在自己这里，导致后期无地可用。同时，将制造环节推向外围，还可以保持松山湖的生态；对松湖智谷所在的寮步而言，既可以享受松山湖的金字招牌，以及产业外溢的红利，更可以进一步发展以高端电子信息、智能制造等主导产业，全力打造东莞的城市副中心。而"1+6"的出台，无疑意味着这种好事，可以推及到更多镇街。

除此之外，为了让六大利益共享机制有如汽车的离合器，协同好了才能不拖后腿，东莞还将"行政审批服务片区前移"：东莞市规划、发改、国土、交通、工商五部门设立了五个直属分局，均在松山湖园区内，直接承担和履行各领域市级行政审批权限共299项，减少审批环节72项。片区内各项行政审批事项平均办结时间缩短2～2.5天，实现"片区事，园里办"。

2018年，松山湖片区还设立了片区督查室。建立片区"1+6"科技金融联动工作机制，统筹金融服务资源。出台松山湖片区《重大项目信息资源统筹工作方案》《教育统筹发展工作方案》《科技资源共享实施方案》《"美丽乡村"建设（2018—2020）专项资金使用办法》等政策文件，加快推进园区资源统筹。制定《松山湖片区2018年经济形势分析工作方案》，推动片区经济形势监测分析工作制度化、规范化。2018年片区实现生产总值1825.49亿元，占全市22.1%；完成固定资产投资511.53亿元，比上年增长19.8%；规模以上工业增加值1217.12亿元，增长12.7%。

这一年，也是大朗镇的好年头。在基础设施建设上，松山湖南部与大朗交界的"三横六纵"路网中的"三纵"全面施工。

与此同时，松山湖成立中子科学城管理局，与大朗镇共同成立中子科学城规划建设专责小组，基本编制完成《中子科学城空间概念规划》（送审稿）及《中子科学城发展规划》。对大朗来说，当年极力争取到将中国散裂中子源项目落地于自己的象山片区，是有远见的，在后来是非常有助力的。依托这个项目，大朗象山片区可打造成中子科学城的产业集聚区，吸引高端人才、科研机构、加速器等创新要素集聚，进一步推动其更好对接广深科技创新走廊和融入粤港澳大湾区——这个因古时盛产蔄草而得名，是改革开放后的毛织名镇，也因此将装备制造业、电子信息产业发展变成自身的主导产业……

除了共建科学城智慧城项目之外，松山湖还带动禾望生产基地、联创宏声等项目落地大朗。不得不说，正是在松山湖不断地拓展自己的外延下，更多的区域被改变了。2017年，松山湖共有国家级高新技术企业251家，高企保有量位居全市前列，整个片区高企数量达近900家。

这也让更多的镇街不断"暗送秋波"。来自企石的期盼，无疑更热烈。

"企"盼如磐"石"

企石，一个名字比较怪异的镇街。相传，亘古就有一块屹立在东江之央的奇石，水不淹、击不倒。为传承此石不屈不挠之精神，人们给该地取名为"企石"。不过，根据20世纪90年代由企石地名办撰写的《地名资料补查更新汇编》中的记载：传说前人站立在距罗浮山20千米处的狮岭选址定居时，发现有一巨大石块，高、陡、峭且企，直矗立河边，临石马河之水。人们取其地势之"企"和石马河之"石"字，故得名企石。但不管如何，从它得名可知，企石位于东江沿线，今天在桥头和石排之间（由东向西），历史比较久远。历次考古研究证实，江边村的万福庵一带早在五六千年前已有先民繁衍生息，留有距今5000多年的万福庵贝丘遗址，还有千年古树秋枫，距今140多年的黄大仙庙会……比起身为交通枢纽的石龙，企石和桥头，以及其南边的横沥，在经济基础上相对较为薄弱。这也是早在2002年东莞就开始发展东部工业园的一个重要原因。

如前所述，一开始，东部工业园区位于东莞东部企石、桥头、横沥再加常平这四个镇区的交汇处，所以横跨常平、企石、桥头、横沥四个镇街，总规划建设面积37.4平方千米。不过，经过2016年国家开发区目录调整后，东部工业园按南城、莞城、江滨工业园区共6.13平方千米（9196.1亩）申报调整。经过多年开发，东部工业园区用地大部分已完成开发建设，只剩下企石片区约6000亩连片存量建设用地。

尽管在划分六大片区过程中，企石一开始被归为东部产业园片区，而该片区的定位也是"激活原东部产业园片区（企石辖区）承接深圳辐射通道"等，但作为东部工业园主要的承载镇街，东部工业园企石辖区发展一直未如人意。所以在东莞的两会上，有政协委员殷毓德在《关于加快东部工业园（企石辖区）发展建议》的提案中直言：园区开发初期，征收了企石镇博夏、湖美、江边、上洞、深巷等村的大片土地。但十多年来，园区开发建设缓慢，企业进驻较少，园区对周边村带来的辐射不大，与当初村民和群众的期望存在很大落差。因此，周边村民对此意见很大，在开展收地及办证等工作时，常常出现抵触情绪，以致项目引进和建设工作开展都十分困难——这样的情形，无疑让企石有些苦不堪言，急切需要有人来"拉""帮""带"。这个对象，最好就是松山湖。

所以，在东莞市主要领导和相关部门的关注下，尤其是8大调研报告的出台，让东莞决定将东部工业园（企石辖区）纳入松山湖统筹开发，希望将该园区定位好、发展好，并打造成为"东江边上的一颗明珠"。某种意义上，这个位于东莞市企石镇东北片区的工业园区，成了松山湖在东莞的"飞地"。

这个期盼显然并不是空穴来风。

要知道，在珠三角整体布局全产业链的关键时期，珠江东岸稀缺的土地及人文生态资源是提升附加值的基础。在人文生态上，这里除了有历经千年洗礼的江边古村落、海瑞曾下榻过的黄氏宗祠，香火兴盛的黄大仙百年古庙等，更有东莞最长的东江岸线和东江金海岸体育长廊，以及东丫湖、东引河、虾公山、金交椅山、飞鹅岭等"一湖两河三岸四脉"山水资源。在美食上，有企石"三宝"（江边水丸、铁岗梅菜扣肉、东山沙葛）和鲤鱼炊糯米等美食"九大簋"；在交通上，网络四通八达，可通过高速公路直连广州、深圳、东莞和珠海，镇内路网健全，拥有由湖滨路、企桥路、环镇路、江南大道等构成的"五横五纵"成熟交通网络。还有于1970年建成的、东莞市水利建设史上规模最大、最宏伟、全靠人工开凿的一宗水利工程——东引运河穿境而过。企石可谓是具有珠江东岸最为稀缺的综合资源，即土地条件、交通轨道条件、可产生附加值的生态及人文条件。

这也让企石好事连双。2019年2月22日，松山湖管委会与企石镇签订《东部工业园（企石辖区）统筹开发合作协议》，标志着松山湖统筹东部工业园（企石辖区）进入实质运作阶段。合作协议确立了松山湖"飞地"管理模式，由松山湖负责主导东部工业园（企石辖区）统筹范围内的规划建设、招商、工商税务登记等园区运营管理，并安排松山湖控股公司适度参与园区开发。这年4月，东莞市启动通过强化功能区统筹优化市直管镇体制改革，松山湖功能区在原来松山湖片区"1+6"基础上，增加横沥、东坑，以及企石等三个镇。这样一来，"1+9"横空出世，松山湖功能区孕育而生。

和松山湖亲密拉起小手的企石，自然希望这段感情如磐石一样坚硬不摧。它希望共同将东部工业园（企石辖区）打造成为承接重特大项目落地的重要发展平台，为全市建设"湾区都市、品质东莞"提供支撑。

这一年，也是东莞誓要打造"湾区都市、品质东莞"的一年，目的是将东莞建设成为国际一流湾区和世界级城市群中的宜居宜业的高品质现代化都市——某种意义上，这也是粤港澳大湾区建设给东莞带来的新机遇。但是，参与世界级城市群和一流湾区建设，全方位打造高品质的城市、产业和生活，离不开高品质现代服务业的有力支撑。打造先进制造业中心，需要引入香港生产性服务业作为支撑；东莞大力实施创新驱动发展战略，需要香港的科技人才和科研资源参与；东莞扩大开放、参与"一带一路"，需要借助香港"超级联系人"的优势；东莞全面提升城市品质内涵，需要借助香港在城市规划建设管理方面的先进经验。为此，东莞还于5月30日，赶赴香港，举办"湾区都市、品质东莞"莞港现代服务业对接交流会。在交流会的官方致辞中，东莞开诚布公地说道："莞港产业合作源远流长，在东莞经济特别是实体经济发展进程中，港资企业功不可没，是当之无愧的重要力量。"

接下来，东莞将把现代服务业的合作作为新一轮莞港合作的重点，"将像改革开放初期对待香港制造业一样，以高涨的热情和高效的服务，吸引香港现代服务业到东莞发展"。某种意义上，这跟深圳于2010年开发建设前海深港现代服务业合作区有着异曲同工之妙。它也是支持香港经济社会发展、提升粤港澳合作水平、构建对外开放新格局的重要举措。在这次交流会上，东莞还透露，为了适应粤港澳大湾区更宽舞台、更高层次、更多领域的更高水平竞争，更好地承接和推动现代服务业发展，东莞将打造四大战略平台，努力建设高质量载体、集聚高质量人口、培育高质量产业。

至此，以滨海湾新区、水乡新城片区、银瓶创新区以及松山湖高新区为主的四大战略平台，脱去了面纱，更清晰地走在了世人的面前。毫无疑问，滨海湾新区是要积极对接港澳、联动深圳的前海，大力打造制度型开放高地；水乡功能区是要加大连片土地统筹和环境整治力度，建设富有水乡特色的高质量统筹发展示范区；银瓶合作创新区是要坚持生态优先，大胆探索跨越式绿色发展新路径；松山湖则是东莞参与大湾区国际科技创新中心建设的核心载体。建设好松山湖，对外，可以推动东莞更好地融入湾区"朋友圈"，对内，可以带动引领更多的地区，这也是在很长一段时间内，东莞集中精力建设松山湖的重要原因。相应的，企石乃至东莞对松山湖的期盼，也日益水涨船高。

2020年3月，东莞市政府发布《东莞市现代产业体系中长期发展规划纲要（2020—2035年）》，东部工业园被定位为"东部智造示范基地"，是东莞构建"三极三带"现代产业总体布局中重要的一环。4月29日，松山湖东部工业园正式启动，与此同时，总投资约100亿元的重点项目也陆续开工。其中，5个重点项目动工，投资额15亿元；12个项目签订投资意向，投资额54.3亿元。三年后，东部工业园智能制造产业项目二期正式开工，总投资额约3.7亿元，目标是建设为以现代制造业生产加工为主的工业基地。

沉寂了多年的东部工业园（企石辖区）终于按下快进键，在推动企石布局5G、高端电子元器件等新一代信息技术产业，积极发展机器人、医疗器械等产业的同时，也拉开东莞松山湖"1+9"功能区加速统筹发展的大幕。

松山湖和石龙：遥遥亦相拥

相比对松山湖"如饥似渴"的企石，如果在这"1+9"中挑选一位相对"淡定"的，那一定是距离松山湖相对较远的石龙。

和企石相比，石龙虽然距离远，但是名声大。自从1987年日本京瓷株式会社开设石龙粤龙环球光学制品厂以来，各种技术密集型项目和高附加值项目蜂拥而至，让石龙变得日益青春。当年的火柴厂、电池厂、烟花厂、造纸厂等企业，纷纷成为历史。20世纪90年代，石龙成为国家城市信息化第一个试点镇，自此石龙揭开了建设"蓝天碧水科技城"的大幕。也正是在2008年，石龙镇被住房城乡建设部、国家文物局列入第4批中国历史文化名镇，也是东莞唯一获此荣誉的镇。次年，石龙又获"国际宜居城镇"称号，这也意味着，石龙从广东四大名镇变身成为一座国际宜居城镇。结合其在港口建设中所得红利，石龙更由此声名日隆。

尽管石龙站专注于国际物流业务，尤其是"粤新欧"（石龙—阿拉山口—中亚五国）、"粤满俄"（石龙—满洲里—俄罗斯）国际铁路联运专列开通，让其在2014年1月7日正式"荣休"了，停办客运业务，保留货运功能。但它并没有丢掉交接棒。在石龙镇的南端，有东莞站承担了客运功能。

今天，在东莞站门口，还能看到"欢迎来石龙"的标牌。不过，东莞站的名字，很长时间归属于常平站——其于1911年建成使用。和常平站同在常平的，还有常平东站，它在今天，改名为东莞东站。尽管东莞东站相对比较遥远，但不管如何，1992年，随着京九铁路全线开工，就被定为京九铁路和广梅汕铁路的枢纽车站的东莞东站，在所难免地成了很多人的乡愁。

交通的便捷，让很多人和企业选择了石龙。但是，土地资源开发强度大、土地资源匮乏等问题，也日益限制了石龙进一步发展。面对未来，石龙在产业布局上不能再像以前那样包容并蓄，而是有选择性地挑选相对高质量的产业。

恰恰好，由石龙制药厂（1998年5月更名为广东众生制药厂）和华南制药厂于2001年成功改制，发起设立广东众生药业股份有限公司，并在2008年评为广东省高新技术企业、2009年更在深交所主板上市，成为东莞第六家登陆A股的企业，这在打破了当时东莞10年没有企业上市的寂静，成为东莞资本市场迈入新阶段的里程碑事件之一的同时，也让石龙在发展生物医药上有了龙头企业。再加上其拥有市属综合性医院东莞市第八人民医院（市儿童医院），附近还有市松山湖中心医院（市第三人民医院），具备良好的生物医药及关联产业发展基础，所以打造生物医药产业成为一个很好的方向。

在这一年，坐拥散裂中子源、松山湖材料实验室、广东医科大学等科研院校平台，有着东阳光药业、三生制药等龙头企业的松山湖也正将打造生物医药产业基地作为自己的又一个"抓手"。毫无疑问，这和石龙的追求不谋而合，两者的融合和互动不仅变得有必要，也迫切。众生药业想把自己的总部放到松山湖，松山湖的生物医药产业又可以将生产基地落户在石龙，如此一来，两者急速地碰撞出了火花。也就在这一年，在石龙的争取下，其位于西湖片区的生物医药产业基地被纳入松山湖生物医药产业基地联动拓展区。也正因为获得如此大的助力，石龙镇把该基地建设工作作为打造发展新动能的"头号工程"，重点发展生物医药、高端医疗器械、智慧医疗等产业。尽管日后石龙在东莞的片区调整中又重新划到了城区片区，但是，和松山湖在生物医药上的联动，还是让石龙受益匪浅。除了生物医药基地的建设，联东U谷·湾区生命健康产业园、黄家山产业园也开始跑出了加速度，而尼得科、众生药业等企业更是实现增资扩产。

这些活灵灵的案例，让我们看到，数年来，松山湖在发展规划、区域开发、招商引资、重点项目建设以及政务服务效能提升等五大领域，实现对九个镇街的高效统筹引领。具体到数据角度来看，2022年，松山湖向功能区外溢企业100家，其中寮步镇38家、大朗镇26家、大岭山镇25家。2023年向功能区外溢企业112家，其中寮步镇34家、大朗镇27家、大岭山镇24家。尤其自2023年以来，松山湖通过制定科技特派员政策，将园区政策的覆盖面扩大至功能区内2353家国家高新技术企业，支持园区科创资源向功能区倾斜，推动146名园区内博士或中级以上科研人才与功能区内61家国家高新技术企业开展协同创新研发，打通园区科创资源与功能区企业合作联系的桥梁，更是送出了无数的"温暖"。

从这里我们可以看出，这个将"宝陂"淹没在水下的松山湖，犹如一个聚宝盆，也像互联网时代的"互联网+"，带动了周边乡村和镇街的发展。相应的，镇街的承接，也拓宽了松山湖发展的空间，让它的根须有了四处蔓延的机会，从而让松山湖的"工业雨林"密植整个东莞。它无疑也是东莞现代制造业名城战略体系的重要组成部分。

此外，通过统筹发展，也让松山湖逐渐告别"速度情结"，迈向创新集聚的"高质量发展"。根据相关规划指导意见，松山湖原则上只引进总部型、研发型和发展潜力大的高科技型企业，以发展"企业总部+科技研发服务业"为主，形成片区产业服务中心与科技创新中心。而它在生产制造上的诉求，则可以由周边镇街承接。

至此，我们可以这样骄傲地说，东莞拥有松山湖，是上天的赐福，更是自助者天助。正是有着松山湖如同中关村、张江高科那样变身品牌对各地赋能，以及片区统筹发展，让它已然不只是"再造一个新东莞"那么简单。

在我们看来，它不仅是东莞巨大的增量，更是引领前进的旗帜，衡量发展的标杆。当然，它还是向新而行的号召，及精神。

也正因为有着无数的"松山湖"，东莞渡过了接下来一个又一个的阻碍和险滩，并迎来了2021年首破万亿，成为双万城市的重要节点。

第十八章

成为"双万"城市

如果一切都按部就班，东莞其实在2020年就能得偿所愿，和福州、泉州、济南、西安、合肥、南通这6个腰部城市一起同时晋级万亿城市，但最终只有济南、西安、合肥、南通、福州、泉州联袂跻身万亿GDP俱乐部，东莞还是差上临门一脚，总量只有9650.2亿元。影响东莞好心情的，无疑还是那几只翩翩起舞好几年的"黑天鹅"。

在这几只"黑天鹅"当中，很多人一开始会以为"Alpha Go战胜李世石"及"智能革命"是最让人"上头"的，但后来发现，"特朗普当选美国总统"影响了一切。

一方面，奥巴马尽管在2009年提出了制造业回流，并推出了一系列政策，但收效甚微。对于许多经济发达的国家而言，放弃制造业，转向更为依赖服务业和金融业的经济结构，似乎已成为发展的一种标志。作为商人，特朗普认为制造业外移是正确的；但作为总统，他却认为制造业必须回流。显然，他意识到"强大的制造业是美国经济的根基，是恢复美国经济霸权的关键"。所以，自他第一任期开始，就试图通过激励制造业回流，减少对外部生产和市场的依赖，增强美国的经济独立性和安全性。这也是他在第一任期内对价值约3800亿美元的中国商品征收关税，涉及数千种产品，进而全力对华发动贸易战的一个重要原因。

另一方面，特朗普对华发动贸易战的同时，还发起了科技战。如果说前者是多年来对中国的贸易逆差，后者则是因为中国通过加强自主研发和创新，努力提升科技实力和产业竞争力，在进一步推动了自身崛起的同时，也动了美国在全球产业链中的奶酪。所以，遏制中国的崛起，让中国重新回归到"Made in CHINA"时代的"世界工厂"，成了美国放不下的"执念"。这也让中国的"智能革命"面临着被腰斩的危险。

事实也证明，一直担心"黑天鹅"的华为，就成为被外部持续"花式打压"的受害者——从华为核心路由网络设备等业务于2003年因思科诉讼被禁入美国市场，到2007年收购3com被美国阻止，再到2010年对加州的3Leaf特定资产的收购、2011年对摩托罗拉业务的竞购均告失败……华为一路走来一路坎坷。到2018年，这种打压更是骤然升级，剔除设备、禁止投资、直接断供等各种手段对华为轮番上演，直接变"不让华为卖进来"为"不让华为造出来"。尤其是2019年，美国对中国芯片实施了一系列的制裁，让华为深受打击的同时，也让此前通过大调研意图构建开放型经济新体制的东莞，备受考验。

偏偏"黑天鹅"还不止这几只，2019年年底，新冠疫情在意料之外爆发，整个国家都措手不及……但东莞也偏偏逆风而行。

从内循环，到智能升级

今天，当我们回头审视东莞能在惊吓中还是得偿所愿，于2021年正式加入中国万亿城市俱乐部，无疑能找到以下几点原因。

首先得承认，东莞这个大家庭经过多年打磨，底子相对厚实，而且子女的实力相对均衡。除了松山湖再造了一个新东莞之外，洪梅镇、望牛墩镇的生产总值也在2020年首次突破百亿元。如此，全市32个镇街在这一年全部过了百亿元。其中，处于领先地位的长安，也首次突破800亿元大关。包括长安在内，全市共有5个镇街加入500亿元俱乐部成员，其他四位分别是虎门镇、南城街道、东城街道、塘厦镇。其中，塘厦镇首次突破500亿元，达到502.67亿元。

其次，是对全球竞争形势的准确预估和把握，并提前进行战略转移。2015年，早期注重出口的OPPO和vivo——即蓝绿两厂就开始转向内需，布局消费能力快速提升，但国际品牌（如苹果、三星）和早期互联网品牌（如小米）尚未深入渗透这些区域的三四线城市及乡镇。在渠道上，OPPO和vivo通过"省级代理→市级代理→县级门店"的分销体系，对三四线城市进行"毛细血管式"渗透，一方面源于三四线城市消费者更依赖线下体验和熟人推荐，另一方面通过线下渠道可规避与互联网品牌的直接竞争。凭借密布的线下渠道强势崛起，OPPO和vivo以年度100%上下的增长幅度蹿升至国内市场份额前两位，在线下业态随处可见的蓝绿门店和营销人员，给整个手机行业深深上了一课，开始重新认识线下渠道的能量和以往互联网模式的弊端。日后，补齐线下短板的全渠道打法成了华为和小米等手机厂商们的头等战略。在营销上，身处在拥有太阳神、马可波罗等一堆"营销大师"的东莞，而OPPO和vivo的"母体"公司步步高更是这方面大咖，让两者在营销造势上不可谓不深得精髓。比如通过明星演绎的OPPO R9广告，让无数小镇青年对OPPO的颜值大加赞赏之余，也对OPPO主打的"黑科技"——VOOC闪充更是念念不忘。"充电五分钟，通话两小时"也因此成了一句朗朗上口的金句。

vivo也不遑多让。它的代言人中有众多大腕明星。此外，华为、中兴和努比亚也瞄准了明星代言人。这也让2016年成为中国手机品牌争相选择明星代言的元年，而2017年则是手机厂商聘请明星代言的厮杀之年。

除了代言人，vivo日后还花了3.5亿元冠名，OPPO则在《偶像来了》砸下了4亿。这些都还不算其他节目。

这种狂"砸"内需，让我们不免想起realme——这个由OPPO前副总裁李炳忠在2018年创立，跟OPPO"亲密无间"，被坊间一度戏称为OPPO"干儿子"和"关系户"的品牌，最初主打海外市场，特别是在印度市场取得了巨大成功，但后来还是回到国内发展。如果说OPPO是成熟稳重的大人，在高端市场叫得响；realme则是活力四射的小孩，在性价比赛道上横冲直撞。相比较独立的realme，同样由时任OPPO副总裁刘作虎于2013年创立的一加手机，由于在2021年选择与OPPO全面融合，才算是OPPO旗下独立子品牌。

所谓"一加"，"1"代表的是"现状"，"+"则代表的是一加超越现状突破极限的愿望。这种理念也意味着东莞制造在全球化和内需两手抓两手都要硬的同时，目光已经牢牢锁定智能革命这只"黑天鹅"。不论从跟上智能革命的角度出发，还是满足消费者的用户体验出发，它们都要在产品上拿出满满的诚意。

除了推出"充电5分钟，通话2小时"（OPPO VOOC闪充）等差异化技术，解决续航痛点——在笔者对蓝厂高层的采访中，对方也一直坚称，OPPO的创新一直不断，从早期的5V1A升级到5V4.5A，再到Reno4时代的65W充电，直至Find X7的100W，实际OPPO的充电速度不断在迭代和进步——OPPO还注重手机颜值，比如渐变色机身、轻薄设计，让"颜值即正义"这句格言在OPPO的工业设计上得到了充分体现。

在人像拍摄领域，OPPO也耕耘十数年，从2009年的P51手机推出了DC-Play相机应用系统，到N3首创旋转摄像头，到MWC 2017发布5倍无损变焦技术，再到2019年推出10X混合变焦技术……让人感叹，杀死相机的，不是同行，而是手机。

如果说搞视听电子厂的，最后搞了摄影，那么，原本搞电话机的，最后搞了音乐。早在2007年，vivo就推出了步步高i368音乐手机，这款手机采用了wolfson音频处理芯片。在后续发展中，vivo更是围绕音频的核心特性陆续发布了X3、X5、Xplay等一系列产品。这也让用户只需要一部手机，就能满足自己的精神生活。也是自2016年推出Xplay5开始，vivo将其向高端进发的决心展现得淋漓尽致。到2019年3月，瞄准游戏电竞领域体验的子品牌iQOO诞生，它肩负着冲高端，并俘获年轻人的使命。冲高端就意味着必须要掌握核心技术。此前，沈炜就曾明确表述：通过品牌高端化，摆脱低利润陷阱；用底层核心技术，打破创新瓶颈；用创新，创造价值。

2019年，随着大洋彼岸的一纸禁令，全民意识到了自研的重要性。vivo宣布将与三星共同研发芯片，并在2021年推出新系统OriginOS Ocean，致力于打造开放生态。而OPPO更是于2019年8月在滨海湾新区成立zeku（哲库），豪掷500亿元开启"马里亚纳"计划——这个全球最深海沟的名字，竟成了中国芯片突围战最精准的隐喻。首秀的马里亚纳X影像芯片确实惊艳，Find X5 Pro拍出的夜景让友商直呼"不讲武德"。

与自研芯片马里亚纳一样，OPPO还于2022年8月正式发布其自研的智慧跨端系统——潘塔纳尔系统，并于12月14日，第四届OPPO未来科技大会首日，正式推出被内部视为万物互融的"数智大脑"的"安第斯智能云"……它们构成了OPPO面向未来的三大核心能力。但也有意外，2023年5月，zeku（哲库）停摆，官方虽然给出了"市场不确定性"解释，但大家更愿意相信它是遭遇了某种"政治不确定"。但不管如何，OPPO在AI的路上还将继续走下去。2024年5月发布的Reno12系列，"这次，给世界一点'银'色瞧瞧"之外，其还通过搭载天玑8250星速版芯片，以强大AI能力重构拍摄体验。其内置算法精确计算光影，实现面部清晰、立体，且虚化效果自然。AI实况照片记录精彩瞬间，闭眼修复功能减少遗憾，AI消除简化P图操作。总之，OPPO

不断探索摄影可能，让用户爱上摄影。每一次的创新都是对用户更深层次需求的理解和满足。在一些用户看来，可以说OPPO开始了对底层的影像美学、计算摄影的处理逻辑、摄像头能力的取舍，进行彻底重构。

当然，我们不能忘了"步步高"。尽管这个字眼已经很少出现在我们的视线，但是它的产品却不断地占据国人的心智。据counterpoint数据统计，2022年占据中国智能手表市场份额第一的是华为，第二是苹果，第三的是imoo。

imoo又是何方神圣？它就是"小天才电话手表，一款能打电话的手表"。除了能打电话之外，相互碰一碰就能交朋友。这也让小天才儿童手表在盘踞市场多年的同时，还衍生出了一个凭借儿童手表品牌划分的儿童专属社交圈——"手表圈"。

这种"共舞"让OPPO和vivo挺过了2019年后出口下滑的困局，以及华为被打压后内收、下沉，及诸多手机品牌涌现而产生的"内卷"。

尽管vivo的表现曾一度让人怀疑，比如Xplay系列很快就被NEX系列所取代，而后者也很快烟消云散，但投入技术赛道，也让vivo经过多年的长线布局之后，在2023年迎来了大丰收。这一年，vivo发布了X Fold2和X Flip两款折叠屏手机。

但在具体产品之外，是vivo对科技的突破。根据新浪科技报道，在影像领域，vivo推出了新一代自研影像芯片V3，其强大的性能，帮助vivo成为首家可实现4K电影人像视频的安卓手机厂商。这一年，vivo还推出全新技术品牌——蓝科技，涵盖蓝晶芯片技术栈、蓝海续航系统、蓝心大模型、蓝河操作系统等多项创新技术。尤其大模型方面，vivo更是一口气发布了5个自研大模型，覆盖十亿、百亿、千亿三个参数量级，业界领先。基于这些大模型打造的蓝心小V、蓝心千询等APP，极大提升了手机的智慧体验。

再次想起了段永平创业时所追求的"本分"，保持平常心，回归事物本源，做正确的事情，并力求把事情做正确，如今他的门徒也重新走在了这条路上。

相应的，自2014年发布了全球首款以"麒麟"命名的手机处理器SoC芯片——麒麟910之后，华为不断迭代升级，逐步在性能、功耗、AI能力等方面实现突破，如麒麟990系列、麒麟9000系列等，保持了在全球市场上的竞争力，也让中国企业在手机芯片领域有了更多话语权。2020年，华为继推出智能手机领域的又一里程碑Mate40之后，再一次"断臂求生"：在产业技术要素不可持续获得、消费者业务受到巨大压力的艰难时刻，为让荣耀渠道和供应商能够得以延续，华为投资控股有限公司决定整体出售荣耀业务和资产，收购方为深圳市智信新信息技术有限公司。尽管有些不舍，但这也让荣耀手机放飞了自己，得到了更好的发展机会。

此后的华为愈挫愈勇，2022年，华为推出了首个独立影像品牌——XMAGE。同年，华为Mate50系列首次搭载了北斗卫星通信技术，成为全球首款支持北斗卫星消息的大众智能手机。2024年，华为发布了新版麒麟芯片，并集成了强大的AI性能。

手机之外，华为还通过研发昇腾和鲲鹏，在广阔的计算市场谋求自身地位。前者专注智能计算，采用自主研发的达芬奇架构，满足AI算力需求。后者针对通用计算，基于ARM架构优化，适用于数据中心等场景。

但更提振士气的，还是自2019年8月开始，到2024年10月22日正式发布的原生鸿蒙操作系统（HUAWEI HarmonyOS NEXT）。

作为近年来我国高水平科技自立自强的代表性成果，它不仅仅是传统操作系统的"替代品"，更具有更广泛的适用场景和技术架构创新。今天，随着手机、电脑、平板等终端更多地出现在我们的生活或工作中，如何让它们协同办公变得更丝滑、更安全？又如何让跨平台、跨终端的数据流转，变得更顺畅？用户对操作系统的跨设备、实时性、可扩展性等提出了更高的要求。无疑，鸿蒙系统可以解决这类问题，它不仅能让用户在多种设备之间自由流转数据和服务，从而实现真正的全场景智能体验，同时也为未来的万物互联时代提供了更加流畅和高效的解决方案。更重要的是，这种自主可控的操作系统和应用生态的开发和应用，将为各领域的数据安全带来显著提升，告别因依赖安卓和ios等而产生的"在别人的地里种庄稼"的隐忧，获得更高的安全性和长期可用性。

尽管危机感在任正非心里一直不曾熄灭，然而，在经历了孟晚舟事件、反全球化浪潮、5G之争后，任正非却是信心十足，"外面的变化对我们没有这么大的影响"。谁也没想到，华为不仅没有倒下，而且站立得更稳了。有人说，这一切都要"感谢"欧美，没有欧美的打压，就没有今天的奋起。而今天的奋起，让一切的苦难，成全了更好的自己。

它不仅让中国产业升级切断了欧美技术依赖，而且找到了新的突围方式——就像在汽车领域，搞不过油车，我还不能搞新能源么？

相反，危机看上去很危险，但有时也会变成巨大的机会。成立于2007年，曾用名中控智慧科技股份有限公司的熵基科技，对此应该深有同感。这是一家多模态"计算机视觉与生物识别"（BioCV）领域的国际化企业，在疫情暴发后，快速反应，集中技术优势及资源，迅速研发出防控一线所需产品设备，为全面打赢疫情防控阻击战提供了强有力的科技支撑。其中人体测温、非接触生物识别等考勤产品设备，有效助力各地众多企业实现无忧复工复产——这也是东莞之所以有惊无险扛过"风暴"的很大原因。

今天的熵基科技，可以看到集成应用人脸识别、生物识别、环境感知、语音助手、AI等技术的全场景生态应用，从智慧社区到智慧校园、从智慧医疗到智慧工地，再到智慧金融……熵基科技的智慧渗透进了城市的方方面面。

时代的不安，让东莞的发展变成了悬疑片，但蛰伏时期对科创的认知，对研发的投入，让东莞努力站到了智造的高地。

这场"逆袭"，不仅仅是华为的胜利，也是东莞制造业的胜利，更是中国经济的一次全面升级。但是在2019年之后的失速，尤其是迟入万亿俱乐部，也让东莞意识到，以智能手机为核心的电子信息制造业迅速崛起，既为自己带来了第二次飞跃的"高光时刻"，也因形成"一业独大"格局为经济埋下了外贸下滑、经济趋缓的结构性挑战，东莞需要更新的支柱。

产业立新柱

和东莞形成鲜明对比的，正是一河之隔的深圳。

尽管这些年也遇到了阻击，但经济上在2万亿元大体量的基础上依然保持正增长。"2022年GDP增速达3.3%，规上工业增加值同比增长4.8%，工业总产值、工业增加值实现全国城市'双第一'；货物进出口总额同比增长3.7%，其中出口总额增长13.9%。这与东莞工业和外贸'双下降'的局面形成了鲜明对比。"究其原因，是深圳在经济结构上相较于东莞具备三大领先优势：一是支柱产业更加多元。除电子信息制造业之外，深圳新材料、高端医疗器械和智能装备等其他先进制造业集群规模庞大，能够发挥对经济发展的重大支撑作用。二是科创实力更加硬核。企业创新动能强劲，PCT国际专利申请量稳居全国首位，深圳一年的专利申请量相当于英法、瑞典、荷兰四国之和。三是外贸结构更加优化。深圳一般贸易占比过半，民营企业作为外贸主力军的角色不断凸显，跨境电商等新业态和以先进制造业为代表的"新三样"，成长为拉动外贸增长的重要动力。这对东莞的发展无疑具有十分重要的示范价值。

好在"敏捷机变"是这座制造大市不变的底色。2021年，刚进入2月，东莞就印发了《东莞市战略性新兴产业基地规划建设实施方案》。也正是这个方案，提出了在全市首批规划布局建设七大战略性新兴产业基地。

所谓的战略性新兴产业，是以重大前沿技术突破和重大发展需求为基础，对经济社会全局和长远发展具有重大引领带动作用的产业。无疑，它是指建立在重大前沿科技突破基础上，代表未来科技和产业发展新方向，属于更具国际竞争力的现代化产业体系。如果以松山湖为发展标杆的话，那么，它们毫无疑问就是"松山湖2.0版"。

根据区位实际以及各自的天赋和能力，这七大基地分别是——

东部智能制造产业基地及东莞新材料产业基地（两者选址松山湖东部工业园和松山湖生态拓展区，聚焦机器人制造、智能装备制造、专用设备制造以及自动化设备（方案）集成、新能源材料、先进半导体材料及器件、生物医用材料、先进陶瓷材料、高分子与复合材料等领域）。

东莞数字经济融合发展产业基地及东莞水乡新能源产业基地（位于水乡功能区，前者主导发展新一代信息通信、电子信息制造、软件与信息服务业等，后者重点发展新能源汽车及关键零部件、高性能电池及储能系统、氢燃料电池、新一代光伏及集成系统等）。

临深新一代电子信息产业基地（由林村板块、凤凰岗板块、科苑城板块、大坪板块、龙背岭板块组成，围绕新一代电子信息、半导体及集成电路、新能源及新型储能、汽车零部件四大产业集群发展）。

银瓶高端装备产业基地（位于谢岗，以高端装备制造业、新一代电子信息产业及新材料产业为主要发展方向）。

松山湖生物医药产业基地，日后加上它和石龙的联动拓展区——从这里，我们可以看到未来的东莞，将围绕着生物医药、智能制造、新材料、数字经济、新能源、新一代电子信息、高端装备等领域，加快构建现代化产业体系，并将它们作为生成和发展新质生产力的主阵地。

在笔者看来，这些战略性新兴产业基地的布局，无疑是立足于东莞自身雄厚制造业基础和鲜明的科创优势之上，非如此不足以成功。

这七大战新基地的布局，也符合各自区域的"气质"，像临深新一代电子信息产业基地，跟着港深在电子信息产业的发展潮流走；像东莞数字经济融合发展产业基地及东莞水乡新能源产业基地，得跟着生态环保走。这也是松山湖为什么会主打生物医药产业的一个原因。

同时，它在八大调研报告出台后对经济转型、结构优化全新认识的基础上，进一步抓住了未来发展的"牛鼻子"，让东莞的未来奔赴有了更为明确的方向。此外，它通过持续整合资源、重点突破，进一步改变了东莞产业结构相对单一的局面，加快了其他新兴产业的发展，让东莞不再更多地捆绑在电子信息产业身上，一损俱损一荣俱荣。某种意义上，这也为它在2021年成功入选万亿俱乐部打下了坚实基础。

这一年，东莞以10855.35亿元，成为省内第4个GDP超万亿元城市。在常住人口上，东莞也突破了千万，为1046.66万人，成为继广州、深圳之后的省内第三个常住人口超千万大市——这也意味着，东莞成功迈上"双万"新起点，成为地区生产总值超万亿元、人口超千万的城市，实现"十四五"良好开局。

这无疑是个巨大的成就。东莞能以一个小的体量，拉上了一辆大车，让自己从一个广深之间的空白地带，变成了重要的存在，不仅让人看到了它自古以来所孕育的力量，也证明了坚持改革开放、坚持科技创新、坚持走农村工业化道路才是改变命运的正途。

一切都在紧锣密鼓地进行。因为东莞清楚地知道，时代的节奏在科技的喂养下，已然和农耕时期天翻地覆，一不留神就被甩在身后，而多年积累的体量，虽然让自己收获了巨大的荣耀，但这个时候的东莞，已然不再是过去船小好掉头了。

更重要的是，成为双万城市，既是动力，又是压力。因为一不留神，也许就要碰到天花板。如果捅不破天花板，那就只能是逆水行舟，不进则退。

事实也证明，东莞的担忧也不是空穴来风。同样是意料之外但也是预料之中，我们不断地从各个渠道看到这样的信息：2022年8月30日，爱高电业（东莞）有限公司对外发布了停业通告。这个曾在21世纪初步入高光时刻的电子公司，和vivo、OPPO转型做智能电话一样，进一步印证了这个世界：打倒你的,从来不是同行——由iPhone引领的移动智能时代简化了人们对听歌的硬件要求,急速压缩了以DVD为代表的传统视听设备的生存空间。事实上,自2017年起,爱高即陷入连年亏损中;口气如出一辙的,还有正广精密科技有限公司,其于2023年7月31日解散,员工自谋出路;名字上同样有个"精密"的日本电产精密马达科技(东莞)有限公司也于这一年撤出中国……

让人无比唏嘘的,无疑是位于东莞的30年印染大厂——东莞明海整染厂在2023年5月对内发布公告,称因为全球经济低迷、国内纺织整染行业经营极度困难,工厂难以为继。经工厂管理层研究决定,将全面停止营业,全体员工于6月30日解除劳动合同。要知道,明海的前身,要追溯到其母公司香港旭日集团。而旭日集团,正是大进制衣厂的投资者、创始人——1978年,怀着对祖国和家乡的炽热情怀,抱着对国家改革开放政策的坚定信念,旭日投资百万元在广东顺德容奇镇建立该企业。毫无疑问,它和张子弥的太平手袋厂,一起成为港商到内地投资设厂热潮和改革开放的"排头兵"。在制衣厂之后,旭日又于1982年开办纺织厂,1995年进军染整行业,通过收购原城兴整染厂,创建明海。

这让东莞依旧绷紧心态。就在成为双万城市的当年,东莞推出企业上市"鲲鹏计划",明确到2023年,东莞力争全市境内上市公司数量较2020年翻一番,数量超过80家,境内外上市公司总数突破100家;上市公司总市值翻一番,规模超过6000亿元;上市公司数量保持全省地级市领先;认定上市后备企业累计超过300家。总之,力度和雄心一样大。

次年,东莞响应广东省委所作的制造业当家、"百千万"工程、绿美广东、"五外联动"等多项战略性全局性的重大部署,发布一号文,即《关于坚持以制造业当家推动实体经济高质量发展的若干措施》。2月10日上午,东莞再次召开经济高质量发展"2+2"政策新闻发布会,提出东莞要牢牢把握"制造业当家"战略部署,坚持"科技创新+先进制造"城市特色,构建东莞推动制造业高质量发展的"四梁八柱"。围绕制造业当家"大产业、大平台、大项目、大企业、大环境"五大要求,明确东莞打造具有国际竞争力科创创造强市的前进方向。"2+2"中的第一个"2"指2023年东莞市政府"制造业当家"一号文和促进民营经济高质量发展措施;第二个"2"则是第一个"2"的配套政策,主要从构建"大招商"格局和强化高品质、低成本、快供给产业空间两个方面,为制造业和民营经济高质量发展提供产业、空间等有力支撑。毫无疑问，四大战略平台、七大战新基地将成为东莞工业发展的"主战场"。

初一开始，东莞就明确表示把七大基地建设作为产业立新的"一号工程"来抓，一号文无疑强化了这一点。此外，东莞还表示，只要是优质新兴产业项目，一定有土地空间承载，一定能实现快速落地。最初，七大基地规划面积60平方千米。次年，在高标准推进六大标准化产业片区建设——沙田泥洲岛片区、麻涌TOD片区（属于东莞新能源产业基地）、松山湖大朗象山片区、塘厦龙背岭片区（属于临深新一代电子信息产业基地）、谢岗银瓶片区、桥头东深公路片区（属于银瓶高端装备产业基地）——之后，将战新基地扩容升级至80平方千米。像这些标准化片区是东莞为了引"龙头"聚"链主"而整备的连片土地，属于极度稀缺的产业空间。东莞很长时间内一共也只规划了10个，但还是一口气将这六个投放给了七大基地。

2023年初，得益于东莞连片土地整备的储备速度，以加速度换高效率，以大空间换大产业，比亚迪旗下的东莞弗迪动力有限公司成功摘牌谢岗镇1183亩的连片产业用地——这对东莞发展新能源汽车产业，无疑是一大助力。根据报道，从项目洽谈到揭榜挂牌，仅用3个月就实现了重特大产业项目的千亩空间落地工作。这充分体现了东莞市"空间连片统筹+产业集群发展"的协同路径在产业招商引资时所发挥的关键作用。

更让人激动的，无疑是曾毓群"回家"。

新能源：新的增长曲线

2023年9月8日，一项战略合作框架协议在东莞市政府与宁德时代之间敲定了。这是一次大场面。出席签约的有东莞当地的一、二把手，松山湖的党工委书记、身为市委常委的副市长，还有宁德时代董事长、总经理曾毓群，宁德时代首席客户官、市场体系联席总裁谭立斌，以及曾毓群创立宁德时代前在东莞创立的ATL现任掌舵人，也是他并肩战斗多年的好友耿继斌。可谓是阵容庞大，足见双方对这次合作的重视。

这一年，胡润富豪榜上，新能源领域成为上榜富豪最多的产业。在富豪榜前20名中，仅宁德时代就占据两席。其中，曾毓群排在第五位，黄世霖排在第18位。所以，将自己曾经一度失去的"亲密爱人"给拉回来，对东莞来说意义重大。首先，它让东莞在国家"双碳"战略指引下，重回绿色能源产业发展之巅。其次，它让东莞在面临电子信息制造业失速，迫切需要产业立新柱的渴求中，有了解渴的途径。就像"新三样"为深圳的发展续上了源源不断的动力，宁德时代回到东莞，也无疑上演了一出"白衣骑士"挽救困局的戏码。从2019年来，东莞在新能源产业上的发展势头比较猛，到2021年，它的新能源企业（规模以上）已从300多家增长到400多家，年均增长超过10%。不过，它还是欠缺了一点气候，主要因为缺少像宁德时代这样的头部企业。就像电子信息产业需要华为，东莞的新能源产业也需要宁德时代。

在签约仪式上，东莞方面希望双方共同合作推动打造绿色低碳经济发展，以东莞为试点，推进"零碳制造""绿电制造"，以签订战略合作框架协议为新起点，持续深化合作，加快布局新能源、新材料等产业新赛道，探索开发新产品新模式，推动东莞制造业加快转型升级，助力经济高质量发展。

曾毓群则回应道，东莞拥有"科技创新+先进制造"的独特城市特色，经济社会发展活力足、动力强、潜力大，无论是以前、现在，还是将来，都是制造业投资最好的地方之一，双方合作空间广阔。所以，接下来，宁德时代将充分发挥自身优势，助力东莞加快能源转型，打造绿色低碳循环经济体系，成为全国碳达峰碳中和示范城市。

曾毓群说得无疑很坦诚。这些年的发展，让东莞在经济、科技以及营商环境的营建上，已经不同往日。更重要的是，松山湖材料实验室的建立，以及诸多大科学装置、高校院所和新型研发机构的存在，对宁德时代具有无比巨大的吸引力。

因为新能源的发展需要新材料的研发，而大科学装置、高校院所和新型研发机构又可以帮助新能源产业在电池等领域开展产业技术联动攻关，所以，在宁德多年之后重回东莞，也成了曾毓群面向未来的应有之意。

2023年，除了比亚迪谢岗项目动工开建之外，赣锋锂电（东莞）新型锂电池及储能总部项目也在麻涌正式动工。这个项目占地325亩、总投资50亿元，旨在建设赣锋锂电面向海外市场营销的展示窗口和营销服务中心，建成后产值可达110亿元；与此同时，作为氢能下游应用的关键载体，有望成为内燃机和动力电池之后的新一代能量转化设备的氢燃料电池系统研发制造项目，也在水乡战略性新兴产业基地落地。这个由国家级高新技术企业——深圳市氢蓝时代动力科技有限公司建设打造的洋兴氢蓝时代氢燃料电池系统研发制造项目，总投资17亿元，用地面积约60.71亩，主要从事氢燃料电池系统及关键零部件的研发、生产和销售，同时设立膜电极关键零部件总部，并计划发展配套上下游氢能产业链，项目建成达产后预计年产氢燃料动力电池系统3.8万套。

对东莞新能源产业还具有突破性价值的，还在于2024年10月，武汉大学东莞水乡储能技术研究中心揭牌仪式暨大湾区（东莞）新型储能技术交流会在麻涌中铁水乡科技智造中心举行。至此，东莞首个专注于储能技术和材料领域的公共技术服务平台正式揭牌启用。

在这场交流会上，出现了易事特的身影。这个不断转型，并从传统的设备供应商，转变成了数字能源产品及风光储充解决方案优秀上市公司的企业，以电力电子及能效管理技术为基础，成功以技术同心圆发展战略，向UPS电源、数据算力中心和"新能源+储能"三大业务板块进行技术拓展和延伸。经过三十多年发展，它已在UPS电源、数据算力中心、风电、光伏、储能、充电桩及钠电等领域充分布局，具备行业领先的全能方案解决能力，广泛应用于金融、通信、政府、互联网、交通、医疗等不同场景。

尤值一提的是，围绕高端电源与储能这两大场景，易事特开发了完善的钠离子电池产品矩阵，包括高安全可通过针刺实验的钠离子电池，其中功率型电池可实现6C大倍率持续放电，能量型电池循环寿命超6000次。目前，已创新推出钠电池PACK，全球首款钠电池智能电柜，1-800kVA钠电池UPS系统，50KW/100KWh钠电池工商业储能一体柜，及汽车启动/启停钠电池产品等，可应用于数据中心/机房电源、用户侧储能以及汽车动力等领域，实现对铅酸电池以及部分场景下锂电池的替代。

未来，易事特希望通过和更多高校、机构等在联合研发、技术交流、产品检测、人才联合培养等方面开展广泛深入的合作，共同推动新能源技术创新和产业发展，为构建绿色、低碳、可持续的能源体系贡献力量。

如今的水乡，不仅有新军，还有新能源老兵——早在2016年，专注于绿色锂电池的研发、制造和销售，产品广泛应用于电动自行车、电动摩托车、便携储能及机器人等消费类电子产品的东莞凯德新能源就于望牛墩成立。它们共同助推水乡数字储能产业创新中心在水乡挂牌，以及东莞市氢能产业联盟在水乡成立。某种意义上，洪梅和望牛墩能在2020年首次成为百亿镇，也源于这些新能源的功劳。

随着宁德时代的回归，我们可以看出新能源产业巨头纷纷进驻东莞或增资扩产，这也反映出东莞新能源产业正进入一个高速发展周期。它也必将为东莞确立新的增长曲线。

随着东莞七大战略性新兴产业基地吹响冲锋号，我们也在各种"意料之外但也是预料之中"的"事故"之外，看到了另一种景象：比亚迪新能源汽车关键零部件项目跑出落地加速度，为疾驰车流装上"东莞动力"；超然航空首架螺旋桨飞机下线交付，东莞飞机制造实现零的突破，在浩瀚天空发出"东莞声音"；顺络电子正在东莞打造全球最大的无源器件智能制造基地，让有电的地方就有"东莞制造"……

这也让人感慨，七大产业基地，让东莞产业转型升级有了"七重门"：临深电子信息产业基地正助推新一代电子信息、半导体及集成电路等四大产业集群"满电"出发；松山湖生物医药产业基地赶"朝阳"，聚势"生机盎"；新材料产业基地用"芯"光，穿透"卡脖子"；谢岗银瓶高端装备产业基地，依托投资65亿元的比亚迪、投资5.2亿美元的东莞首个通用航空制造项目，插翅飞，打造"强引擎"；东莞新能源产业基地拼"卡位"，发展"再储能"；水乡数字经济产业基地腾云上，跑出"加数度"……[1]

2023年，作为东莞产业立新柱"一号工程"的全市七大战略性新兴产业基地，首次实现年产值突破千亿元大关。这一年的全市GDP，也定格在11438.13亿元。

不过，对东莞来说，尽管产业立新柱很重要，但是，散布在各个产业园以及镇街街头巷尾，曾生长出一块砖头（马可波罗）、一枚月饼（华美）、一张床垫（慕思）、一件衣服（以纯），还有数双鞋的巨量传统产业，通过数字化改造，以及新旧动能转换，能老树发新枝，才是东莞面向未来的又一重要基石。

---

[1] 龚菊、郭文君：《东莞七大战略性新兴产业基地首次实现年产值破千亿元大关》，《南方日报》，2024年1月30日。

第十九章

智造革命：把握新兴的生产力工具

尽管一度遇到了很大的难题，根据Wind数据显示，2021—2023年，国内床垫行业龙头企业慕思健康睡眠股份有限公司（慕思股份）实现营收分别为64.81亿元、58.13亿元和55.79亿元，同比增长分别为45.56%、-10.31%和-4.03%，但是，2022年6月23日，随着一声开市钟声响起，慕思在深交所主板挂牌上市。这也是东莞在这一年上市的第五家A股公司。

这一天，王炳坤一身西装，一条红色围巾披在胸前，显得格外显眼。随着他及数位嘉宾的手起锤落，一声锣响，慕思股份正式登陆深交所。居然之家董事长汪林朋、红星美凯龙总裁李建宏，均以投资者代表的身份现身慕思股份的上市现场。

王炳坤用"里程碑"来形容慕思股份的这一天。它的上市，让软体家具的上市队伍——敏华控股、顾家家居、梦百合、喜临门等中又多了一员，与此同时，它见证了厚街乃至东莞家具业从小到大、从弱到强的挣扎以及努力，不仅对厚街家具业的品牌建设和市场拓展具有重要意义，也让人看到东莞的制造业，通过借力东莞倍增计划和鲲鹏计划等政策机遇，积极打造营商优势、营销优势和销售渠道优势，有逆势加快发展的可能。但更重要的是，从1994年8月15日，东莞宏远工业区股份有限公司（粤宏远A，000573）在深交所挂牌上市，成为东莞第一家上市公司、也是国内第一批上市乡镇企业以来，中途虽然有所顿挫，但随着众生药业以及慕思股份的喷薄而出，东莞开启了"东莞板块"上市兵团的大发展和大建设。

这毫无疑问是东莞持之以恒大打城市牌、外资牌和民营牌的结果。尽管东莞因为出租经济导致民营经济的发展不如江浙沪那样火热，但是无数的外来工厂，还是为东莞培养了无数的人才，包括职业经理人。就像一篇文章所讴歌的那样：这些曾经的打工仔，凭借勇气、创新、坚持，还有积极拥抱机遇，在东莞这片热土中，汲取资本、技术、人才所带来的养分，从一棵棵小草长成了一棵棵小树，有的甚至长成了参天大树——他们积极地参与东莞发展的大合唱，让东莞本土在太阳神之外也冒出了无数品牌，从而在壮大了东莞民营企业的同时，也让东莞的经济基础因为有了新的力量，而更能应付外界的风暴。

话又说回来。生长在东莞外向型经济的躯体上，它们更直接地受到风暴的影响。与此同时，来自外界力量的挤压，和对空间的挤占，逼迫着它们要想"成材"，就一定要付出更多的努力，要更积极地站立在时代变迁的前沿。尤其是在我们诸多行业逐渐从快速发展期过渡到存量市场竞争阶段，它们更要拿出属于自己的本领，不然其兴也勃，其亡也忽。

慕思之所以能圆满上市，为东莞成为双万城市献礼，且在日后继续表现不凡，无疑跟它紧跟时代的步伐有关。一方面，它致力于打造工业4.0智造工厂，通过数字化、智能化转型提升生产效率和产品质量。慕思这座落址科技大道1号、占地320亩的智能工厂，曾一度惊住了"乐居财经"的报道者：明亮、整洁的车间，各生产线有条不紊地进行，一个个的机器手臂、自动化设备代替了大量的人工，从原材料的拿取、生产、成品、消毒、下线，全部由自动化的设备完成，工人更多只是辅助机器的生产。高度的机械化与智能化，带来的首先是企业生产效率的提升。据了解，这里每天有多达5000个床垫被生产出来，其中的型号、软硬完全不同。原先需要1000人的工作量，如今六百多人即可完成。

另一方面，在智能化生产的同时，慕思还通过结合AI与数字化，让整个生产线做到了个性化定制的规模化生产。2023年9月，慕思首次推出了自主研发"潮汐算法"AI应用。这个代表了慕思对于自然、对生命潮汐节律洞察与理解的"算法"，包含了睡眠检测、分析和支撑三大算法，以洞察人体的真实睡眠需求，让床垫做到毫秒级感知判断，实时捕捉细微变化，精准无极、左右分区调节，安心守护好睡眠。在赢得消费者广泛认可的同时，进而推动家居行业不再单纯依赖于新增市场的红利，而是转向深耕存量市场。

抓住时代的新机遇，无疑给了慕思新的生长空间。但幸运的是，觉醒的不只是慕思，还有更多的东莞企业。

向先进制造要生产力

有记者去过以纯集团有限公司的制衣车间，发现这家于1997年成立于虎门的东莞本土品牌，数字化系统的到来改变了员工和管理者的工作逻辑。对员工来说，数字化系统统计分析他们的技能状况、工序上的强项和完成效率，采用"只按序，不按款"的方式，以"5G+AI算法"为工序自动匹配员工，最大限度发挥个人优势。对管理者而言，一台平板电脑就能总揽全局——打开电脑控制界面，工序描述、工序进展、物料匹配等情况一目了然，真正实现了"有异常时处理异常，无异常时匹配员工"的高效工作模式。

不得不说，受电商兴起，订单多元、招工难等因素影响，东莞服装行业传统订单逐步演变为小批量、高批次、急单多的订单形态，行业的变化对产业转型升级提出了迫切的需求。同时，时尚制造行业必须实现从刚性制造到柔性制造的转型，而智能化是实现这一转型的有效途径。

除了以纯之外，在东莞，部分服装业头部企业正通过5G+设备联网、工业互联网平台建设、MES实施和仓储WMS的建设，基本实现生产要素的实时采集与分析，生产流程进一步优化。东莞澳思制衣有限公司通过与东莞联通合作，实现了数字化转型，通过MES、AGV等系统及设备、工业互联网、智慧化园区建设等方式"多管齐下"，达成了车间内部运输效率提升30%、所有物流和信息流协同运作的成本降低20%、供应链效率提高20%的效果。

与此同时，隶属香港联泰集团、1998年于凤岗镇成立的东莞联泰制衣有限公司，近年来也为推动在莞制衣业务的自动化、智能化转型做了大量工作。

比如说加强设备自动化和信息化，通过引入机器人和自动化生产线等新设备，提高生产效率和产品质量；而在智能制造方面，通过应用传感器、数据分析等技术，实现对生产过程的监控和优化，提高生产效率和资源使用效率。显而易见，这种自动化、智能化转型对联泰东莞工厂的产品高端化影响重大，当产品的精度和稳定性提高，企业就能满足高端市场的需求，进入新赛道竞争。回顾联泰在内地的发展史，有几个决策至关重要。一是推动联泰东莞工厂从ODM转型为OEM，将联泰在业内的竞争力提升到了新量级。二是布局内地零售业务和经营斯凯奇品牌，通过提供更为多元化的产品选择和品牌服务，以求获得更大的市场份额。

如今，随着联泰在自动化、智能化转型上的锐步推进，斯凯奇已成为中国排名第三的国际运动品牌，2021年斯凯奇中国零售总额达228亿元。[①]

大朗无疑更是受益匪浅。得益于毛织产业发展多年形成的高度产业链集聚，以及东莞通过奖励补贴而在毛织企业推行的"机器换人"，让其在短短几年内就成为全世界使用电脑横机最集中的地方，形成一条长约1.3千米的"数控织机专业街"，被号称"中国针织电脑横机集散基地"，这在稳定了毛织产业集群的规模和产能的同时，也推动其毛织产业正在向数字化、智能化、时尚化发展。

有记者在第二十一届中国（大朗）毛织产品交易会举办期间走访大朗时发现，这里的大部分商店的毛衣款式几乎每周都要更新一遍。全球每五件毛衣就有一件由大朗制造。在这种惊人的"卷"新款的速度背后，是大朗利用数字化能力，从而让自己具备灵活接单和快速交货能力，最快两小时定制生产一件毛衣，2～3天即可满足市场需求。另外，为了满足消费者的不同需求，以前一根纱线就一种材料，现在一根纱线集成了五六种材料。就在这次交易会上，来自浙江凌迪数字科技有限公司的Style3D系统技术打造的"Ai+来莞定制"，不仅可以实现最快两小时成衣，而且，还通过数学化设计、数字人3D模拟定制和生产毛衣，满足顾客个性化的穿戴需求。该公司也与巷头社区、设界集团和智能针织软件公司共同签订了《大朗镇毛织产业时尚化、数字化、智能化战略合作框架协议》，将数字化设计和数字人3D模拟技术融入定制服务，让客商亲身体验从3D模拟设计到选材、制作的全流程。无疑，大朗强悍的产业链和强大的生产能力，再辅以织交会这种大型展会，在今天已然成为全球毛织产业的佼佼者，有"世界毛织之都"之称。这里额外需要提及的是自2001年创办的织交会，当年是大朗做强做优毛织特色产业的重要举措。创办多年，和名家具展给东莞家具业赋能相似，它给大朗的毛织产业增加了巨大的发展动能。尽管线上已成为这个时代的潮流，但线上线下的融

---

① 谢麦诗、何明强、戴双城：《加快数字化转型，迈向千亿产业》，《南方日报》，2023年4月28日。

合，才是真正的方向。

根据报道，也就在巷头社区，2024年前后，通过连片"工改工"项目，计划打造大湾区工业高标准的生产基地。围绕毛织整烫中心、电商直播选品中心、毛织科创中心、创意设计中心、电脑横机智造大厦"四中心一大厦"，打造一个布局现代化、产业多元化、体系一体化的毛织智造产业园。该项目占地约97.9亩，建筑面积约20.78万平方米，计划分两期推进。据悉，一期项目投资估算5.08亿元。同时，巷头社区与大朗毛织管委会联合研发建立了"中国毛织第一村毛织资源整合平台"，通过数字化、网络化、智能化，全面整合毛织企业资源，致力打造一个集信息共享、业务协同、市场拓展、品牌建设等多功能于一体的综合性服务平台。

这也是内蒙古鄂尔多斯人李胜利之所以将"印象派"打造成更多人的印象的原因。在他位于大朗的工厂车间中，你可以看到，自动化设备替代了大部分的人工劳动——上千条羊绒纱线在电脑横机上来回穿梭，在很短的时间内，一件羊绒衫的前襟就"出炉"了。相反，以前采用手摇机织羊绒衫，不仅效率比较低，产品品质也不稳定。更重要的是，数字化和智能化，还让他们成功地将植物染料的低温染色技术运用到羊绒产品当中。此前，经过多年探究，李胜利的团队发现了具有天然抗菌功能，且色泽自然的天然植物染料——烟叶提取物。这种植物染料使羊绒绒毛光润有油性，颜色柔和，不刺眼，不损伤毛质中的油性，并且能够呵护羊绒中的蛋白纤维，且越用越漂亮，颜色也会越变越柔和。这一技术让"印象草原"的品牌更加响亮，而李胜利所在的印象派公司，也成为中国植物染色彩流行趋势发布基地。

和它相似的，还有同在大朗也是李胜利的老熟人——刘殿煜所创办的同发针织，全自动化电脑横织机、缝盘机、各种电脑针车一直马不停蹄地运转着。尽管"黑天鹅"飞舞，但近两年同发针织凭借对高附加值的产品研发创新和数字化新设备技术优势，成功稳住了订单。在2024广东时装周—秋季活动期间，同发针织与嘉盛纺织、锋尚纺织、新企纺织、织道服装、雅绮服装一起携手大朗优选静态展亮相广东时装周，集中展示了"大朗优选"毛织企业的原创设计和创新面料。

从这里我们可以看到，东莞的毛织企业，乃至更多的民生企业，在生产加工上逐步向先进制造转变，从而在保证了像柳冬妩当年的穿指之痛、像郑小琼笔下那触目惊心的描述，一定一去不复返的同时，较为彻底地实现了生产方式的变革，那就是在系统整体优化思想的指导下，充分利用企业各种已有的资源，在标准化技术、现代设计方法学、信息技术和先进制造技术等的支撑下，根据客户的个性化需求，以大批量生产的低成本、高质量和高效率提供定制产品和服务的生产方式。某种意义上，它将大规模和定制化这种看似矛盾的生产模式有机地结合在一起，实现了客户的个性化需求和大批量生产的有机结合，从而满足小批量、多品种的市场需求。此外，它们也开始注重品牌的设计和营销，推动自身向产业"微笑曲线"的两端延伸、中间提升。在过去相当长时间内，东莞专注于生产制造，由于可能面临众多竞争对手和成本压力，所以附加值相对较低。现在，借助数字化、智能化，东莞企业也在逐渐改变自己在产业链中的低端形象。

　　无疑，这是一场使命必达但也充满着艰巨的战役。

　　在东数看来，"现阶段，企业转型的意愿还是非常强烈的，数字化基本覆盖到制造业各个行业，只是企业各自数字化转型程度不同"。有的还停留在财务数字化、人力资源管理数字化阶段，有的则发展到了生产制造环节的MES数字化，以及仓储数字化。不管如何，这些数字化转型都会带来一个好结果，比如，在传统的生产管理模式下，很多环节依赖人工操作和判断，效率较低且容易出错。而智能化的MES系统可以通过物联网技术，将生产设备、工艺流程和管理系统无缝连接，实现全程数据的自动采集和实时传输。这样一来，企业不仅可以实时掌握生产现场的每一个细节，还能通过数据分析，发现潜在的问题和优化空间。此外，智能化的MES系统还能够通过机器学习算法，对历史数据进行深度分析，预测生产趋势，提前预防可能出现的故障和瓶颈，从而提高生产的稳定性和可靠性。但问题也随之而来，这不仅需要企业有大量的资金支持，更重要的是，数字化转型不是将机器变成数字化、智能化那样简单，它是将数字化工具整合至企业运营各个方面的过程，需要在技术、文化、运营和客户价值等方面进行根本性变革。为了让这些工具能够快速在内部扩展，企业的管理者必须彻底改变原有流程来重塑自己。归根结底，它不是某个方面的小打小闹，而是一场"大手术"。"零敲碎打"式的数字化建设，则会形成孤岛式盲目部署数字化，很难获得什么价值。所以，我们也不能把它当成战术，而应该上升为战略。我们只有搞清楚公司未来究竟是怎么样的走向，要达到什么目的，然后再利用必要的数据工具，从数据事实出发对内对外进行深度改革。

　　同时，我们还需要有耐心，毕竟这是工作量大、周期长、投入高的大工程。只有不断历经战略设定、工具应用、平台化集成、数据分析系统建设等诸多阶段，自上而下形成数字化的"改头换面"，数字化转型才不是套话和空话。

　　这也是东莞之所以成立东数，并着力打造SAP的原因。

数字赋能智造

　　SAP，它的中文名应该是思爱普赋能中心。它的运营管理工作，正是由东数负责。东数的名字和东实很相似，可以看出，它们都是国资进场支持的产物。东数的全称叫东莞市东数互联网产业有限公司，它的上级正是东莞市数字经济发展集团。名字就很鲜明地体现了东莞当地的意图，就是抓好数字经济的发展。

　　同样，思爱普的名字也很有意思，笔者猜就是思念并爱着这东莞工业的"芸芸众生"。所以它的工作，主要是面向规上企业市场开展数字化转型升级服务，促进工业企业"上云用数"，提供企业数字化转型解决方案及实施服务。换句话说，就是借助大数据、云计算、人工智能等新兴技术为制造业企业提供从研发、制造、管理、销售到运维的数字化管理服务。它应该是东莞和华为联手之外，打造的第二家制造业数字化转型赋能中心。而作为它的管理者，东数公司则肩负着推动东莞数字化经济发展的重任，有着整合数字资源、构建运营生态、引导市场运营、发展数字产业四大任务。这既有压力，也有优势。因为有着巨大的制造流量的东莞，拥有着无比丰厚的数字化场景。

　　东数公司位于洪梅镇，同样是在水乡。走进思爱普赋能中心1700平方米的企业数字化转型体验展厅，一面标有"生态伙伴齐发力行动、痛点产品广实施行动、SAP技术云学习行动、沙龙交流定期聚行动、技术创新本地化行动、传统行业建数链行动"六大行动的墙便映入眼帘。2021年7月启动时，其便与16家企业数字化转型服务商达成生态合作。截至2023年6月，思爱普赋能中心的"生态圈"持续扩容，已与49家企业数字化转型服务商达成生态合作。

东莞信易电热机械有限公司便是其中的受益者。来自SAP的赋能，让它从过去的传统制造企业，跃入先进制造行业，此外还更多地扮演起"智能装备供应商"的角色，在提供定制化智能设备的同时，也为有数字化转型需求的企业提供特定业务的智能生产解决方案。

对东莞的企业来说，这是一个最坏的时代，也是一个最好的时代。

智能革命的"黑天鹅"虽然带来了恐慌，但也让未来拥有了无数的想象空间。不过，最切合它们当下实际的，无疑是智造革命。一方面，其可上接多年来所推行的互联网技术以及数字化；另一方面，工业发展至今让东莞拥有诸多的制造场景，可以让革命有效落地。

出身在革命老区兴国、家族中曾有数位革命烈士的钟辉更有这样"革命"的热情。"IT桔子"中有关于他的介绍。从中可以看出，他同样是一位从外资工厂走出来的创业者。1993年10月至1995年3月就职于东莞市大岭山永盛玩具厂，担任仓管员；1995年4月至1996年2月就职于东莞塘厦莆心湖弘瀚塑胶泡棉厂，担任车间主任；1996年3月至1996年4月，1996年5月至1997年8月就职于中山骏景玩具制品有限公司，历任拉长、ISO专员；1997年9月至2000年5月在东莞长安咸西陆展机械设备制造厂，历任采购主管、业务经理……尽管人生变动不居，但也正是多年的阅历，让他意识到企业的数字化升级，是推进先进制造的重要风口。而他给公司取的名字，就叫汇兴智造，其实正暗含着"智汇者兴"的理念。只有将"智"汇聚于制造当中，企业才会有真正的未来。所以，自2000年始创这家公司之后，他就努力将它打造成一家集智慧工厂、数字化车间、自动化生产线、机器人应用等智能生产系统的设计、研发、制造、营销、服务为一体的国家高新技术企业，其业务范围广泛覆盖工业自动化系统集成、工业机器人、柔性生产线等多个关键领域，可以为新能源、家用电器、卫浴陶瓷、LED、物流输送、3C电子、医药食品、汽车零部件、家具厨具、包装印刷等细分领域提供整厂自动化系统解决方案及精密工业自动化配件一站式服务。

他给它确立的价值主张正是：做18个月内回本的自动化产线……

试问，有这样一条自动化生产线，会为工厂节省多少人工成本？又少了多少管理上的烦恼？而且，自动化也意味着"黑灯工厂"逐渐成为主流。

得益于智能化工厂、智能化管理，同在大岭山开设分公司的拓普泰克，获得2023年度广东省制造业企业500强，以及国家级专精特新"小巨人"……2007年，该公司诞生于深圳。11年后，东莞分公司于大岭山成立。

在它的SMT车间中，我们可以看到全流程运行MES进行过程管理、定制化新能源加宽线体、一条流生产模式，消除浪费，并实行QMS全过程监管，其中，31条三星、雅马哈中高速贴片生产线，设备精度可达±25um，最小贴片封装为0201-01005；搭配自动化控制系统全面实现对生产过程的精密控制和检测，通过PLC、SCADA等技术实现对设备自动化的控制与调整；搭建SPI、炉前&炉后自动光学检测仪、FAI、X-ray等完善的质量检测系统，以确保产品符合设计要求和质量标准……与此同时，它还致力于为行业客户提供智能控制系统的整体解决方案，并在全球范围内拓展市场。为应对外部环境的变化，2022年，越南工厂落子于胡志明市旁边的平阳省平阳新城；2024年，西安工厂在西咸新区悄然开放！这些不仅保证了拓普泰克的产品优质而又稳定的输出，而且，也正如东莞市首席信息官协会发布的文稿所称，拓普泰克为东莞地区制造企业转型升级起到先锋模范作用。

还有正业科技。只不过，比起汇兴智造和拓普泰克，这个很早就在智能检测和智能制造布局上下了大功夫，曾在上市之后大刀阔斧地完成了一系列收购的企业，走了一点弯路。上市虽然给正业带来了短暂性业绩高速增长，但是2019年之后，正业变得有些举步维艰。这一年，正业科技商誉减值6.09亿元，加上存货跌价、坏账损失等，其当年亏损9.25亿元。

2020年，正业再次因为资产减值等因素导致当年亏损3.13亿元。甚至，为了自救，正业还换了主人，由景德镇国资控制的合盛投资成了控股股东。梳理正业这一系列的变故，无疑跟徐地华当年大刀阔斧的收购有关系，它带来了消化不良。

加上整合期间，又遇到了"黑天鹅"，结果就难免变得不尽如人意。只是，换了新主人的正业科技似乎还没有从事故中吸取教训，2022年10月，正业科技宣布进军光伏业务，拟与合盛投资等企业设立合资平台，在景德镇市投资50亿元建设年产5GW组件及8GW异质结电池项目，另有1.25万吨焊带项目正在建设中，预期2024年后光伏业务将为其创造第二增长曲线——事与愿违，这对主业为工业检测的正业科技而言无疑是一次无明显关联性的跨界转型，给正业带来的风险远大于收益。

尤其是在2023年，光伏产业开始暴露过剩危机。但这依旧阻挡不住无数对手的蜂拥而至。公开数据显示，仅2022年就有70多家A股上市公司宣布布局光伏。即便在2023年，仍然有十几家企业跑步涌入。最终，2024年11月6日，正业科技（SZ：300410）发布公告，终止投资年产5GW光伏组件及8GW异质结电池片项目。同时，旗下景德镇高端智能装备产业园也宣告终止。面对外界疑问，正业科技表示：公司准备剥离光伏资产，把重心放回到主业上来。

想起在2024年7月和徐地华面对面时的情景，这个曾在2008年被评为"东莞市创业创新百名杰出人物"的江西进贤人，言语中既有对自己一路走来的骄傲，同时也懊恼于成功之后身边有着无数"别有用心"的人。他们常常吹捧你，忽悠你，让你有时容易头脑发热，从而做出一些过激的决定。如果是在今天，他会很审慎地面对每一笔并购。

不管如何，回归"正业"，且不断在智造上锐意而为，让东莞在2023年连夺两个国字号荣誉。一个是在年中由工业和信息化部和财政部公示的第一批中小企业数字化转型试点城市中，东莞以全国总分第二的高分入选。此前，2023数字百强市和《2023中国数字城市竞争力研究报告》也发布，广东数字城市建设效果突出，排名全国第一，其中，东莞排名中国数字百强市第21名，在省内仅次于广州、深圳。

为这一成绩加分的，还少不了那只欢快歌唱的"傻鸟"。从事互联网产业多年，让李实意识到数字化无疑指向未来。早在2015年，盟大就推出原材料现货交易平台"大易有塑"。该平台运用数字化技术串联起塑化产业链的交易、仓储、物流等环节，成为行业内首个实现大宗商品原材料在线交易的产业互联网平台。这种与时俱进，也让盟大业绩大幅攀升，很快获得了深创投C轮融资，并入选东莞市上市后备企业、"倍增计划"试点企业等。日后，李实更是利用盟大积累的深厚工厂资源和建立的行业产能数据库，打造出东莞首家产销互联平台（东莞优品平台的前身）——这标志着盟大正式开启从"塑"到"数"的生态重构之路，同时也得以加速构建全产业链生态服务体系。2022年，李实基于塑化产业链服务经验，进军酱香型白酒行业，并推出自营品牌中颂福酱酒。

这无疑也是一种诚心"正业"。它给了东莞突围并走上新通途的一种方式。不过，对东莞来说，除了数字化转型在研发设计及生产制造领域中广泛应用之外，它还抓住了电子商务崛起的机会，利用物流网络优化、支付技术创新及社交媒体营销普及，越来越多东莞企业"向内看"的同时，也进一步开启全球业务布局。

稳定外贸的数字化抓手

还是在麻涌，在赣锋锂电正式动工的同年，迎来了拼多多TEMU57万平方米跨境电商项目和菜鸟40万平方米跨境电商项目的陆续投产运营。

对麻涌的印象，是玖龙在东莞的早期"根据地"。这个位于东莞的西北角，经常会被人将"涌"读成"yǒng"的地方，是河道纵横交错之地，且密密麻麻。所以叫麻涌，而"涌"的正确读音应该是"chōng"（又一说法是此地产麻）。这个字在广州、中山等地随处可见。毫无疑问，它和中堂、望牛墩同为水乡片区。绿色、生态、环保应是其发展产业的要义，和内在诉求。赣锋锂电据此发展，实在是相得益彰。

但很少有人知道的是，麻涌还是中国粮油物流加工第一镇，是全国三大粮油生产基地之一。而且世界500强中粮集团在此布局生产，全年营业收入约120亿元。不过，相比中粮和新能源，麻涌更为人知的，也许是电商产业。

优越区位和港口资源，吸引了国内外众多电商供应链企业落户。事实上，早在2015年，麻涌就引进了京东亚洲一号。如今随着拼多多、菜鸟的入驻，以及俄罗斯最大电商平台Ozon供应链基地以及越海全球供应链基地也纷纷汇聚于此，麻涌在电商产业上更是"水波荡漾"，从传统仓储物流向货通全球的电商供应链方向的发展转变。也正是在2023年12月，拼多多跨境平台将自己在东莞市举办的第一场大型产业对接会，放在了麻涌岭南水乡文化艺术中心举行。

某种意义上，这帮助土地资源并不丰厚的麻涌，开辟了新的线上阵地。与此同时，帮助东莞制造借力电商，在发展内销的同时，也能在疫情阻隔以及各种地缘政治的限制下，大幅出海，去卷别人。

和宁德时代重新发现东莞相似，中国诸多电商平台也将东莞视作自己未来的经济"增长点"。除了东莞制造门类全齐之外，它与这个世界之间也有着巨大的交流诉求，让电商平台看到了机会。整个东莞也顺势而为。

　　除了和华为云共同探索建设东莞跨境电商数字贸易示范项目，引导制造业企业应用数字技术建设独立站。它还在2020年与拼多多签署战略合作协议。也就在疫情期间，拼多多打造了线上"拼交会""产业带复工大联播"，首站均落地东莞。这也一并推动了跨境电商在东莞的发展势头。2023年11月，东莞还联合SHEIN于东莞富力万达文化酒店举办了"赢在旺季起跑线——2023SHEIN东莞产业带招商会"。面对这样的发展势头，东莞自然表示将在直播电商和跨境电商等领域出台专项扶持政策，同时希望本土制造企业能够乘着数字经济的春风转型升级，应用跨境电商平台拓展新兴市场。

　　华美对此应该深有体会。早在2013年，华美就开始涉足电商。原因也很简单，那就是这一年开始限制"三公消费"，这一规定对邮政系统冲击很大。此前，华美借力邮政的营销网络，只要邮政卖月饼、寄月饼都是华美月饼，销量十分可观。如今，政策的变化，对于集节日特征和礼品特征于一身的月饼行业而言，打击无疑是毁灭性的。面对销量大幅度下滑，华美必须迅速做出反应，降低对邮政渠道的依赖，走多元化渠道战略。

　　所以，在推动OEM代工和团购业务的同时，拥抱电商，布局"线下+线上"的全方位营销网络，成了华美必须要做的事情。

　　这看上去有些无奈。而且，在以工业制造为主的东莞，电商的土壤其实并不肥沃，前两年收效甚微。管理层内部开始有人提出质疑，是不是该调转枪头，继续发力线下？但董事长袁旭培坚持认为，对于已经拥有完善经销商网络的华美而言，率先抢占前景巨大的电商市场，才能进一步提升品牌影响力，在现阶段的行业洗牌中独占鳌头——今天，当我们再回头看这样的布局，不禁感叹袁旭培的先见之明。

　　2015年，华美成立了专门的电商部门。2016年6月26日，华美第一届互联网月饼新媒体营销大会在北京鸟巢召开，大会邀请了许多淘客、网红和自媒体大V，粉丝效应拉动电商流量，一个小时的月饼销量高达13万盒。到了8月1日中秋节前夕，一款上午10点开卖的冰皮月饼甫一上线便成为"网红"，短短5分钟浏览量突破25万，访客数突破10万元，支付买家数突破3万人，支付金额突破48万元。截至当日11点20分，此款月饼已经售罄。筹谋三年有余，华美的电商之战终于打响。

　　在电商上玩得更丝滑的，还有尹积琪。当年，他斥资400万元打造"网红车间"，不仅配置了鞋履行业高端智能化生产线，还与直播网红达人合作，将网红直播间搬到了生产车间，利用他们的影响力推广品牌，吸引更多的用户关注的同时，消费者还可以通过观看直播下单，看到自己订单的生产过程。这无疑有效吸引"碎片化"后的订单，推动迪宝鞋业新款CHCH"平衡鞋"系列销售额逐月增长。

还有曹明莲。"宝宝们你们好，我是芬璐家居的负责人曹明莲，我今天要跟大家介绍的是芬璐家居的乳胶枕头……"这位在美丽当中又融入了岁月晕染的创业者，带头直播，从容而又落落大方。参加2020品质东莞直播带货大赛时，她还亲自上阵参选"东莞优品推荐官"，誓言不仅要将芬璐家居的品牌传播出去，更是借助平台提升自身直播带货的水平。

这一刻，曹明莲已从自身企业的品牌代言人一跃转变为网络主播。为了提高直播带货号的等级，她每天直播时间不低于3个小时，平均一天直播七八个小时。最引人注目的直播是在东莞鱼鱼洲——明星王祖蓝为东莞带货，其中一项单品就是芬璐家居的乳胶枕头，直播10分钟就卖出279万元。直播现场，曹明莲作为助播与王祖蓝一同带货。在直播后的验厂、回访后，进一步了解芬璐家居的生产能力和发货能力，合作关系得到再次推进。之后，在明星的带货直播间内，芬璐家居的产品得以多次出现。

今天的她，还依旧在镜头前火热四射。2022年之后，她又为新的产品大声呼喊，那就是她创办的子需家居。

同样，通过数字化改变命运的，还有樟木头的荔枝，尤其是观音绿。

如果将樟木头的荔枝进行排行，妃子笑有点像捷达，糯米糍和桂味是奥迪，那么，观音绿是劳斯莱斯！它的源头是周边的两棵树龄156年的母树。其实观音绿一开始并不为人知，其皮薄易脆容易裂果，产量不高，加上其成熟期的长相不符合大家对大红荔枝高高挂的认知，常被误认为没成熟，所以知道它的人不多。加上原先的名字叫犀角子（因其幼果带有像犀牛角一样的小角而得名），不好听，所以传播得不广。但是后来大家发现，这荔枝其实很好吃，果肉晶莹剔透、口感细腻、味道清甜，有淡淡的蜜香味，所以一时惊为天人。为了推广，东莞将此果更名，因为在观音山下生长，所以叫观音绿，名字一下子高了大了上了。事实上，观音绿的荔枝，成熟后果壳有无数凸起，可不就像佛陀的脑袋。这观音绿的名字倒是名副其实。从1992年开始种植荔枝的岭南荔园，自此将自己拥有的1100亩的荔园，逐步变成了观音绿的产区。只是，观音绿好吃，但考虑到"脆弱"，所以得一颗一颗地摘，后道工序也很难用机器来处理，所以更物以稀为贵。而且，观音绿不耐保存，在高温天只要耽误几天，荔枝就会变味变质。幸好这些年，电商的发展，再加上冷链物流技术的智能化发展，让带着蜜香味的观音绿一上市就从枝头来到工人们的果筐、分拣中心，并快速通过冷链物流迅速销往省内外消费者手中，保证消费者拿到后口感依然新鲜。

不得不说，直播电商的出现，让很多企业不断提升自身产品的曝光率，以及客户触达度的同时，也改变了它们的营销模式。

过去的健力宝、太阳神、小霸王们靠着大量的电视广告、刷墙广告来"硬砸"，但今天这种模式在数字化营销盛行的时代，显然可行但已经事倍功半。

所谓的数字化营销，核心正在于利用数字技术、互联网平台以及数据分析等手段，实现精准营销和高效传播。这种营销方式打破了传统营销的时空限制，使得企业能够跨越地域、文化和语言的障碍，与全球消费者进行直接、即时的互动。

就连太阳神，也因此开启了自己全新的发展路径。早在2007年2月，太阳神拿到了商务部批准的第16家直销品牌。毕业于江西财院，做过公务员，后辞去公职进入证券公司、咨询公司任职的"江湖人士"——周湘健，在太阳神折戟之后寻找国内顶级咨询机构"寻医问药"期间，作为咨询方代表中的一员加入太阳神，并助力太阳神改变营销模式。2007年11月，太阳神直销事业部在东莞南城胜和广场成立，周湘健也成为太阳神直销的核心高管之一。多年来，周湘健苦心经营，除了完善机构以及管理体系，还预测防控可能的风险性，为公司建立稳健的经营环境，过程虽然曲折，但看着太阳神重新站立起来，却是人生一大快事。但新的问题也接踵而至。那就是年轻一代消费者越来越认可直接面向消费者的零售模式，即D2C（Direct-to-Consumer）。

与传统的直销模式相比，D2C模式更受年轻人欢迎。数据显示，2017年至2022年，我国保健品在线零售渠道占比由19.7%上升至37.8%，是增长最快的销售渠道。这也意味着，直销企业在中国的转型呈现出数字化、零售化、多渠道销售的趋势。它们需要通过利用社交电商平台、第三方平台、"线上+线下"的O2O模式、私域运营以及直播等方式，和消费者建立更加紧密地联系。这有助于更进一步了解消费群体的需求和偏好，从而提供个性化和定制化的产品和服务。所以，在成立的第36周年，太阳神发出了自己的宣言：持续推进大数据战略，从经营战略、精准营销、平台功能与营销工具等多个方面向大数据汲取能量，为市场赋能、为创业赋能。周湘健相信，今天的太阳神正在迅速适应变化并抓住市场机遇，迎接新的挑战，持续创新并奔向国际化，为打造中国的世界级直销企业而努力。

无疑，在这个数字化、智能化时代，谁能尽早把握这一新兴的生产力工具，谁就能更好地突围。2020年，东莞全市电子商务交易额5861亿元，同比增长9%；全市累计举办各类电商直播带货活动超过600场，参与企业超过3000家，推动线上线下成交约17.9亿元，其中线上成交约6.6亿元。也就在这一年11月，国务院办公厅对国务院第七次大督查发现的43项典型经验做法予以通报表扬，其中"东莞市全面提升服务企业水平，有效稳住外贸基本盘"位列其中，是全省仅入选三个城市之一——这是对东莞外贸工作的高度肯定。

不得不说，作为全国外贸依存度最高的城市，东莞当年深受黑天鹅严重影响。但通过一系列举措释放政策红利，东莞不但稳住了外贸基本盘，而且在"破"与"立"中，推动外贸乃至整个经济在高质量发展的道路上行稳致远，并一路生"花"。

护送那时的梦抵挡过风沙，或将那雨中的人藏在屋檐下。

5

二次重构，及莞理

第二十章

东莞再出发

在东莞用一条东莞大道"迎接"他到来的张出兰，如今用一本书来"送行"东莞的再出发。

在这本由他所写并在2024年由社会科学文献出版社出版的专著《东莞经济研究：科技创新与先进制造》中，他用"产业基础好，产业链齐全，发展潜力大，经济韧性强"的评价来力挺东莞，并相信东莞"在高质量发展路上，一定能行稳致远"。

在他看来，东莞有底子。从制造业基础上看，东莞产业基础雄厚，有21万家工业企业、1.3万多家规上工业企业、1万多家国家高新技术企业，构成了东莞经济发展坚实的底盘。从科技创新平台来看，东莞和深圳共同创建大湾区综合性国家科学中心，拥有散裂中子源、阿秒激光装置等大科学装置，还有松山湖材料实验室等重大科技平台，科技经费支出、研发投入强度均居全省前列，有强大的科技创新潜力。

此外，东莞非常重视产业发展，近年来出台了一系列产业配套发展政策，不断增强重点产业和支柱产业的产业链供应链韧性，提高抵御外部风险冲击的能力。[①]

张出兰是东北人，读书期间对广东其实没什么了解。不过，身边有个同学喜欢炒股，对财经方面比较敏感。当年他曾在线上投过简历，想要到东莞工作。结果到东莞就被骗了，大冬天，就剩一件衬衫、一条裤子回去了。但这幸好没有影响张出兰对东莞的印象。2009年5月，他从北方来东莞面试，先

---

① 参见张出兰：《东莞经济研究：科技创新与先进制造》，社会科学文献出版社，2024年版。

飞深圳，后到东莞。一进东莞，就被东莞大道的花红柳绿给震惊了。日后，他踏实地在东莞市这边的社科院待了下来，而且趁着房价还没大涨，赶紧买了房。他记得刚到东莞时，GDP还只有0.38万亿元左右，但是，距离《东莞经济研究：科技创新与先进制造》这本书出版时间最近的2024年第一季度，东莞地区生产总值就达到了2752.68亿元，同比增长5.5%；规上工业增加值1175.21亿元，同比增长10.1%。而这两大主要经济指标的增速，均高于全国、全省平均水平。

尽管变化天翻地覆，但张出兰还是认为，东莞的发展不是到头上了，相反，对照发展新质生产力的内涵特征、对照现代化产业体系建设的目标要求，东莞在科技创新、产业培育以及要素支撑等方面还有很大进步空间。

比如，在科技创新尤其是原创性创新、颠覆性科技创新是培育发展新质生产力的新动能。但对标先进城市，目前东莞基础研究和应用基础研究的投入和水平还有待提高。同时，东莞科技成果转移转化能力也需加强；在产业培育方面，东莞的新材料、新能源、生物医药等新兴产业，还未形成支撑高质量发展的新支柱。

这也让笔者想起了前文提到的"苏、锡、常"中的常州，它之所以能以一个非省会亦非计划单列市的身份，跻身于万亿城市的行列，在于整座城市对新材料、新能源等产业的把握。除了宁德时代、北汽新能源，它还在洛阳对陷入困境的中航锂电举棋不定时，将中航锂电给撬走，成就了自己，却让洛阳遗憾至今。

随着理想、比亚迪纷纷落户于此，加上自生的在特高压上做成大国重器的安靠公司；用液冷大功率快充电缆填补了新能源大功率快充领域的空白的上上电缆；到2023年底接入充电桩终端数超过53万个、充电站数量为1.9万座、充电设施覆盖2800多个县域的万帮数字能源（星星充电）平台……常州在新能源产业上由此形成"发电、存储、输送、应用、研发"生态闭环，也因此一跃成为"新能源之都"。

尽管比亚迪入驻东莞，曾毓群"回家"，而水乡的新能源产业如火如荼，但来自他人善意的批评，还是值得东莞洗耳恭听，而且需要举一反三。

感谢前人一次又一次的夯土厚基，让我们站到了双万城市的新的起点。只是，走了多少年顺风顺水的金光大道，我们也要习惯开始变得晦涩不明的前途。

如果说，前四十年的东莞，是一部欣欣向荣的工业发展大片，那么，近十年来甚至包括未来，一定就是不断反转，换句话说就是不断"遇阻—反弹—遇阻—反弹"的悬疑片。

首先，我们需要认识到的是，东莞如今业已进入动能转换爬坡过坎期、社会治理重要转型期和深化改革集中攻坚期。面临的最大挑战，在于中美经贸摩擦影响和支柱产业受打压的态势仍将持续，经济下行压力依然较大，产业结构相对单一、创新能级有待提升，新动能亟须培育壮大。面临的最大隐忧，在于土地资源、生态环境更趋紧约束，又叠加"双碳"背景下的能耗压力，绿色发展、低碳发展、集约发展任重道远。

其次，产业结构调整带来的阵痛还将持续。一方面，传统制造业面临转型升级的压力，另一方面，新兴产业尚未形成规模优势。一些企业开始尝试向智能制造转型，但转型过程中的资金投入、技术创新、人才培养等问题，都给企业带来了不小的挑战。

再次，全球范围内的消费不振也让支柱产业的发展欠缺内生动力，尤其是由于当前消费类电子产业进入周期性调整，市场需求有一定程度下降，让电子信息产业已迈入到高速发展的下半场，包括华为、OPPO、vivo在内的龙头企业面临着同样的挑战，那就是在传统业务增速放缓的同时，我们又该如何不断创新和升级产品，提升用户体验和满意度，同时在跨界业务上开辟新的经济增长点？这不仅依赖于5G、人工智能、物联网等技术的不断发展，以及对"卡脖子"项目的不断突破，它还依赖于努力构建更加坚韧的供应链能力，确保业务连续性和产品竞争力，这才是未来持续发展的核心所在。

此外，培育新支柱产业，已是工业强市共同发力的方向。"对东莞而言是，标兵在前，追兵渐近。最强地级市苏州，提出用3年左右时间，力争形成电子信息、高端装备、先进材料、新能源4个万亿级主导产业。隔壁'大哥'深圳，深圳持续做大做强战略性新兴产业集群和未来产业，提出力争到2025年，战新产业增加值达1.5万亿元。最新万亿城市常州的'新能源之都'越叫越响，到2025年，新能源领域产值规模力争超万亿元。"[①]

除了外部压力之外，内部也有隐忧。尽管依托黄金内湾口岸位置，毗邻深圳前海和大空港的滨海湾逐渐隆起，和松山湖互为犄角，成为东莞发展高

---

① 梁锦弟：《东莞，追兵渐近》，《南方都市报》，2024年1月22日。

新产业的"左右手"，但是在整个大湾区，除了深圳、广州高新技术开发区一直遥遥领先之外，珠海和佛山也在穷追不舍，后面还有中山火炬以及惠州仲恺。也就在工业和信息化部在2024年年底印发的《关于印发〈国家高新技术产业开发区综合评价指标体系〉的通知》（工信部规〔2024〕169号）中，广东省有以上七家国家高新区进入全国五十强。而在六个单项前二十强情况中，工业总产值为深圳第一、广州第五，佛山第十四；优质企业数量为深圳第四、广州第八、佛山第二十；营商环境为深圳第三、广州第十一。均未见东莞身影。

不过，在高技术产业营业收入上，深圳第二、广州第八、东莞松山湖第十二，惠州仲恺第十七；企业研发经费投入强度上，深圳第一、广州第九、珠海第十六、东莞松山湖第十九；人均技术合同成交额上，广州第五、深圳第十四、东莞松山湖第二十……

还是可以看出东莞松山湖的进步巨大，但面对的竞争也很激烈。未来东莞，如何在诸多对手面前，保持自己的竞争优势？

尤其是在深中通道于2024年6月30日通车试运营之后，东莞已不再是连接珠江东西岸的唯一陆上交通枢纽，换句话说，东莞也不再像以前那样拥有巨大的过境流量，那么，它在未来又该如何承载产业的转移，并将产业留下来？

我们还需要认识到的是，东莞前四十年的发展，源于土地、资本以及劳动力三要素的推动，然而，随着东莞的发展和进化，这些要素正在被急速地重构。

新兴产业的发展，以及智能革命，需要空间的承载，它必然要求破旧立新。但企业在转型升级上嗷嗷待哺的资本在哪里？何况，在此前的各种矛盾或者危机当中，资本也有了逃离的迹象。而在劳动力方面，很多人力密集型大厂或因腾笼换鸟而倒闭，或为降低成本而机器代人，或将产业再次梯度转移，从沿海到内地——这些都不可不影响到东莞这种外向型、外来人口占比一度超过北上广深的城市。与此同时，大湾区内部越来越激烈的人才争夺战，像深圳前海、广州南沙等地不断抛出政策红利吸引高端人才，而像安徽、湖北、四川、山东、河南等省也在大力扶持各自的省会，加强省会的首位度，最终也会"截留"很多外出的人力。

更要命的是，智能革命需要东莞能尽快地从逐渐消失的人口红利，走向工程师红利。

不得不说，来自土地、资本以及劳动力上的二次重构，对东莞的进一步发展无疑提出了巨大的挑战。二次重构的成功与否，决定着它在未来的方向和底气。

寻找发展空间

毋庸置疑，只有32个镇街的东莞是不大的。在整个广东省，比它小的，也就汕头、深圳以及中山和珠海。除了汕头，后面三个都曾是老东莞的"地盘"。不得不说，随着东莞制造业的发展，东莞已经越来越不够用了。

自媒体号"功夫财经"在探讨东莞此前失速时，也注意到东莞"小马拉大车"的问题。其他城市可以引进各种产业来分散风险，但东莞极其有限的土地使得东莞经济对过往三四十年来自然形成的电子产业、服装产业高度依赖。

作为一个同样外向型经济特色很鲜明的城市，苏州也一度遇到坎坷，但和东莞不同的是，苏州所依靠江浙沪皖这个长三角腹地，远远要比同省（再加港澳）的珠三角广阔得多，而苏州自身的面积也达到了8657平方千米，是东莞的3.59倍。这也是苏州之所以硬气的基础。即使东莞通过整理土地，拉来了比亚迪，但在"功夫财经"眼里，1100亩，这点地能干什么？合肥给比亚迪规划的是12000亩的发展空间，郑州则一次性给了16000亩。比亚迪在东莞建的厂，定位是生产零配件，因为地方太小了，不够用。受到土地不足的制约，东莞近些年来，引进大企业的能力在迅速下降，这些新兴产业也就与东莞无缘了。文章还提醒道：其他城市在这样的全球经济衰退中表现尚可的最重要原因是产业结构。外销不行，咱还有内销呢，电子产品不行，那咱还有新能源汽车呢。但要建立起多元化能抗风险的产业结构，没有土地怎么搞呢？以前东莞还可以靠着松山湖吸引来了华为，但今天的东莞，还有几个松山湖？

关于土地，"功夫财经"还提到一个问题，那就是东莞的土地集中比较厉害，看上去用地很紧张，但就是有无数城中村摆在那里没法改造。东莞的土地问题之复杂，也是其他城市的人想都想不到的。举一个例子，一条繁华的大街，街边玻璃幕墙的大楼林立，五星级酒店、写字楼应有尽有，但是所有的房子都是小产权房，这条繁华的街道，其实是村集体搞的。当年的各"镇"为政，在某种程度上释放了基层的活力，但也因为在土地等方面无法进行统筹，导致"土地权益分布在无数个村集体，甚至个人手里，而其交易又受到各种限制"，从而又"导致土地很难集中，难以集中，就难以发展大企业，因此东莞虽然工厂林立，但是品牌企业极少"。这也导致东莞在A股上市公司上一度遥遥领先，但与广深乃至佛惠珠等城市相比，却没有出现市值超千亿元的"巨无霸"上市公司，东莞上市公司下一步要实现"提质扩容"和"市值翻倍"，又该从哪里发力？

日后成为东莞市湖南商会会长的方园，也在涉足先进制造，相继创办凯歌电子、华迅通信等公司的过程中，认识到传统产业园的开发模式弊端较多，由于过度开发且疏于管理，部分产业园出现零、散、乱等问题；土地集约利用差；有些二手房东对老旧厂房在承重、层高、物流系统等方面的设计规划不合理；园区基本不提供什么服务、配置也不合理……此外，还有老旧厂房带来的雨天进水、线路老化等系列问题带来安全隐患，让企业进驻其中，进退两难……作为运营方，单单把厂房建起来还是不够的，还必须懂得产业运营。因为时代变化了，和当初"三来一补"的市场已有很大不同。况且，你只提供一个空厂房，对现今许多中小型科技企业来说，仍会显得信心不足。

所以，东莞一方面要精打细算，把有限的资源，投放到战略性新兴产业。另一方面，需要尽量拓空间。松湖智谷的出现，让我们发现，工业其实可以上楼的。

而2019年开始打造的四大战略平台，也可以通过提供土地、资金和技术支持等资源要素保障，为七大战略新基地的发展提供坚实的基础。

2019年，东莞启动了以"拓空间"为主线的战略部署，通过整备收储、"工改工"拆除、存量盘活、提容等多种方式拓展了一大批土地空间，进而承载了一大批重大优质项目。根据钛媒体APP于2024年4月4日刊发的《"世界工厂"蝶变》一文，东莞瞄准存量低效用地，统筹联动增量和存量空间，并多渠道拓展连片、优质产地用地，建设起一批现代化工业产业园。而且，产业园和过去也有所不同，其以"产业—空间—开发运营"三位一体规划建设，在产业基础上，打造生态宜人、环境优美、现代产业集聚、生产生活及集中配套、运营服务水平高的"产业社区",从而吸引优质产业快速落地,持续保障产业与城市发展空间。

2024年7月5日,当笔者赶到东鹏特饮所在的东莞西北部、水乡功能区的道滘镇北小河村,经过一片原野和鱼塘,从高架下穿过广深高速公路,便豁然看见一家干净、整洁的数智园,矗立在面前。它既是由东实主导的,也是首个镇街政府与市属国企合作的城市更新项目,正属于连片"工改工"类型,同时它还力推工业上楼。该园区一开始定位于5G和信息类产业园,不过经过反复研究分析,东实招商运营团队基于其优越的地理位置——坐落于东莞七大战略性新兴产业基地之一水乡数字经济产业基地,地处广深港澳科创走廊的重要节点,广深高速与莞惠城轨交汇于此、4千米外还布局有在建中的地铁1号线道滘东站,将项目定位调整为"大湾区数字智造产业示范基地",围绕新一代信息技术、高端装备制造、新材料等产业方向,重点引进"专精特新"企业,以"数字智造"赋能产业智能化升级。换句话说,我们还可以通过推行智造,用合理布局,有效地减轻生产对空间的需求。

方园也因此切入产业运营,致力于为客户提供合理的产业空间、完善的物业服务、金融(投融资模式)服务、供应链服务、生产性服务(提供精益生产的增值服务)、信息服务等一系列链接关系的系统解决方案,可以有效地一一对应解决问题"痛点",成为一个"产业超级服务商",助推湾区产业腾飞。

而在东莞生活多年的柏杨,显然也看到了东莞对先进的科技产业园的渴望。这个自1996年毕业就南下广东,从顺德到东莞,做过鞋业,以及其他制造业,深知这块土地在制造业上的强大基因和内生动力,以及时下的问题。所以,在朋友支持和政府协调下,他于2020年12月24日在东坑成功竞拍了23亩土地,投入到汇金展拓科技产业园的运营之中。其容积率3.5,设计56000平方米,2021年10月动工,2023年11月17日完工验收。目前园区汇聚了一批以新材料新能源为产业链的高科技企业,力争未来能孵化出数家上市公司。

这些动作无疑都帮助东莞在2023年再迈新阶段,在全市范围内谋划了60个现代化产业园区,进而实现了产业空间"从零散到集聚""从无园到有园""从传统到现代"的全面转变,为加快招引龙头企业、领跑产业新赛道奠定了坚实的基础。

2022年,东莞市的土地单位产出率约为4.54亿元/平方千米,超过全国双万城市的平均土地单位产出率2.73亿元/平方千米。

拓空间，不只是单纯拓展增量空间，还要优化城市格局。这也意味着东莞需要在国土空间规划引领下，重塑城市空间格局。

2023年4月，《东莞市国土空间总体规划（2021—2035年）》表决通过。东莞的国土空间规划，在提出打造"三纵三横"发展走廊，形成"田字形"发展骨架的同时，由"三心三副多节点"，变为"一主两副六片区"。此前的"三心三副多节点"，是以中心城区、松山湖、滨海湾为心，以水乡新城、常平、塘厦为副，而"一主两副六片区"则是以中心城区为主——它是东莞全市唯一的行政文化、金融商贸、公共服务中心，是展示东莞现代化都市形象的主要区域；以滨海湾新区，和松山湖为副——它们以科技创新为主要职能，其资源要素配置紧紧围绕科技创新这一核心职能进行，体现制造立市的城市特征；而"六片区"又分为"中心协同"片，包括城区片区、松山湖片区和滨海片区，以及"特色均衡"片，包括临深片区、水乡片区和东部片区。为此，原为松山湖片区的石龙镇被划入城区片区；原为东部产业园片区的黄江、东坑，则被划入松山湖片区。这些调整，无疑不是文字的游戏，而意味着东莞进一步集中资源实施"强心战略"，在突出主副引领作用的同时，加大片区内部，以及片区与片区之间的统筹。

某种意义上，它有效且进一步改变了当年市直管镇的行政架构所带来的资源碎片化、产业规模小、大项目难落地的缺憾，打破镇与镇之间的行政壁垒，统一筹划和协调，由此可以有效地集中资源，联动发展，进而将其建设成为引领片区乃至整个东莞发展的"引爆点"。最终，推动东莞更为适应粤港澳大湾区更宽舞台、更高层次、更多领域的更高水平竞争，更好地承接和推动制造业和现代服务业发展。

在东莞打工，为何越来越难

在土地之外，我们还需要看"人"。

其实，"人"一直是东莞多年来所认真关注的问题。1990年，以虎门南栅打工者为原型创作拍摄了电视剧《打工妹》。这是一部表现当时"三来一补"企业中打工妹"铁架床、吃食堂"的真实生活，也是我国第一部反映打工者生活的电视剧，1990年在中央电视台首播后，轰动全国。34年后，又一部原创音乐剧《东莞东》亮相舞台，它选择了这个城市经常能看见的小人物——从农村来到城市的务工人员的视角，讲述东莞最典型的产业——皮包皮具制造行业当中的工人们在此奋斗的故事。与此同时，东莞还面向全国发起"寻找2亿分之一：《东莞东》邀您故地重游"活动……东莞用自己的方式，致敬了这个伟大时代的奋斗者。

东莞需要感谢他们的付出。他们怀着理想，以及远方的忧愁，在飞转的流水线上，通过不懈的努力和奋斗，为这座城市的快速发展，奉献了自己的青春和热血。没有这些奋斗者，东莞撑不起自己作为双万城市的体量。

从他们身上，我们可以看到，中国人民的勤劳和勇敢，他们能将一个有限面积的土地，做成一个世界制造业的典型。在"拼"这件事上，这座城市乃至整个国家都矢志不渝。当然，我们更从中看到了，个体与城市相互成就的最佳样本。没有东莞的多元、包容和开放，你很难想象像向莉、王馨能从一个普通的打工妹，前者在2022年高票当选为广东省陕西安康商会第二届监事长，后者则成为生产工业用微型刀具"隐形冠军"的鼎泰高科的董事长，甚至在2024年获得"全国三八红旗手"称号。同样也很难想象，两位保安——李实和郑耀南，前者创办了盟人集团，后者则创办了都市丽人。

所以，东莞在2007年提出"海纳百川，厚德务实"这一口号，可以看出东莞一直试图在加快"人"的发展和"人心"的凝聚。不过，对东莞来说，人才的培养和引进，才是其转型升级道路上最为重要的支撑。所以，从2007年提出科技东莞工程，到2022年印发《东莞市加强研发人才引进培养实施办法》，通过各类奖补措施，以期大力引进培养研发人才，推动全域创新和全链条创新，可以看出东莞十数年如一日的满满诚意。

东莞还在致力打破人才的"隐性门槛"，比如通过布局医院和学校等优质资源，让人不会发出"孩子上学难，父母看病贵，挣的钱带不走，不如回乡创业"的感叹，最终都能在东莞安心搞科研。2022年，东莞外国语学校、东莞市第六高级中学、东莞松山湖未来学校继东莞中学、东莞中学松山湖学校、东莞市第一中学、东莞市高级中学、东莞市实验中学等东莞原有五所公认优质公办高中之后加入"八大校"的行列，它们加上名声在外的东华中学等，在有利于促进东莞市中学教育优质均衡发展的同时，也让很多初为父母的外来人才，不因担心东莞没有高质量的教育，而对选择东莞犹豫不决。

笔者在东莞遇见的"莞寓"，也无疑见证了东莞留住人才的"手段"。

莞遇是东实旗下子公司的一个人才安居品牌。子公司就叫东莞市安居建设投资有限公司，其以保障性租赁住房为落脚点，助力东莞加快建立多主体供给、多渠道保障、租购并举的住房制度，进一步完善城市住房供应体系。在我们的理解当中，就是利用一些途径，将一些闲置的住房，通过自己的改造和经营，推向市场。一方面，它盘活了资产；另一方面，它满足了更多来莞人才的需求，让今天到莞创业的人才，不至于一开始就没有落脚的地方。

据安居公司有关负责人介绍，莞寓在面向全社会招租，满足条件的新就业职工、外来务工人员和本科学历及以上人才三类人群租住的同时，还有一个诱人的条件，那就是可以申请租房补贴，每年最高可以获得6000元的补贴，最多补贴3年。

在通过市场化手段来推进解决政府吸引产业人才并为人才提供相应服务等问题的同时，莞寓还解决社区交流圈层、个人职业素养提升等问题，多措并举，吸引、留住产业人才，同时为产业人才进一步赋能，助力解决产业和人才供需不匹配的发展痛点。比如说基本配套有共享空间，提供公共厨房、健身房、娱乐室、休闲室、阅览室等设施服务。在基础的居住服务以外，它还围绕住户"居住+生活+成长"的需求，通过高标准服务、精细化运营，为住户提供政策解读、创业指导、培训交流、心理辅导等服务，并持续开展电竞比赛、咖啡音乐会、相亲交友会等系列活动。

到2024年4月莞寓·长安振安中路店正式开业，莞寓已布局东城、南城、莞城、万江、长安、石龙等镇街共21个项目，总房源近7000间。这不仅帮助东实从"城市综合运营"向"产业投资运营"延伸，也呼应了近年来，抓住建设大湾区高水平人才高地的契机，东莞向全国发出了"是人才，进莞来"的"英雄帖"——它让笔者想起了深圳北站出站口的那个让人暖心的标语：来了就是深圳人。

除了招才纳智，东莞也着眼于人才的"内生"。

得益于散裂中子源装置等科学大装置的落地，东莞集聚了北京大学、华中科技大学、电子科技大学等一批高校在东莞布局建设研究院、研究中心，另外，它还新建了香港城市大学（东莞），尤其是大湾区大学——这所由中国科学院院士田刚负责筹建的高校，在东莞有两个校区，一个是松山湖校区，毗邻中国散裂中子源、松山湖材料实验室等大科学装置、大科研平台，占地250亩；一个则是滨海湾威远岛校区，占地2100亩。和广东当年支持散裂中子源、新材料实验室落地东莞一样，这一次，它同样在自己的省政府工作报告中明确提出，支持筹办大湾区大学，鼓励境外高水平理工类大学来粤合作办学。该校的定位是以理工科为主的高水平新型研究型大学，重点聚焦物质科学、先进工程、生命科学、新一代信息技术、理学、金融等六个方向，并致力于打造共享融合、人文交互、智慧互联、低碳绿色的现代化文明校园——无疑正和近些年来东莞的转型升级相呼应。

同时，广东还在《关于深入实施创新驱动发展战略加快构建全过程创新链的意见》中提出，支持深圳理工大学、大湾区大学、深圳海洋大学等高校加快建设。这三所学校各有办学特色，它们的存在，将提升大湾区内基础学科、新兴学科、交叉学科建设水平。

在推动大湾区大学建设的同时，他们还联合香港中文大学共建大湾区大学—香港中文大学先进材料与绿色能源研究院。

这样的办学氛围，无疑让身边的佛山感到羡慕。作为广东第三位突破万亿大关的城市，佛山在2023年前后的发展一度出现了停滞。除了在转型升级上有所落后之外，教育上也存在巨大的短板。广东顺建规划设计研究院院长罗春生不无遗憾地对笔者说，佛山周边的广州、深圳、东莞、珠海都有大学城，偏偏佛山没有。这也让粤港澳大湾区高校创新地图上，佛山的空白地带异常刺眼。这种"高校荒漠化"带来的连锁反应触目惊心。佛山市科技局2024年数据显示，全市规上工业企业中设立研发机构的仅占38%，低于东莞的52%和苏州的61%。更严峻的是，在新能源汽车、工业互联网等新兴领域，佛山企业技术需求与本地高校供给匹配度不足30%。这也是2023年前后佛山发展停滞的一个重要原因。幸运的是，在广东省委、省政府"高校补短板"专项支持下，佛山科学技术学院再度更名佛山大学，香港理工大学（佛山）项目重启，广州美术学院佛山校区项目于2022年7月正式开工，投资60亿元建设的佛山城市（职业）学院成为佛山市第五所高职院校……反过来，东莞理工学院在专升本上赶了早集，但是在更名大学上却迟迟没有落地。这对东莞无疑是一个刺激，也让杨光强深为遗憾。

在笔者看来，人才的内生，除了学校教育这一块，还有，企业内部的"传帮带"。不要忘了，东莞的很多创业者都是从当年的工厂一线中走出来的。

如今，很多企业都注重这种传帮带。这里面做得最好的，无疑是位于松山湖畔三丫坡村的华为大学。它主要承载着培养内部员工专业技能与文化认同的重任，致力于成为企业变革的推动者以及外部合作伙伴的培训与咨询中心。它的教学模式注重理论与实践相结合，采用多元化的教学方法和手段，如案例教学、模拟演练、小组讨论、在线学习等，以满足不同学员的学习需求。其教学特色在于强调实战性和针对性，注重培养学员解决实际问题的能力。此外，华为大学还积极引入业界前沿技术和管理理念，确保培训内容始终保持与行业发展趋势同步。

还有，职工技能的"再培训"。在政策层面，东莞已推出"技能人才之都"计划，目标5年培训100万技工。而杨光强也在人生的下半场，创办了东莞市东城育华职业培训学校——阴差阳错闯入了教育领域，让杨光强感受很多，也接触了很多理念，其中就包括黄炎培先生说的"使无业者有业，使有业者乐业"，这也让他在东莞理工学院任职之后，走上了职业教育的道路。这所位于东城育华路的职业学校，不搞高级，就搞初级和中级，而且不收学费。至今已经培养出像厨师、点心师、育婴师以及美容美发、家政等诸多工种的学生。所做的一切，就是让来东莞的人能自食其力，另外，让东莞制造业的外围生态变得更好。

而做人力资源起家的智通，为了满足不同职业发展的需求，早在1998年就开通了电脑培训班，2001年更是推出东莞最全面、最权威的职业资格认证培训……2011年，其培训机构升级为"广东智通职业培训学院"。2018年，学院成功申报建设技师工作站，通过三年的建设，完善了技能人才培养体系的搭建。随着东莞大力推动技能大师工作室的建设工作，让表现突出的高技能人才或能工巧匠依托有条件的行业、企业，通过搭建载体，以师带徒等方式大力培养技能人才和开展技术攻关，推动技术进步和解决关键性技术难题，赋能企业高质量发展，智通技能大师工作室也应运而生。

如今的智通学院，已是一家以工业机器人、PLC自动化编程、电工考证及机器视觉开发编程培训为核心，以技工技能、资格认证和学历教育为重点的职业培训机构，培养了大量技能人才，包括工业机器人技能人才、高技能人才和企业新型学徒制项目人才。

罗龙之所以在日后也做经理人协会，并致力人才培训，无疑深受智通影响。不过，和别人做培训不同的是，他希望在这个多元化、个性化时代，搭建好服务平台的同时，做好点对点的定制式培训，比如虎门康源电子希望能有人帮忙解决关于电路板的问题，包括喷墨打印电路板的发展史和技术原理；光刻工艺流程介绍，及P1材料介绍……他就给对方找相关专家去授课。另外，易事特希望有人能给讲讲钠电池方面的内容：新型低成本、长寿命和高安全性钠离子储能电池——他就给对方匹配了华南理工大学的一位教授。他说他不做别的培训，就是服务产业发展中不断出现的诉求。

和罗龙相似的，还有祖籍湖北黄冈黄梅的新广州人涂新山。只不过前者关注职业经理人，后者则关注家族的二代传承。今天的东莞，正面临着二代传承的问题。一代如何将自己的企业顺利传给二代，二代又如何将一代打下的江山发扬光大？这也决定了东莞企业的未来发展。所以，涂新山创办了"龙脉世家"，专注于中国民营企业家家族企业双重传承治理与接班人培养服务。因为来自东莞快意电梯在接班人成长上的诉求，让他将自己的创业也锁定了东莞这片热土。在他提供给笔者的一份来自学员的课后感中可以看到，他对接班人的培养，除了要懂得财富管理和传承之外，还要学会责任感、爱、信任、尊重以及计划的重要性与方法。正如学员的认识：爱与责任是成长的开始；做一个有原则和善良的人；放过别人是聪明，放过自己是智慧以及寻找长期良性刺激共同成长的朋友……

以上这些无疑都构成了东莞在当下所做的"人"的文章，文字不一定精彩，但内容都很实用。它让东莞在人口红利渐失的今天，涌现了具有一定文化和视野的工程师大军、数字游民以及全球公民。这些推动了东莞在新时期持续押注"科技创新+先进制造"，同时也解释了存在很多人心目中的几个问题，最重要的，就是为什么在东莞打工越来越难的问题。

毫无疑问，今天的东莞，随着发力"科技创新+先进制造"，无疑对创业的门槛提出了要求。这也意味着创业者自身必须要具有一定的素养。当年像向莉、王馨、柳冬妩那样的"万众投奔"，在今天已然行不通了。如果要想在东莞生存，或者自身就是人才，或者心甘情愿地从学做起。所以，这就筛选掉了很大一部分人。

更重要的是，相比较以前的野蛮生长，今天来东莞的很多人才，大多流向了现代化规范化的产业园，就像工业上楼那样，被撒进了无数的高楼大厦里。这也导致东莞街头的人气，没有以前的火热，也就夜间小龙虾的生意，还让人觉得火爆异常。这常常给人一个错觉，那就是东莞经济是不是不行了？不是不行，是转型了！

其次，发力"科技创新+先进制造"，也意味着东莞的产业链条变得越来越长。就像高端的光刻机，本身是一项极其复杂的系统工程，包含了光源、照明系统、投影物镜系统、工件台系统、系统测量与校正分系统、浸没系统（浸没式光刻机中）等多个子系统，每个子系统承担不同的功能，构成同样十分复杂。所以，以前大家在东莞可以一个人"包打天下"，但在今天，只能成为其中的一个分子，甚至是小小的分子。这些都难免让很多人产生在东莞创业越来越难的印象。但反过来说，这也给了很多人在东莞发展的机会，因为链条长了，参与分工的机会就多了。即使西方世界对东莞打压依旧，但是它不能让整个产业链全部消失。做不了全能冠军，我们可以做单项冠军。

所以，未来的东莞成功者，不是以往的单枪匹马英雄，而是擅于团结协作者。

当然，他也一定是擅于利用资本者。

遇见优质资本：抱紧港深，内部挖潜

2023年5月6日，CCTV财经《对话》栏目播出《打造科创梦工厂》。

对话的主人公正是XbotPark机器人基地发起人，被称为科创界"扫地僧"的李泽湘。出现在节目当中的有两家李泽湘孵化企业的创始人：云鲸智能创始人、XbotPark第一个入驻团队代表张峻彬，以及逸动科技创始人、XbotPark第一家入驻公司代表陶师正。他们和重庆大学卓越工程师学院执行院长罗远新、重庆大学"明月班"学生王梓昂以及知名博主林超，一同探讨硬科技创业培育和孵化背后的故事。

今天的李泽湘，无疑是一个成功的创业者、投资者。自1999年创办中国首家运动控制公司固高科技起，他先后与学生创办大疆创新、李群自动化、逸动科技等知名企业，从他的XbotPark里更孵化出了云鲸智能、正浩创新等一批"独角兽"公司。而且，大疆的成功也和他息息相关。但就像何思模更愿意别人称他为"教授"，他也更愿别人喊他是"老师"。他的父亲是湖南某中学物理老师，母亲则在小学任教。日后的他"一路狂奔"，在中南大学第一学期便成为公费留美的幸运儿，再一路从卡内基梅隆大学、加利福尼亚大学伯克利分校、麻省理工学院等名校完成本、硕、博、博士后学习并取得教职。

在麻省理工学院，他看到两位机器人科学界大咖的产品充满创意，却难以投入市场。"美国的供应链并不适合年轻的初创企业做硬件。"所以，他在1992年回国并加入香港科技大学，担任电子工程系教授，并创立了专注数控研究的3126实验室后，虽然亲自下场创业——携手同校教授高秉强、吴宏创办了固高科技，正式进入机器人领域，但是他作为老师，更愿意带领一大批学生走上产学研相结合的创业道路。大疆的创始人汪滔正是他的门生，并在读研期间创办了该家公司。得益于李泽湘的支持，汪滔不仅获得了打造产品的能力，还有在大疆数次危机及转折时刻的决策、资金、人才等各种支持。

不过，尽管习惯"老师"这个称呼，但是李泽湘还是认为自己身上的三个身份：教育者、创业者、投资者是相辅相成的。首先作为教育者，他可以在教育行业去发现和培育创业人才，然后再构建一个孵化支撑体系去帮助他们创业，最后通过投资去完成商业的闭环，使得这件事情能够持续的做下去。之所以他孵化的公司存活率很高，原因就在于这一闭环的构建。换句话说，李泽湘不仅善于发现人才，而且还愿意为他们出主意、想办法、找资源、搭团队。这种一般投资人很难做到的模式，既源于他培养人才的执念，也源于身处大湾区的多年经营，让他对优质供应链资源完成链接与整合，提供了硬科技创业至关重要的供应链优势。此外，这里也汇聚了非常丰富的成功与失败经验，经过总结，可以体系化地传递给后面的创业者。但身为高校老师，李泽湘也认为这些年高校教育体系培养人才的模式，跟产业需求之间的差距太大，这也是他在松山湖创办XbotPark机器人基地，并和广东工业大学、常州大学、宁波工程学院合作，开始了以本科教育为起点的课程改革的最终目的：让产学研真正地实现一体化。

如果说，传统的天使投资是"打猎模式"，到世界各地寻找猎物，看到合适的项目就投，运气好、项目成功，可以获得丰厚的回报，运气不好就算了。那么，到李泽湘这里，无疑就变成了"大田模式"，首先要选好种子选手、营造好创业试验田，其次要根据庄稼的生长周期，适时灌溉、施肥、除虫、除草。"我们跟学校合作开展新工科教育，从大一甚至更早期便开始选拔创业人才，与创业者进行深度互动，带着他们去创业公司实习、参加各类展会，启发他们发现商业机会并动手实践，深度参与他们的创业过程，帮助他们从零成长起来。"①

这和松山湖材料实验室之间应该英雄所见略同。与此同时，今天的松山湖科学城从上门服务精准解决企业难题、创新合作模式助推企业加速研发，到开放共享科研仪器降低科研成本，无疑也正形成产学研深度融合发展新模式。

毋庸置疑，这种既重植株，更重土壤，又懂栽培，还负责结果的资本，会深受热爱，成为未来创业者的选择。尽管不是每个人都能像汪滔、张峻彬那样幸运，但他们依然可以抱紧香港这一大腿。以前的香港，给东莞带来了无数的产业资本，今天的香港，在历经多次经济转型之后，业已成为全球金融中心。近年来在"投资管理""保险业"及"融资"上位列全球第一，"银行业"则列全球第三。这也意味着李泽湘在香港是第一个，但不会是最后一个。

当然，他们也可以将目光投向身边的深圳。在实体经济发展的同时，这些年来深圳在金融业上也是进步惊人。一方面，深圳要实现人口和社会的高质量发展，需要社会金融体系的支撑；另一方面，依托粤港澳大湾区建设和深圳先行示范区综合改革试点等，让深圳金融改革和高水平对外开放得以持续深化。今天的深圳，金融业总体规模不断扩大，金融开放程度较高，且创新活跃，在金融科技、互联网金融、绿色金融等领域取得显著成果。所以，积极前往深交所谋求成功"敲钟"，或者向来自深圳的资本敞开怀抱，也是走向成功的途径。

事实上，和李泽湘一样，来自深圳的资本也对身边的东莞颇感兴趣。如成立于2000年6月26日的同创伟业，就投了湃特纳（东莞）机器人。2024年6月，它还和东莞科创金融集团共同举办了"东科创招商对接活动"，旨在搭建"政—企—资"对接交流平台，促进多方联动，共同推动招商合作向前发展。又如专注新能源、新材料、泛半导体、低空经济、AI+等领域的早中期风

---

① 王美苏：《助力科技成果转化，创业投资从"打猎模式"到"大田模式"》，《南方都市报》，2024年12月26日。

险投资的半山创投，就投资了广东中贝能源科技有限公司——这家位于松山湖、专注于保护器件公司，在半山等资本的助推之下，在相关领域已经跃居国产第二。

过去这40年来，东莞作为"世界工厂"和资本市场共同成长，可以说，东莞资本市场在深化改革的过程中，为东莞高质量的发展提供了沃土，培育了大量的优秀的上市企业。尤其是2014年、2016年沪港通、深港通开通，更是直接推动了东莞资本市场的高速发展，并在科创板上由开普云实现了零的突破。2021年，东莞更是紧抓我国股票发行注册制改革深入推进的机遇，也是东莞GDP正式突破万亿元大关的关键节点，经历了从"近十年无一家公司上市"到"一年近十家公司上市"的突飞猛进。

今天的东莞，需要继续努力提高利用外资的水平，深度参与全球产业链分工。利用区域全面经济伙伴关系协定（RCEP）、"一带一路"、"莞港澳台"等战略规划的框架，积极引进外国企业进入东莞，优化外资质量和外贸结构的同时，还鼓励外国科研力量与本地的合作——而这些优秀的"外来大脑"，会成为产业最为重要的"投资"。

不过，笔者更希望看到的是，在东莞制造的崛起之路上，来自东莞内部的资本，也能成为优秀的功臣。此前，他们限于眼界和自身认知的限制，多将资本砸入酒店业等出租经济之中。不过，东莞经济的跌宕起伏，尤其是多年来发展所染上的"重硬件、轻软件，重开房率、轻平均房价，重投资、轻管理，重挖人、轻人才培养，重销售、轻品牌"等痼疾，让酒店业至今仍然一蹶不振。慕思股份上市前后的困境，也无疑是被酒店业乃至整个房地产业的下行给牵连。2022年，东莞的第三产业产值虽然达到了3342.03亿元，但总体来看，仍停留在原地。要知道在2013年，东莞市的第三产业产值就超过了第二产业，达到了惊人的三千多亿元。当时，东莞市的服务业产值比工业产值还高出了1242亿元。不过，这既是坏事，也是好事，那就是藏富于民的东莞，可以将这些资金用于未来的新兴产业。

这里还需要再次提及东实集团。此前，它以国企身份为背书，进军融资担保业，并成立东实融资担保有限公司，让在这方面有着极大需求但市场却不太规范的东莞，久旱逢甘雨。在2017年东莞市启动"倍增计划"的背景下，东实融资担保有限公司积极进行产品创新，推出倍增贷、科技贷等专项产品，通过创新担保模式，扩大授信规模，丰富反担保措施等手段，面对不同的客户群体，有针对性地提供金融服务。

这不仅帮助东莞在产业基金组建、基金代管、产业项目投资等方面均迈出坚实步伐，而且与东实其他业务形成产业协同。可惜的是，2018年，东莞市开展市属国企改革重组，按照市政府要求，科技金融相关业务从东实集团整体剥离。但被剥离后的科金集团被重组为东莞科技创新金融集团，继续为东莞的产业升级和创新发展贡献力量。

想必，这种来自土地、资本以及劳动力等要素被持续不断地重构，一定会让东莞的整个产业也随之跃迁。这无疑是让人期待的未来。

但是，也正如当年东莞大打外资牌的同时，还要打城市牌以及民营牌，今天的东莞依旧要像热恋中对待爱人那样，尤需进行生态再造。

第二十一章

生态再造

　　从华坚抽身而出去创业的刘翼孔，这几年主要做了两项业务。第一项业务是培训、企业咨询。从湖南邵阳农村出身的他，希望将十万名农民工培养成专业的技术工，让他们得到社会的认可和尊重。第二项，也是更重要的业务，是科技相关申报和知识产权代理以及他看重的大健康业务。

　　为什么要做科技相关申报和知识产权代理？是因为他发现随着东莞越来越向新发展，向智而行，专利和知识产权也越来越为人所重视，他希望通过自己的努力，帮助他们实现"高质量的专利"。刘翼孔认为，这一定属于国家战略性新兴产业，其具有技术含量或创新能力，具备很强先进性，能长期维持，在知识产权交易市场评估值高，有参选中国专利相关奖项并获奖的可能性。此外，不光在中国能拿到授权，还能够拿到国际上进行授权……

　　在刘翼孔的体会中，过去这种高质量专利并不多见，但是，近几年来，他代理的专利和知识产权，开始有得专利金奖的，也有可以拿到专利市场去交易的。这也证明，腾笼换鸟后的东莞，开始冒出很多优质的项目和优质的企业。

　　东莞很支持这项工作，甚至也对专利进行主动扶持。2024年10月，东莞印发《东莞市落实专利转化运用专项行动工作措施》，意图大力推动专利产业化，加快创新成果向现实生产力转化。比如全面盘活高校及科研机构存量专利、提升重点产业核心技术攻关能力、提升企业专利需求对接效能、畅通中小微企业产业化运用渠道等。

　　在笔者看来，这些其实也是东莞致力推动营商环境再提升的一种方式。除了专利服务之外，东莞还在政务服务上做出了大量改革和创新，比如推出"税费同缴"新模式，使得市民和企业可以在一个窗口完成多项缴费业务。

日后更是持续深化"高效办成一件事",推出更多办理频次高、关联度强的"一件事一次办""一类事一站办"等主题服务。此外,还推出"莞家"代办服务品牌,为企业提供精准、高效的管家式服务,推动重大投资项目快审快批快建……而《关于加快打造与广深一体化的营商环境行动方案》在2024年出台,更是建立了重大项目全链条快速落地机制,持续深化商事制度全流程改革,推进政务服务全程便利化改革。

该方案正是对标广深和问题导向两个维度,以2023年广东省营商环境评价为契机,对照世界银行最新标准,锚定广深营商环境5.0、6.0版,全面查摆与广深的差距。"对于没有达到广深水平的,加快补齐短板、缩小差距;对于与广深持平的,持续巩固提升、防止掉队;对于在全省领先的,着力打造亮点、树立品牌。"

让人兴奋的亮点还在于:"对于副省级城市和经济特区在优化营商环境方面的相关权限事项,积极向上争取政策支持、复制推广先进经验做法,力争'广深能做到的,东莞也要努力做到'。""全力争取纳入国家营商环境创新试点,推动更多在广深先行先试的改革举措在莞落地实施。"所做的一切,目的都是为了"加快推动政务服务水平向广深看齐""着力打造与广深同效的项目服务保障体系""加快缩小市场监管效能与广深的差距"以及"抓紧补齐重点领域短板弱项"。这里有着若干"对标"或者"学习"广深的诉求,甚至还有"超过"的设定,比如"全年省抽查发现问题数不超过广深",体现了东莞在广深面前不仅要当个好学生,甚至在某些方面要青出于蓝而胜于蓝。

这些举措,也让东莞在政商关系健康指数上,连续五年排名全国地级市第一。它带来的结果也显而易见,那就是在赢得了企业认可的同时,也进一步提升了东莞的口碑,进而推动东莞高质量发展。

但东莞在生态上的再造,显然不止于此。

不一样的东莞

在2024年对东莞的深度采访中,笔者曾一度深受困扰,那就是从市区去东莞东坐车，需要选择地铁2号线，先到位于石龙镇南端的东莞站，再坐C字头（一般是广深间城际列车）到常平站，再从常平站打车到东莞东。或者，坐东莞西到小金口的莞惠城轨到常平东站，然后步行到东莞东。想来有趣，尽管到2024年底还只有一条地铁线，为另一种意义上的"一线城市"，但身为珠三角的客运及物流区域中心，东莞境内火车线路密集，有广九铁路、广深铁路和广梅汕铁路、赣深高铁、莞惠城轨、广深高铁、穗莞深城轨等经过，让东莞在石龙站、樟木头站之外，形成了大大小小数十个火车站。

像前身是常平东站的东莞东站，连接的正是广梅汕铁路和京九铁路（于2009年开工建设的新常平东站，则是为莞惠城际，亦是日后的广惠城际而修）。这也让东莞东在东莞汽车总站之后，成了很多外乡人到达东莞的第一站，也成了这些外乡人的乡愁。这也许就是《东莞东》以此命名的一个重要原因。

好在起于东莞西站，止于梅塘站，途经望牛墩、洪梅、道滘、万江、南城、东城、大岭山、松山湖、大朗、黄江等10个镇街（园区），线路总长57.46千米的1号线一期在2024年年底实现全线"轨通"，并于2025年建成开通。其与已开通的2号线实现"十"字交叉换乘，未来1号线二期、三期将与广州25号线、深圳6号线支线换乘。除此外，一些站点还可以换乘穗深城际、佛莞城际、莞惠城际等多条轨道线路。这让东莞避免了继续再做这种"一线城市"的尴尬的同时，也进一步疏通东莞交通"微循环"。

不得不说，在做好人才服务、创新创业模式的同时，这个城市还像当年服务"三来一补"一样，孜孜不倦地做好各种外围的建设。这也让我们看到了这样一张成绩单："十三五"期间，东莞建成城际轨道120千米、高速公路约87.39千米，东莞港跃居全球集装箱港口前50名，更新改造供水管网2656.69千米。

但东莞的交通建设还需要不遗余力。在2024年年中，东莞交投集团党委启动工程建设"百日攻坚"行动——这个创建于1984年，前身为东莞市公路桥梁开发建设总公司的集团公司，多年来一直对东莞的建设给予了大力支持。截至2024年10月底，该集团"百日攻坚"行动涉及的24个项目累计投资高达64.82亿元，其中尤为亮眼的，是莞深、常虎高速改扩建工程，以及科学城通道二期工程——这个总长2.4千米，总投资7.87亿元，工期为3年的项目，预期建成后，东莞松山湖和深圳光明两座科学城的车程将缩短至20分钟，实现"双向奔赴"。

再加上既是滨海湾新区连接虎门镇、东莞市区的主要通道，也是融入粤港澳大湾区的重要交通脉络——东莞滨海湾大道（沙角段）于2022年1月换装上新后通车，东莞与湾区交通衔接可谓全面开花，对东莞的未来具有十分重要的价值。

这些不仅意味着人才流动的"毛细血管"逐渐畅通，更重要的是，东莞与深圳等地协同培育的新一代电子信息、智能装备等产业集群，可以奋力朝着世界级跃升。未来，东莞还需要积极主动推动基础设施"硬联通"和规则机制"软联通"，深度融入深圳都市圈，无缝连接广州都市圈，全方位增创区域竞争新优势。

除了交通之外，东莞还牢记，自己的转型升级需要数字化、智能化，但数字化、智能化的背后是算力、电力以及相关设备。2021年12月，东莞220千伏中堂燃气热电联产二期项目接入系统工程比原计划提前了一年竣工投产，该工程是广东省、东莞市重点建设项目，建成后可为东莞市水乡片区提供电力支撑。

而在2024年10月，广东电网有限责任公司东莞供电局向国家知识产权局申请一项名为"一种可与电力巡检机器人智能联动的超低功耗免布线相机"的专利，其能有效解决传统有线摄像头存在布线复杂、环境适应性差等问题，进而提升巡检效率和系统的灵活性。查阅资料可知，近年来，该供电局致力推进电网数字化转型，在创新机制下母线自愈率达100%，使用户不受主网设备故障停电影响，极大地提升客户满意度和市民"获得电力感"，东莞也因此成为全国12个供电可靠率高于99.99%的主要城市之一。

而在5G基站建设上，东莞也突飞猛进，成为工业和信息化部通报的首批16个5G应用"扬帆"行动重点城市之一。广东省除了东莞，就是广州、深圳和佛山。截至2024年3月，广州、深圳、东莞、佛山每万人拥有5G基站数分别为36.98个、35.47个、32.15个、30.28个，均高于全国均值水平。5G的发展，无疑会进一步推动物联网在东莞的发展，也进一步推动5G基站、核心网设备以及终端设备，光通信领域内光电子器件，ICT终端设备，5G网络通信设备等相关企业的发展，同时推动企业通过运用大数据、人工智能、MEC等前沿技术，实现生产效率的提升和成本降低。

大湾区的一体化，不仅仅是交通的一体化，更是城市智慧的一体化。

只有在全国率先建成高速、移动、安全、泛在的新一代信息基础设施，大湾区才能将自身的工业体系与制造业集群的优势发挥到极致，与此同时，才能进一步推动大湾区的城市治理，让每个城市都能有效地形成联动和共振。所以，推动智慧城市建设，对东莞的未来以及融入大湾区有重要的作用。

大湾区一体化还体现在环境和生态的一体化上。不得不说，多年的发展，也让东莞吃了无数的"生态老本"。就比如广袤而美丽的水乡片区，便一度受到"垃圾围城"的困扰。由于缺乏垃圾处理设施，麻涌、洪梅、道滘等镇主要以填埋方式处理垃圾，且大多是简易填埋。这不仅占用了大量的土地资源，而且严重污染土壤、河流、地下水、大气，潜在危害巨大。为此，经过七八年的酝酿，东莞选址麻涌镇海心沙岛，计划建设一座垃圾发电厂。作为承担新时代历史使命的国企力量，东实再一次跃身而出，在争取到这个机会的同时，也由此踏入环保赛道。为此，东实还专门成立了全资子公司——东莞市东实新能源有限公司（现更名为"广东东实环境股份有限公司"）。面对这片业务"处女地"，彼时的东实集团热情有余，但经验尚浅。于是决定"请专业的人干专业的事"，通过招标选取服务商，将麻电厂项目委托给中国光大环境（集团）有限公司，并运营至今。

东实提供的资料中回顾了当年项目初创的艰辛："麻电厂的建设者们至今记忆犹新。'初上海心沙岛时，我们每天穿着胶鞋、踩着泥泞，吃住在板房，不畏风雨，一门心思就是要把项目干成。'麻电厂一、二期项目，建设工期仅用了475天，较同类项目18个月的标准工期缩短了2个月。早一个月投产，就能多一千余万元的收入，可以让国资更好地保值增值。2017年，麻电厂完成项目竣工综合验收，正式投产，为水乡片区的麻涌、洪梅、道滘、中堂、望牛墩以及长安、虎门等镇街提供生活垃圾无害化处理服务，由此被列入东莞市政府年度十件实事之一。项目建设的问题解决后，新的问题又不期而至。投产之前，不明真相的居民纷纷质疑'麻涌环保热电厂是否环保'。为解决'邻避问题'，同时普及环保知识，东实集团依托麻涌电厂打造了东莞首个环境教育公益展馆和户外环境教育基地——东实循环经济环境教育基地，开发各类课程、形成'环保设施+自然教育'一体化教育体系，为后续开发的其他环保项目提供了一定的舆论和宣传保障。"虽然过程一言难尽，但这也提醒了东实，让它"逐渐意识到，环保行业潜力巨大，值得持续发力"。所以，日后它又进入国家推行的餐厨废弃物资源化利用和无害化处理试点工作，建成麻涌餐厨垃圾处理厂，在不断通过工艺优化来降低处理成本，同时进一步提升餐厨垃圾的资源化利用率的同时，与麻涌环保热电厂形成了深度协同，既避免了臭气二次污染，又节约了成本。同时加强与中科院等高等学府和研究机构的深度合作，打造更显著的技术优势。

这里有很多好玩的"黑科技"，比如，东实针对不同的物料采取不同的处理方式，把不能焚烧的垃圾分出来，尝试引入黑水虻处理。这种腐生性的水虻科昆虫能够取食禽畜粪便和生活垃圾，生产高价值的动物蛋白饲料，既实现了餐厨垃圾的资源化，也能获得更好的经济效益。另外，东实还在研究鸵鸟养殖协同处置果蔬垃圾的课题，将餐厨垃圾中水分大的菜叶子用于鸵鸟养殖。

2022年，东实投入大量人力物力推行"环卫一体化"，推出"城市大管家"，其以提升整体城市环境质量为目标，综合城市环境全要素管理，将特定区域内的垃圾分类、清扫保洁等十个业务整合为一体，交由一个企业主体进行管理。这不仅可以解决项目多主体承接所产生的作业边界不清、成本高、协同效率低等问题，还可以更科学地安排作业频次，做到高效协同，作业链环环相扣，提高市容环境质量的同时实现降本增效。石龙成了这一模式的初试者，这也让它收获颇丰，现在石龙的整体环境不仅有了显著改变，街道上再也闻不到垃圾的异味，而且在全市的考评中从倒数进入到上游水平。

而在海心沙，东实则通过海心沙资源循环利用基地的建设，打通了"垃圾分类—清扫保洁—收集转运—资源化处理—无害化处置"的环卫一体化产业链。至此，东实实现了生活垃圾、餐厨垃圾、工业固废、危险废物等多种废物"减量化、资源化、无害化"处理一站式服务，形成了城市生活垃圾处理系统闭环。

也正是在这一年10月，东莞成功入选国家"无废城市"建设名单。

但在今天，东莞还需要考虑的是，在国家推行"碳达峰、碳中和"战略，以及新能源汽车产业政策和市场的双轮驱动下，国企该如何在夯实气、油等传统能源主业的基础上，大力开拓电力版图，在"双碳"形势下主动作为、在"绿电"潮流中抢抓机遇？接下来我们还可以看到，为东实下属全资企业、前身为东莞市燃料工业总公司的东莞市能源投资集团有限公司，以新锋光伏公司为光伏项目平台，精心部署，大力推进，组织专业团队全力开发东莞光伏项目资源；集团下属企业新有公司于2022年成立电化学储能项目专项开发组，正式向电化学储能业务进军——2024年9月，位于长安的铂城塑胶光储一体化项目实现储电系统与离网分布式光伏系统协调并网投运，成为能源集团首个光储一体化项目。同年，集团继续与华灯特来电公司合作建设东莞充电项目，推动东莞新基建充电网的规模化发展。其中就包括投建运营松山湖首个"光储充放"一体超充站，其集分布式光伏、电力储能、V2G放电、液冷超充于一体，最快可以在5分钟内充电续航300千米……从而构建东莞"充电网—微电网—储能网"三网融合的新能源互联网，拓展新质生产力的绿色交通能源新模式。

此外，集团以纸厂沼气的清洁利用为试点，积极发展沼气综合利用项目，探索清洁能源发展新路径。

不得不说，正是在环境和生态上的努力，让东莞摆脱了"一发展，环境就紧张"的困境，也让东莞变得更加美好。

不过，让笔者更感兴趣的，还在于东实的另两个大手笔。

鳒鱼洲：从包袱，变工业遗产

2019年10月的一天，在东莞市民服务中心南广场负一层，冉冉升起六朵绚丽的"玉兰花"，盛开在广场上空的核心位置。对所有参与建设的莞建员工来说，这是庆祝之花，更是胜利之花。

莞建在当时的全名叫东莞市莞城建筑工程有限公司，它的前身其实是莞城街道一家已经停止运营多年的建筑企业，但被东实收购之后，逐渐被盘活，通过创新"以租代建"以及采用"工程代建"等模式，大量参与城市公共服务设施和基础设施建设。后与多家企业组建为东莞市城市工程建设集团有限公司。

这其中的一个重要机遇，就是投资承建市民服务中心。要知道，在广东省21个地级市当中，当时的东莞经济总量排名前列，却是唯一一个没有市民服务中心的城市。所以，东莞市政府决定将位于南城街道的东莞市国际会展中心改造成市民服务中心，作为应急项目快速推进，赶在2019年国庆节前交付使用，以弥补城市功能短板。作为东莞政务服务改革的重要载体，会展中心改造工程不是在原来场馆上的简单修补，而是要打造属于东莞的城市会客厅、城市新地标、城市新名片，项目的意义被提升至空前高度。

东实提供的资料提到，由于"项目意义重大，且施工体量也很大，建筑面积达12万平方米"，而且，"不同于从零到一新建，旧物业改造涉及单位更多、情况更复杂"，所以，"每一位莞建公司员工都严阵以待。然而，该项目的难度依然比每一个人的预想还要难得多"。

最终，在前后共计组织了45个班组的施工队伍，投入了1500余名施工人员和200台施工设备，甚至还为此特别成立了以党支部书记、总经理为队长的攻坚克难"党员突击队"之后，莞建相继解决了报批报建问题、施工工艺和技术上的困难，克服了施工期间所遭遇的极端天气考验，按时按质交付了工程。

建成后的市民服务中心项目，获得广东省土木工程詹天佑故乡杯大奖以及3项省级工法、3项实用新型专利。市民服务中心投入使用后，广东省领导每到东莞视察，都会将此地作为必去之处。经此项目锻炼，莞建公司业务能力不断成熟，承揽业务范畴不断扩大，积累了公共场馆、民用住宅、文创园、停车楼、酒店、学校、商业街区等多个类型的项目建设经验。

等待它的，除了东莞迎宾馆改扩建项目、体育路东实停车楼等一批亮点工程，还有鳒鱼洲文化创意产业园的打造。

鳒鱼洲，这个出现在本书前面，也是东莞在改革开放初期的全国农村工业化先驱和模范，曾引领着东莞从岭南水乡走向了世界工厂，但是，在20世纪90年代达到鼎盛期，一度拥有最多曾驻扎52家企业之后，这里开始由盛转衰。2000年前后，随着外贸经营权逐步放开、粮油生产体系开放，鳒鱼洲上一众"开风气之先"的国企在竞争中走向衰落；东江大道的兴建，使得洲上繁忙的码头不复存在，企业相继搬迁、关停，"鳒鱼洲时间"凝固在恢宏的工业发展史中。在房地产市场最红火的十多年间，鳒鱼洲仿佛一直静立于时间之外，古旧的建筑在密树茂林的掩映下无声矗立，而遍地都是多年累积的落叶，足有五六十厘米厚。东实的项目调研团队第一次进鳒鱼洲时，根本找不到现成的路，大家只能手拿柴刀，一边砍一边走，这才来到项目所在地。

"人们在思考东北老工业基地如何振兴时，殊不知，改革开放前沿地同样有'前进中的曲折'。"①但随着东实的进入，鲺鱼洲在沉默十多年之后，重回大众视野。

鲺鱼洲属于政府的储备用地，东莞市政府一度犹豫，是将其直接售出进行房地产开发，还是守住历史记忆，打造成文化地标。早在2015年，包括东实集团在内的多家企业便与政府沟通、讨论过项目相关情况。直到2017年，作为"城市品质三年提升计划"的示范项目和"三江六岸"滨水地区开发的突破点，鲺鱼洲的工业遗存保护与开发利用被正式提上日程。为了拿下鲺鱼洲项目，东实磨砺4年之久，和万科、中天、华侨城等企业一起，围绕项目展开多次沟通。一开始，大家都觉得项目有很好的示范效应，但后来实际深入考察，发现难度较大。鲺鱼洲项目建筑面积七万多平方米，土地面积却有十多万平方米，包括河边的河滩地等在内，都要进行投资。很多企业意识到项目投入产出比不高，便陆续退出，只留下东实一家独立去推进项目。

项目以深圳前海管理局创新性地提出的"梯级土地开发模式"中的"1.5级开发"来进行。该模式共有5级，分别为0级、0.5级、1级、1.5级、2级，其中，1.5级开发是指政府以短期租赁的方式委托给开发商，产权依然属于政府，在委托时限里，由开发商实施投资、建设、运营、管理，打通了将商住用地变成文化用地、展览型用地的路径。

正如鲺鱼洲初走入工业时代时的艰辛，东实在改造鲺鱼洲上也下了足够的耐心。项目的初期，东实便邀请了具有历史建筑修缮经验的东莞理工学院城市更新研究院团队，着手对鲺鱼洲工业建筑遗产信息进行登记、整理、记录，记录和保存了园区空中全貌、建筑室内外全貌、建筑构件、构筑、特殊构造、生产痕迹、生产工具等具有遗产价值的信息。此外，他们还邀请专业团队，历时数月，寻访故地旧人，打捞碎片的记忆和史料，制作完成《鲺鱼洲》历史纪录片，以及采写编撰了《鲺鱼洲——一座城市的工业诗篇》一书。

也正是根据这些打捞出来的无数资料，项目建设团队确立了从"世界工厂"与"岭南水乡"两个层面演绎设计理念，以及"有机改造、城市造园、活力激发"三大策略。一方面，对饲料厂实验室、海关驻鲺鱼洲办事处旧址等被归为历史建筑的工业遗存，修旧如旧，而对一般性工业特征建筑，如大

---

① 郑杨：《回望鲺鱼洲》，《经济日报》，2024年1月21日。

的生产车间，在保护其外貌的基础上进行内部改造，构筑以创意办公区为主的空间……

直到今天，建于20世纪80至90年代的"东莞市粮油食品工业公司"门楼沧桑伫立，上面残缺的"粮""工"两字，并未被今天的建设者刻意补上。但另一方面，它又给这个街区注入了新的活力。通过激活单一厂房空间及打造多元办公空间，塑造园区内复合业态与多样空间，营造多元活动场景和引入绿色生态理念。与此同时，仓库、车间等特色建筑在原有风貌上添加了潮流工业风设计，成为可自由定制、灵活改造的创意办公区和潮流商业区。像原先的东泰饲料厂旧址的锅炉房，便变成了咖啡馆。

走在这个文创产业园，让笔者不由得想起北京的798、上海的2577、成都的东郊记忆、广州TIT纺织服装创意园以及景德镇的陶溪川。

不得不说，随着鳒鱼洲工业遗存改造和活化项目的推进，鳒鱼洲不再只是遗址，更不是发展的包袱，而成为"国际制造名城"的精神新坐标、"潮流东莞"的文旅新地标。在这里，有新莞人、姚明之后的篮球领军人物易建联创办的薪火阵营篮球培训中心。2019年，他将它迁回到CBA广东宏远队老家东莞发展，并扎根于鳒鱼洲旧仓库改造的篮球馆。面对这里的工业气质和篮球氛围，让笔者不禁恍惚想起了NBA的底特律活塞。

更重要的是，它既保存了东莞的工业记忆，也珍藏了莞港之间的一往情深。

从过去相拥至未来

2023年4月，香港特区政府及立法会大湾区访问团在访问东莞时，霍启刚一行成员便踏上了鳒鱼洲，在东泰饲料厂旧址所改造的咖啡馆一坐数小时。

倾听着鳒鱼洲与香港的深厚历史渊源、久远又亲切的合作过往，不舍离开。咖啡馆接待了一个又一个香港参观团，所见所闻，让访问者们更加坚信"东莞制造+香港服务"的光明前景。

不得不说，正是得益于和香港的不断互动和交流，让东莞有了今日的面目。同样，也正由于对东莞等地的产业转移，让香港不仅拥有了巨大的经济腹地，而且也推动了自身新型工业化的步伐。今天的东莞，一方面，努力全面融入大湾区，加强与香港的互动，比如推动"东莞—香港国际空港中心"运营。作为横跨内地与香港两个关贸区、全球首个直达机场空侧的跨境海空联运项目，该中心整合了香港物流资源与东莞制造优势，与传统陆运模式相比，为企业提供更加便捷高效的出口路径，节省约30%的物流综合成本，货物离开工厂最快15个小时便可完成打板、清关、安检、装船、装机发运等环节，所以也入选首批粤港澳大湾区规则衔接机制对接典型案例。换句话说，它相当于"城市候机楼"，使香港国际航运中心功能"前移"，为东莞及周边的电子等高附加值产品构建了快捷出海通道，大大提高了高端制造业的国际竞争力。这也意味着，没有机场的东莞，也有成为航空枢纽的可能。

与此同时，我们也可以看到，今天的香港，也一直在积极推动粤港澳大湾区的融合与发展。自从粤港澳大湾区计划推出以来，香港与粤港澳大湾区内其他各城市之间的合作日益紧密，共同推动更深层次的协作与融合。为了达成这一目标，香港特区政府特别成立了多个专门小组，定期召开会议，探讨在"一国两制"框架下如何与粤港澳大湾区城市实现互补与资源共享。

香港特别行政区立法会议员（科技创新界）邱达根在2024年接受《上财商学评论》专访时如是说："在某些领域，香港可能面临资源或空间的限制，无法独自完成，粤港澳大湾区的其他城市则可以利用香港的专业优势，反之亦然。这种互利合作能够充分发挥各方的优势与长处。"尽管产业的梯次转移，曾让香港一度面临了"制造业空心化"的焦虑，但是，"这并不意味着香港在工业领域没有实力和潜力……实际上，如果将香港企业家在广东省控制的工业生产纳入考量，这个数字就可能有显著的不同。

据非正式统计，仅在广东省，由香港企业家控制的工业产值可能就占香港GDP的20%以上……这些企业家虽然将生产基地迁移到了广东省，但他们的管理和运营中心仍然设在香港。因此，如果我们从更全面的角度来评估香港的工业产值，它实际上是相当庞大的。这也表明，香港在工业领域仍然具有强大的实力和潜力，有能力在全球工业竞争中占据一席之地。"面对未来，"我们不应局限于粤港澳大湾区的概念来定义我们对过去合作成就的认识。这些合作案例不仅展示了跨地区合作在推动经济发展中的重要性，而且超越了地域框架，成为全球经济发展的一个重要模式。随着时间的推移，这种合作模式只会进一步深化，为我们带来无限的可能性。"①

在与香港加深"感情"的同时，东莞也坚持与台商相拥，《东莞深化两岸创新发展合作总体方案》获国务院批复同意，成为全省首个国家批准设立的对台工作重大平台。而《东莞深化两岸创新发展合作实施方案》也正式印发，全力打造富有东莞特色的两岸融合新路径。

在"鱼头"位置，我们还可以看到阿里巴巴东莞中心——这个在2021年3月11日正式启用的阿里中心，是阿里巴巴集团在华南区域除广州和深圳以外的最大集中办公场所，其在莞设立的本地生活、蚂蚁地网、零售通、菜鸟等业务团队纷纷入驻办公。此前，在多方努力之下，国家智能物流骨干网华南核心节点项目、阿里巴巴跨境零售出口全球服务中心项目以及菜鸟大进口项目等一批优质项目成功落地东莞，如今又随着东莞阿里中心的设立，在开启两者合作新篇章的同时，也进一步推动东莞企业把握触"电"升级机会。有趣的是，在阿里巴巴东莞中心的对面，正是东莞海关办事点旧址。

"海关外墙'依法执勤，把好国门'的大字，令人遥想鲗鱼洲开创的水运时代外贸的辉煌；而风驰电掣的跨境电商时代里，'东莞—香港空港中心'等出海新通道正为'东莞制造'插上腾飞的翅膀。"

而漫步"鱼身"，"众多创意设计机构在此集聚，曾经生产物美价廉产品的'世界工厂'，如今正阔步迈上依靠设计、品牌取胜的新路"。②

就这样，东莞摇头摆尾地，进入了新起点，走在了新征程。

---

① 魏航主编：《上财商学评论第八辑·数实共生》，上海财经大学出版社，2024年版，第60—71页。

② 郑杨：《回望鲗鱼洲》，《经济日报》，2024年1月21日。

第二十二章

当你热情地凝视这个时代，时代也会以热情来凝视你

看今朝风华正茂，忆往昔峥嵘岁月。一路走来，东莞的发展一步一个脚印，几年一大变。从清时就出现东莞历史上的第一个火车站石龙火车站，1912年有了第一个公园——人民公园，1929年落成了最早的大桥——莞龙公路峡桥，大岭山成为第一个抗日根据地，到1949年，第一面五星红旗于11月1日在麻涌升起，东莞开始进入了发展的加速度。1957年，开挖东莞的第一条大运河；20世纪70年代，出现了第一个自助超市——富豪商场；20世纪80年代，东莞出现了具有现代意义的小区——带有福利房性质的莞城步步高小区、创业新村、东城花园新村和虎门的新园中区等。

就在1983年，莞城珠玑路旁出现了东莞首家西式面包店：华洋饼家。而位于莞城镇西南部，博厦村旁的市区的第一座高架桥——莞城高架桥也横跨东莞运河，凌驾于博厦桥之上。1996年，东莞出现了第一家四星级酒店——华侨大酒店；2003年，东莞城巴第一次运行在东莞这座城市的大街小巷。两年后，东莞最大购物中心——东莞华南摩尔购物中心在五一劳动节正式营业……而到了2015年，第一家民营"无人工厂"开始投入建设。次年，东莞地铁二号线开通。

也就在2016年的1月24日，东莞下了124年来的第一场雪，这是被载入史册的一天……

它们的身影或出现在前文的描述之中，或第一次出现，但它们都很重要，共同组成了一个生机勃勃的东莞，一个锐意前行的东莞。

它们不断亲历了东莞吃着最大的苦，转着最猛烈的身，进行着最彻底的变革，做着最长远的梦。也因此见证了东莞从农村走向城市，从代工走向智造，从世界工厂走向工业雨林，从借船出海走向造船出海……最终将自己变

成从中国制造走向中国智造的微缩景观，变成是中国改革开放开创世界性奇迹的典型代表。

与此同时，它们也亲眼看着，东莞从一个32镇街各一的散装城市，变成了一个32镇街如一且有着鲜明城市中心的现代化都市；更从一个打工仔、打工妹遍地，"两头大中间小"的"移民之城"，摇身一变为橄榄球型的"中产之城"。

中产之城，和新一线城市

"广东发布"平台曾发布由孙不熟团队推出的《东莞，变身"中产之城"》。

这个在广州驻扎多年的自媒体团队，对东莞最初的印象也和大家一样，是世界工厂、三来一补、深圳卫星城……但是在2022年10月份左右，他们在东莞第一高楼民盈国贸中心参加了一个活动后发现东莞正在发生着急速的变化。比如说，在2018年和2019年，东莞的小学生人数竟然超过了中国第一人口大市——上海，这说明这个双万城市对人才的黏性也变得越来越强了，他们不仅自己来了，还把孩子一起带来了，或者就在这里安家，生儿育女。还比如说，东莞在日常消费上的"奶茶咖啡指数"开始取代"辣椒指数"。这是因为过去的东莞，是以四川、江西、湖南人士居多，他们嗜辣，流动性大，但今天，无论是在市中心商圈，还是大街小巷，随处可见咖啡馆和茶饮店，说明了消费在这里俨然和制造并驾齐驱，而消费者也大多是年轻一代。第一财经的消费报告显示，东莞咖啡门店数位居全国TOP15，重点商圈茶饮店全国第一。

茶饮、咖啡不仅说明这个城市变得宜生活、宜享受，而且它们的用户画像不仅仅是年轻、时尚，还常常意味着高学历、高收入。相反，"产业工人一般没有喝咖啡和奶茶的习惯，东莞原来的社会结构是支撑不了这种新消费持续发展的"。

除此之外，这座城市，"还有越来越多的公园、博物馆、潮玩店、剧本杀店以及各式各样的网红打卡点。年轻人挤满热闹的鸿福路商圈，在松湖烟雨骑行享受美景，打卡鳒鱼洲等各处露营地……它们成为展示东莞城市形象的新封面"。

让孙不熟团队持续震撼的还有这样的数据：从2018年至2020年，东莞人才总量从172.6万人增加到258.4万人，占全市人口24.6%，年均增长15.3%，位居广东省第三、地级市第一。2020年，东莞每10万人中有约1.3万人拥有大学文化程度，这一数字比10年前翻了接近一倍。2021年，东莞的居民人均可支配收入达到6.2万元，也是在2012年的基础上翻了一番！

原因就在于，产业换血以及由此而生的人口换血。"新的产业带来了新的人口，这些人口也呈现出年轻、高学历、高收入等特征。""不断壮大的年轻中产群体，那种与生俱来的对于个性和品质生活的追求，也逐渐融入到东莞这座城市的基因里。这代表着，东莞不再是一个单纯的'临深城市'，它开始具备强大的自我造血能力，也在努力成为很多高学历人才择业大湾区的优先选项。"

作为著名媒体人，曾在大湾区诸城市生活并工作过多年的谭军波，却将自己近些年的工作，放在了东莞，他先是在《东莞时报》当总编，后为腾讯在东莞的负责人。在他看来，东莞首先是"位置感"好，在大湾区中处于C位，左右逢源。其次比起深圳由无数高大建筑组成的"水泥森林"，东莞更宜居，更接地气。人不能离地而活。他还比较了东莞和苏州，认为两者虽然在吸引外资上有很大相似的地方，但东莞主要是由民间自发形成，而苏州人部分则是由行政推动。所以苏州的大企业多，经济体量要大，但是东莞的活力更足。这也体现在，今天的苏州是没有夜生活的，过了夜里九点，城市就安静了，但是这个时候的东莞，正是夜宵欲上时。谭军波说，尽管时代变了，东莞的活力不变。

今天的东莞，不再只是酒店业上的"一线城市"，而是实打实地被别人认可为"新一线城市"。从2016年开始，东莞还连续多年获得了另一个荣誉，那就是荣登"新一线城市"榜单——这个由第一财经旗下城市数据研究项目新一线城市研究所发布的榜单，从"商业资源集聚度""城市枢纽型""城市人活跃度""新经济竞争力""未来可塑性"等五个维度上来排出新一线城市魅力排行榜。从2024年的"新一线城市魅力排行榜"中，我们就可以看到，之所以被这个榜单所青睐，正是因为东莞在"城市人活跃度""新经济竞争力"这两个维度具有相对的优势——这无疑牵住了东莞面向未来的"牛鼻子"。

它也让我们看到了东莞在拥有了未来产业持续发展升级的主力军的同时，一个新的阶层崛起的可能。而在制造上，也将持续增添新的特征。

新阶层的崛起

担任东莞市企业经理人协会党支部书记、会长的罗龙其实还有一个身份，就是东莞市虎门新的社会阶层人士联合会会长——这个创办于2018年12月的组织，是由民营企业和外资企业的管理技术人员、中介组织和社会组织从业人员、自由职业人员、新媒体从业人员等人员组成——这个广东省首个镇级新阶联，无疑是一朵艳丽的向阳花。

它的成立，用官方的语言表达就是：将有助于增进新阶层人士的政治共识，夯实思想基础。同时，通过搭建参政议政平台，引导广大新阶层人士在各行业领域施展才华、建言献策，积极承担社会责任，回报社会。也就在虎门之后，东城、莞城、大岭山等多个镇（街）相继成立镇级新的社会阶层人士联合会。

新阶层的崛起，无疑是接过了老一辈们的接力棒。这接力棒，包含着对改革开放和市场经济的尊崇。没有改革开放和市场经济，就没有老一辈的昨天，同样也没有新阶层的今天。

新社会阶层的"新"主要包括两方面的含义：一是指它是改革开放以来新出现的社会群体，这一群体在改革开放前不曾大规模存在过；二是指在体制外生长出来的群体。它"更强调所有制的区分意义，更强调所有制对阶级阶层的塑造价值"。也就是说，在原有体制中不存在，实行市场经济以后出现的社会群体。从新社会阶层的生成来看，市场经济体制、市场化渠道以及市场能力是其生成、发展的三个重要机制。具体来说，市场经济体制是催生新社会阶层的制度性因素，市场化渠道则是新社会阶层快速成长的重要渠道和核心推动力；而从个体的角度来看，新社会阶层自身具有很强的市场能力，这是新社会阶层不断成长壮大的内生动力。[1]

---

[1] 张海东：《新社会阶层的结构化、组织化及发展趋势》，《江海学刊》，2019年第5期。

包含着对冒险以及不断创新的坚持。自1978年以来，冒险精神一直是中国经济增长的动力源泉，只有在创业和经营之中，敢于冒险，善于冒险，才能在险峰处欣赏无限风光。

对老一辈子来说，他们面临更多的是意识形态的不确定，以及在时代变化过程中难免的无知、傲慢以及不学习所带来的头脑固化，今天的新阶层面临更多的是新技术、新市场趋势等不确定因素，是对未来的信心。但不管如何，新阶层需要不断地提高自己学习的能力、创新的能力，只有这些能力提高了，才能更好地应对生活风险。换句话说，今天的优秀企业家从来都不是勇于冒险的人，而是更善于控制风险的人。

包含着对乡土和对这个国家的热爱。他们有的生于斯，有的长于斯，尽管在政治的大变局中，选择了离乡别井，但是一旦条件成熟，他们都会纷纷选择燕雀还巢。对很多深受传统教育的老一辈来说，爱国怀乡，是人世间最深层、最持久的情感，是一个人立德之源、立功之本。他们相信，没有一个强大的祖国的支撑，所有的繁华终究成空。这也是他们奋起的内在动力。正如曹德旺所说：一个成功的企业家、作家、军事家或画家，他能够成功的原因，是他必定要有他自己的自尊心，因为如果没有一个很强烈的国家概念和一种报国为民的情怀，他很难成功。今天的新阶层，受益于国家的改革和进步，从而有了自己成长和发展的巨大空间，所以更需要对国家、对民族怀有崇高使命感和强烈责任感，把企业发展同国家繁荣、民族兴盛、人民幸福紧密结合在一起，进而积极参与到国家的发展中去，承担起推动国家进步的责任。

相对在社会大势不稳定的旧中国，在意识形态不确定的改革途中，老一辈莞商相对保持低调和缄默，而今天的新阶层开始要"大声说话"。

在笔者看来，他们身上的新特点，更多表现在——

首先，他们大多是新经济、新业态的拥趸者。

2024年，当笔者在拜访罗龙后，继续前往位于民盈国贸中心的湖南商会，发现这个于2012年成立的商会，今天做得有声有色。根据商会党支部陈浪舟书记的介绍，今天在东莞的湖南人有240多万人，而江西人则有160多万人，占据了东莞人口的一大部分。2007年之前，在东莞的湖南人多是打工仔。但是，吃得苦霸得蛮耐得烦，还是让自古以来就才俊辈出的湖南人在东莞立足，并走上了创业之路。而且，他们所从事的行业，多为地产开发、电子科技、智能家居、建筑工程、文化创意等——除了会长方园之外，来自郴州的名誉会长曹作林于2018年创办了网纳智能装备有限公司，它也是由东莞松山湖国际机器人产业研究院、东莞市李群自动化技术有限公司共同投资的；来自常德的名誉会长刘飞创办的广东安达智能装备股份有限公司，它也是A股首家专业从事流体控制设备研发和生产的上市公司，东莞市首家在科创板上市的智能装备企业。我还看到了一些巾帼面孔。像来自株洲的名誉会长晏莘，其担任董事长的凯金新能源正是位于松山湖的行业领军企业……可以说，这些创业者从事的行业有的带有一些传统的属性，但是更多的是向新而行，是站在"东莞智造"的起点上谋划将来。

除了他们之外，我们还在由蒋仕元担任会长、何超担任秘书长的东莞市人工智能产业协会中看到了人工智能正在努力和低空经济完美融合，他们认为，当今科技的快速发展使得人工智能与低空经济的结合成为产业变革的重要趋势。东莞作为制造业重地和科技创新基地，具备强大的人工智能应用场景及丰富的空域资源。在物流方面，通过无人机与AI算法的结合，可以高效、精准地完成货物运输，不仅提升了物流效率，也显著降低了成本。而在城市管理中，AI赋能的低空设备可以进行实时监测和数据采集，为城市规划和交通管理提供有效支持……

其次，他们更追求产品主义和协作精神。

在相当长一段时间内，形象比内在诱人，价格比价值重要——这也是价格战和营销战一度风生水起的原因。那时，大家玩理念，玩故事，玩情怀，争标王。但今天，已经是一个性价比的时代，是越来越注重生活品质和细节的时代，同样也是一个好产品会说话的时代。只有好的产品，才会在大浪淘沙中，聚敛好的口碑，并在流量裂变中，真正成就品牌——换个名词，就是专业主义，或者长期主义。专业专注，扎根大地，在细节上形成产品的差异化和竞争力。所以，劳动光荣，而精益求精更是永不过时。

正如东莞市安庆商会会长许绪宝，就凭借着自己对化学的热爱及对事业的追求，多年来专注于小众市场——色浆（色膏）市场的研发和生产，最终因为有效解决了着色不均匀、容易褪色、污染严重等共性难题，增加了产品固含量高、着色力强，与聚氨酯相溶性好等特性，从而在色浆（色膏）市场赢得客户的信任，站稳了脚跟，扩大了市场份额。日后，他还成功研发出了聚氨酯辅助材料模内漆，并推出色浆（色膏）市场的产品标准，获得行业机构的认证——某种意义上，这也帮助他成为行业内的"隐形冠军"。

许绪宝做的是细分市场，得益于庞大的消费者基数，再小众也有巨大的"流量湖泊"。而在刘建伟看来，如果将诸多的细分市场捏合在一起，不仅可以形成新的规模，而且还可以避免企业之间各自为战、以"点"带"链"能力和动力不足的问题。这也是刘建伟要积极参与并主导东莞市建设工程信息服务协会的一个重要原因。协会里至今有300多家协会成员，创办者都来自全国各地、五湖四海，都从事建设工程行业不同领域，比如刘建伟的谦元建设做建筑总承包和钢构件加工，执行会长黄莅堂所在的广东骏雅机电科技有限公司做建筑暖通、装饰、水电工程施工一站式服务，常会副会长郭志业所在的广东高美家具实业有限公司则主打政府机关、企业集团、医疗系统、教育系统四大类商用家具，常务副会长胡政斌所在的东莞市南粤建筑工程有限公司则在房屋建筑、装修、市政、桥梁、园林绿化、拆除、建筑起重设备（周转材等）出租与安装及劳务分包等方面推行多元化发展……

分开来看，它们每一家都是优秀的企业，但是联合起来，不仅可以实现"信息交流、资源共享、合作共赢、共同发展"，能让大家在抱团取暖中，面对时代变化，增强抗风险能力，而且还可以提供最专业的工程建设全过程咨询服务，助力建筑总承包业务的推广，为业主省心省力，节省投资成本，节约社会资源……

作为许绪宝的安庆老乡，"战神"也在用心做好产品的同时，谋求"抱大腿"。他在东莞也搞了几家工厂，有自己全资的，也有自己投资的，像东莞市豪天电业有限公司主要生产机外各国安规电源线和机内连接线，给美的、创维以及和尔泰、TTi、KAZ、Sunbean等国内外知名电器和品牌配套生产电子产品和线材。

换句话说，只要这些大企业一直在发展，他就不用太焦虑。

有一种制造美学，叫东莞

相比以上的新特点，更突出的，也许还在于他们更具有新潮向、新审美和新自信。

"潮"指的是一种时尚流行趋势与审美动向，是人们热爱某种事物所形成的一种风尚。相比过去，今天的消费者相对年轻，相对具有素质和视野，这体现他们在消费上。一方面更注重产品质量以及自身的"可持续发展"——比如养生、运动；另一方面就是大众审美意识的整体觉醒，让消费不再局限于生活需求，而是上升到对某种生活方式和生活意义的探索。这决定着新阶层要围绕着这几个方面进行事业布局。

对于前面，今天的东莞，在发力智能制造的同时，也在发力生物制药。同样，在东莞的企业家群体中走访下来，笔者也发现大健康产业成为大家的"眼中光""心头火"。

作为2003年才开始独立创业的江西人，也是今天东莞市江西商会的会长刘嘉在从事房地产业务之后，切入了义齿生产和口腔医院等领域，并最终成为相关企业的经营者以及投资者。

还有前文提及的向莉，这个曾在电子厂、鞋厂等诸多合资厂兜兜转转的打工妹，自己创业小有所成之后，则当起了药店的老板，在东莞东城开办了主导产品为"龟龄集"和"安宫牛黄丸"的广誉远精品国药堂，专攻中医药养生。想起她初到东莞，接触的便是药厂，现在又回归卖药，可谓是"药始药终"。

至于东阳光，则在小张总张寓帅接班之后，着力将冬虫夏草的生态繁育和产业化攻关作为生物制药之外的布局方向——通过不断的科研创新，东阳光鲜虫草共获得100多项专利授权，并建立了多个科研中心。其中，其所研发的FD宇航冻干锁鲜技术和智能生态保鲜技术，可以保证冬虫夏草在采摘后12小时内急速锁定营养成分，有效保留冬虫夏草更多营养。今天的东阳光鲜虫草开发了包括鲜虫草、冻干鲜虫草和冬虫夏草含片在内的多元产品，满足了不同消费者的需求。

在广东福标实业有限公司董事长丘笋虎这里，笔者也看到他们正在打造养生咖啡、养生柠檬茶以及养生奶茶。养生柠檬茶正是在疫情过后推出来的，选择的陈皮都是五到八年的新会陈皮。配上柠檬，味道宜人。尤其是吸烟多的人，喝了格外舒服。而养生奶茶则是用中药做的。丘笋虎希望这些草本系列能对女孩子养生、健康、美容美肤起到更大的作用。

在对产品精益求精、专业之外，丘笋虎还推崇和潮流文化互动，在当地政府、文化宫、文化馆举办的各种活动中，他不时会露面，在推广品牌的同时，还让大家记住自己的口号：一杯咖啡，温暖一座城市。

东鹏特饮更是这方面的高手。通过明确实施"1+6"多品类战略，围绕电解质饮料、无糖茶、即饮咖啡等高景气赛道不断拓展，充分地挖掘细分品类，与更多消费人群建立紧密联系，以多元产品应对市场潮流和消费需求。此外，在电商直播模式之外，它还赞助年轻群体收视率较高的影视剧及综艺栏目，通过与抖音平台联合发起共创大赛和挑战赛，与bilibili视频网站知名博主合作，突破圈层限制，吸引更多年轻消费者。此外，赞助中超、花式篮球、世界无人机锦标赛，还赞助了LOL的RNG战队。

更让人佩服的是，随着国家政策大力鼓励"体育+文旅"新消费经济，凭借与体育运动天然契合的品牌基因，其电解质运动饮料"补水啦"也频频亮相于跑马、民间篮球、羽毛球等赛事当中，最终凭借精准定位和创新策略，展现品牌优势。

而我们曾经一度熟知的太阳神，本身就是国内第一家保健品企业，在今天更是围绕着生物健口服液、猴头菇口服液、金菇口服液等主打产品之外，多方布局。出现在消费者面前的产品还有清之颜胶囊、纳米负离子卫生巾、太阳灸系列、粉黛祛斑口服液、多补钙咀嚼片，甚至还有"四世同堂"海狗鞭特补酒……

在其位于东莞大道116号轨道交通大厦的"新家"里，看着墙上"没有全民健康，就没有全民小康"的字样，不免想起，当太阳升起的时候，我们的爱天长地久。

东莞在2024年12月26日，正式发布了《"东莞制造美学"课题研究报告》。作为国际制造名城，东莞把"制造"与"美学"紧密结合，在全国首次提出"制造美学"概念，该概念集设计之美、工艺之美、生产之美、产品之美、人文之美、理念之美于一体，要求按照美的规律进行生产，致力于为制造业转型升级注入新的文化动力。这也意味着，一度作为"世界工厂"的东莞，将自己与生产并出口低附加值、低原创度的工业品的形象进行彻底解绑，取而代之的是在"科技创新+先进制造"的新城市定位之下，向先进要活力，向美要前途。

黄建平无疑是东莞制造美学的践行者，也是先行先试者。多年来的坚持，让马可波罗从差异化的美学走向了美学的差异化。不论是品质的打造，还是风格的设计，都来自美学的关照，让作为家居装饰的重要组成部分的瓷砖，不仅仅是冰冷的建筑材料，更是艺术与生活融合的桥梁。而在鞋业、手袋、纺织服装等方面，像迪宝、顺琦、同发、印象派等也都在致力打造属于自己的品牌，通过品质、时尚的定位，努力让自己走向高端，在走出产品同质化的同时，摆脱自己代工被国外品牌收割的困境，以获得更高的产品溢价。

而在石排，近几年来异军突起了一个"潮玩"产业。这个松山湖"1+9"统筹发展的受益者之一，其实还有一个玩具产业——从最初的简单小作坊，到后来的贴牌代工厂，为迪士尼、漫威等知名品牌提供代加工服务，经过四十多年的发展，今天的石排，已形成了一批创新孵化自主品牌的龙头玩具企业。在这里，从毛绒玩具、塑料玩具到宠物玩具、解压玩具，凡是你能想到的玩具，都可以找到。它的名气甚至蔓延到了北方市场，"爱济南"的客户端上也能看到对石排潮玩的推介和赞美。也许打动它们的，有深受市场喜欢的"巴风特"小羊——它的诞生，源自某些人深受半夜失眠的困扰。为了解决这一困扰，企业自主研发了"追光眼"技术，让小羊在任何角度都仿佛在注视玩家、陪伴玩家。这种治愈文化给传统的毛绒玩具赋予了情绪价值，让玩具的功能从单向"玩"升级到互动"陪"。可以说，它们准确把握着年轻人的情感与社交需求，融合东方美学与现代时尚，既切中了年轻人爱"潮"求"酷"的个性化诉求，又以亲切、鲜活、时尚的方式和载体展示设计美学与人文关怀，这是石排镇潮玩在激烈的国际竞争中，能脱颖而出的秘诀所在。

笔者还在茶山的两家企业中，看到了这种东方美学与现代时尚相交融的经典案例。在华美，它们打造了华美"月饼梦工厂"，并将《山海经》中的传统元素融入到月饼梦工厂的文化空间打造中——延绵不断的苍劲山脉、壮美的远古神话画卷、寄托美好心愿的通天神木、十二月神齐聚星空、祈愿风调雨顺的祭月仪式、浓郁书香的梦工厂图书驿站、小巧可爱的上古神兽手办……在这里，享受的不仅是美妙口味，更是历史和想象的回味。

而在东莞市玩乐童话婴儿用品有限公司，笔者同样看到了从《山海经》中提取的生灵活化后的IP形象。在玩乐童话看来，这本神书超越了时空的限制，记叙神奇的人物、灵异的禽兽、域内园林、海外仙山，还有奇珍异宝……里面有上千个万物生灵，通过认真查阅相关资料，他们已经找到468个生灵的原型，目前已创作出的IP接近30个。其中就包括以"以梦为食"的上古神兽——"食梦貘"作为原型，开发创作了毛绒玩具、斜挎包、束口袋等生活化用品。所谓的食梦貘，是传统中一种吞食噩梦留下好梦的上古神兽，书籍记载它的形象是大象的鼻子、犀牛的角，所以出现在孩子面前的食梦貘玩具，挺着个圆肚子，鼻子和角都做了微缩化处理，这样既显得卡通，又很可爱。此外，玩乐童话还以"龙生九子"为基础主题，对囚牛、睚眦、嘲风、蒲牢、狻猊的形象等——做了时尚化的再造，既让人一眼就生出喜爱之心，更重要的是，在这种潜移默化的热爱当中，对中国传统文化有了进一步的了解。

不得不说，随着东莞致力传播"有一种制造美学，叫东莞"的新城市形象，推动传统产业焕发新光彩，在打造潮玩产业"中国潮玩之都"的同时，继续打造家具产业"家具潮·东莞造"、纺织服装产业"时尚潮·东莞造"、食品产业"美味生活·东莞造"、文旅产业"制造美学·来莞定制"等一系列具有影响力的产业IP……不仅让自身打造的"制造美学"实体化、落地化，更为推进制造业转型升级写下了一个个生动注脚。

也正是这种审美升级、认知升级，一并带来了自信升级。这种文化自信曾经被压抑着——多年来西风劲吹，让曾经创造了无比灿烂和悠久文明的中国，一度失语，甚至陷入自卑。某种意义上，追捧洋品牌，就连自己的品牌，也要取洋名，正是这种以洋为尊的心理在作怪。但是，随着国家富强、民族振兴，我们在逐渐挺直腰杆的同时，也重新发现"我能"。上述的潮玩，除了在审美上有新发现，更是自信的表达。

2013年重新回归自己幼时的"擅长"，在企石创办了丽舍木业的曹云锋，就经常教育自己的下一代在学习文化知识的同时要学"木匠"。在他眼里，泱泱中华五千载，鲁班的工匠精神一直鼓励和影响着我们砥砺前行，北京故宫里最大的太和殿是中国现存最大的木结构宫殿，整个宫殿建造没有一个铁钉等金属器具，全部由木夹等系列技术手段完成建造，这简直是奇迹，是明清两代给我们留下的最宝贵的财富。时至今日，老祖宗给我们留下的东西不能丢！万物皆有灵性，做新时代的家具，不但要吻合环保诉求，更重要的是，要融入自然、文化和灵性。这种自然、文化和灵性，才是我们世代相传最宝贵的财富，也是我们产业在世界拥有一席之地的保证。因为越是民族的，越是世界的。

这一年，曾凌灿则和"夫唱妇随"的爱人"分道扬镳"，他依旧代工，但夫人开始专注品牌的打造。其自主品牌"莫失Aomos"，以稀有皮工艺和私人订制为品牌特色，融入中国传统文化元素与工艺，如绣花、绘画与苏绣等特殊工艺的加入，受到消费者的一致好评。"莫失Aomos"源于《红楼梦》中的"莫失莫忘"，寓意"矢志不渝"。

而Aomos，它的每个字母则有其独特的含义：Ambitious-有野心的，Optimistic-乐观的，Mysterious神秘的，Obsessed-着迷的，Scarce-稀有的。有梦想、有内涵、有特色，成了曾凌灿及爱人对莫失的寄望。

这种命名法则在迪宝鞋业旗下自主品牌CHCH身上也可见一斑。在和尹积琪的对话中，笔者得到了这样的信息，那就是CHCH的CH，其实来自于CHINA的开头两字母，它透着尹积琪对自己身为中国人，并致力于打造中国民族品牌的骄傲。与此同时，CHCH又可音译成"祈祈"，带着祈祷幸福的意思。

爱有所依，便生死不渝。情知所起，更一往情深。

过去的莞商，不论是蔡殷宝、周永泰、陈兰芳，还是日后的王金城、陈林等，都有自己为人、经商的准则，而且大多都具有儒商伦理。他们在富裕之后，也会选择支持身边的人共同进步。如前所述，蔡殷宝在清朝中期就提出了男女平等的看法，到晚年，他更是从财产中抽取大量资金作为开办教育和祭祖资金；陈兰芳则在致富之后，热心公益事业，在香港九龙以个人名义创办义学，专收东莞籍失学儿童。他曾担任香港东华三院社团总理、保良局绅董、乐善堂董事、华商总会经理等诸多社会职务。至于陈林，则被人尊称为"林叔"，也正是在于几十年来孜孜不倦地助推东莞篮球、广东篮球、中国篮球的发展，而且在社会公益上，同样出手大方，据不完全统计，多年来，陈林在捐资助学、扶贫赈灾、献爱心等社会公益活动中捐款捐物3000多万元，曾荣获"首届东莞十大慈善人物奖"。

今天的新阶层人士更是把社会责任放在心里。他们除了推动经济发展之外，也积极通过参与社会公益事业、志愿服务等方式，积极投身社会治理，推动形成共建共治共享的社会治理新格局。更不同以往的是，他们还在文化建设中扮演着重要角色，通过参与文化活动、传播正能量，净化网络空间，弘扬社会主旋律，发挥示范作用。

曹明莲和曹云锋在参加各自商协会的同时，还同为广东狮子会东莞代表处的成员。广东狮子会秉承"正己助人，服务社会"的宗旨，弘扬人道主义精神，积极参与助残、助学、敬老、恤孤、乡村振兴、环保、医疗卫生、救援救灾和社区服务等各类社会公益事业，开展各项公益慈善志愿服务活动。曹云锋一直记得自己是从深山中走出来的孩子，永远不会忘记读小学四五年级时，学校刚通电，一个宿舍就一个电灯泡。没有自来水，需要翻山越岭去取水，然后抬回来给学校里的阿姨做饭、冲洗。所以，富了之后，他不仅拿出大量的资金，来帮助家乡修建村道、修筑桥梁，还做了很多公益活动，包括敬老活动，探访抗战老兵，同时还感召爱心企业家去到老家中心小学，每年帮扶五十名贫穷学生……曹明莲则在狮子会中一支服务队——善仁服务队当过队长，日后又成为东莞代表处2024—2025年度总监。在她的带领下，该代表处有了2616名会员，并有64支服务队。她的亲友——东莞市建设工程信息服务协会党支部宣传干事曹秋梅，也在2024年9月，于刘建伟的支持下，积极推动协会与狮子会联手，前往革命老区福建宁化县曹坊开展"重走长征路·服务再出发"扶志助飞、扶残以及乡村振兴"狮爱灯光"服务活动。

这既是源于个人的朴素感情，也是响应广东省自2022年底通过并推行的"百千万工程"。广东是个多面的省份，有广州、深圳、东莞、佛山这样的富裕城市，也有河源、梅州这样相对落后的地方。"百千万工程"正是要推动促进城乡区域协调发展。

某种意义上，"松山湖+"是一种"百千万工程"，而给乡下的孩子送温暖，鼓励他们走出去，同样也是一种"百千万工程"……

不得不说，这是新时代莞商的风采。当你热情地凝视这个时代，时代也会以热情来凝视你。站在前人的肩膀上，新阶层不仅成长壮大了，而且还具有了更新的特质。他们不仅要建设自己的小家，更要建设自己的大中国。

我们需要他们的成功，所以，我们也需要想尽一切办法，支持他们的成功。

长期主义：在热爱中前行

在vivo的全球总部召开的2024线上年会暨创新颁奖盛典上，沈炜所做的主题演讲，无疑是对这个时代的深情呼应。它的题目，就叫《在热爱中前行》。

演讲中，沈炜特意点到，已经到来的2025年，是vivo成立的30周年。"30年的时间不短，近乎人生长度的三分之一，也承载着不少老同事的热血青春；30年也不长，对于我们这样一家以追求健康长久为愿景的企业，仅仅是基业长青的开端。"

这对在改革开放中重新出发的东莞来说，又何尝不是如此？它们在奔往未来的路上，相互拥抱，又相互成就。不过，让vivo能跨越这三十年的周期，则是"始终把人放在关切的首要位置"，2024年，vivo的产品已遍及60多个国家和地区，服务超过5亿用户，蓝科技成为vivo创新实力的象征，用户口碑也迈上了一个新的台阶，是vivo30年来阶段性的成果。"值得我们所有人振奋。但，结果不是最重要的，我们更应自豪的是，不论时代'噪音'如何，不论行业竞争如何，不论市场结果如何，vivo始终在热爱中前行，扛住了压力，拒绝了诱惑，闯过了危机，坚守了本分，走出了一条属于自己的路。"这条路，应该就是vivo发展的最大常识，那就是"坚定践行用户导向，始终把人放在首要关切位置，也是用户导向的价值旨归。越是喧嚣升腾的时代，越要让心往下沉，回到常识，守住常识"。这并不是一个容易坚持的事情，所以需要"在热爱中前行，才能始终把对人的关切置顶，去看到每一个人的不同，并以科技的方式创造同样的美好"。这对东莞来说，同样也需要一种热爱，那就是对改革的热爱，对创新的热爱，以及对这里每个人的热爱。

只有热爱，血才不会冷，我们才有力量，城市才能让人共情。

这是属于东莞人的常识，也是"东莞经济学"中的核心内容。

但在笔者看来，东莞回归常识，坚守常识，需要继续坚持的，是进行四个思维的改革，做好六个维度的文章。

四个思维中一马当先的，无疑是改革开放。

东莞，改革开放的先行地，因改革开放而兴，因改革开放而强。未来的东莞，依旧需要高举改革和开放的大旗，不怕难，不畏难。东莞的每次觉醒都给它带来新一轮的生机。与此同时，也正是立足新发展阶段，贯彻新发展理念，构建新发展格局，聚焦"科技创新+先进制造"，持续全面深化改革、扩大开放，加快推动高质量发展，让东莞面对未来，才有底气，才能不断地跃过康波周期，奋力谱写中国式现代化的东莞实践新篇章。

改革开放之后，是城市。

没有城市的旧貌换新颜，就不能留住人才，也很难推动制造业的转型升级。如今，新颜依旧，但东莞还是同样要对自己有所要求，那就是坚持提升自身的城市能级，通过持续更新，以及智慧城市的打造，建设符合高质量发展的产城生态。

此外，希望这座城市能在发展制造业之余，通过"构建遍布城乡、高雅精致的新型公共文化空间体系"，以及重点招引创意设计、数字文化、综合文旅、现代体育等项目，来发展健康的第三产业，在给这个城市输送文化、娱乐等精神素养并提振活力的同时，也能借机扩大城市宣传。就比如，尽管陈林走了，但是广东宏远篮球队还是不断点燃东莞的篮球热情；水道虽然没有以前多了，但水变得更清了，"龙舟扒得快，还是好世界"。更让人对它充满期待的，是拥有大数据、云计算、人工智能等产业技术基础的东莞，正在打开"文化+科技"的更多可能，比如鼓励发展电竞游戏、影视动漫、交互娱乐等行业，推动松山湖高新区创建国家级文化和科技融合示范基地，推进文艺精品创作数字化利用、传统文化数字化转化的探索。这无疑是持续不断的潮变，吻合了东莞年轻的"中产之城"的诉求。

就连曾因城市的发展一度消失的莞草，也在人工培育之下，成功回归。未来，莞草制品不仅会留住乡愁，更将重新展现自己的经济价值、文化价值和艺术价值。

城市之后，是人才。东莞需要人才，所以，一定要做好人的文章，除此之外别无它途。未来的东莞，必须通过不断优化人才环境，加大人才引进和人才创业扶持力度，通过疏松逐渐板结的"土壤"，用更开放、更包容的姿态来留住人才。同时，努力搭建好平台，让他们通过平台来抱团发展，借势聚力。更重要的是，积极推动产业转型升级，培育新的经济增长点，为当地提供更多的就业机会，并支持高学历人才积极投入东莞市"科技创新+先进制造"的转型升级浪潮。还有一种方式就是通过和大湾区一起做到人才的共建共享。

今天有很多企业，将总部放在广深，但把工厂放在东莞。只要东莞做好交通和保障，就可以将外地的人才拿来为己所用。

在这里，我们还需要厘清一些人才的定义。毋庸讳言，当年的创业者，大多是"闯"一代，他们凭借着胆量、努力和自我牺牲，不是成为流水线上的熟练工人，就是成为能管理一个工厂的领导。那么，今天的人才，必须成为"创"一代，应该是具备某项专业技能，拥有某种程度的学历或者学识，但更重要的是，必须要有向全球而行的勇气、无创新不生存的意识以及对产品持续打磨的工匠精神。甚至，我们更应该像马斯克那样，将自己的征程放在星辰和大海，为整个人类的进步而努力。

人才之后，无疑是产业。

城市所做的一切，最终都要落实在产业的发展上。产业兴，城市兴。新世纪以来的无数次危机告诉我们，东莞要想真正发展，就只能在被动中主动打破原有的"东莞贴牌生产——全球销售"分工模式，从劳动力及土地这样的要素驱动走向数据驱动、科技驱动、产业驱动。这是属于段永平、曾毓群等人的"赌性坚强"，也是属于东莞的"赌性坚强"。

它要求东莞，一是要沿着以前的发展路径，将"科技创新+先进制造"贯彻到底，多层次、多方面抢占未来产业的高地，在强化企业梯队成长体系、产业科技创新体系、现代服务支撑体系等方面，以抬高东莞产业"天花板"的同时，通过大力发展集成电路、新能源汽车、人工智能、新型显示、新型储能、新材料、生物医药再加低空经济等八大战略性新兴产业，培育生物制造、量子科技、具身智能、6G（下一代移动通信）等四大未来产业，将那些还没有改进到位的低水平成熟以及表面繁荣，最终和松山湖、滨海湾新区所代表的高科技一起，变成这座城市和制造业实质的也很强劲的内在竞争力、核心竞争力，也就是我们今天所推崇的新质生产力。

二是要坚持珍惜自己多年来积累下的完善的制造业体系。如果说新质生产力保证了这座城市发展的上限，那么，这个产业体系的存在，是让东莞很难为别人拷贝的下限。今天的东莞，已不再是当年的"草根经济"，而是盘根错节的"树根经济"。很多企业之所以最后还是离开不了东莞，正是因为东莞的制造产业链非常完善，你在东莞如果需要一个产品，基本上在一个小时以内，就可以找到好几家生产这种产品的企业。所以，我们今天依旧需要东莞，依旧要珍惜东莞。同时从东莞身上找到中国制造业的安全感，那就是在制造业上的深度和广度。事实上，近些年关于以越南为代表的东南亚制造业，以印度为代表的制造"新势力"，曾一度吸引眼球，让人心生焦虑，但是前者乏于地理狭小而产业链缺失，后者则失于营商环境的薄弱，以及种姓制度下上升空间的逼仄。

三是在技术创新、成本控制、规模化生产上下功夫的同时，也要在海外运营能力、新兴市场拓展等方面苦练内功。多年来的发展，让东莞逐渐融入到全球产业供应链、价值链体系之中。相反，也正是逐渐融入到全球产业供应链价值链体系之中，并经过多年经济全球化的高度参与，让东莞收到了城市发展的大红包，从而锻造了一张从链状到网状，从结构到系统，从独木到雨林的工业生产体系。未来的东莞，要全力推动向外看、向外走、向外发展。不仅要拉动产业出海，更要拉动全产业链式的海外崛起。当然，为了增强东莞市开放型经济韧性，东莞还需要下力气做的一件事，那就是聚焦信息链、产业链、物流链、资金链和服务链的"五链"协同。只有"五链"协同并相互配合，东莞走出去的脚步才能踏实。

四是东莞要铭记，在科技浪潮下，只有夕阳企业，没有夕阳产业。我们需要改变自己对某些传统产业的态度，比如制鞋、制包等，不能把它们视之为低端制造，而任由它们萎缩、撤离，甚至再也不见。我们经常讲转型升级有代价，但我们也不愿意看到，它们就是代价。最起码，直到今天，它们除了可以大批解决就业问题，还解决了民生的需要。时代再发展，我们依旧得吃喝玩乐，依旧得穿衣打扮。所以，我们需要重新审视这些产业，把它们定义为"民生产业"而非传统产业，似乎更贴合时代。然后，通过对它们进行质量升级，以及品牌打造，让它们再次鲜活起来。就像东莞八大支柱产业之一的玩具制造业，随着全球市场的变迁和消费者需求的演进，开始探索新的发展路径，将目光投向了更具创意和个性化的潮玩产业。

五是东莞在坚持外向型经济的同时，依旧要大打民营牌。对东莞来说，本土品牌的生长，以及自身民营经济的活跃，才是东莞真正面对危机，挽狂澜于既倒的支柱。它们有些可能弱小，但是数量庞大，也勇于创新。相反，很多外资大厂能带来税收，但垄断导致的是过度依赖，容易在危机时陷入困境。

未来的东莞，需要做好对民营经济的扶持，让那些多年前播下的种子发芽生根开花，同时，推动它们在新兴产业上闯出属于自己的一片天地……

在四个思维的改革之外，那么，六个维度的文章，接下来我们又该如何做？

第一个维度是定力。正是定力，让东莞从当年"三来一补"，走向了二次"工业革命"，以及日后的转型升级，今天的智造革命……未来的东莞，需要保持初心，在连续不断的风浪中，依旧能保持好航行的舵向：那就是活力、包容和进取。换句话说，也就是海纳百川、厚德务实。不能骄傲自满，也无须畏首畏尾。

第二个维度是并举。毫无疑问，海洋是东莞对外开放的重要窗口和途径。而虎门销烟的烽火，依旧熊熊燃放在我们国人的内心。尽管我们曾一度遗忘东莞是个海洋城市，但滨海湾新区的成立，让东莞拥有了以海洋立市、以海洋经济重塑东莞经济格局和形象的核心地带的同时，也让我们重新发现了东莞。今天，我们依旧要面向海洋，面向更遥远的世界。通过滨海湾，将东莞的"海路"特征凸显出来，从而改变在进出口上对港深的依赖。

我们还要重新发现陆权。今天的人类历史，正经历从"陆权—海权—科技权—金融权—陆权"的演变，而陆权也将随着全球一体化下的亚欧大陆的紧密连接，海底隧道及跨洋大桥的提议和修建，新的"丝绸之路"的打造，而将重新激活与兴起。

海铁联运也将成为未来物流和交通的重要方式。疫情期间，曾有一趟满载着美的热水器、洗碗机等家电，共计50个集装箱货物的石龙中欧班列——"美的"专列，从广东（石龙）铁路国际物流基地出发，15天后就可以抵达俄罗斯莫斯科沃尔西诺，比海运时效缩短了三分之二。在海运运力紧张的情况下，中欧班列的稳定运行，为"东莞制造"出口欧洲、中亚提供了一种新的选择，这也成为东莞服务企业、全力稳住外贸基本盘的重要举措之一。与此同时，全力保障大湾区优质产品从东莞走向全球。

所以，未来的东莞，将海陆并举，这也是别人很难拷贝的优势。

第三个维度是联合。一是城市与城市的联合。曾经隶属广州，后又分出港、深，历史上也一度曾属惠州，让东莞和珠三角大片土地都有着血脉渊源。今天，新质生产力的推进，和现代化产业体系的建设，需要在更高维度上推进区域之间的协同合作和产业分工，这样才能形成国家先进制造业集群——就如工业和信息化部公布的2024年国家先进制造业集群名单中，广深佛惠莞中智能网联新能源汽车集群入选，成为2024年广东省唯一入选的国家先进制造业集群。未来的东莞，需要高效地串联起广莞深港科技走廊，强化与广深协同联动发展，与广深高质量建设跨区域产业组团，在新能源汽车、新一代通信技术、半导体及集成电路、新型显示等"万亿级""千亿级"产业联合打造若干个具有全球影响力和竞争力的产业集群。这一方面需要湾区各个城市在社会层面的积极互动，但另一方面，也需要政策层面打破行政壁垒。

而滨海湾新区的出现，也将在这场联合当中有着至关重要的意义。东莞可以通过滨海湾以海湾脉络将珠江口东岸连接为广莞深港国际化大都市带，将以前被广深港三大城市"捎带"所提的东莞，成为在传统的广深港大通道里无法忽略的"巨子"。未来大湾区黄金内湾上，必将呈现出一条在全球产业带中最具影响力和品牌价值的科创产业带，它的名字应该叫"广莞深港世界级科创智造产业走廊"。

二是产业与资本的联合。产业需要资本的助推，但在这个科技时代，更需要像李泽湘那样的耐心资本。只有为培育壮大新兴产业、建设未来产业提供了稳定的金融活水，新时代的创业才有成功的可能，而战略性新兴产业、未来产业才能最终落地。

三是智能和制造的联合。未来的东莞制造业，是数字化、智能化和绿色化。这也意味着，东莞制造业在实现土地、劳动力以及资本的重构之外，还要发展第四要素：数据。第四要素和土地、劳动力及资本相互融合，是东莞制造业进阶的必由之途，而巨量的工业应用场景，又让东莞成了人工智能落地的优质区域。未来，东莞将深入开展"人工智能＋"行动，期待人工智能积极赋能新型工业化，推进人工智能与东莞制造深度结合、赋能千行百业。

第四个维度是溢出。无疑，再怎么改造、整合，甚至通过向海要地，比如说建设滨海湾新区，来整理出土地发展产业，但东莞的体量毕竟有限，就像一米六七的个子，不能天天塞大鱼大肉，那么，东莞的未来又该怎么办？

除了不断地腾笼换鸟，其一就是像深圳在汕尾那样建设"飞地"深汕合作区，联合惠州一起发展。

其二，像当年的香港"向北望"一样，它也可以通过"向北望"来寻找自己新的"江湖"。就像张华荣将华坚的产能转移到了赣州，像周群飞将自己的产能转移到了浏阳和长沙……而笔者在赣州的信丰，也见到了技研新阳的身影。这家1994年在东莞市桥头镇邓屋村创建，并于2011年3月转型的独资企业，既得益于江西比亚迪部品件有限公司线路板产业园项目入驻信丰后，实现快速投产的示范效应，同时也因为信丰与广东只有一步之遥，过龙南便是曹云锋的老家——广东河源的和平县。如果说其东南侧的寻乌县是东江的源头，那么，它则是北江的源头——这条古称湟水的河流，正是珠江水系干流之一。

　　类似的还有曾荣的天晟实业。早在2010年，同在赣州的赣县就向他发出了诚恳邀请。这块在2016年撤县成为赣州市赣县区的热土，历史上很长一段时间处于赣南中心。其"居赣江源头，借舟楫之利，北扼中州，南抚百粤，东接八闽，西连三湘，加之地势开阔、土地肥沃、物阜年丰，成了最早接纳南迁中原汉人的重要一站，是客家人的主要发祥地、中转站、大后方之一"[①]。因为地价便宜、劳动力成本相对不高，再加上物流便利，甚至能辐射全国，一下子打动了准备将厂搬到惠州的曾荣，遂于此成立了赣州协晟精密零部件技术有限公司，并打造了协晟零部件产业园。

　　不得不说，有水系相连，甚至早早就有铁路与珠三角连接，让大量的江湖人士"献身"东莞乃至整个大湾区的发展，反过来在今天，也让整个江西和两湖地区都得到了巨大的反哺。这既是"千百万工程"下区域协调发展的又一要义，同时，它也改变了内陆省份的格局和面貌。

　　在和大湾区的频繁互动中，赣县乃至整个赣州近些年来全面比照粤港澳大湾区营商环境标准，着力打造"干就赣好"营商环境品牌。除了大力实施优化提升营商环境"一号改革工程"，着力打造新时代"第一等"营商环境、全域化、系统化、集成化推进优化营商环境改革，还密集推出了一系列具有突破性、引领性的改革创新举措。"大湾区能做的，我们也要能做到"，在赣州一度成为干部群众耳熟能详的"高频语"、比照落实的"参照系"。无疑，这是东莞乃至大湾区存在的另类价值。曾荣在来了赣县之后就发现，这里的交通正日益便捷，而且招的工人不像东莞那样流动性大，更重要的是，当地的营商环境非常不错，曾出了这样一个文件，将每个月的一到二十五号称为"安静生产日"，意思也就是，不允许去企业打扰，除非特殊情况，还要报纪检委同意。

　　当然，除了"江湖"之外，东莞还可以将自己的触角延伸到内地的各个角落。比如东实集团、以纯集团曾和新疆兵团第三师企业兴纺公司三方合作，成立了新疆东纯兴纺织有限公司，不仅帮助新疆发展，更拓展了自己的业务范围。与此同时，东实通过并购广东开能环保能源有限公司成立东实开能能源有限公司，并先后运营了阳江、株洲两个余热发电项目及吐鲁番圣雄

---

　　① 　郑少忠：《"客家摇篮"在这里形成》，赣州市人民政府官网，2023年2月17日。

工业园难燃固废综合利用项目。其中，吐鲁番圣雄工业园难燃固废综合利用项目可供蒸汽量达80万吨/年，节约标煤10万吨/年，燃烧效率达95%以上，能源利用率达80%以上，为东实集团的稳健发展提供了有力支撑。

其三，未来的整个东莞，可以像松山湖一样，逐渐地推行"总部经济"。今天，我们还可以看到，像OPPO、vivo对东莞矢志不渝，或将其作为总部，或将其当成研发中心。而松山湖自2019年起，更是举办了多届"华为开发者大会"。这让东莞成了又一座论剑的华山。未来，我们可以鼓舞更多的企业，扎根在东莞的土地上，带动其他中小企业一起成长的同时，也可以尽量地走出去，从造船出海，再进一步变成出海造船。这样一来，既可以改变东莞地狭业多的局面，也一并提升自己在全球价值链体系中的地位。

道阻且长，行则将至；行而不辍，未来可期。

所以，接下来，笔者选择的第五个维度，是自信。今天的东莞，是岭南文明重要起源地、发展地，是中国近代史开篇地，是华南抗日根据地，是改革开放先行地，还是岭南非物质文化遗产交汇地、岭南人文荟萃地，当然，随着改革开放四十余年的历程，它还变成了无数人的造梦和造富之地，广东重要的交通枢纽和外贸口岸，中国工业史上不可缺失的一笔。今天的东莞，还是"双万"城市、新一线城市、中国潮玩之都，更是国家创新型城市、全国双拥模范城、国家卫生城市、全国文明城市、中国优秀旅游城市、全国篮球城市、中国最具竞争力会展城市，还入选全国首批中小企业数字化转型试点城市，多次夺得世界智慧城市大奖（WSCA）……所以，面对世界和未来，东莞都可以挺直它的腰杆，重拾自己昔日的传统和文化，当然，也需要在未来以更高的要求，来要求自己，发展自己。

尽管腾笼换鸟，尽管有中美贸易战等"黑天鹅"，让杨永安的生意受到影响，但是他还是决定一直做下去。因为在这里做了20多年，这家私厨已经成为了东莞的美食地标了，很多在东莞的大陆人想吃台湾菜，都会被推荐到这家来，而且，台资企业虽然流失，但它们还是给东莞留下了"火种"。相比中国大陆，越南、柬埔寨等地虽然成本相对低廉，但是后者的产业链还是不如前者。他们有相当一部分的原料或配套，都需要从东莞出口，所以他们大多在东莞留了个办事处，隔段时间，他们就要回来，一回来总会到他这里坐坐。

和杨永安抱着相似心思的，还有吴单君。时代的发展以及国家政策的调整，让她吃过包装行业快速发展的红利之后，也面临着竞争激烈以及账期延宕等问题，但她还是"来了就不想走"。即使老家也有工厂，孩子也放在浙江读书，她也没有想到回浙江。在她看来，东莞和温州各有各的优势。东莞一定也有自己的未来。

说起来，尽管东莞面临着或多或少的痛点，或大或小的麻烦，但是，多年的积累和厚积薄发，让它在全球产业链、供应链中的地位开始变得不可或缺。

最后一个维度也许会让大家意想不到，笔者选择的是空白。今天的东莞，已经不再是空白，但我们还是希望它能再次成为空白。不再是空白，是因为工业的图画和制造的制造；但是希望它能再次成为空白，是因为希望它能不断勇于归零，勇于重新出发。同样，空白意味着无限可能，是空白的五颜六色，是沉默的震耳欲聋。

更重要的是，空白还意味着制造的更新，是工业和城市的和谐共生。笔者希望这里既有智能制造、锐意创新，也有绿色宜居、满目安宁，一切都像那东江水奔涌不息，像那重生的莞草在微风中轻拂不定。

"莞"是美好的，"东莞"其实也是代表着我们对美好生活的向往。那么，就让我们重新回归莞的诗意，让我们都能在这座城市诗意地栖居！